Sol a Lara

Sol a Lara
Tony Bianchi

'A chwarddo olaf a chwardd orau.'
Nietzsche

Gomer

Cyhoeddwyd yn 2016 gan
Wasg Gomer, Llandysul, Ceredigion SA44 4JL
www.gomer.co.uk

ISBN 978 1 84851 801 8

Cyhoeddir gyda chymorth ariannol
Cyngor Llyfrau Cymru.

Argraffwyd a rhwymwyd yng Nghymru gan
Wasg Gomer, Llandysul, Ceredigion.

1 Lara

Caws
Yoghurt
Ceirch
Mêl
Bresych coch
Garlleg
Ffrâm 20 x 40
Powdwr golchi Ecover

Roedd Lara Wyn mewn cariad â Gruff. Bu mewn cariad â Gruff ers iddynt gwrdd ar eu gwyliau bum mlynedd yn ôl. Yn anffodus nid oedd y cariad hwnnw wedi cael ei gydnabod gan neb arall, gan gynnwys Gruff ei hun. Y mae'n ddigon posibl, hyd yn oed, nad oedd Gruff yn gwybod dim amdano; neu, os oedd yn gwybod amdano unwaith, ei fod bellach wedi'i anghofio. Erbyn hyn dyna oedd gobaith Lara: nid yn gymaint bod Gruff wedi anghofio amdani hi, ddim fel y cyfryw, ond bod y negeseuon wedi mynd ar goll. Roedd Gruff wedi dod i'r casgliad, ar sail ei mudandod tybiedig, bod Lara hithau wedi anghofio ac wedi symud ymlaen. Pa ddewis oedd ganddo wedyn ond symud ymlaen hefyd?

Aeth ei negeseuon ar goll, felly. Dyna oedd wedi digwydd. Roedd Gruff yn byw yn Llundain erbyn hyn, yn ôl pob sôn, lle roedd pobl a phethau'n mynd ar goll trwy'r amser. Neu efallai ei bod hi'n defnyddio'r cyfeiriad e-bost anghywir, neu'r rhif symudol anghywir. Roedd hynny'n bosibl hefyd. A byddai'n gysur, mewn ffordd, petai'r negeseuon yn bownsio'n ôl, petaen nhw'n cael eu gwrthod gan ryw beiriant yn rhywle. Byddai hynny'n cadarnhau mai amryfusedd oedd y cyfan, rhywbeth amhersonol a dideimlad, a gallai hi ddweud wrthi'i hun, *Pam, o pam, na fues i'n fwy carcus wrth sgrifennu'r manylion i lawr?*

Ond doedd dim un o'r negeseuon wedi bownsio'n ôl. Aethant ar goll, felly. Dyna'r unig gasgliad y gallai rhywun rhesymol ddod iddo. Doedd hi ddim yn siŵr sut y *gallai* neges fynd ar goll: dirgelwch oedd pethau o'r fath i Lara. Ac yn hynny o beth, yr oedd ei hanwybodaeth hefyd ar fai. Roedd popeth ar fai heblaw Gruff ei hun. Oherwydd beth arall oedd yn bosibl? Bod Gruff wedi derbyn ei negeseuon? Ei fod e wedi'u darllen a'u deall ac yna penderfynu, yn gwbl oeraidd, nad oedd am eu hateb? Na, allai Gruff byth â gwneud hynny, ddim ei Gruff hi, y Gruff yr oedd hi'n ei garu yn fwy na neb arall yn y byd. Gwell o lawer credu ei fod heb weld y negeseuon, bod yna obaith o hyd, ac y deuai ateb yfory neu drennydd, pan gâi gyfle, pan ddeuai o hyd i'w ffôn, pan edrychai ar ei e-byst. Ateb yn dweud, *Na, heb weld yr un neges arall, Lara. Dyma'r gyntaf sy wedi cyrraedd fan hyn. Rhyfedd, yntife? A shwt wyt ti ers llawer dydd?* Rhywbeth fel 'na.

Cariad diffrwyth oedd cariad felly. Ond am bum mlynedd, y cariad diffrwyth hwn fu'n gymar i Lara. Darllenai dudalennau problemau'r cylchgronau merched er mwyn deall sut roedd trafod dynion bach penstiff, pwdlyd, fel y byddai'n gwybod beth i'w wneud â Gruff pan gamai'n ôl i'w bywyd. Aeth mor bell â rhoi 'Mewn perthynas' ar ei thudalen Facebook, gan feddwl mai camarwain eraill fyddai esgus ei bod hi'n rhydd. Barnai hefyd na fyddai'n deg â Gruff ei hun, er bod hwnnw wedi bod yn fachgen bach digon diserch, a hithau'n aml yn teimlo fel dweud, *Digon yw digon, Gruff bach*, a dechrau mynd allan gyda rhywun arall.

Am gyfran helaeth o'r pum mlynedd doedd gan Lara ddim ffordd o ddisgrifio'r cyflwr hwn. Byddai rhywun o'r tu allan wedi sôn amdano, efallai, fel 'cysgod o gariad' neu 'gariad rhithiol' neu 'hunan-dwyll', gan weld dim ond ei ddiffyg sylwedd a'r bwlch diadlam rhwng y ddau unigolyn. Ond ni fyddai hynny wedi gwneud cyfiawnder â'r mater. Yn bendant, ni fyddai Lara wedi derbyn dilysrwydd y disgrifiadau hynny. Yna, darllenodd yn un o'r papurau Sul am ferch naw mlwydd oed yng Ngwlad Groeg a aeth dan y gyllell er mwyn tynnu o'i bola ei gefeilles ei hun: merch fach arall a ddylai fod wedi cael ei geni'r un pryd â'i chwaer ond a drodd yn dwlpyn o groen ac esgyrn. Yr efeilles na fu. Yr efeilles a fu'n agosach iddi na'r un enaid byw. Darllen amdani mewn papur Sul a gwybod ar unwaith mai dyna'n union oedd Gruff iddi. *Fetus in fetu. Mannequin* diwerth o gariad.

Er hyn i gyd, doedd Lara ddim yn barod eto – ddim heddiw – i erthylu'r ffetws hwnnw o'i chorff. A dyna pam, ar ôl prynu'r bresych coch a'r ceirch a'r bwydydd eraill, y cerddodd draw i Edwards Interiors, er mwyn cael golwg ar y fframiau. Doedd dim angen ffrâm arni a doedd hi ddim yn bwriadu prynu un. Ond nid dyna'r pwynt. Byddai hi'n dweud wrth y dyn tu ôl i'r cownter bod ganddi lun ysgol gartref – un o'r rhai hir a chul yna o'r hen ddyddiau a ddangosai'r disgyblion i gyd yn eu rhesi, yn fyddin o wynebau sgleiniog – a bod eisiau ffrâm 20 x 40 ar ei gyfer. Roedd hi'n gwybod nad oedd fframiau o'r maint hwnnw ar gael yn y siop a byddai'r dyn yn gofyn iddi wedyn a hoffai iddo archebu un, a pha un oedd ganddi mewn golwg. A mynd ati i grynhoi'r dewis helaeth. Cymrwch y Classic Series, er enghraifft. A dyna'r Rustic Range wedyn. A'r Antique Royal. Gwyddai Lara am y rhain i gyd, a mwy, oherwydd roedd wedi gwneud ei gwaith cartref. Rhaid iddi fod yn gwsmer credadwy heddiw. Rhaid iddi sôn digon am y fframiau i gyfiawnhau ymestyn y sgwrs a throi at faterion eraill. 'Na, well gen i'r rhai plaen.' Dyna byddai hi'n ei ddweud, a'i ddweud â thipyn o arddeliad hefyd, gan ysgwyd ei phen ac ailadrodd y 'Na'. Ond byddai hi'n gwenu'n werthfawrogol wedyn pan âi'r dyn i fanylu am y mathau o bren oedd ar gael, am y gwahaniaeth rhwng yr onnen a'r pin a'r *composite*. A byddai'n ddigon hawdd dweud wrtho ar y diwedd ei bod hi am ystyried y mater ymhellach a galw'n ôl yfory neu drennydd. 'A gyda llaw ...' wedyn. 'Gyda llaw ...' Wrth iddi droi am y drws. A mentro defnyddio'i enw cyntaf hefyd, efallai. 'Gyda llaw, Terwyn ...' Er mwyn swnio'n fwy hamddenol.

Edrychodd Lara ar ei hadlewyrchiad yn y ffenest, gan bwyso a mesur a oedd ei delwedd yn gydnaws â'r pethau eraill yno – yr îsl a'r papur a'r brwsys paent, y Clay Babies i blant, y QuicKutz Kit ar gyfer gwneud cardiau, y gliter a'r sêr i'w rhoi ar y cardiau hynny. Roedd hi'n gwisgo'i jîns du heddiw, ei chrys llwyd llaes, a'r sandalau Rieker coch a brynodd yn Abertawe. Roedd wedi clymu'i gwallt yn ôl a thorchi'i llewys, i ddangos ei bod hi'n barod am dwrn o waith creadigol. Ac roedd hi'n fodlon ar yr hyn a welodd. Fyddai neb yn edrych ddwywaith.

Ar ôl mynd i mewn i'r siop, anelodd Lara am y wal bellaf, lle roedd y fframiau'n cael eu harddangos. Gwnaeth hynny heb gymryd sylw o'r dyn tu ôl i'r cownter oherwydd, petai hi'n edrych arno, byddai yntau'n gofyn, 'Ga i'ch helpu chi?' a byddai'r cyfan yn digwydd yn rhy gyflym. O gyrraedd y fframiau, tynnodd un i lawr o'i bachyn, ac yna un arall, ac astudio'r ddwy yn ofalus, i ddangos ei bod hi'n gwybod am y pethau hyn, ei bod hi'n teimlo'n gartrefol ymhlith y pren a'r paent a'r glud. Cymerodd gip dros ei hysgwydd a gweld bod Terwyn, y perchennog, yn siarad â rhywun arall erbyn hyn, rhyw grwt ifanc a chanddo wyneb bach llygodlyd, a hwnnw'n gweithio yma hefyd, yn ôl pob golwg. Roedd Lara'n falch nad oedd wedi tynnu sylw'r naill na'r llall. Ac eto, yr un pryd, roedd hi braidd yn siomedig o ddarganfod bod dieithryn wedi gwneud ei wâl yn y lle cysegredig hwn.

Wedi treulio rhai munudau ymhlith y fframiau a chymryd cip ar y *mobiles* hefyd, gan feddwl efallai y byddai'r cocatîl, gyda'i las a'i goch a'i felyn, yn edrych yn bert yn ei stafell wely, roedd Lara'n barod i fynd at y cownter. Roedd hi'n barod i holi, yn benodol, am y fframyn 20 x 40 a chlywed esboniad y dyn, bod angen archebu un yn arbennig, bod y siop, gwaetha'r modd, yn rhy fach i stocio popeth. Roedd yr 'Helô' eisoes yn ffurfio ar ei thafod, a gwên cwrteisi yn dechrau goleuo'i hwyneb. Roedd hi'n siomedig nad oedd cwsmeriaid eraill yn y siop: byddai aros ei thro mewn ciw yn ychwanegu at hygrededd yr olygfa. A byddai clywed pobl yn holi am y peth hwn a'r peth arall, yn trwco ystrydebau am y tywydd, wedi gwneud iddi deimlo'n well. Ond penderfynodd mai da o beth oedd hynny, at ei gilydd, oherwydd pan ddeuai'r sgwrs am y fframiau i ben, a hithau'n troi i fynd, ac wrth droi, yn dweud 'Gyda llaw …', byddai'n haws sefyll yno am sbel, i ymestyn y sgwrs, i ofyn cwestiynau ychwanegol.

Doedd Lara ddim yn siŵr pa eiriau'n union a fyddai'n meddiannu'i thafod. 'Gyda llaw, Terwyn, shwt mae Gruff yn dod ymlaen? Ydych chi wedi clywed 'wrtho fe?' Neu 'Gyda llaw, fe weles i rywun tebyg iawn i Gruff yn cerdded heibio'r ysbyty gynnau fach. Ydy e'n ôl yn Nhrefelin, 'te?' Roedd hi wedi ymarfer y ddau gwestiwn droeon yn ei meddwl. Roedd hi wedi rhoi cynnig ar amrywiadau eraill hefyd. 'Chi siŵr o fod yn gweld eisie Gruff yn y siop.' Neu 'Werthodd Gruff ei dŷ e wedyn?' Neu, os byddai hi'n ddigon dewr, 'Fe hales neges ato fe unwaith, ond …' Ac roedd hi'n gwybod mai cochi wnâi hi wrth ddweud 'Gruff'.

Cododd Lara ei llygaid a chymryd y cam cyntaf tuag at y cownter. Wrth wneud hynny sylwodd fod Terwyn yn sibrwd wrth y dyn ifanc, a bod y ddau yn gwenu wedyn, ac wrth wenu, yn rhyw giledrych arni. Ac efallai nad oedd dim o'i le ar hynny. Efallai mai'r cyfan a welai'r ddau oedd cwsmer yn disgwyl gwasanaeth. Efallai eu bod nhw'n rhannu jôc, neu'n sôn am ryw dro trwstan yn gynharach yn y dydd. Efallai mai cyd-ddigwyddiad oedd y cyfan. A fyddai dim ots ganddi chwaith petaen nhw'n parhau i edrych arni, petai'r wên yn paratoi'r ffordd ar gyfer rhyw gyfarchiad bach cyfeillgar. Ond troi i ffwrdd wnaeth y dyn ifanc. Agor rhyw gatalog neu'i gilydd wnaeth y dyn hŷn. A doedd gan Lara ddim ateb i'r wên honno, y wên a dorrwyd yn ei hanner. Rhoddodd y fframiau yn ôl ar eu bachau a mynd am y drws. Wrth fynd allan, dwedodd 'Galwa i'n ôl 'to,' mewn llais ffwrdd-â-hi, achos roedd angen geiriau i lenwi'r bwlch. Ac roedd hi'n gwybod y byddai ganwaith gwaeth y tro nesaf.

2 Sol

Nos Fawrth oedd hi. Mewn fflat ar gyrion gorllewinol Caerdydd roedd Sol Kussini'n gorwedd ar y soffa, yn gwylio'r teledu. Wrth ei ochr, ar gadair esmwyth, eisteddai bachgen chwe blwydd oed, yn cicio'i sodlau. Roedd yn hen bryd iddo fynd i'r gwely, ond doedd amser gwely ddim yn bod heb ei fam. Cododd Sol gan cwrw o'r llawr, rhoi siglad iddo, ac ystyried ymofyn un arall o'r gegin, ond petai'n gwneud hynny byddai eisiau mwgyn arno a doedd dim ffags ar ôl. Safodd ar ei draed a mynd i chwilio yn y dreirau. Dim. Aeth at y drws, lle roedd *dressing gown* Carol yn hongian, a chwilio yn y pocedi. Dim. Ac roedd y babi wedi dechrau llefain.

'Cer i weld beth mae honna moyn.'

Chymerodd y bachgen ddim sylw. Gwyddai ei fod e'n rhy ifanc i garco'i chwaer. A beth bynnag, nid fflat Sol oedd hon a doedd ganddo ddim hawl. Cododd a mynd at y ffenest a chwilio am gar glas ei fam.

Ar y teledu, rhedodd Peter Whittingham at y gornel bellaf a chroesi'r bêl i'r canol. Trodd Michael Chopra ar ei droed chwith a tharo'r bêl yn erbyn y postyn. Ochneidiodd y dorf. Gwaeddodd y sylwebydd: 'So close! So close!' Rhwng sŵn y teledu a llefain y babi, ni chlywodd Sol y car yn stopio y tu allan. Yna, eiliad yn ddiweddarach, wrth i gefnwr Crystal Palace glirio'r bêl, clywodd ddrws y car yn cau. Cododd ar ei eistedd a dweud wrth y bachgen am gamu'n ôl o'r ffenest. Arhosodd hwnnw yn ei unfan ac edrych ar y dyn oedd newydd ddod allan o'r car, gan feddwl efallai y byddai ei fam yn dilyn. Roedd rhaid i Sol fynd ar ei bengliniau wedyn, cropian draw at y ffenest a thynnu'r bachgen yn ôl gerfydd ei fraich.

'Pryd mae Mam …'

'Ssh!'

Cydiodd Sol yn y remôt a diffodd y sain.

Yn y distawrwydd newydd, safai Darren Ambrose, ymosodwr Crystal Palace, ar ymyl y cwrt cosbi, â'i droed dde ar y bêl. Daeth Neil Danns o'r tu ôl iddo a rhedeg tua'r asgell, gan godi'i fraich. Roedd hyn yn ddigon i dwyllo amddiffynwyr Caerdydd. Yn lle pasio'r bêl, gostyngodd Ambrose ei ysgwydd a llithro trwy'r bwlch oedd wedi agor rhwng Kennedy a Rae. Estynnodd Kennedy ei droed dde a'i faglu.

Daeth cnoc ar y drws ffrynt.

'Ife Mam?'

'Ssh!'

Roedd Sol yn synnu bod sŵn y gnoc mor fach, mor ddiniwed, fel cymydog yn galw heibio, neu rywun yn gwerthu offer glanhau. Ac os felly – os mai dwrn cwrtais, diymhongar oedd yn curo heno – byddai ei berchennog yn sylweddoli mewn byr o dro nad oedd neb gartref ac yn mynd i werthu'i glytiau rywle arall. Ond pwy sy'n dod i werthu clytiau glanhau am wyth o'r gloch y nos? Ac mewn car?

Rat-tat-tat uchel oedd yr ail gnoc. Tynnodd Sol ei ffôn o'i boced a chwilio am rif Daz, gan feddwl, Na, dyw hi ddim yn rhy hwyr eto, ddim os deith e ar unwaith. Falle deith e â'i frawd e hefyd, achos fe fydd nesa, does dim dwywaith. Fe fydd nesa os na siapith e. Ond roedd bodiau Sol wedi mynd yn rhy fawr. Cwympodd y ffôn i'r llawr a bu'n rhaid ei godi a dechrau o'r newydd. Ac roedd yn waeth byth yr eildro.

Daeth llais ar y pen arall. 'Sori, mae Daz wedi mynd mas, gadewch neges …'

'Daz … Daz, mae'n rhaid i ti …'

Dyna pryd y clywodd Sol y gic. Un gic, yna'r babi'n llefain eto. Ac roedd Sol yn gwybod taw cri'r babi oedd y peth gwaethaf, yn waeth na'r gic hyd yn oed, oherwydd roedd cri babi'n golygu bod rhywun gartref. Roedd angen i Carol fod yma, i fynd at y drws, i ddweud nad oedd Sol yno, serch bod ei gar yn sefyll y tu allan. 'Sori, smo fe gartre ar y funud. Wedi gorffod mynd draw sha Birmingham. Mae job 'da fe f'yna.' A byddai Sol wedi hoffi ei ffonio'r eiliad honno, a gofyn ble yffarn o'dd hi, achos roedd yr hwch wedi mynd trwy'r siop. Ond petai'n ffonio Carol byddai'n rhaid iddo ddweud, Na, na, paid dod 'nôl nawr, aros lle wyt ti, maen nhw tu fas … A beth wnâi hi wedyn, a hithau'n gwybod bod y babi yn y tŷ, a'r crwt hefyd? Byddai hi'n clywed y llefain dros y ffôn. Byddau hi'n clywed y gic nesaf ar y drws. A'r plant fyddai'n dod gyntaf.

Dwedodd Sol wrth y bachgen am beidio â symud. Aeth ar ei bedwar eto a chropian trwy'r drws. Doedd dim golau yno, ar y landin, ac roedd hynny'n gysur. Byddai wedi hoffi cau'r drws y tu ôl iddo hefyd, er mwyn cael gwared â'r cysgodion, ond ofnai y bydden *nhw*'n gweld hynny, y golau'n troi'n dywyllwch. Aros ar ei bengliniau oedd orau, felly, rhag ofn. Cadw ei ben i lawr.

Wedi cyrraedd ystafell wely'r babi, cododd Sol ar ei draed, plygu dros y cot, a thynnu'r blancedi'n ôl. Teimlai'n saffach erbyn hyn: roedd yng nghefn y tŷ a'r llenni wedi'u cau ac ni allai neb ei weld. Cododd y babi a'i rhoi dros ei ysgwydd. Sibrydodd wrthi am fod yn dawel, byddai Mami'n ôl whap. Stopiodd y llefain. Rhoddodd Sol y babi'n ôl yn y cot, agor styds y *babygrow* a cheisio teimlo'r cewyn. Ond, wrth wneud hynny, roedd ychydig yn drwsgl, o ddiffyg arfer, ac fe grafodd y croen meddal ag ewin ei fawd. Daliodd y babi ei gwynt. Sgrechodd wedyn. Cododd Sol y babi eto a rhoi cwtsh iddi, a'i siglo'n ôl ac ymlaen, fel roedd e wedi gweld Carol yn ei wneud droeon. 'Ssh, nawr … Ssh, ssh.' Aeth y sgrechain yn waeth. Trodd yn gawod o ffrwydradau bach poeth yn y glust.

A doedd gan Sol ddim dewis ond dodi'r babi'n ôl yn y cot, tynnu'r blancedi drosti a rhoi ei law dros ei cheg. Gwnaeth hynny'n ddigon tyner i ddechrau, gan sicrhau ei fod yn cadw ei ewinedd o'r ffordd. 'Ssh! Ssh!' Ond pan welodd nad oedd hynny'n gweithio, pan aeth wyneb y babi'n goch, pan giciodd y blancedi i bob man, ac yntau'n methu credu bod gan beth mor fach gymaint o nerth, roedd rhaid iddo bwyso'n drymach.

Yna, trwy'r blwch llythyrau, llais.

'Kussini!'

Gan gadw un llaw ar geg y babi, cydiodd Sol yn ei ffôn. 'Daz ... Maen nhw 'ma ... Yn tŷ Carol.'

Ond roedd Daz a'i frawd yn y tafarn, yn gwylio Michael Chopra yn sgorio o'r smotyn. A rhwng bonllefau'r dorf a llais ei frawd, yn gweiddi yn ei glust bod angen rhoi bom lan tin y ffycin Kussini 'na, ni allai Daz glywed grwndi'r ffôn ym mhoced ei siaced.

'Kussini! Ni'n gwbod bo' ti 'na.'

Ac fe gadwodd Sol ei law ar geg y babi.

3 Lara

Broccoli	2 sosban
Pysgod	Macynon
Tato	Lemon Sherbets
Menig rwber	Weleda Foot Balm
Cream cleaner	Quiche
Floor soap	Salad
Floss	
Mouthwash (dim Original)	
Ibuprofen	

Roedd Lara Wyn yn byw gyda Carys, ei mam, yn rhif 22 Heol Hafren, Trefelin. Bu'n byw gyda'i mam ers chwe blynedd a hanner, sef, ers y diwrnod y bu farw ei thad. Roedd pawb yn credu mai ei mam fyddai'r gyntaf i ildio, yn bennaf ar gyfrif ei hanadlu trwblus. Swniai hwn fel llif yn torri pren mewn coedwig bell, yn ôl ac ymlaen, yn ôl ac ymlaen, yn arwydd parhaol o'i breuder. Roedd hi ei hun wedi dweud wrth Lara: 'Bydd rhaid i ti garco fe, cofia … Ar ôl i fi fynd … Bydd e'n ffaelu dod i ben wrth ei hunan.' Dognai'r geiriau rhwng ei hanadliadau bach herciog. Pesychodd wedyn er mwyn tanlinellu'r pwynt.

Ond y tad aeth gyntaf. Cafodd Morris Wyn drawiad ryw brynhawn dydd Sadwrn wrth wylio'r rasys ceffylau ar y teledu, a doedd neb wrth law i roi help iddo na ffonio am ambiwlans. Ac roedd hynny'n anffodus, am mai nyrs oedd Lara ac mae'n bosibl y byddai wedi gallu gwneud gwahaniaeth. Ond roedd hi a'i mam wedi mynd i Abertawe i brynu esgidiau yn sêls Ionawr. Pan ddaethant yn ôl, roedd y teclyn teledu yn dal yn ei law a'r ceffylau'n dal i redeg. Symudodd Lara i mewn y noswaith honno.

Roedd Lara'n ddigon bodlon ar y trefniant newydd. Roedd tŷ ei mam yn llawer mwy cyfforddus na'r fflat fach yng nghanol y dre. Caent gwmni ei gilydd gyda'r hwyr hefyd, neu yn y bore, neu pryd bynnag nad oedd Lara ar ddyletswydd yn yr ysbyty. Doedd dim angen iddi goginio ryw lawer chwaith, yn enwedig ar y dechrau: roedd ei mam yn falch o'r cyfle i ymorol amdani, i gael ei chyw bach melyn yn ôl yn y nyth. Y siopa oedd prif ddyletswydd Lara, am na allai ei mam fentro ymhell o'r tŷ na chario bagiau trwm. Gan amlaf, nid oedd hynny'n fawr o orchwyl. Hoffai'r ddwy yr un bwydydd. Doedd dim angen atgoffa Lara i brynu Glengettie, nid PG tips; Hobnobs plaen, nid rhai siocled. Darllenent y *Western Mail* yn y bore, yr *Evening Post* yn yr hwyr a'r *Mail on Sunday* ar ddydd Sul. Gwnâi Carys y posau croeseiriau.

Gwell gan Lara'r sudokus. Casaent *ketchup*, mwstard a *Big Brother*.

Ar adegau, fodd bynnag, byddai Lara'n gorfod prynu ambell eitem yn unswydd i'w mam, a'i mam yn unig. Diau fod nifer yr eitemau hynny wedi cynyddu'n ddiweddar: bydd anghenion menyw yn newid wedi iddi groesi'i phedwar ugain. A dyna egluro pam roedd Lara wedi rhannu ei rhestr siopa'n ddwy golofn heddiw. Rhaid cael y Weleda Foot Balm i'w rwto i mewn i draed ei mam, am fod croen ei sodlau wedi mynd yn boenus ac yn dechrau cracio. Rhaid cael sosbannau iddi hefyd – rhai bach alwminiwm – am fod yr hen rai, y rhai a fu ganddi ers iddi briodi, braidd yn drwm a hithau'n dioddef gyda'r gwynegon yn ei bysedd a'i garddyrnau. Cyfleuster bach oedd y quiche a'r salad. Weithiau, o gael amser, byddai Lara'n gwneud caserols a'u rhoi nhw yn y rhewgell. Heddiw, am fod amser yn brin, bodlonodd ar y quiche. Gallai'i mam saco honno yn y ffwrn yn nes ymlaen, ar ôl i Lara fynd i'r gwaith. Neu fory, wrth gwrs. Roedd hi wedi edrych ar y dyddiad. Fe gadwai am wythnos.

Ar ôl prynu'r nwyddau hyn i gyd, a chael tiwben o Liz Earle Hand Repair iddi hi ei hun, fel trît bach, roedd Lara'n teimlo'n ddigon bodlon ei byd. O edrych ar ei watsh, a gweld bod ganddi hanner awr cyn y byddai ei mam yn ei disgwyl yn ôl gartref, gadawodd ei siopa yn y car, cerdded i fyny Lôn y Farchnad a throi am y Stryd Fawr. Roedd hi'n mwynhau'r rhyddid a deimlai yno, ar ôl bod ar y ward trwy'r dydd. Hoffai grwydro'n ddibwrpas rhwng y siopau, gan gymryd cip ar y ffenest hon a'r ffenest arall, heb orfod gwneud dim i blesio neb ond hi ei hun. Heddiw, tynnwyd ei sylw, yn arbennig, gan siwt drwser yn Siop Siân a bu ond y dim iddi fynd i ofyn a oedd un fwy tywyll i'w chael, oherwydd roedd yr un felen yn y ffenest braidd yn llachar. Ond barnai wedyn fod y defnydd yn rhy denau, hyd yn oed ar gyfer yr adeg yma o'r flwyddyn, ar drothwy'r haf. Ac efallai na fyddai'r llewys yn ei siwtio hi chwaith. Peth od oedd cael llewys fel 'na, i'w meddwl hi, rhai nad oedden nhw'n fyr nac yn hir, yn un peth na'r llall.

Cerddodd Lara heibio Waterstone's a siop deithio Going Places. Yna, yn ffenest Dyer Outfitters (a'r enw bob amser yn dod â gwên i'w hwyneb), gwelodd grys dyn a hwnnw'r union liw y byddai wedi'i ddewis ar gyfer y siwt drwser, petai hynny'n bosibl: lliw rhytgoch, cynnes, hydrefol; lliw digon anarferol i grys dyn. Daeth awydd arni i fynd yn ôl i Siop Siân a holi'r ferch yno, tybed oedden nhw'n gwneud y siwt drwser yn y lliw yna. Efallai y byddai'n rhaid dod â'r ferch draw i siop Dyer's, iddi gael gweld y crys drosti hi ei hun, ac i Lara gael dweud wrthi, 'Dyma fe. Dyma'r lliw. Oes gyda chi …?' Ond yna cofiodd am ei phenderfyniad cynharach, nad oedd llewys y siwt yn ffenest Siop Siân yn un peth na'r llall, a bod y defnydd yn rhy denau. A pha ots am y lliw wedyn?

Siom oedd hynny. Roedd Lara wedi rhoi ei bryd ar brynu rhywbeth â mwy o sylwedd iddo na'r Liz Earle Hand Repair. Daeth yn weddol agos at y peth hwnnw hefyd, yn ei meddwl hi ei hun, cyn i amgylchiadau gynllwynio yn ei herbyn a'i dynnu o'i gafael. Ond ni pharhaodd y siom yn hir. Edrychodd eto ar y crys yn y ffenest a sylweddoli nad oedd angen iddi golli pleser y lliw hyfryd hwnnw wedi'r cyfan. Nid oedd o werth yn y byd iddi hi, ond byddai'n siwtio Gruff i'r dim. Gyda hynny, anghofiodd am y siwt drwser. Gwnaeth lun yn ei meddwl o Gruff yn ei grys newydd, yn gwenu arni, yn codi'i law, ac yn troi wedyn i Lara gael gweld pa mor smart oedd toriad y cefn a gwerthfawrogi'r ffordd naturiol yr oedd y defnydd yn gorwedd ar draws yr ysgwyddau llydan, a'r bleten ddwbl yn eu gwahanu'n dwt. Ac fe ddaeth i'r casgliad, o graffu ar y llun yn y meddwl, mai lliw dyn oedd hwn yn ei hanfod, nid lliw menyw, a beth ddaeth drosti i gredu'n wahanol? Oedd, roedd y melyn yn rhy lachar. Ond byddai'r lliw hwn yn llawer rhy drwm, yn llawer rhy briddlyd ar gyfer siwt drwser. Lliw dyn oedd hwn. Lliw Gruff.

Parhâi Lara i droi'r ddelwedd hon yn ei meddwl, gan ei hystyried o bob ongl bosibl, oherwydd nid ar chwarae bach y bydd menyw'n prynu crys i ddyn. Roedd hi'n weddol siŵr nad oedd gan Gruff grys tebyg yn barod neu, o leiaf, doedd hi ddim yn ei gofio'n gwisgo'r fath grys. Ar yr un pryd, dwedodd llais y tu mewn iddi, 'Wel, falle *nad* oes 'da fe grys tebyg i hwn, ond beth mae hynny'n 'i brofi? Falle bo' fe ddim yn lico'r lliw. Neu, fel arall, falle bo' fe jyst ddim yn lico cryse â dwy boced ar y frest.' A sut roedd gwybod? Sut y byddai *hi*, Lara, yn gwybod?

O fethu rhoi ateb i'w chwestiwn ei hun, trodd Lara yn ei hôl a cherdded i mewn i Going Places. Safodd am funud nes bod un o'r ddau gynorthwyydd yn rhydd. Pan ddaeth ei thro, aeth at y ddesg a gofyn am *brochures* gwyliau ar gyfer yr hydref. 'Yn yr hydref bydda i'n mynd bob blwyddyn,' meddai. 'Pan fydd y tywydd wedi cwlo lawr 'n bach.' Pwysleisiodd fod rhaid hedfan o Gaerdydd hefyd am ei bod hi'n ormod o strach mynd i Heathrow neu Gatwick neu'r lle arall 'na doedd hi ddim yn gallu cofio'i enw ar y fynud. 'Stansted?' 'Ie. Stansted. Mae hwnna'n wa'th.' Ond dim y Canaries chwaith, meddai, achos buodd hi yno unwaith ac roedd y lle'n anialwch i gyd. Gorfod hedfan o Stansted, a dim ond anialwch wedyn. Fel mynd o un anialwch i'r llall. 'Bydde'n haws sefyll gartre,' meddai, gan hanner chwerthin. 'Tsiepach 'fyd.'

Ar ôl iddi ymadael, a llond cwdyn o *brochures* yn ei llaw, aeth Lara'n ôl i Dyer Outfitters. Gan fod y crys wedi cael ei osod mewn lle mor amlwg yn y ffenest, disgwyliai y byddai'n cael yr un flaenoriaeth yn y siop ac fe'i siomwyd braidd o orfod mynd at y reils. Er hynny, câi bleser annisgwyl wedyn o chwilio trwy'r crysau eraill, gan wybod ei fod yno, rywle, yn disgwyl amdani, ac y deuai i'r golwg mewn byr o dro. Câi foddhad o fyseddu'r cotwm a'r sidan. Gwerthfawrogai amrywiaeth y coleri – y rhai cul a'r rhai llydan, y rhai â botymau, a'r crysau nad oedd ganddynt goleri o gwbl – gan deimlo bellach ei bod hi'n ddyletswydd arni i roi sylw teg i bob un. Yn bendant, doedd dim eisiau bod yn fyrbwyll. Dim ond trwy ddwysystyried – trwy archwilio safon y pwytho, er enghraifft, a'r ffordd yr oedd torch y llawes wedi'i phletio – y gellid dod i benderfyniad cadarn a diogel. A phan ddeuai o hyd i'r crys *hwnnw* byddai hi'n gwybod yn bendant ei bod hi wedi dewis yn gall.

Anghymwynas, felly, ar ran y dyn bach moel a reolai'r siop oedd cerdded draw a thorri ar ei thraws trwy ofyn i Lara a oedd hi'n chwilio am rywbeth arbennig. Ac oherwydd iddo ofyn mewn ffordd serchog, a gwên ar ei wyneb, bu'n rhaid iddi gyfaddef mai 'un o'r crysau ryst 'na' oedd ei angen arni. 'Y crys 'na yn y ffenest. Rwy'n ffaelu …'

Aeth y dyn at un o'r reils eraill. Tynnodd grys allan ar ei hanger a'i ddangos i Lara. 'Hwn? Y Ralph Lauren?'

Nodiodd Lara ei phen.

Edrychodd y dyn ar y reil. 'Dim ond *medium* neu *large* sydd gyda ni yn y ryst, mae arna i ofn. *Neck size 15 to 15 and a half. Medium* sydd isie, ife?'

Cydiodd Lara yn y crys a'i ddal o'i blaen. Ceisiodd ail-greu'r llun yn ei meddwl. Ceisiodd gymharu gwddwg Gruff â'i ysgwyddau, gan dybio, os oedd yr ysgwyddau'n llydan, siawns nad oedd y gwddwg yn llydan hefyd. Ond roedd y dyn yn syllu arni. Roedd ei lygaid bach marblis yn crefu am ateb. Aeth y llun ar chwâl. Ac roedd Lara'n gwybod bod rhaid iddi ddod i benderfyniad, achos pa fenyw fyddai'n mynd i siop i brynu crys i'w chariad heb wybod ei *neck size*?

'Na, *large* sydd isie. Yr ysgwyddau, 'chwel. Mae'r ysgwyddau'n llydan.'

A byddai hynny'n iawn. Byddai Gruff yn cadw'r coler ar agor, fwy na thebyg, a fyddai dim ots os oedd e ychydig yn fawr. Gwell mynd am y rhy fawr na'r rhy fach. Ie, y rhy fawr bob amser, lle roedd dillad yn y cwestiwn.

'Anrheg i'r gŵr, ife?' meddai'r dyn.

Roedd Lara'n gwybod bod hwn yn gwestiwn haerllug. Ond roedd y dyn yn hŷn na hi. Hefyd, erbyn hyn, roedd e'n plygu'r crys a'i roi i mewn i gwdyn, ac fe ofynnodd y cwestiwn heb edrych arni, yn union fel petai'n rhan o'r gwasanaeth teuluol, cymwynasgar. Y geiriau a'r crys wedi'u plygu gyda'i gilydd.

'Ie, i'r gŵr.' Yna, wrth deimlo'r gwres yn ei bochau: 'Wel, ddim eto … Diwedd Mehefin mae'r briodas.'

Nodiodd y dyn ei ben a gwenu. 'Llongyfarchiade.'

Gwenodd Lara'n ôl. 'Diolch.'

'Diwrnod mawr.'

'Ie. Diwrnod mawr.'

Aeth Lara adref. Dangosodd y sosbannau newydd i'w mam. Dwedodd y byddai'n gadael y quiche ar y cownter yn y gegin, a bod angen tynnu'r seloffên cyn ei rhoi yn y ffwrn. Yna aeth â'r crys i'w stafell a'i hongian gyda'r lleill ar ochr chwith ei wardrob. Er na fyddai hi byth yn rhannu ei rhestr siopa'n dair, yr oedd yn sicr, ar adegau, yn prynu i dri.

Edrychodd ar y labed. Ralph Lauren. Ac oddi tano: *Made in China*. Gwthiodd y crysau i gyd at ei gilydd a meddwl, Oes, mae 'na ddigon o le 'ma 'to. Am sbel.

4 Sol

Ar ôl y drydedd gic, daeth y gweiddi i ben. Y seiren a gododd ofn arnyn nhw, siŵr o fod, a hwythau'n meddwl bod yr heddlu ar eu ffordd. Roedd Sol ei hun yn ofni mai seiren car heddlu oedd e, cyn iddo gymryd cip trwy ffenest y stafell wely a gweld yr ambiwlans yn prysuro heibio ym mhen draw'r stryd. Bu tawelwch am funud. Yna clywodd ddrysau'r car yn agor a chau, yr injan yn tanio, y car yn ymadael. A thawelwch eto. Doedd y babi ddim yn llefain rhagor ac roedd y bachgen chwe blwydd oed yn eistedd yn ddigon digynnwrf o flaen y teledu.

'Bydd dy fam di'n ôl whap. OK?'

Nodiodd y bachgen ei ben. Cydiodd Sol yn y remôt a throi'r sain ymlaen. Llenwyd y stafell unwaith yn rhagor gan leisiau dynion.

'Ti'n wotsho hwn?'

Ysgydwodd y bachgen ei ben. Gwibiodd Sol trwy'r sianeli a chael hyd i raglen am anifeiliaid yn y jyngl.

'Hwn?'

Daeth wyneb gorila i'r sgrin. Edrychodd y bachgen arno heb ddweud dim. Newidiodd Sol y sianel eto.

'Hwn?'

Dim ymateb. Gadawodd Sol y remôt ar y bwrdd. 'Gei di newid e os 'ti moyn.'

Wrth fynd i lawr stâr, roedd Sol yn hanner disgwyl gweld nodyn ar y mat, yn dweud wrtho beth oedd y cam nesaf. Nodyn o rybudd, efallai. Bygythiad, hyd yn oed, iddo gael deall beth fyddai'n digwydd o fethu talu erbyn y pryd a'r pryd. A byddai hynny'n beth braf, am sbel, bod yna gynllun talu'n-ôl-bob-yn-damaid. Byddai'n prynu ychydig o amser. Ac roedd Sol yn ffyddiog bod digon o'r arian yn weddill i'w cadw nhw'n ddiddig am fis neu ddau.

Ond doedd dim byd yno. Ac roedd rhan ohono'n gwybod yn iawn taw syniad gwirion oedd busnes y nodyn ar y mat. Edrychodd trwy'r *spyhole* yn nrws y ffrynt. Gwelodd griw o ddynion ifainc ar eu ffordd i'r tafarn. Gwelodd gi strae. Gwelodd hen fenyw wargrwm yn gwthio'i throli i gyfeiriad siop Aldi. Ac roedd hynny'n iawn. Fydden nhw ddim yn beiddio gwneud dim byd o flaen tystion. Byddai hynny'n prynu amser hefyd. Faint o amser? Hanner awr? Awr?

Aeth Sol lan lofft eto a llenwi ei *holdall*: dillad am wythnos, bag ymolchi a siafwr. Gwnaeth y cwbl yn ddigon chwimwth a diffwdan. Roedd pacio'r hanfodion yn rhan o batrwm ei fywyd pan fyddai'n gweithio bant: dim ond dilyn y drefn honno roedd angen ei wneud. Deuai cysur o'r symudiadau cyfarwydd.

Caeodd zip yr *holdall*.

'Fuck it.'

Ac roedd Sol yn gandryll wrth sylweddoli bod angen cachad arno. Gwnaeth ei orau i anwybyddu'r pwysau yn ei stumog, i argyhoeddi'i din mai dim ond gwynt oedd e, mai cachwr ben bore fuodd e erioed ac roedd eisoes wedi gwneud ei ddyletswydd am heddiw. Ond ei din a enillodd y dydd.

'Fuck it.'

Aeth i'r tŷ bach. Dim ond rhyw gachu tenau dwrllyd wnaeth e wedyn, ac roedd yn methu'n deg â deall sut roedd hwnna wedi pwyso mor drwm arno. A'r pinnau bach yn ei ddwylo. O le daeth rheina? A'r sychder yn ei geg.

Ond efallai fod y cachad wedi bod o fudd wedi'r cwbl, wedi rhoi amser iddo feddwl, achos ar ôl iddo gwpla, aeth Sol yn syth at y cwpwrdd crasu ac estyn ei law tu ôl i'r boiler. Twriodd ymhlith yr hen glytiau a phapurau a thynnu allan bedair ffolder blastig. Aeth â'r rhain i'r stafell wely a'u stwffio i'r *holdall*. O ganfod bod siâp y ffolders i'w weld trwy'r defnydd meddal, fe'u tynnodd allan eto. Yna trodd yr *holdall* ben i waered, nes bod ei gynnwys – y sanau, y crysau, y jîns a'r *boxers* – yn swp anniben ar y gwely. Rhoddodd y ffolders ar y gwaelod a thaenu'r dillad drostynt. Caeodd y zip.

Trodd Sol ei ben heibio drws y lolfa. 'Gorffod mynd mas am bum munud. Bydd dy fam di'n ôl whap. Paid dihuno'r babi.' Aeth i lawr stâr eto ac allan trwy ddrws y ffrynt. Roedd eisoes wedi taflu'i fagiau i mewn i'r car pan sylwodd fod pyncshar yn un o'r teiars blaen. Aeth i'r ochr arall a gweld bod rhywun wedi gollwng yr aer o'r teiar yno hefyd. O graffu'n fanylach, sylwodd fod y falf wedi cael ei thynnu. Safodd yn ei unfan a rhyfeddu at daclusrwydd y gwaith. Dim cyllell. Dim tyllau. Dim sŵn.

Doedd dim amdani wedyn ond tynnu'i fagiau o'r car a mynd yn ôl i'r tŷ. Roedden nhw yno o hyd – rownd y gornel, efallai – yn cadw llygad arno. Bownd o fod. Dyna oedd ystyr y teiars. Dim nodyn ar y mat, ond y car wedi'i sbaddu. Neu os nad oedden nhw yno, roedden nhw'n siŵr o ddod yn ôl. A fydden nhw ddim hanner mor gwrtais y tro nesaf. Dychwelodd i'r tŷ, felly, ac o weld y bachgen yn sefyll ar ben y stâr, dwedodd, 'Bydd Mami'n ôl nawr. A paid sefyll yn y ffenest. Ti'n dyall?' Aeth allan i'r ardd. A bu'n rhaid iddo gadw ei ben i lawr yno oherwydd roedd hynny'n beth mor amlwg i'w wneud – gweld bod y teiars yn fflat a dianc trwy'r cefn. A jyst rhag ofn, barnodd mai callach fyddai peidio â dilyn y lôn fach i'r stryd. Yn lle hynny, penderfynodd fynd i'r ardd yr ochr draw. Taflodd ei fagiau dros y wal. Gwingodd wrth glywed clec y tŵls yn glanio ar y concrid.

O ddringo wal arall, rhwng yr ardd honno a maes parcio'r Three Cocks, y peth naturiol i'w wneud fuasai dala'r bws i ganol y ddinas a mynd am y trên. Dyna oedd bwriad Sol o hyd, mae'n debyg, wrth godi'i fagiau a theimlo'u pwysau yn tynnu ar ei ysgwyddau. Ond yna, wedi rhoi'i lwyth ar lawr eto a chwilio ym mhocedi ei oferôls, sylweddolodd nad oedd ganddo ddim newid mân. A byddai wedi bod yn ddigon hapus i roi ugain punt i yrrwr y bws, gan wybod na châi ddim newid yn ôl, achos doedd e ddim yn brin o arian. Ond pwy fyddai'n talu ugain punt i fynd i ganol y dre? Pwy fyddai mor wallgo? Mor desbret?

Tynnodd Sol ei ffôn o'i boced a dechrau deialu rhif cwmni tacsi. Petrusodd eto. Faint fyddai'n rhaid iddo aros cyn bod tacsi'n dod, ar noson gêm fel heno, a'r traffig mor drwm? Faint o amser a gymerai i fynd i'r Three Cocks a chael newid ar gyfer y bws? A gorfod prynu drinc cyn cael yr arian, a gorfod sefyll cyn cael y drinc. Sefyll a sefyll, achos roedden nhw'n dod allan o'r gêm erbyn hyn, gallai Sol eu clywed nhw draw ar yr heol fawr, yn gweiddi, yn canu, a phob un yn disgwyl ei beint. Faint o amser gymerai hynny? A faint o amser oedd ganddo i'w wastraffu fel hyn, yng ngolwg y byd, yn pendroni, cyn bod y car gwyn yn dychwelyd?

O fethu ateb yr un o'r cwestiynau hyn, dechreuodd Sol gerdded, oherwydd math o weithredu oedd cerdded, ac roedd rhaid gweithredu. Trodd i'r chwith, ar hyd Nelson Street. Trodd i mewn i Beauchamp Terrace wedyn, gan dybio'i fod yn llai amlwg yno, yn y strydoedd bach cul. Ni wyddai ble'r oedd e'n mynd, ond daeth syniad annelwig i'w ben mai'r draffordd fyddai'r dewis gorau. Roedd e'n methu dala'r trên. Roedd e'n methu dala'r bws. Ond roedd y draffordd yno o hyd, yn cynnig ei dihangfa ei hun, heb dai, heb gymdogion, a neb yn nabod neb. Ac erbyn meddwl, onid dyna'r lle diwethaf y bydden nhw'n mynd i chwilio amdano, ac yntau heb ei gar? Y draffordd amdani, felly. Ac efallai y byddai pobl yn fwy parod nag arfer i roi lifft heno, ar ôl y gêm. Bydden nhw mewn hwyliau da, yn barod i gynnig cymwynas.

Cymerodd Sol y llwybr troed ar draws y parc. Lluniodd fap yn ei feddwl. Wedi croesi'r parc, byddai'n dilyn yr afon. Rhaid cerdded heibio stad fach o dai ond câi gysgod y coed am sbel, rhwng y tai a'r ffordd fawr, a doedd hi'n fawr o dro wedyn. Dwy filltir ar y mwyaf. Rhoddai'r map dychmygol hwn foddhad iddo. Teimlai'n fwy diogel hefyd yma yn y parc. Doedd dim goleuadau yma heblaw gwawl tenau'r ddinas ar y cyrion. Ac er bod y plant i gyd wedi hen fynd adref, roedd yn gysur troi ymhlith eu pethau am ychydig: y siglenni, y sleidiau, y twr dringo.

Ymhen ugain munud cyrhaeddodd Sol yr afon. Dilynodd y llwybr trwy'r gwyll, gan gadw sŵn y dŵr ar un ochr a thywyllwch mwy cyflawn y goedwig ar y llall. Deng munud arall a daeth at y stad o dai. Clywodd leisiau. Yn y pwll bach o oleuni rhwng y tai a'r afon gwelodd ddau ddyn yn mynd â'u cŵn am dro. Cyfarthodd y cŵn wrth weld Sol yn nesáu. 'Lost, mate?' meddai un o'r dynion. 'Short-cut,' meddai Sol, am fod rhaid ateb yn syth, heb betruso, fel dyn a wyddai beth roedd e'n ei wneud. O glywed ei lais, daeth un o'r cŵn ato a gwynto'i draed. Gwyntodd yr *holdall* wedyn. Camodd Sol yn ôl. 'Just being friendly,' meddai'r dyn. 'Won't hurt you.'

Ar ddiwrnod arall, efallai y byddai Sol wedi dilyn y dynion at yr heol a mynd at y draffordd y ffordd honno.

Byddai wedi siarad am y gêm, fwy na thebyg, am mai dyna oedd y man cychwyn arferol, wrth agor sgwrs gyda dieithriaid. Byddai wedi rhoi maldod i'r ci, i ddangos ei fod yntau hefyd yn greadur dof a chyfeillgar. Ond heno, ni feiddiai wynebu rhagor o gwestiynau. 'Short-cut i ble?' Doedd ganddo'r un syniad. 'Na fyddai'n haws i chi …?' Aeth yn ei flaen, felly. Ceisiodd ffugio osgo hamddenol ond pwrpasol.

Ymhen canllath arall, dringodd dros gamfa a mentro i'r goedwig. Roedd yma lwybr hefyd, un garw a charegog. Ni allai ei weld, ond tybiai fod pob llwybr yn arwain i rywle. Teimlai ei ffordd ymlaen gyda'i draed, ychydig fodfeddi ar y tro. Estynnai'i freichiau o'i flaen er mwyn gwarchod ei wyneb rhag brigau'r coed. Ond aeth y brigau'n sownd yn y bagiau wedyn. Baglodd a llithro i bwll o ddŵr. Ceisiodd ddringo i dir mwy sych. Ond roedd yn serth, a'r ddaear yn slic. Dringodd droedfedd, dim ond i syrthio'n ôl. Gafaelodd mewn cangen a'i dynnu'i hun i fyny eto. Aeth i'w wrcwd wedyn, a'i lusgo'i hun ymlaen o gangen i gangen, fel mwnci. Teneuodd y coed ychydig ond aeth y drain yn fwy trwchus a bu'n rhaid disgyn eto. Ceisiodd ddychwelyd at y llwybr ond roedd hwnnw wedi diflannu. Ni allai deimlo dim o dan ei draed bellach ond gwreiddiau a brigau. Diflannodd yr afon hefyd. A heb afon na llwybr, doedd ganddo'r un syniad i ba gyfeiriad roedd e'n mynd.

Crynodd y ffôn yn ei boced. Fe'i tynnodd allan a gweld enw Carol ar y sgrin. Doedd dim neges, dim ond yr enw. Yr awydd i siarad. Botwm bach o oleuni yn y tywyllwch. Ond doedd Sol ddim yn gwybod beth i'w ddweud wrthi. Gwthiodd y ffôn yn ôl i'w boced. Teimlai bwysau'r *power drill* yn tynnu ar un ysgwydd a strapiau'r *holdall* ar y llall. Gwrandawodd ar sŵn ceir yn y pellter a phenderfynu fod fan hyn cystal ag unman, am sbel. Tynnodd ei anorac. Cymerodd siwmper o'i fag a'i thynnu dros ei ben, a gwingo a thynnu gwynt trwy ei wefusau am fod y llewys yn gwasgu'r drain yn ei ddwylo. Gwisgodd ei anorac eto. Eisteddodd i lawr yng nghanol y brigau a thanio sigarét. Byddai'r tywyllwch yn gweithio o'i blaid am ychydig. Ac efallai nad oedd angen afon na llwybr arno mwyach. Gallai ddilyn sŵn y ceir. Ystyriodd a fyddai'r ci yn cofio gwynt ei draed. Gwynt yr *holdall* hefyd. Petai rhaid iddo fynd o flaen y cwrt, a fyddai'r ci yn gallu tystio yn ei erbyn? Tynnodd ei ffôn allan eto. Enw Carol. Llygedyn o oleuni. Tynnodd y drain o'i ddwylo. Un. Dwy. Tair. Pedair. Pump. Chwech. Gwisgodd ei fenig. Clymodd fotwm uchaf ei anorac a thynnu'r hwd am ei ben. Gorweddodd yn ôl yn erbyn yr *holdall*. Gwnaeth ei wâl rhwng y gwreiddiau.

5 Lara

Ar ôl swper aeth Lara a'i mam i'r stafell ffrynt. Trodd Lara'r teledu ymlaen. Roedd *Who Do You Think You Are?* newydd ddechrau. Esther Rantzen oedd yn olrhain hanes ei theulu. 'Rwy'n nabod hi,' meddai Carys. '*That's Life* … Hi o'dd yn arfer 'neud *That's Life*.'

Yna, heb ddweud dim, tynnodd Lara'r *brochures* gwyliau allan o'r cwdyn, un ar ôl y llall, chwech ohonynt i gyd. Agorodd *brochure* Thomson yn gyntaf am fod llun o Wlad Groeg ar y clawr. Doedd hi ddim wedi bod yng Ngwlad Groeg o'r blaen ond roedd ei ffrind, Mel, wedi sôn wrthi am yr amser da a gawsai yn Corfu y flwyddyn cynt. Ystyriodd Lara'r Kallisto Resort yn Pelekas. Trodd at Rhodes wedyn. Aeth pum munud heibio.

'Mynd rywle?'

'Ddim yn siŵr eto.'

Trodd Lara at Zakynthos a'r Cyclades. Aeth pum munud arall heibio.

'Mynd 'da dy ffrindie?'

'Falle.'

'Bethan?'

'Falle.'

'A Mel?'

'Sa i'n gwbod, Mam.'

'Mae plant 'da Mel, nag o's e?'

Cododd Lara'r *brochure* a dangos y llun i'w mam. 'Drychwch. Plant. Mae pethe i bawb fan hyn.'

Plygodd Carys ymlaen ac astudio'r wynebau llawen, y dŵr glas, y tywod gwyn. Ysgydwodd ei phen. 'Mae'n dechrau twymo, cofia.'

'Mm?'

'Amser hyn o'r flwyddyn. Mae'n dechrau ...'

'Twymo. Rwy'n gwbod.'

Agorodd Lara *brochure* First Choice. Ystyriodd Croatia. Pula, Split, Dubrovnik. Doedd hi ddim wedi bod yn un o'r llefydd hynny ac roedd hi'n siŵr nad oedd ei ffrindiau wedi bod yno chwaith. Ond efallai y byddai hynny'n fanteisiol pan ddeuai'r amser i geisio dwyn perswâd. 'Mel,

wyt ti erioed wedi meddwl am fynd i …' Ystyriodd luniau
o'r Sponza Palace a chastell Revelin. Craffodd ar yr enwau
dieithr a cheisio eu hynganu yn ei phen. 'Mljiet … M …
l …' Ond stopiodd o flaen y 'j'. Sut yn y byd roedd ynganu'r
'j', a honna'n dod yn syth ar ôl yr 'l'?

Ystyriodd y Balearics. Mallorca. Ibiza.

'F'yna ti'n mynd?'

'Mm?'

'F'yna. Yn y gwres 'na i gyd.' Nodiodd Carys ei phen i
gyfeiriad y *brochure.*

'Dim ond edrych, Mam. Gweld beth sydd i ga'l.'

Trodd Lara'n ôl at Mallorca. Roedd Puerto Pollensa
i'w weld yn lle pert, gyda'r bryniau yn y cefndir, y cychod
bach ar y dŵr. Efallai y byddai'n fwy cysgodol na'r lleill.
Dychmygai'i hun yn eistedd o dan un o'r palmwydd ar y
prom, yn troi i edrych ar y bryniau, yn troi'n ôl i weld y
cychod.

'Mae'n dwym f'yna. Lle 'ti'n edrych nawr. Ofnadw o
dwym, amser hyn o'r flwyddyn, os nag wyt ti'n gyfarwydd.'

Aeth chwarter awr heibio. Darllenodd Lara am
y fynachlog yn Lluc a'r amgueddfa yn Valldemossa.
Dychmygai'i hun yn cerdded i'r traeth bach tawel yn Deià,
a Bethan a Mel wrth ei hochr, a'r tair ohonynt yn eistedd
yno, dan gysgod un o'r coed, a gwrando ar y tonnau.
Cafodd bwl o ansicrwydd wedyn, gan ofidio y byddai'r
lle hwnnw braidd yn dawel i Mel. Nid i Mel fel y cyfryw,
ond i blant Mel. A'i gŵr hefyd, o bosibl. Ar lan y môr, yn
gwneud dim.

'Died of a cough.'

'Mm?'

'Drycha.' Trodd Lara ei sylw yn ôl at y teledu, lle roedd Esther Rantzen yn astudio hen ddogfen. 'Died of a cough. Eight years of age.'

'Ofnadw.'

'Ddim wedi altro lot.'

'Mm?'

'Esther Rantzen. Dyw hi ddim wedi newid lot. Heblaw am y glasys.'

Ystyriodd Lara'r dinasoedd mawr. Granada. Seville. Yr eglwysi hynafol. Yr Alhambra. Eu lliwiau coch, cynnes.

Y noson honno, yn y gwely, trodd Lara at draeth arall. Ac er bod pum mlynedd wedi mynd heibio, doedd dim angen *brochure*, am fod y llun yn ei meddwl yn glir o hyd. Nid y traeth cyfan a welai, wrth reswm, dim ond rhan fach ohono, un llecyn penodol, gyda golygfa o'r pentir ar un ochr a'r caban pren ar y llall, y caffi lle bydden nhw'n mynd am eu diodydd. Lara a Bethan a Mel, i ddechrau. Yna Lara a Gruff. Caban pren digon diolwg oedd hwn, ond fe arhosai yn y cof am ei fod yn gymaint rhan o'r lle â'r traeth a'r pentir a Gruff ei hun.

Pum mlynedd yn ôl i ddechrau Ebrill. Pum mlynedd a thair wythnos, felly. A'r llun yn glir yn y meddwl o hyd am fod Lara'n ei chwarae drosodd a throsodd, yma yn y gwely, ar lannau cwsg. Y traeth yn gyntaf bob tro hefyd, oherwydd doedd hwnna ddim yn newid. Gallai orwedd ar y traeth yn y cof ac edrych draw tua'r pentir ar y naill ochr a'r caban pren ar y llall ac aros nes bod y cyfan yn llonydd a phopeth yn ei le. Yna, ar ôl gorwedd ychydig, byddai'n codi a cherdded i fyny'r rhipyn byr rhwng y gwesty a'r prom a chlywed y 'Duw, Duw, ti sy 'na?' a theimlo'r syndod eto. A doedd y cof hwnnw ddim mor glir na mor sefydlog â'r cof am y traeth am fod y cyfan wedi digwydd yn rhy gyflym. Doedd Lara ddim yn hollol siŵr chwaith ai dyna'r union eiriau a glywodd, am fod peth atal dweud ar Gruff, ac am fod sŵn pobl a cheir ar bob llaw, a lleisiau ffrindiau Gruff wedyn, yn torri ar ei draws, yn gwneud iddi ddrysu a chochi.

Ac am fod yr atgofion mor brin byddai Lara hefyd yn dwyn i gof sut yr eglurodd wrth Bethan a Mel wedyn ei bod hi'n lled-adnabod Gruff yn barod. 'Yn gweithio yn Edwards Interiors. Ch'mod, yn Bridge Street.' Gallai fwynhau eto eu hymateb i'w heglurhad a'r adnabyddiaeth oedd yn sail iddo. Mae'n wir mai dim ond geiriau cwrtais prynu a gwerthu yr oedden nhw wedi'u cyfnewid erioed, ond i Lara roedd cwrdd eto ar hap, dan haul tramor, yn fwy na chyd-ddigwyddiad. Ac er na fyddai'n mentro defnyddio'r gair, fe deimlai ym mêr ei hesgyrn fod cyfarfod mor annhebygol wedi'i dynghedu rywsut. Ar y stribed boeth honno yn Sbaen, lle nad oedd hawl gan neb i fod yn drist nac yn unig, roedd hi wedi denu gwên gan ddyn, a geiriau hefyd.

Dim ond wedyn, yn unigedd ei gwely, ar ôl ymweld â'r traeth a'r caban pren a'r rhipyn byr rhwng y gwesty a'r prom, y byddai Lara'n caniatáu i'w bysedd grwydro'n ysgafn dros ei bronnau a'i bola a cheisio teimlo eto gyffyrddiad Gruff, a'i fysedd yntau, a gwres ei gorff.

6 Sol

Am saith o'r gloch y bore doedd Sol ddim mor agos at y draffordd ag y dymunai. Ond tuag at y draffordd yr oedd y rhan fwyaf yn mynd ar yr heol hon, yn y lôn allanol. Roedd lle i dynnu i mewn hefyd. A thrwy lwc, roedd Transit wedi cael ei barcio yma. Rhoddodd Sol ei fagiau ar y llawr o'i flaen, i ddangos mai fe oedd piau nhw – fe, y gweithiwr gonest yn ei oferôls. Ac o sefyll yn agos i'r Transit, gallai awgrymu mai fe oedd piau hwnnw hefyd. Gwisgai olwg wedi-danto ar ei wyneb, golwg rhywun yr oedd ei fan wedi torri i lawr, a hynny'n ddiawl o beth, ac yntau ar hast i fynd i … i fynd i …

Aeth ugain munud heibio. Tynnodd Sol ei gap, rhag ofn bod y gyrwyr yn methu gweld ei wyneb dan gysgod y big. Cafodd wared o'r wyneb-wedi-danto hefyd, gan dybio na fyddai neb eisiau rhoi lifft i rywun swrth a phwdlyd. Ffugiodd wên. Cododd ei fawd yn uwch.

Ac fe deimlai'n hurt. Oherwydd pwy yffarn oedd yn trial hitsio lifft y dyddiau hyn? Pwy oedd yn barod i sefyll fel bwgan brain wrth ochr y ffordd, yn erfyn trugaredd?

7 Lara

Afalau	Floss
Bananas	Mouthwash (dim Original)
Grawnwin	Menig rwber
Mefus	Ibuprofen
Fflŵr	Cream cleaner
	Floor soap
	Fframiau

Tynnodd y ferch fach bengoch ei bys ar hyd croen sgleiniog yr aubergine. Symudodd at y mangos wedyn, a theimlo'r rheiny hefyd, nes bod ei mam yn dweud 'Paid, Megan'. Dwedodd y ferch ei bod hi moyn prynu mango, ei bod hi moyn prynu mefus, ei bod hi moyn ... 'Hisht, nawr,' meddai'r fam.

Pan oedd Lara'n saith, dwedodd ei thad wrthi, 'Gad dy wenwn, 'nei di, ferch. Sneb eisiau priodi menyw sy'n conan o hyd.' Dwedodd Nesta, ei chwaer fawr, mai siarad am eu mam roedd e, mewn gwirionedd, nid amdani hi, achos fel 'na roedd tadau'n mynd pan oedden nhw'n grac. Magodd Lara ddigon o blwc i ofyn i'w thad ai dyna roedd e'n feddwl, ai ei mam oedd ganddo mewn golwg wrth sôn am wenwn a chonan a phriodi, ond edrychodd yn hurt arni ac esgus nad oedd e'n deall.

Cododd Lara fwnsiaid o fananas a'u harchwilio. O weld bod un wedi'i gleisio, rhoddodd y cyfan yn ôl a chwilio am fwnsiaid arall. Cymerodd fwy o amser nag oedd ei angen, oherwydd ar y ferch bengoch yr oedd ei sylw o hyd, ac roedd yn hen bryd i rywun ddweud wrthi na fyddai neb eisiau ei phriodi hithau chwaith os âi hi ymlaen fel hyn, gyda'i 'fi moyn, fi moyn' tragwyddol. Byddai Lara wedi hoffi dweud wrthi ei hunan. Ond gwaith y tad oedd hynny. Dyna pam roedd y fam yn cadw'n dawel. Dyna pam roedd Lara'n canolbwyntio ar y bananas. Gwaith tadau oedd dweud pethau mawr fel 'na wrth eu merched.

Aeth Lara i'r siop gemist drws nesaf ond un. Doedd dim plant trachwantus yno a gwaith munud oedd codi'r *floss* a'r menig rwber a'r *mouthwash* a mynd â nhw at y cownter, lle roedd ei ffrind, Mel, yn gweithio. Gwaith hanner munud arall oedd gofyn am yr Ibuprofen ac ateb y cwestiynau arferol ynglŷn ag adweithiau blaenorol, problemau gyda'r stumog a'r galon, a rhaid dilyn y ddefod hon am mai dyna'r drefn, er bod Mel yn nabod Lara ers dyddiau ysgol, ac roedd y ddwy wedi bod ar wyliau gyda'i gilydd. Ond rhoddodd hynny gyfle i Lara ddweud, yn ei llais jacôs, 'Y Listerine dylen ni fod yn becso amdano, nage'r Ibuprofen.' Cafodd gyfle i egluro wedyn iddi ddarllen yn rhywle bod y *mouthwash* yn gryfach na gwin a bod yna blant i'w cael oedd yn meddwi arno. Oedd. Roedd yna lefydd lle roedden nhw'n ei gadw o'r golwg, dan y cownter. Yna, o deimlo bod angen cyflwyno mwy o dystiolaeth: 'Yn Awstralia, rwy'n credu. Dyna beth yw eu noson mas f'yna, glei. Potel fach o Listerine.'

'A twist bach o lemon ynddo fe, falle,' cynigiodd Mel.

'Eitha reit,' meddai Lara. 'Sa i'n lico'r Original. Mae e fel moddion. Moddion cas hefyd. Oes *lemon flavour* i ga'l, gwed?' Ac roedd hawl ganddi i dreulio dwy funud arall yno, wrth y cownter, am ei bod hi unwaith eto'n gwsmer dilys, yn pwyso a mesur y nwyddau a oedd ar werth.

Yn y modd hwn, erbyn i Lara ddewis y 'Cool Mint' a chodi'i bag a mynd allan ac edrych ar ei watsh, yr oedd bron yn amser iddi ddychwelyd adre a chael tamaid i'w fwyta a gwisgo ar gyfer y shifft nos ac roedd yn llawer, llawer rhy hwyr i alw heibio Edwards Interiors. 'Damo.' Ac eto. 'Damo.' Ond gair oedd hwnnw. Sŵn i lenwi bwlch. Defod arall. Ac roedd hi'n gwybod bod hyn wedi mynd yn rhy bell.

8 Sol

Ar y dechrau, ceisiodd Sol ddal llygad gyrrwr pob car a fan a lorri. Yna, o farnu na fyddai menywod yn edrych ddwywaith ar weithiwr mewn oferôls, a chanddo fagiau mawr wrth ei ochr, cyfyngodd ei hun i'r dynion. Bu amryw yn ei lygadu'n ôl. Gwenodd un, a dangos ei fawd yntau. Cododd Sol ddau fys arno.

A phwy a ŵyr na roddodd y tipyn cynddaredd hwnnw osgo fwy naturiol, fwy hyderus iddo, oherwydd ymhen munud arall dyma fan goch yn tynnu i mewn o'i flaen. Agorodd y ffenest a gwaeddodd llais, 'In trouble, mate?' Adroddodd Sol ei stori: bod ei Transit wedi torri i lawr – gan bwyntio ato dros ei ysgwydd – a'i fod ar frys i fynd am y fferi, gormod o frys i aros am yr AA, neu ddala'r trên. Dau ddyn a eisteddai ar y sêt flaen, yn dad ac yn fab yn ôl eu golwg.

'Hop in!' meddai'r hynaf.

Aeth Sol i gefn y fan gyda'i fagiau, gan roi ei dŵls yn garcus ar ganol y llawr. 'Work tools,' meddai, er mwyn dangos ei *bona fides*. 'Gwitho ar y fferi. Shifft yn dechrau am wyth.'

'Fferi?'

'Stena Line.'

'Iwerddon, ife?'

''Na fe. Iwerddon.'

'Dechrau am wyth, wedoch chi?'

'Ie, am wyth.'

'Bydd rhaid i chi siapo.'

Dim ond i Bontarddulais roedd y fan yn mynd, ond aeth y tad a'r mab allan o'u ffordd er mwyn ei ollwng ar bwys y gwasanaethau a'r siopau.

'Cewch chi lifft yn rhwydd o fan hyn.'

A doedd dim ots gan Sol am sbel am y fferi na dim byd arall oherwydd roedd yma'n ddigon pell yn barod i deimlo'n fwy diogel, i gymryd anadl fach o ryddhad. Câi bleser diniwed o edrych ar y caeau a'r coed wedyn, o glywed crawc brân y tu ôl iddo, o weld y defaid draw ar y ffridd, a gwybod bod y ddinas yn bell i ffwrdd. Yna daeth y glaw a bu'n rhaid iddo fynd i gysgodi dan goeden, oherwydd roedd coesau ei oferôls yn gwlychu ac roedd yn siŵr y byddai sglein y dŵr ar ei anorac yn ei wneud yn wrthun yng ngolwg y gyrwyr parchus, yn eu bocsys bach clyd. Cafodd fraw wedyn, dim ond munud yn ddiweddarach, o weld car gwyn yn dod allan o'r gwasanaethau ac arafu. Ac er mai dim ond ansicrwydd y gyrrwr, mae'n debyg, oedd yn gyfrifol am yr arafu hwn, aeth Sol y tu ôl i'r goeden a chuddio nes i'r car fynd o'r golwg. Taniodd sigarét.

Edrychodd ar ei oferôls, ar y patsys gwlyb ar y pengliniau a'r llewys. Edrychodd ar ei fagiau a meddwl, Iesu Gwyn, be' ddiawl ydw i'n neud fan hyn? Achos doedd beth oedd yn rhesymol a chredadwy yn y ddinas ddim hanner mor dderbyniol ymhlith y coed a'r defaid a'r brain.

Tynnodd ei ffôn o'i boced ac anfon tecst. *Hiya Barry. Working Dublin tomorrow. See u pm. OK?* Llygadodd y ceir gwyn i gyd. Rhoddodd y cap yn ôl ar ei ben.

9 Lara

Pum mlynedd yn ôl. A dim ond tri diwrnod. Llai na thri diwrnod. Munud ar y rhipyn bach serth rhwng y gwesty a'r traeth. Awr ar y traeth wedyn: dim ond awr, am ei bod hi eisoes yn hwyr y prynhawn a'r dynion wedi gwneud trefniadau i fod yn rhywle arall erbyn saith. Awr arall fore trannoeth, a Bethan yn hawlio'r sylw i gyd am ei bod hi'n fwy hyderus a chanddi fwy o storïau i ddifyrru'r dynion. Ond roedd hynny'n iawn oherwydd aethant i gyd am bryd o fwyd yn nes ymlaen a diod yn y gwesty wedyn, ac un peth yn arwain at y llall. Llaw ar y bola. Mor feddal. Ei law yntau'n ei thynnu ato.

Pum awr i gyd, felly, am nad oedd y trydydd diwrnod yn cyfrif. Ni wnaeth Lara ddim byd ar y diwrnod hwnnw ond codi a chymryd tabledi at ei phen tost a rhuthro am y bws i'r maes awyr. Ac mae'n wir, ar ôl i bawb ddod adref, bod Gruff wedi treulio prynhawn yn nhŷ Lara, yn gosod cypyrddau. Ond doedd hwnnw ddim yn cyfrif chwaith, am mai gwaith oedd e, ac roedd mam Lara wrth law, yn cadw llygad. Ac yn yr ardd wedyn, wythnos yn ddiweddarach, a hithau'n plygu dros y planhigion. Nid gwaith oedd hynny. Ac roedd ei mam wedi mynd allan. Ond doedd Lara ddim yn dymuno cofio'r prynhawn hwnnw chwaith am ei fod wedi gadael blas cas yn ei cheg. O'i gofio, byddai wedi difwyno'r atgofion eraill. Cwrdd ar y rhipyn byr rhwng y gwesty a'r môr. Eistedd ar y traeth, dim ond am awr, nes iddi fynd yn rhy boeth. Ei law. Ei fysedd. Ei wefusau. Dyna'r pethau roedd hi am eu cofio. Ond yn fwy na dim, mynnai gofio'r traeth, am nad oedd hwnnw'n newid. Eistedd ar y traeth, yn gwylio'r graig draw yn y pellter, y caban pren lle bydden nhw'n mynd am eu diodydd. Pum mlynedd yn ôl. Pum awr i gyd. A'r pum awr bellach yn eiliadau. Llai na hynny. Fel lluniau mewn *brochure*. Y tu allan i amser.

10 Sol

Teimlodd Sol y diferion yn bwrw ei war, yn llifo i lawr ei gefn. Roedd y glaw wedi dechrau disgyn trwy ganghennau'r goeden. Ac roedd e'n siŵr bod y diferion hynny, o gronni ar y dail uwchben a chwympo dan rym eu pwysau'u hunain, yn fwy ac yn drymach na'r diferion glaw cynhenid. Gwelodd y patsys gwlyb yn lledu ar goesau ei oferôls. Gwelodd y dŵr yn casglu, yn byllau bach anniben, yn y rhychau ar dop ei *holdall*. Croesodd y ffordd a sefyll dan fondo Costa Coffee. Câi aros yno nes bod y glaw yn peidio. Tynnodd facyn o'i boced a sychu'i wyneb. Cerddai siopwyr heibio, gyda'u bagiau a'u troliau, rhai ar eu ffordd yn ôl i'r maes parcio, rhai yn troi am gwpanaid cyn dychwelyd adref. Ac am ychydig daeth cysur i Sol o fod yn eu plith, o weld y difaterwch yn eu hwynebau. Nid oedd yn neb fan hyn. Ni faliai neb amdano. Taniodd sigarét.

Aeth deng munud heibio. Erbyn hyn, ac er ei fod yn sefyll yn y cysgod, roedd y glaw wedi treiddio i'w groen. Roedd y crys o dan ei oferôls yn gadach gwlyb. Ac roedd yn crynu. A dyna, siŵr o fod, pam yr oedd rhai o'r siopwyr yn rhoi mwy o sylw iddo bellach, dim ond yn frysiog, ond digon i'w osod ar wahân i'r dieithriaid eraill. Trodd eu difaterwch yn rhywbeth gwahanol: tosturi, o bosibl, neu ffieidd-dra, doedd dim modd gwybod. Siaradent â'i gilydd dan eu gwynt. Siarad am beth? Am y dyn truenus, wedi'i wlychu at ei groen. Am yr hen labwrth 'na, a beth sydd 'da fe yn ei *holdall*, gwedwch? Mae isie cael gair 'da rhywun ambwyti fe.

Tynnodd Sol ei ffôn o'i boced a gweld bod Carol wedi ffonio ddwywaith. Dim neges. Dim gair gan Barry chwaith. Na Daz. Jiawled. Gwasgodd y ffôn yn ei ddwrn. Ffycin jiawled. Aeth i sefyll wrth yr heol fach eto, lle roedd y ceir yn gorfod arafu. Cododd ei fawd. Cuddiai'r teithwyr y tu ôl i'w weipars.

11 Lara

Penderfynodd Lara erthylu'r gefell bach a fu'n rhoi bola tost iddi ers pum mlynedd. Os oedd y penderfyniad hwnnw'n gwneud iddi deimlo'n chwydlyd ac yn benysgafn, fe wyddai mai dyna'r pris oedd i'w dalu. Rhaid dioddef ychydig o boen er mwyn cael gwared â'r drwg. Beth bynnag, roedd y ffetws wedi hen farw. Roedd wedi crebachu a chaledu a throi'n hen golsyn bach du. Ac i beth fyddai rhywun am gadw peth fel 'na yn ei bola? Roedd yn afiach. Yn ych-a-fi. Ei dorri e mas a'i gladdu, dyna'r oedd angen ei wneud. Doedd gan yr efeilles fach yng Ngwlad Groeg ddim ymennydd. Ffaith. Roedd Lara wedi edrych ar y we. Llygaid. Gwallt. Rhyw hanner wyneb. Ond dim ymennydd. Ac i beth fyddai hi eisiau cario rhywbeth fel 'na yn ei bola weddill ei hoes?

Ar ôl i'w mam fynd i'r gwely, tynnodd Lara botel o win gwyn o'r ffrij ac arllwys gwydraid mawr. Yfodd ddau lymaid a chwympo i gysgu yn ei chadair. Llais byrlymus Ardal O'Hanlon ar y teledu a'i dihunodd, ychydig ar ôl canol nos. Yfodd ragor o win. Yna aeth â'i gwydryn at y cyfrifiadur yn y stafell ganol ac agor ei negeseuon e-bost. Roedd Nesta, ei chwaer, wedi anfon deiseb ati i'w harwyddo. Fe'i harwyddodd heb ddarllen y manylion. Trodd at Facebook. Roedd Bethan wedi anfon cartŵn. 'Nurses work 12 hours a day: 4 hours caring for patients and 8 hours washing our hands.' Agorodd y ffeil roedd Bethan wedi tynnu'r cartŵn ohoni ac edrych yn frysiog ar y cartŵns eraill. Dim ond un a ddaeth â gwên i'w hwyneb ac roedd hwnnw'n rhy anweddus i'w anfon ymlaen. Yna rhoddodd 'Gruffydd Vernon Wilkes' yn y blwch *Chwilio am Bobl.* Gwelodd y geiriau cyfarwydd.

Ni ddarganfuwyd unrhyw ganlyniad i'ch chwiliad.

Dileodd 'Gruffydd'. Ar unwaith, ymddangosodd crynodeb o hanes Vernon Wilkes (Jr), a anwyd yn 1967 yn Baltimore, Maryland. Ac er bod yr hanes hwn hefyd yn hen gyfarwydd, darllenodd Lara, unwaith yn rhagor, am ei droeon annhebygol. *In the Xbox, PC, and Gamecube versions of Splinter Cell, Wilkes is fatally wounded during Fisher's extraction from the Kalinatek building.* Aeth i'r gegin i ymofyn darn o darten afalau a llwyaid o hufen iâ. Arllwysodd wydraid arall o win.

Yna, yn ôl ei harfer, aeth at Google a theipio rhagor o amrywiadau ar yr enw: Gruffydd Vernon Wilkes, fel o'r blaen, yna Gruffydd Wilks, Gruff Wilks, Griff Wilkes a Vernon Wilkes. A darganfod, unwaith yn rhagor, G. Vernon Wilks y cyfreithiwr, oedd newydd symud yn ôl i Vermont ar ôl treulio ugain mlynedd yn Idaho. A Griffith Vernon, a oedd yn ymbaratoi i arwain tîm y Coyotes yn erbyn Lower Quays y dydd Sul canlynol. Ar dudalen chwech daeth ychydig o amrywiadau newydd i'r golwg, gan gynnwys Rev. Vernon Griffiths, Church of St John the Evangelist, Freetown a V. Griffiths, Wilkes-Barre, Pennsylvania. Doedd yr un o'r rhain yn berthnasol ac eto, am funud neu ddwy, roedd y ffaith bod enwau tebyg i enw Gruff yn gallu mynd a dod, fel cleifion yn yr ysbyty, mewn a mas, mewn a mas, yn codi'i chalon, yn profi mai peth llithrig, di-ddal oedd pob cyfrwng gwybodaeth. Ac efallai, ymhen hir a hwyr, y deuai'r cyfuniad cywir i hawlio'i le.

Dychwelodd Lara i'w chadair yn y stafell ffrynt. Edrychodd ar ei rhestr siopa. Ychwanegodd 'Lemon Cheesecake'. Croesodd allan 'Fframiau'. Diffoddodd y teledu a gadael y gwin heb ei orffen. A gwyddai fod pum mlynedd yn ddigon.

12 Sol

Teimlodd Sol gryndod yn ei boced. Neges oddi wrth Barry yn Iwerddon.

Daz rang. U fkd

13 Lara

Pasta
Pesto
Madarch
Garlleg
Baguette
Menyn
Caws Caerffili
Salad

Cafodd Lara hyd i rywun a allai ei helpu i ddygymod â'i chyflwr. Gweld ei hysbyseb yn ffenest y siop iechyd wnaeth hi. Synnodd at yr enw – Haval Reis – a meddwl, gan ei bod hi'n sefyll o flaen siop fwyd, mai math o fwyd oedd hwnnw hefyd. Haval Reis. Fel *Halal Meat*. Ond yn llysieuol. Yn iachus. Fel afal a reis. Gwelodd wedyn fod yr afal a'r reis yma'n dda at bob math o anhwylderau, gan gynnwys trawma, iselder, stres, gorbwysau a diffygion rhywiol, ond sylwodd yn arbennig, wrth sganio'r rhestr yn fwy manwl, ar y gair 'galar'. Ac fe wyddai ar unwaith mai dyna oedd yn bod arni. Galar oedd yn gyfrifol am y gwacter yn ei chylla, y dynfa yn ei brest, y dihuno am bedwar y bore a chwarae'r hen ffilm ddiflas honno yn ei meddwl, drosodd a throsodd, hyd syrffed. Roedd y corff wedi erthylu'r ffetws ond roedd yr hiraeth amdano'n fwy nag erioed. Beth allai hynny fod ond galar? Sgrifennodd y rhif ffôn ar ei rhestr siopa.

Aeth Lara i mewn i'r siop a phrynu pot o Bouillon a phaced o gnau pecan. Doedd yr eitemau hynny ddim ar ei rhestr ond fe deimlai'n fwy cyfforddus wedyn, wrth fynd at y til a thalu am ei nwyddau, bod ganddi'r hawl i ofyn i'r perchennog, gyda llaw, shwt un oedd yr Haval Reis yma, tybed? Achos roedd ei mam wedi bod yn teimlo'n isel yn ddiweddar. A byddai eistedd i lawr am glonc unwaith yr wythnos yn llawer gwell na llyncu pils. Rhywun a allai'i thynnu hi mas o'i hunan, dyna beth oedd eisiau. 'Shwt un yw e, y'ch chi'n gwbod?' Ond doedd y perchennog ddim yn siŵr, oherwydd gwraig Haval Reis ddaeth â'r poster i mewn, nid y dyn ei hun.

Yn fwy na dim, roedd Haval Reis yn apelio at Lara am ei fod e'n byw y tu allan i Drefelin. Gallai hi fod wedi mynd at rywun mwy cyfleus. Roedd ei chartref yn Heol Hafren o fewn tafliad carreg i ganol y dref a'i holl gyfleusterau, a doedd dim prinder therapyddion a chwnsleriaid a chynghorwyr o bob math yn y parthau hyn. Ond byddai'r clapan wedi dechrau wedyn. Ac mewn byr o dro, byddai pobl y gwaith wedi cael achlust a dechrau gofyn iddi shwt roedd hi'n teimlo heddi, yn gweld cysgodion gofid yn ei llygaid, yn gofyn i'w gilydd, tybed a oedd y straen wedi mynd yn drech na hi? Mynd at rywun dieithr, felly. Yn agos, ond heb fod yn rhy agos. Dyna fyddai orau.

Wedi dychwelyd adref, ffoniodd Lara i drefnu apwyntiad. Cafodd ychydig o siom o orfod gwneud hynny trwy gyfrwng gwraig Haval Reis yn hytrach na'r dyn ei hun. Gobeithiai na fyddai hithau'n bresennol, pan âi ati i roi ei hanes, i sôn am Gruff, i ddefnyddio geiriau na fyddai'n dymuno i fenyw arall eu clywed.

'Dewch am dri os yw hynny'n gyfleus.'

'Heddi?'

'Y prynhawn 'ma. Mae rhywun wedi canslo.'

Doedd Lara ddim yn bles chwaith bod y fenyw hon wedi cynnig apwyntiad mor fuan. Sut gallai hi gasglu'i meddyliau mewn cwta bedair awr? Sut gallai hi wasgu pum mlynedd o alar i gyn lleied o eiriau? A bu bron iddi ddweud, Na, roedd ganddi bethau eraill i'w gwneud y prynhawn hwnnw, a gofyn am ddyddiad arall, pan na fyddai mor brysur. Ond cytuno wnaeth hi, oherwydd roedd hi wedi petruso digon yn barod, a doedd hi ddim am ymddangos yn ddidoreth, ddim o flaen gwraig Haval Reis.

'Dim ond os y'ch chi moyn, cofiwch. Sdim rhaid.'

'Na, na, mae hynny'n iawn. Mae tri o'r gloch yn iawn. Taro tra bo'r harn yn boeth, yntife?' meddai Lara. 'Fel byddai 'nhad yn arfer gweud.'

14 Sol

Daeth Range Rover o gyfeiriad y siopau. Doedd dim arwydd IRL arno, ond roedd e'n tynnu cwch. Arafodd cyn ymuno â'r ffordd fawr. Taflodd Sol ei ffôn i gefn y cwch.

'Cerwch ar ôl hwnna, bastads.'

15 Lara a Sol

3 pot blodau 15"
Potting compost
Ultrasonic Cat Deterrent

Cafodd Lara a'i mam gaws, baguette a salad i ginio. Pan ddaeth yn amser i fynd am ei hapwyntiad gyda Haval Reis, penderfynodd Lara fanteisio ar y cyfle i ymweld â'r ganolfan arddio hefyd, am fod honno ar y ffordd. 'Dim ond mynd i Price's, Mam,' meddai, cyn ymadael. 'I godi cwpwl o botiau i'r ardd.'

Ac felly, wrth iddi yrru ei Fiat Punto coch heibio mynwent Trefelin ac anelu am y ffordd fawr, yr hyn a lenwai feddwl Lara oedd llun ohoni hi ei hun, yn nes ymlaen, yn trosglwyddo'r *Benficus* i botiau mwy helaeth. 'I'r gwreiddiau gael lle i mystyn,' fel y byddai'i thad wedi'i ddweud. Aeth i feddwl wedyn, tybed a oedd angen mwy nag un bag o gompost? Trueni nad oedd ei thad wrth law i roi gair o gyngor iddi. Ond roedd hi'n falch o weld ei bod hi'n bwrw glaw, ar ôl yr holl dywydd sych. Ni fyddai angen rhoi dŵr i'r ardd am ddiwrnod neu ddau.

Ac yn y modd hwn, wrth iddi dynnu'i char i mewn i fynedfa Price's Gardening Supplies, fe lwyddodd Lara, dros dro, i anghofio am Haval Reis a'r hyn y byddai'n ei ddweud wrtho maes o law. Wrth weld yr *Aubretia* wedyn, yn glystyrau bach pinc yn ymyl y drws, meddyliodd, Ie, byddai'r rheiny'n edrych yn bert ar bwys y *Lobelia*. Ac roedd ei bysedd yn y pridd gyda'r gwreiddiau, roedd ei llygaid yn mesur y pellter rhyngddynt, wyth modfedd bob tro. Roedd baw dan ei hewinedd, yn brawf o'i diwydrwydd. Yn yr ardd yn y meddwl, a'r blodau i gyd yn rhesi cymen, doedd dim lle i Haval Reis na Gruff na neb arall.

Rhoddodd Lara dair *Aubretia* yn ei throli. Yna ychwanegodd ddau *Acanthus*, oherwydd byddai'r rheiny'n dod i'w blodau ar ôl i'r *Aubretia* wywo, ac ni fyddai hynny'n hir iawn achos roedd yn ddiwedd Ebrill yn barod. Ac roedd eisiau cynllunio ymlaen llaw lle roedd garddio yn y cwestiwn.

Ni feddyliodd Lara am Gruff nes iddi fynd at y dyn ifanc yn yr oferôls glas a gofyn am help i godi'r compost. 'Pum munud, OK?' meddai yntau. A dwedodd Lara, Na, doedd pum munud ddim yn OK, roedd hi ar hast i fynd, a beth oedd mor bwysig bo' fe'n ffaelu rhoi bag o gompost ar droli iddi? Ac roedd Gruff yn ôl wrth ei hochr. Achos dyna'r cof diwethaf oedd ganddi ohono, yn yr ardd yn ôl yn Heol Hafren, yn rhoi help llaw, a mwy o help llaw nag oedd ei angen ar y pryd, nag oedd yn dderbyniol, yng ngardd ei mam, a'r cymdogion i gyd yn pipo trwy'u ffenestri.

Efallai fod Lara'n teimlo'n euog wedyn am fod mor ddiamynedd gyda'r dyn ifanc, oherwydd pan ddaeth allan o Price's Gardening Supplies a throi'n ôl am y ffordd fawr, gwnaeth rywbeth nad oedd hi wedi'i wneud ers tro byd: cynigiodd lifft i fodiwr. Roedd hwnnw'n gwisgo oferôls hefyd a dyna'r rheswm, o bosibl, pam yr oedd mor hawdd iddi drosglwyddo'i hanesmwythyd o'r naill ddyn ifanc i'r llall. Neu efallai, o adnabod Lara, y byddai'n decach dweud nad euogrwydd oedd y gwir reswm am ei hymddygiad anarferol heddiw ond yn hytrach yr awydd i roi rhywbeth

arall – rhywun arall – rhyngddi hi a Haval Reis. Dyna,
fwy na thebyg, a eglurai'r wên fawr ar ei hwyneb wrth
iddi dynnu ei char tuag ochr yr heol, a'r chwifiad bach
cyfeillgar a gynigiodd i'r dyn dieithr. A'r cyfan yn dweud
mor falch oedd hi o gael cydymaith am ychydig, i droi ei
meddwl at bethau amgenach.

Pan welodd y bodiwr wyneb crwn Lara yn gwenu
trwy'r winsgrin, ni chymerodd lawer o sylw, gan feddwl,
siŵr o fod, mai gwenu ar rywun arall roedd hi, achos
roedd digon o fynd a dod fan hyn, rhwng y siopau a'r
gwasanaethau. Yn fwy na hynny, doedd menywod ddim
yn cynnig lifftiau i ddynion. Dyna'r rheol. A bu'n rhaid
i Lara weindio'r ffenest i lawr a gwyro dros y sêt flaen a
gweiddi ar dop ei llais, 'Ydych chi'n dod, 'te?' Pwyntiodd y
bodiwr at ei frest a gofyn, yn anghrediniol, 'Fi …? Fi y'ch
chi'n 'feddwl?'

Eiliadau'n ddiweddarach, wrth fynd rownd y cylchdro,
sylweddolodd Lara fod y dieithryn yn wlyb diferu.
Clywodd slwtsh-slwtsh ei draed ar y llawr. Gwyntodd y
glaw yn ei ddillad. Roedd hi'n siŵr y gallai arogli'i gorff
trwyddynt hefyd: aroglau rhywun a fu'n sefyll yn yr un
man yn rhy hir, yn gwlychu, yn chwysu, yn pydru. Efallai
ei bod hi'n amheus hefyd o'r ddau fag mawr roedd e wedi'u
taflu i'r sêt gefn ac yn poeni y bydden nhw'n gwneud
difrod i'r potiau blodau ac yn difaru nad oedd hi wedi
rhoi'r rheiny yn y gist, gyda'r compost. 'Ffordd hyn rwy'n
mynd,' meddai, ymhen milltir. 'Dros y top.' Ac roedd hi'n
gobeithio, fwy na thebyg, wrth droi am heol y mynydd,
y byddai'r dyn gwlyb yn ateb, 'O, 'na fe, te, bydd well i fi
fynd lawr fan hyn.' Ond os felly, nid amlygodd hynny yn

ei llais. Siaradodd yn siriol ac yn serchog, yn ôl ei harfer. Gwyddai fod yr aroglau annymunol hefyd yn dda at fynd â'i meddwl oddi wrth faterion mwy dwys.

Ac os oedd Sol yntau'n amheus, o weld yr heol fach gul yn ymestyn o'i flaen, ni faliai lawer. Roedd wedi cael digon o sefyll yn y glaw. Doedd e ddim yn mynd i Iwerddon rhagor, felly beth oedd diben cadw at y ffordd fawr? Dyna pam y dwedodd, "Na chi, te. Iawn 'da fi. Diolch yn fawr.'

Nodiodd Lara ei phen. Yna, wrth daflu golwg ar ei oferôls: 'Gweithio fan hyn?'

'Ie. Gweithio.'

Edrychodd Lara eto, gan ddisgwyl gweld enw neu logo o ryw fath. 'Yn un o'r siopau? Yn y garej?'

A bu'n rhaid i Sol sôn am y fan oedd wedi torri i lawr. Yna, gan synhwyro nad oedd hynny'n ddigon o esboniad: 'Mae jobyn 'da fi lan ffor' hyn.' Edrychodd ar yr arwyddbost. 'Draw sha …' Ystyriodd yr enwau dieithr. 'Draw sha Bwlch y Gwyddau.' Ac fe geisiodd ddweud hynny mewn ffordd wledig, briddlyd, lawr-yn-y-gwddwg, i wneud i'r fenyw wrth ei ochr deimlo'n fwy cyfforddus, i brofi bod ganddo'r hawl i weithio yn y parthau hyn.

A dwedodd hithau: 'Y fferm wynt, ife?'

Doedd Sol ddim yn siŵr beth oedd fferm wynt. 'Y fferm …?'

'Lan ar bwys Bwlch y Gwyddau. Y tyrbeins.'

Erbyn hyn roedd Lara'n pwyntio'i bys at y gweundiroedd garw oedd yn dod i'r golwg yn y pellter, at y cnwd o dyrbinau gwynion ar hyd y gefnen, a'u llafnau'n hollti'r awyr. 'F'yna y'ch chi'n gweitho, ife?'

'Ie, 'na fe,' meddai Sol. 'Y fferm wynt. Bwlch y Gwyddau.'

'Gwaith cynnal a chadw, ife?'

'Ie, ie,' meddai Sol. 'Cynnal a chadw. I ga'l nhw i droi'n well. Gorffod cwrdd â'r bois eraill f'yna.' Stopiodd wedyn, gan ofni bod y stori yma'n mynd yn rhy gymhleth ac yn llithro o'i afael. Ond roedd y fenyw yn nodio'i phen, yn gwneud synau bach cefnogol, i ddangos ei bod hi'n gwrando a'i bod hi'n awyddus i glywed mwy. 'Mae 'na bethe f'yna sy isie eu trwsio ... Y ffensys ... Y cloeon ... Stwff fel 'na.'

'Y cloeon?'

'Ie,' meddai Sol. 'Mae pobol wedi'u malu nhw.'

'Eu malu nhw? Ym Mwlch y Gwyddau?'

'Mae pobol yn malu pethe ym mhob man.'

'Ond ym Mwlch y Gwyddau?' Ysgydwodd Lara ei phen mewn siom o ddeall bod y malwyr wedi dod mor bell, wedi treiddio i le mor ddiarffordd.

Ac i Sol roedd hynny'n ddigon derbyniol. Lle anghysbell oedd Bwlch y Gwyddau. Lle anial. Ac os nad oedd Sol yn gwybod dim amdano, siawns nad oedd neb arall yn gwybod chwaith. Neb o bwys. Ac yn hynny o beth, efallai fod Bwlch y Gwyddau cystal bob tamaid â Dulyn. Am sbel. Nes bod rhywbeth arall yn troi lan.

16 Blaendeuddwr

Safai Haval Reis yn y gegin, yn yfed ei goffi. Trwy'r ffenest gwelai ddwy lawnt fach gymen a blodau'n tyfu o boptu iddynt, yn gymysgedd o *Dianthus* pinc a *Campanula* porffor a gwyn. Y tu hwnt i'r blodau, gwelai'r *New Zealand flax* a'r *Cabbage palm* a roddai naws annisgwyl o drofannol i'r ardd. Ac eto, ym meddwl Haval, roedd golwg ddigon cartrefol arnynt bellach, a'r glaw yn dechrau clirio a'r haul yn goleuo'r cymylau tua'r de. Tynnai gysur o hynny, bod y fath blanhigion ecsotig wedi llwyddo i fwrw gwreiddiau mewn pridd mor denau a llwm.

Edrychodd Haval trwy'r ffenest eto a gweld, ar y llechweddau islaw, dai mas Bryn Berllan, y coed deri a amgylchynai Ty'n Llan ac wrth eu hymyl, tŵr eglwys Llangerian. Cododd ei lygaid wedyn a gweld, ar y gorwel, fferm wynt Bwlch y Gwyddau, y tyrbinau'n wyn yn erbyn y cymylau, ac un yn fwy llachar na'r lleill am fod llygedyn o haul yn ei gyffwrdd. Edrychodd draw tua'r dde, a pharhau i edrych, gan obeithio canfod awgrym o lesni'r môr, gan wybod bod hynny'n bosibl ar ddiwrnod clir. Ond heddiw, er gwaethaf ymdrechion yr haul, roedd y cymylau yno'n dew ac yn isel o hyd.

Yna, o edrych draw tua'r chwith, ac ar ei waethaf, gwelodd Haval Reis fondo'r hen sgubor. Ystyriodd y ddwy ffenest newydd, yn pwyso yn erbyn gwaelod y wal. Ystyriodd y to, a'i ben pellaf dan shiten o PVC. Siglodd ei ben, wrth feddwl bod mis Ebrill eisoes wedi llithro heibio, bod pythefnos o dywydd sych, heulog, wedi'i golli'n barod, bod mwy o law ar ei ffordd. A byddai angen ffonio Jorgi eto fyth, a dweud wrtho, yn blwmp ac yn blaen, 'Y sgubor, Jorgi. Y sgubor!' A rhoi un cyfle arall iddo. Achos os na fyddai rhywun yn gwneud rhywbeth, a hynny ar fyrder, byddai'r glaw yn treiddio i'r pren, yn pydru'r trawstiau a'r lloriau. Deuai'r hydref a'r gaeaf a byddai ei gynlluniau am y ganolfan newydd yn mynd i'r gwellt am flwyddyn arall.

Edrychodd Haval ar westeion neithiwr yn gyrru eu car ar hyd y lôn gul tuag at y ffordd. Yfodd ddiferion olaf ei goffi. Yna, ar ôl i'r car droi a diflannu, aeth allan o'r tŷ trwy'r drws cefn a cherdded yn hamddenol tuag at ben y lôn. Dyma ei arfer bob bore, pan fyddai gwesteion yn ymadael. A phan ddisgleiriai'r haul, fel y gwnâi ar hyn o bryd, rhwng y cawodydd, câi foddhad o gerdded y canllath hyn: o glywed y fwyalchen yn pyncio'i chân o'r coed ynn gerllaw, o edrych ar yr ŵyn yn syllu arno trwy'r ffens ac yn prancio'n ôl at eu mamau. Byddai'n well petai'r sgubor yn nes at gael ei chwblhau. Byddai'n well hefyd pe na bai'r tyrbinau gwynt mor amlwg, mor fawr. Ond doedd Haval Reis ddim yn un i borthi meddyliau negyddol. A phan fyddai'r meddyliau hynny yn bygwth tarfu ar ei ddedwyddwch, roedd ganddo dechneg wrth law i'w tawelu. Edrychodd yn ôl ar y sgubor: ar y tyllau tywyll lle roedd y ffenestri newydd i fod, ar y to, a'r shiten PVC bellach yn dala golau'r haul. Ystyriodd y cwbl, a'i atgyweirio i gyd yn ei ddychymyg. Sibrydodd, gydag argyhoeddiad tawel, 'Fe ddaw. Fe ddaw.' Gwenodd. Parhaodd i wenu nes bod ei feddwl yn wên i gyd. Daeth y chwerthin ar ei adenydd ei hun wedyn. Chwerthiniad bach pluog o'r bola. Ystyriodd y tyrbinau gwynt eto a'i orfodi'i hun i weld ynddynt, nid hagrwch cynnydd ond ceinder pensaernïaeth a gwneuthuriad. Sibrydodd. 'Cain. Cain.' Teimlai'r llyfnder cywrain hwnnw gyda bysedd ei ddychymyg a meddwl, Ie, Bwlch y Gwyddau. Dyna'r gwyddau newydd. Dyna'u gyddfau hir ysblennydd. Sibrydodd. 'Gwyddau. Gyddfau gwyddau.' Chwarddodd. Chwerthiniad bach pluog arall o'r bola, yn codi ar ei adenydd ei hun.

Wedi cyrraedd pen y lôn, dringodd Haval i dop yr hen stand laeth. Tynnodd glwtyn o boced ei drwser a rhoi sglein i arwydd y tŷ.

Trodd y darn o bren a grogai o dan yr arwydd a datgelu'r gair **VACANCIES**. Edrychodd ar yr arwydd arall wrth ei ochr a meddwl, tybed a yw hwnnw'n cadw pobl draw? Pobl sydd ddim yn gyfarwydd â'r gair 'holistig', efallai, neu'n ei gamddeall, yn gweld rhyw fygythiad ynddo. Pobl a ofnai, o bosibl, na fyddai modd manteisio ar y gwely a'r brecwast heb orfod derbyn y therapi hefyd.

Neu, fel roedd Barbara, ei wraig, wedi awgrymu, efallai fod y fath arwydd yn denu *dim ond* pobl anghenus, a'r rheiny, yn ôl eu natur, yn annhebygol o fod yn gwsmeriaid rheolaidd a dibynadwy. Ac roedd yn gofyn mwy o ymdrech i wenu y tro hwn. Roedd rhaid i Haval dynnu ar gyhyrau dyfnach nag eiddo'r bochau a'r gwefusau. Ond dyna a wnaeth. Clywodd y fwyalchen, a gwenu. Teimlodd wres yr haul ar ei glustiau, a chwerthin. Datganodd wrth y defaid a'r coed o boptu: 'Mae heddiw yn ddiwrnod newydd.'

Meddyliodd wedyn nad drwg o beth fyddai dosbarthu mwy o daflenni. Gallai ddiweddaru'r wefan hefyd. Gallai roi hysbyseb yn y papur. 'Diwrnod newydd,' meddai. 'Mae heddiw yn …' Ac yn bennaf oll, ffonio Jorgi. Rhaid ffonio Jorgi eto, achos y sgubor oedd y flaenoriaeth. Heb atgyweirio'r sgubor, sut roedd symud ymlaen?

Ac erbyn hynny roedd y wên wedi pylu a'r chwerthin wedi cilio'n llwyr.

17 Sol a Lara

Daeth car Lara i stop ganllath yn fyr o dop Rhiw Nant-y-bwch. Edrychodd Sol trwy'r ffenest a gweld arwydd Blaendeuddwr.

'Dyma ddiwedd y daith, mae arna i ofn,' meddai Lara. 'O leia mae hi wedi sychu.'

Agorodd Sol y drws. Wrth sefyll, glynai ei oferôls gwlyb wrth ei goesau a'i ben-ôl. Edrychodd y ddau ar sglein y lleithder roedd wedi'i adael ar ei sedd.

'Sori.'

'Fe sychith,' meddai Lara. 'Gobeithio cewch chi lifft arall.'

Ystyriodd Sol wacter y ffordd o'i flaen. Casglodd ei fagiau o'r sedd gefn. 'Diolch am y lifft.'

'Byddwn i'n mynd â chi'n hunan, ond mae gen i...' Edrychodd Lara ar yr arwydd a gweld y gair 'Therapydd' a sylweddoli nad oedd hi'n barod i wneud cyffes wrth ddyn dieithr, hyd yn oed dyn dieithr na fyddai hi byth yn ei weld eto. 'Ond mae gen i waith i'w wneud.'

Edrychodd Sol yntau ar yr arwydd a nodio'i ben. Dwedodd ffarwél a dilyn ffordd y mynydd. Dyna'i stori, a rhaid byw'r stori honno am ysbaid fach eto. Doedd dim dal faint fyddai'r fenyw hon yn aros ym Mlaendeuddwr. Efallai y deuai heibio'r ffordd yma wedyn. Am ugain munud, felly, fe gerddodd Sol i gyfeiriad y fferm wynt, yn union fel petai ganddo jobyn iawn o waith i'w wneud yno, a'r contract yn ei boced a'r cwbl.

18 Lara

Edrychodd Lara ar ei watsh. Roedd hi'n llawer rhy gynnar. Ond fe wyddai, petai hi'n aros yma yn y car, y byddai'n rhaid iddi dynnu ei ffôn allan o'i phwrs ac anfon neges at Gruff, rhag ofn bod ei chariad wedi bod i ffwrdd, neu wedi colli'i ffôn a newydd ddod o hyd iddo. Neu efallai ei fod e'n pendroni ynglŷn â'u dyfodol gyda'i gilydd y funud honno a dyna i gyd yr oedd angen ei wneud oedd anfon tecst ato ac fe ddeuai at ei goed. Doedd hi ddim wedi anfon gair ers tro byd, ond roedd heddiw'n wahanol. Ar ôl heddiw ni fyddai diben anfon yr un neges arall. Dim ond unwaith eto, felly, un cyfle arall, cyn cyfaddef y cwbl wrth Haval Reis a rhoi pen ar y mwdwl unwaith ac am byth.

Ac o anfon neges a gorfod aros yn y car, a dim byd yn dod, ac aros deng munud arall, dim ond rhag ofn, a dim byd yn dod eto, efallai y byddai'n mynd yn rhy hwyr. Byddai'n rhaid iddi ffonio Haval Reis, i ymddiheuro, i ddweud bod y car wedi torri i lawr, neu'i bod hi wedi cael pwl cas o rywbeth neu'i gilydd – y meigryn, mae'n debyg – a byddai hi'n ffonio'n ôl i aildrefnu. A byddai hynny'n codi cywilydd arni, am beidio â rhoi gwybod ynghynt. Byddai hi'n baglu dros ei geiriau. Ac fe âi'r cwbl yn un cawlach mawr.

Am y rhesymau hyn i gyd, penderfynodd Lara adael ei char ar ben y lôn, o dan arwydd Blaendeuddwr, a cherdded gweddill y ffordd. Roedd y tŷ o fewn golwg: gallai weld y to a'r simnai trwy'r coed. Ac os oedd y lôn braidd yn garegog, doedd dim gwahaniaeth am hynny. Rhoddai'r cerrig rywbeth arall iddi ganolbwyntio arno. Ar y ffordd, edmygodd y palmwydd a dyfai bob ochr i'r lôn, a synnu bod planhigion o'r fath yn gallu tyfu cystal yn y parthau hyn. Clywodd sŵn *strimmer* wedyn ac yna, draw wrth ochr y tŷ, gwelodd fenyw mewn dyngarîs glas yn torri'r lawnt. Ystyriodd godi'i llaw, ond roedd y fenyw â'i chefn ati a doedd Lara ddim am fynd yn nes rhag codi ofn arni. O weld ei bod hi o hyd yn gynnar o chwarter awr, dilynodd y llwybr i ochr arall y tŷ. Edmygodd y *Dianthus* a'r *Campanula* a dyfai yno. Tynnodd y rhestr siopa o'i bag a sgrifennu *Dianthus/Campanula?* arni, gan feddwl y byddai'r blodau hyn yn edrych yn bert ym mhen uchaf ei gardd ei hun, y tu hwnt i'r *Aubretia* a'r *Acanthus*, ac efallai yr âi hi'n ôl i Price's Gardening Supplies ar ôl cwpla'i sesiwn gyda Haval Reis. Edrychodd ar ei watsh. Deng munud i fynd. Yna, trwy un o'r ffenestri, gwelodd ddyn tal, main yn taro'i fysedd yn erbyn ei gilydd, yn sugno'i wefusau. Gobeithiai mai Haval Reis oedd hwnnw am fod golwg amyneddgar arno. Pwyllog. Doeth. Tynnodd y rhestr allan eto a thanlinellu *Dianthus/Campanula* fel y byddai hi'n deall, ar ôl cyrraedd adref, mai pethau ychwanegol oedd y rhain, gogyfer â'r tro nesaf. Rhoddodd ddwy linell trwy'r eitemau eraill, y rhai a brynodd heddiw. Yna, ar ôl gwthio'r rhestr yn ôl i'w phoced, ceisiodd edrych trwy'r ffenest eto. Ond roedd rhywun wedi tynnu'r bleinds. Edrychodd ar ei watsh. Saith munud.

19 Dyddlyfr Haval Reis

28 Ebrill
3.00 pm
Lara Wyn 45 mlwydd oed. Sengl (?)
Sesiwn gyntaf

Cyrhaeddodd yn gynnar a cherdded yn ôl ac ymlaen heibio'r ffenest. Edrych trwyddi'n gyson nes fy mod i'n gorfod cau'r bleinds. Cerdded i mewn yn llawn ffrwst a bwrlwm wedyn. Paldaruo am y tywydd, y traffig, yr ardd – y Campanula'n denu ei sylw – a gofyn ai fi ynte fy ngwraig sy'n ei thendio. Dwedais nad oeddwn i'n gwybod dim am arddio. Hithau'n chwerthin. 'Chi'n lwcus bod 'da chi wraig mor handi!' (Chwerthin nerfus, trwy'r pen. Cuddio'i cheg â'i llaw.)

Soniodd am y poster yn y siop iechyd yn Nhrefelin. Traethu am y siop, dweud ei bod hi'n prynu llawer o'i bwydydd yno, yn ceisio byw'n iach, etc. etc. Awgrymu fy mod i'n mynd â phoster i'r siop gemist, lle mae ei ffrind yn gweithio. Sôn am y ffrind wedyn, yn 'real haden'. Rhagor o chwerthin. Rhoi llaw dros ei cheg eto. (Achos ei dannedd? Achos ei bod hi'n cochi? Achos bod ei hwyneb yn troi'n gylch perffaith pan fydd hi'n chwerthin? Mae'n cario gormod o bwysau ac yn ceisio cuddio'r ffaith: yn codi'i phen fel na fydd yr ên ddwbl mor amlwg.) Mae craith ar ei garddwrn. Hen un, mae'n debyg. Modfedd o gochni i'w gweld er gwaethaf y llawes hir. Ai cuddio ynte arddangos roedd hi? Sylwodd fy mod i'n sylwi a chroesi'i breichiau. Siwt drywser lwyd, ffurfiol, hen ffasiwn braidd am ei hoedran.

[DS Rhaid i mi fod yn ofalus ble mae'r llygaid yn crwydro, yn enwedig yn y sesiwn gyntaf.]

Gofyn 'Beth yw'r broblem, Laura?'

[DS Laura sydd yn y llyfr apwyntiadau, ond Lara yw ei henw. Fel yn Dr Zhivago, meddai. Sgrifen Barbara sy'n flêr. Rhaid i mi siarad â hi am hyn. Y manylion sy'n bwysig, yn enwedig ar y dechrau.]

Hithau'n taflu'i phen yn ôl a dweud 'Wfft!' Ddim yn credu bod ganddi broblem. 'Dim un o bwys'.
        'Ond fe ddaethoch i'm gweld.'
        Anwybyddodd hynny a dweud ei bod hi'n nabod sawl un sydd â phroblemau gwirioneddol, pobl y mae angen triniaeth go iawn arnyn nhw.
        Gofynnais: 'Pa fath o bobl? Pa fath o broblemau?'
        Mae hi'n gweithio gyda nhw bob dydd, meddai, yn eu trin a'u cysuro. Dyna ei gwaith, yn Ysbyty Trefelin.

'Rhywbeth arbennig? Rhywbeth diweddar?'

'Wel, mae 'na un ...'

Roedd i'w gweld yn falch o gael troi at stori rhywun arall. Soniodd am ddyn a fu'n dioddef, yn ôl y disgrifiad, gyda'r cyflwr deubegynol. Bu hwnnw yn A&E, meddai, am iddo fynd 'dros ben llestri' a thorri dwy asen. Sôn am yr ysbyty wedyn a gofyn a ydw i'n gyfarwydd â'r lle, am sut mae pawb yn cael eu pentyrru ar ben ei gilydd yno, a bod trin pobl felly yn A&E ddim yn debyg o wneud lles iddyn nhw, etc. etc. Minnau'n gorfod ei thywys yn ôl i'w stori. LW yn chwerthin, yn ymddiheuro am fod mor 'chwit-chwat'.

Wel, roedd pawb ar ben ei gilydd yn y ward, meddai, yn cael eu cinio. Cig moch gafodd y claf dan sylw, a phwdin afal a chwstard, a'r cwbl ar yr un hambwrdd. (Ymestynnodd y stori ymhellach trwy fanylu ac ailadrodd a dyfalu ynglŷn â chefndir y claf, yn ôl ei acen, etc.) Y claf, yn y diwedd, yn arllwys y cwstard i gyd dros ei gig moch, a sawl un arall yn y ward yn gwneud yr un peth, yn dilyn ei esiampl. LW yn chwerthin eto.

Ceisiodd LW fy nhynnu i mewn i'r digrifwch, i borthi. Gofynnais: 'Ai dyna sydd wedi dod â chi yma heddiw – gofidio am eich gwaith?' A'r cwestiwn fel petai'n codi ofn arni, yn ei thynnu allan o glydwch ei stori. Dwedodd eto nad oedd dim byd yn ei thrwblu hi, ddim mewn gwirionedd, a'i bod hi'n wir flin ganddi am wastraffu fy amser a doedd hi ddim yn deall beth ddaeth drosti, nad oedd hi ddim yn arfer bod fel hyn.

'Ddim yn arfer bod fel hyn? Fel beth yn gwmws? Dy'ch chi ddim yn arfer bod fel ...?'

Dim ateb i ddechrau. Yna, 'Fel y dyn 'na. Yn arllwys cwstard dros ei gig moch. Gwneud pethau dwl. Drysu.' Ymddiheurodd eto.

Dwedais: 'Ydych chi'n hoff o goginio, Lara?'

'Coginio?' meddai. 'Dim ond fi a Mam ...'

'Ond bwyd. Rydych chi'n hoff o fwyd?'

Daeth y dagrau'n syth. 'Dyna chi, Lara,' meddwn. 'Y sesiwn gyntaf sydd waetha bob amser. Ond mae hi drosodd nawr. Mae'r gwaethaf tu ôl i chi. Cydnabod y peth yw'r cam pwysicaf. Ydw i'n iawn, Lara? Ai dyna sy'n eich poeni chi?'

Nodiodd ei phen. Gwenodd a sychu ei llygaid.

[DS Weithiau rhaid mynd at graidd y mater, heb falu awyr. Mae'n arbed gofid yn y pen draw.]

Gofynnais i LW gadw dyddiadur bwyta. Dim deiet eto, dim ond rhestru'r prydau a'r snacks a nodi ei theimladau ar ôl pob un. Roedd i'w gweld yn fodlon ar hynny. Peidiodd y dagrau.

Dechrau da. Chwerthin annaturiol, i rwystro'r dagrau. Ond brawd chwerthin yw llefain. Y gamp fydd meithrin chwerthin iach, naturiol a'i droi am i mewn, i'r lle mae'r dagrau'n byw. I gael LW i chwerthin, nid am y truan yn yr ysbyty, ond am ei chyflwr hi ei hun. Ond rhaid gadael i'r dagrau lifo'n gyntaf er mwyn mynd yn nes at y dolur.

[DS Teimlo'n annifyr wedyn wrth ofyn am ei thâl ymlaen llaw. Bydd angen dyfeisio ffordd well o eirio hyn. Dweud bod y tâl yn fynegiant o'i hymrwymiad, ei bod hi'n fwy tebygol o gymryd y sesiynau o ddifri o wneud hynny etc. etc. Neu gael Barbara i wneud y trefniadau ariannol i gyd?]

20 Sol

Roedd mwy o draffig ar heol Bwlch y Gwyddau nag yr oedd Sol wedi'i ddisgwyl. Traffig gwyliau oedd hwn yn bennaf, yn ôl pob golwg – pensiynwyr yn eu Peugeots a'u Nissans bach, ambell garafán, wedi'u denu i'r wlad gan yr hindda annhymhorol, cyn iddi dorri. Daeth hen Land Rover heibio wedyn, a chi defaid yn cyfarth yn y cefn. Teimlai Sol yn annifyr, fel petai'r anifail yn gallu gwynto chwys ei ofn ac yn cyfarth ei gyhuddiad. Ni chododd ei fawd. Byddai derbyn lifft arall yn golygu ymestyn y stori am y fferm wynt, am ei waith cynnal a chadw, oherwydd siawns nad oedd pawb yn nabod perfeddion ei gilydd rownd ffordd hyn, a'r fenyw dew, yr un yn y car coch, eisoes yn clapan wrth ei ffrind ym Mlaendeuddwr am y dyn od 'na yn ei oferôls gwlyb, yn cerdded lan y mynydd ar ei ben ei hun. A doedd dim mwy o stori i'w chael. A ta beth, hi roddodd y syniad yn ei ben yn y lle cyntaf. Yr hen fitsh.

Dyna pam, ganllath o'r Bwlch a'r tyrbinau gwynt, y stopiodd Sol am funud i gasglu ei feddyliau. Ac roedd hynny'n anodd oherwydd, rhwng y rhipyn serth a'r gwynt yn ei wyneb a'r bagiau trwm, doedd gan Sol fawr o nerth ar ôl ar gyfer meddwl. Yn lle meddwl, felly, gollyngodd ei fagiau a dechrau cicio'r cerrig bach wrth ochr y ffordd. Cododd un ohonynt, ei swmpo yn ei law, a'i thaflu i gyfeiriad y twrbin gwynt agosaf. Cwympodd, heb sŵn, ymhlith y drain a'r rhedyn. Cymerodd un arall a'i hanelu at ddafad oedd yn pori yn y cae yr ochr draw. Trodd y ddafad ei phen wrth glywed y garreg yn cwympo lathen o'i blaen, a syllu, nid ar Sol, ond ar y fan honno. Cododd garreg arall, un fwy y tro hwn. Croesodd y ffordd a sefyll ar bwys y weiren bigog. Edrychodd y ddafad arno, yn ddifater, a dechrau pori eto. Clywodd Sol sŵn y dannedd yn rhwygo'r borfa. Anelodd am yr ystlys, am y cnu trwchus, er mwyn gweld beth gallai'r creadur ei deimlo trwy ei chot fawr hurt. Sbonciodd y garreg oddi ar dwmpyn o ddaear a tharo'r ddafad ar ei choes flaen. Poerodd Sol i'r clawdd. Yna, o weld y ddafad yn codi coes a hercian ei ffordd tuag at ganol y praidd, a chlywed ei brefu dolefus, meddyliodd, Iawn. Gwnaiff hynny'r tro.

Trodd Sol yn ôl at yr heol. Clywodd sŵn tractor yn y pellter a'i weld wedyn, i lawr wrth waelod y rhiw, yn tynnu allan o gae. Edrychodd draw tua'r chwith a gweld y fenyw dew, yr un a roesai lifft iddo, yn cerdded ar hyd lôn Blaendeuddwr. Symudai'n araf ac yn betrus. Roedd yn amlwg, hyd yn oed o'r fan hyn, fod y lôn yn garegog ac yn llawn pyllau bach, a bod y fenyw'n gwisgo sgidiau anaddas ar gyfer tir mor arw. 'Yr hwch wirion.' Aeth y fenyw o'r golwg. Clywodd Sol ddrws ei char yn cau. Clywodd yr injan yn tanio. Yna fe'i gwelodd yn gyrru'r ffordd y daethai, awr a hanner ynghynt, i lawr Rhiw Nant-y-bwch a draw i ddyn a ŵyr ble.

A meddyliodd Sol, Pam lai? Cydiodd yn ei fagiau a disgyn y rhiw yr oedd newydd ei dringo. Daeth y tractor heibio wedyn a bu'n rhaid i Sol gymryd cam yn ôl tua'r clawdd am fod y tractor yn tynnu treilyr llydan, ac arno lwyth mawr o ddail. Ond doedd dim ots am hynny. Roedd Sol yn gwybod i ble roedd e'n mynd a doedd dim angen dweud rhagor o gelwyddau. Cododd ei law. Cododd y ffarmwr ei law yntau. Dau weithiwr, wrth eu gwaith. Roedd yr haul a'r awel wedi sychu ei ddillad erbyn hyn. Ac yn sydyn reit, roedd chwant bwyd arno.

21 Blaendeuddwr

Tynnodd Haval Reis y cynlluniau allan o'r drâr a'u rhoi ar fwrdd y gegin. Astudiodd y llawr gwaelod a mwynhau cymesuredd y stafelloedd cyfarfod, a'r fwyaf ohonynt yn dwyn enw ei dad-cu: *Ystafell Isaac Reis.* Trodd at y llawr cyntaf a dychmygu'r golygfeydd y byddai'r preswylwyr yn eu mwynhau o sefyll ar eu balconau, rhai tua'r gogledd, rhai tua'r de. Poenai fymryn am y fferm wynt a welid o'r naill ochr, ac am y clos a welid o'r llall, a hwnnw'n cynnig golygfa ddigon llwm a di-liw i'r sawl a ddisgwyliai bertrwydd cefn gwlad. Poenai y byddent yn gweld y gegin

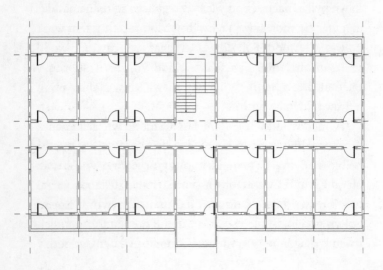

hefyd, ac yntau'n sefyll ynddi, fel roedd e ar hyn o bryd, yn yfed ei de. Byddai'n rhaid dweud wrthyn nhw, Ie, dim ond clos bach llwm. Ond dacw'r clos lle byddai Mam-gu'n bwydo'r ieir slawer dydd, a Tad-cu'n tynnu'i getyn mas, i ga'l hoe fach ar ôl godro. A dacw'r gegin yr ochr draw, lle byddai Dad yn estyn croeso i bwysigion y dydd. Buodd Bertrand Russell yno unwaith, yn cael te. Do. Tua'r un amser ag Aldermaston. Bruce Kent hefyd. A Gwynfor Evans.

Ac am y fferm wynt? Beth oedd Canolfan Blaendeuddwr ond fferm wynt yr enaid? A byddai'n sôn am y gwyddau. 'Enw difyr, Bwlch y Gwyddau. Mae 'na hen chwedl ...'

22 Sol

Daeth Sol at y clos wrth ochr tŷ Blaendeuddwr, lle roedd dyn barfog mewn crys siec yn glanhau'i sgidiau cerdded, gan ddefnyddio cyllell boced i dynnu'r cerrig o'r gwadnau.

'Mr Reis?'

'You what?'

'Haval Reis? Bed and breakfast?'

'Over there, mate.' Pwyntiodd y dyn ei gyllell at bortsh gwydr y tu ôl iddo. 'The bell. You need to ring the bell.'

Canodd Sol y gloch. Daeth menyw at y drws. Ac roedd Sol yn falch o weld bod y fenyw hon yn gwisgo dyngarîs a bod olion pridd a gwair ar ei phengliniau. Eglurodd wrthi pam roedd e yma, yn ei oferôls, a'r bag tŵls wrth ei draed. Pwyntiodd dros ei ysgwydd. 'Y fan. Wedi torri i lawr. Jyst lan yr hewl.' Ond baglodd dros ei eiriau wedyn, wrth sôn am y gwaith roedd e wedi bod yn ei wneud, oherwydd ni allai gofio'r enw'n iawn. 'Bwlch y ... Bwlch y ...'

'Bwlch y Gwyddau y'ch chi'n feddwl?'

Ac ar y dechrau, tybiai Barbara Reis mai chwilio am lifft roedd y dieithryn hwn, i fynd ag e'n ôl at ei fan. Roedd hi ar fin dweud, 'Af i â chi'n ôl 'n hunan, os sefwch chi 'n bach.' Ond achubodd Sol y blaen arni. A baglodd dros ei eiriau eto, wrth ddweud mai stafell oedd ei hangen arno, gwely a brecwast, dim ond am noswaith neu ddwy, nes bod y fan yn cael ei thrwsio. A phan ofynnodd Barbara iddo a oedd e'n sicr mai yma, ym Mlaendeuddwr, roedd am sefyll, o gofio ble roedd ei fan, o ystyried ble roedd e'n gweithio, doedd ganddo ddim ateb. Pwyntiodd at ei fagiau, 'Mae'r rhain mor drwm.' A gadawodd i'r bagiau siarad ar ei ran.

23 Lara

Grawnwin coch
Yoghurt
Salad
Tofu?
Llyfr ysgrifennu

Pan aeth Lara i'r siop bapurau a chodi'r *exercise book* coch, teimlai fel merch ddeng mlwydd oed eto. Oherwydd hynny, cododd becyn o Lemon Sherbets hefyd a chynnig y ddau, gyda gwên fach swil, i'r dyn y tu ôl i'r cownter. Teimlai'n chwithig, wrth gyfri'r ceiniogau yn ei llaw, am nad oedd ganddi'r newid cywir a bod rhaid tynnu papur ugain punt o'i phwrs, a hwnnw'n swm rhy fawr o lawer i'w ymddiried i groten mor fach â hi.

Gartref, a hithau'n eistedd yn y gegin yn sgrifennu ei henw ar glawr y llyfr, dychwelodd i'w breuddwyd blentynnaidd. *Lara M. Wyn, 22 Heol Hafren, Trefelin.* Cafodd foddhad o roi dyddiad ar ben pob tudalen, mewn sgrifen fân, daclus. Aeth i chwilio am bren mesur wedyn, er mwyn tanlinellu'r dyddiadau, fel yr oedd hi'n arfer ei wneud yn yr ysgol. Edrychodd yn y dreiriau ar bwys y sinc. Edrychodd yn y seld. Penderfynodd fod ei mam wedi mynd ag ef er mwyn ail-wneud un o'i chroeseiriau. Daeth chwant arni fynd i'r stafell ffrynt a dweud y drefn wrthi. 'Ble roioch chi fe tro hyn, Mam? Y'ch chi'n cofio?' Ond byddai hi'n gorfod egluro pam roedd angen siswrn arni wedyn. '*Exercise book*? Beth wyt ti'n neud 'da hwnna, 'te?' Bodlonodd ar ymyl clawr y ddysgl fenyn, felly, a doedd hwnnw ddim hanner cystal, hyd yn oed ar ôl ei lanhau a'i sychu.

O gyrraedd diwedd ei dyddiadur bwyta, doedd Lara ddim wedi mynd ymhellach na dechrau Gorffennaf. Cam gwag oedd neilltuo tudalen gyfan i bob diwrnod. Gwnaeth hynny er mwyn sicrhau bod digon o le i ddisgrifio, yn unol â gofynion Haval Reis, nid dim ond pob pryd o fwyd ond hefyd ei theimladau tra oedd hi'n bwyta'r prydau hynny. Difarai nad oedd hi wedi prynu dau lyfr am mai peth annifyr fyddai gorfod mynd yn ôl i'r un siop a throi'n groten fach eto ac egluro pam roedd angen cymaint o *exercise books* arni. 'Cadw'r plant yn fisi, 'te?' A gorfod ateb y cwestiwn hwnnw yn ogystal. Nad oedd dim plant i'w cael. Mai hi oedd yn defnyddio'r llyfrau er mwyn … er mwyn …

Er hyn i gyd, roedd Lara'n falch o gael rhoi cychwyn ar y gwaith. Ysgrifennodd y dyddiadau ar y clawr. *1 Mai – 5 Gorffennaf.* Tynnodd losin o'r paced wedyn, yn wobr fach am ei hymdrechion. A meddyliodd, oes disgwyl i mi sgrifennu hwnna i lawr? Y losin? A sut rwy'n teimlo wrth sugno'r losin? 'Teimlo bo' fi'n … Teimlo bo' fi'n …' Penderfynodd na, ddim y tro hwn. Ddim eto. Câi ddechrau heno, gyda'i swper, cyn mynd ar y shifft nos. Er mwyn cadarnhau ei phenderfyniad, sgrifennodd Lara'r gair 'swper' ar y dudalen gyntaf, o dan y dyddiad, a rhestru'r pethau roedd hi wedi'u prynu heddiw gogyfer â'r pryd hwnnw: y bisgedi ceirch, y letys, y tomatos a'r caws gafr (am fod y fenyw yn y siop wedi dweud bod llai o fraster mewn caws gafr nag mewn caws cyffredin). Yna'r grawnwin i bwdin, gyda'r iogwrt, a hwnnw heb ddim braster o gwbl yn ôl y sgrifen ar y carton.

A phan gariodd yr *Aubretia* a'r *Acanthus* allan trwy'r drws cefn, ar hen hambwrdd te, aeth Lara â'r Lemon Sherbets gyda hi, ym mhoced y crys cotwm streips glas a gadwai ar gyfer garddio, oherwydd doedd hi ddim wedi dechrau eto, roedd y llyfr yn profi hynny, ac roedd angen iddi gadw ei nerth.

Ar ei phenliniau, wrth balu twll i'r gyntaf o'r tair *Aubretia*, a difaru nad oedd hi wedi gwisgo menig am fod baw yn mynd dan ei hewinedd, nid oedd Lara'n teimlo'n blentyn ddim mwy. Wrth ddodi'r blodyn yn ei le, a gwastadu'r pridd amdano, clywodd lais yn swnian y tu mewn iddi.

Ac os oedd y llais hwn yn ymdebygu i lais ei mam, doedd hynny ond i'w ddisgwyl, o gofio bod y ddwy'n treulio cymaint o amser yng nghwmni'i gilydd, ac mai oddi wrthi hi y dysgodd Lara iaith cerydd a siom. Ar yr un pryd, wrth gwrs, roedd llais Lara yn llawer mwy cadarn na llais Carys, a doedd dim peswch na gwichian yn amharu ar bendantrwydd ei lif. Ac yn y llais cadarn, ceryddgar hwn, roedd hi'n dwrdio'r hen Haval Reis 'na am roi gwaith cartref iddi, heb ddweud dim o werth. Fe'i dwrdiai am fachu ei harian hefyd, er mai hi fu'n gwneud y gwaith i gyd. Ac fe'i dwrdiodd hi ei hun am fod yn ormod o wew i wrthod, i ddweud, Na, does gen i ddim problem gyda bwyd, diolch yn fawr. Rhywun arall ddylai fod yn sgrifennu *leins*, nage fi. Halwch Gruff i brynu llyfr, dim fi. Caiff hwnnw ddweud wrthoch chi shwt mae e'n teimlo wrth fwyta'i *ham roll.*

Yn sydyn, wrth wneud twll i'r blodyn nesaf a gweld bod angen clirio ychydig o gerrig, clywodd Lara lais gwahanol. 'Ddim yn gwybod beth ddaeth drostoch chi?' Llais Haval Reis a siaradai nawr. 'Ddim yn arfer bod fel 'na?' Ei geiriau hi ei hun, ond llais y dyn, mor bwyllog, mor amyneddgar. A'r llais hwnnw'n ailadrodd popeth, ei holl frawddegau bach bregus. 'Ddim yn arfer bod fel 'na? Fel beth yn gwmws?' Fel petai e'n brin o'i eiriau ei hun, a rhaid cael benthyg ei rhai hi, a'u lluchio'n ôl yn ei hwyneb, a doedd hi ddim yn talu trwy'i thrwyn er mwyn clywed pethau y gallai'u clywed lawn cystal yn ei chartref ei hun, heb wario dimai. 'Fel beth yn gwmws? Fel beth …?' A pha syndod ei bod hi wedi mynd i lefain wedyn ac yntau'n cribo trwy bob sill?

Yna, wrth iddi estyn am y drydedd *Aubretia*, roedd anadl Gruff ar ei gwar eto, ei freichiau am ei chanol, bysedd ei law dde yn chwarae gyda botymau ei chrys. A Gruff oedd yn siarad nawr, yn rhoi syniadau yn ei phen. 'Beth am ...?' Yn meddwl eu bod nhw ar y traeth o hyd, a'r graig draw yn y pellter, a'r caban pren y tu ôl iddynt, a dim ond canllath i gerdded, i fyny'r rhipyn bach i'r gwesty. 'Beth am ...?'

'Na, mae Mam ... Bydd Mam ...'

Byddai wedi bod yn iawn hefyd, y diwrnod hwnnw. Dyna dristwch y peth. Roedd mam Lara o'r ffordd am sbel, draw gyda Nesta, yn bell o bob ffenest. Ond nid dyna'r pwynt. Ar eu gwyliau fuon nhw draw f'yna, yn y gwres, lle nad oedd neb yn nabod neb. Roedd cartre'n wahanol, hyd yn oed heb ei mam. Roedd y celfi'n ei nabod hi, a'r blodau, a'r ffenestri a'r welydd, a llun ei thad ar y seld a'r cwbl. Ychydig o amynedd oedd ei angen, dyna i gyd. Petai Gruff ond wedi aros, dim ond am ychydig. Ond wnaeth e ddim. A dyna pam mai Gruff ddylai fod yn gwneud y gwaith cartref heddiw, nid hi. Am fod yn ddiamynedd. Yn grwt bach drygionus. Dylai sefyll gartre a chadw o olwg pawb nes ei fod e'n dysgu *good manners*. 'Beth am ...?' Ie, dysgu *good manners* a dechrau eto. 'Mae Mam ... Bydd Mam ...' A byddai hi wedi gadael iddo wedyn, o gael amser, o gael cyfarwyddo. Ond nid f'yna, nid y funud honno. 'Mae Mam ... Bydd Mam ...'

Cododd Lara a theimlo pwl sydyn o wynegon. Symudodd ei dwylo at ei meingefn a thylino'r cyhyrau yno. Aeth i'r gegin a llenwi'r can dŵr. Daeth yn ôl i'r ardd a rhoi cawod fach i'r blodau newydd a meddwl, Iawn, 'na fe, mae pum mlynedd yn ddigon o gosb. Does bosib nad yw Gruff wedi dysgu'i wers erbyn hyn. Roedd hithau wedi cael amser i faddau hefyd, i ddysgu dweud, 'Iawn. Rwy'n barod nawr.' Ac i beidio lapan am ei mam gymaint. Achos doedd neb eisiau priodi menyw oedd yn lapan am ei mam o hyd.

'Chi'n dodi nhw miwn yn hwyr eleni.'

Cafodd Lara ysgytwad wedyn wrth glywed llais Howard drws nesaf, ac yntau'n pwyso ar y wal rhyngddynt. Cochodd wrth feddwl efallai iddi siarad yn uchel o'r blaen, a hithau'n meddwl mai dim ond hi a Gruff a'r blodau oedd yno. Ond os felly, roedd yn amlwg nad oedd Howard yn malio. Aeth yn ei flaen i sôn am ei flodau yntau, ac yna am y gwelliannau roedd e'n eu gwneud i'r gegin, a'i fod ar dipyn o frys bellach i gwpla'r gwaith cyn i'w fab, Owen, ddod adref o'r coleg. Soniodd am hwnnw wedyn, am ei gampau yn y coleg, am y dyfodol disglair a fyddai'n ymagor o'i flaen mewn byr o dro. 'Cyhyd â bod yr economi'n gwella, yntife? Cyhyd â'u bod nhw'n cael trefn ar bethe 'to.'

Gwenodd Lara. Nodiodd ei phen. 'Mae amser yn mynd mor glou,' meddai.

'Eitha reit. Mae amser yn mynd yn glou. Ofnadw o glou.'

Lleisiau dynion yn ei phen. Yn taflu'i geiriau'n ôl ati.

24 Sol

Yn ei stafell wely ym Mlaendeuddwr tynnodd Sol ei oferôls brwnt a chael cawod. Yna gwisgodd y *chinos* a'r crys cotwm gwyrdd roedd Carol wedi'i brynu iddo ar ei ben-blwydd. Edrychodd yn y drych. Dymunai fod yn drwsiadus heno. Yn barchus. Ac eto, doedd dim angen tynnu sylw chwaith. Torchodd ei lewys. Datododd ail fotwm ei grys. Yna aeth at y ffenest ac edrych ar y tyrbinau gwynt, draw uwchben Bwlch y Gwyddau. Ceisiodd ddychmygu pa fath o waith y byddai dyn yn ei wneud yno, o ran eu cynnal a'u cadw. Difarai fod y gwynt wedi codi. Fel arall, gallai fod wedi pwyntio at y llafnau a dweud bod rhyw nam arnyn nhw – yr echel wedi rhydu, efallai, rhyw nam ar y gêrs neu'r *bearings*. Ond roedden nhw'n troi'n hapus braf o hyd.

Roedd Sol yn poeni hefyd, wrth hongian ei oferôls dros y reil yn y stafell ymolchi, nad oedd ganddo'r dillad y byddai rhywun yn disgwyl i beiriannydd eu gwisgo i ymgymryd â'r fath waith ac i wynebu ei beryglon amlwg. Siaced felen, bŵts pwrpasol, helmed, harnais hyd yn oed: pethau addas ar gyfer mynd i uchder a thrafod trydan a dyn a ŵyr beth arall. Dillad tywydd garw hefyd. Doedd oferôls ac anorac a siwmper, ym meddwl Sol, ddim hanner digon da, ddim fan hyn, yng nghanol unman.

Edrychodd trwy'r ffenest eto a gweld y sgubor ym mhen draw'r clos a'r shiten las ar ei tho. Edrychodd draw tua'r chwith, ar y lôn fach a arweiniai o'r fferm at yr heol. Dilynodd ei lygaid yr heol honno i fyny'r rhiw tuag at Fwlch y Gwyddau. Tameidiau o'r heol yn unig a welai o'r fan yma, mewn gwirionedd, am fod y coed a'r prysgwydd yn drwch ar bob ochr. Safodd wrth y ffenest am funud nes bod car yn mynd heibio. Daeth i'r golwg eto ymhen hanner canllath. Rhoddai hynny beth calondid iddo. Allai neb ymddangos yn ddirybudd. Ymhen munud, daeth car o'r cyfeiriad arall: un gwyn, digwydd bod. Ac roedd Sol yn falch o weld pa mor araf roedd e'n symud. Ni feiddiai neb ruthro ar heolydd mor gul a throellog.

Clodd Sol ddrws ei stafell. Aeth â'r *holdall* at y ffenest fel y gallai gadw llygad ar yr heol. Tynnodd allan y ffolders plastig. Yna eisteddodd ar y gwely a thynnu'r arian allan o'r ffolders, yn bapurau ugain punt i gyd.

'Twenty … forty … sixty …'

Rhoddodd yr arian ar y llawr, yn bentyrrau o fil o bunnau yr un. Ar ôl cwblhau pob pentwr, cymerodd gip trwy'r ffenest. Gwelodd dractor. Dro arall, gwelodd gar coch. Wedi cuddio'r gwely cyfan, gwnaeth bentyrrau mawr o'r pentyrrau bach, a phob un yn cynnwys deg mil o bunnau. Yn y diwedd roedd pymtheg pentwr mawr a phedwar pentwr bach, a thri phapur ugain punt dros ben. Plygodd y rhain a'u rhoi nhw ym mhoced ei drwser. Rhoddodd y gweddill yn ôl yn y ffolders. Edrychodd trwy'r ffenest a meddwl, Daz. Rhaid gyrru'r arian at Daz. 'Mae'n saff, Daz,' byddai'n dweud. 'Mae'r cwbl yn saff.' A rhoi'r ffigwr. Hyn-a-hyn. Ar ei ben. I ddangos ei fod e'n cadw llygad ar bethau. 'Ydy, mae e 'bach yn llai nag o'ch chi'n ddishgwl, rwy'n gwybod …' Ond doedd dim angen becso, achos roedd y gweddill ar ei ffordd.

Doedd Sol ddim yn siŵr beth fyddai Daz yn ei wneud o fethu cael yr arian. Doedd e erioed wedi'i adael i lawr o'r blaen. Gwyddai Sol o brofiad fod rhaid symud arian ymlaen neu fe âi popeth yn sgrech. Doedd arian yn dda i ddim byd o gael ei gwato dan fatres. Rhan o'r symud ymlaen oedd Sol. Daz hefyd, o ran hynny. A Barry, a'r lleill. Dolenni yn y gadwyn. A doedd y gadwyn ddim yn gweithio oni bai bod pob dolen yn tynnu'i phwysau. Dyna'r rheol roedd e wedi'i dysgu ac fe lwyddodd i gadw ati hyd yn hyn. Ni wyddai chwaith beth fyddai Daz yn ei wneud o gael chwe mil yn llai na'r disgwyl. Ac roedd hynny'n syndod, bod y cyfanswm gymaint yn llai na'r hyn y dylai fod. Ceisiodd gofio'r symiau roedd wedi'u gwario dros y misoedd diwethaf. Roedd £3,000 wedi mynd ar gael pasbort newydd. Cwpwl o gannoedd fan hyn a fan draw wedyn, ar y car, ar helpu Carol gyda'r biliau. Ond am y gweddill? Arswydai wrth feddwl am y dyledion oedd eto i'w talu.

Ac efallai y byddai popeth yn iawn petai'n gallu anfon neges ato, i ddweud bod problem fach wedi codi, bod yr arian ganddo – na, ddim y cwbl, ddim cweit, ond bron â bod – a dweud faint wedyn, i ddangos ei fod e'n cadw llygad ar bethau. A dweud sori am y strach ac egluro nad oedd dim dewis ganddo, achos eu bod nhw wrth y drws, a dim ei fai e oedd e, a byddai'n codi'r ffôn eto, ar ôl dala'r cwch i Iwerddon. Ac yna: 'Gad i fi wybod be ti moyn i fi neud, Daz. Gad i fi …'

Ac fe glywodd lais Daz yn ei ben wedyn, yn gofyn ble yn gwmws roedd e'n mynd i aros yn Iwerddon, achos nag oedd e'n gwybod ei fod e'n ffycd f'yna? Nag oedd e'n gwybod ei bod hi ar ben arno fe 'se fe'n mynd yn agos at Barry? 'Ti'n ffycd, Kussini,' meddai'r llais yn ei ben. 'Finne hefyd. Ni'n dau yn ffycd. A ti'n gwbod 'ny'n iawn. So ca' dy ben.'

Cododd Sol yr olaf o'r ffolders. Tynnodd allan dri phasbort. Agorodd un ac astudio'r llun o ddyn ifanc mewn siaced a thei. Roedd golwg hyderus yn llygaid hwn. Roedd y gwefusau'n dynn, yn benderfynol, ond gydag awgrym o wên yn y corneli. Dyma wyneb dyn oedd am dorri'i gŵys ei hun mewn bywyd. Agorodd basbort arall ac ystyried llun o'r un dyn ond bod ganddo farf y tro hwn, ac roedd ychydig o wynder ei ddannedd i'w weld trwyddi. Yn lle siaced a thei, roedd hwn yn gwisgo crys glas Cardiff City. 'Sam Powell,' meddai Sol. Cododd ar ei draed ac edrychodd yn y drych. Rhwbiodd ei ên. 'Ie. Sam Powell.' Tynnodd ei grys gwyrdd a'i roi yn y wardrob. Cymerodd grys Cardiff City o'r *holdall* a'i wisgo. Edrychodd yn y drych. Gwenodd. Cododd law. 'Ti sy 'na, Sam?'

Dros swper, rhannai Sol fwrdd gyda'r unig westai arall, y dyn yn y crys siec a welsai ynghynt ar y clos.

'Matt's the name. Matt Cooper.'

'Sam Powell … Pleased to meet you.' Teimlai Sol yn chwithig wrth arddel ei enw newydd. Teimlai'n noeth hefyd. Heb farf, ni allai gefnu'n llwyr eto ar yr wyneb hurt hwnnw yn yr hen basport. Roedd yn genfigennus o dyfiant Matt Cooper, yn amddiffynfa rhag gwg y byd.

Wrth lwc, doedd dim rhaid iddo ddweud dim wrtho am ei waith na'i hanes. Brodor o Fryste oedd Matt, ac roedd ei sylw bellach wedi'i hoelio'n llwyr ar grys Sol. 'We're the same as you,' meddai. 'Blues.' Soniodd wedyn am helyntion Bristol Rovers, y clwb roedd wedi'i gefnogi er pan oedd yn grwt. Siaradodd yn hiraethus am Gary Mabbutt a Nigel Martyn ac Ian Holloway ac arwyr eraill o'r ieuenctid pell hwnnw. Difarai nad oedd wedi dod â'i grys ei hun am fod hwnnw'n las hefyd. Estynnodd ei gydymleimlad i'r Cymro ar fethiant ei dîm yntau yn y ffeinal ddwy flynedd ynghynt. Aeth i hel atgofion am rai o chwaraewyr adnabyddus Caerdydd hefyd. Canodd glodydd Phil Dwyer. 'Craig Bellamy as well ... Short fuse, mind you.'

Yna, wrth fwyta'i lasagne, dysgodd Sol fod Matt yn gerddwr brwd ac yn dod i'r 'Welsh hills' yn aml. Dysgodd hefyd fod yna gant naw deg o Nuttalls yng Nghymru, a bod Matt bellach wedi dringo pob un ond tri, sef y tri mwyaf diarffordd, a dyna egluro pam yr oedd wedi trefnu llety yma, ym Mlaendeuddwr. Dysgodd fod y Nuttalls yn cynnwys yr Hewitts a'r Marilyns a bod yr enwau hyn yn cyfeirio, nid at uchder y bryniau dan sylw, ond yn hytrach at ddyfnder y bwlch rhyngddynt. Defnyddiodd Matt y potiau pupur a halen a'r botel saws coch i egluro hyn.

'The Hewitts?' meddai Sol. 'Why the Hewitts?' A dyna i gyd yr oedd angen ei ddweud er mwyn cynnal y llif.

'The Hewitts. Well, Sam ... If I remember rightly...'

Aeth Sol i'r gwely'n ddyn anhysbys o hyd.

Yn y bore, roedd Matt yn dal i barablu: am y tywydd, yn gyntaf, oherwydd gallai weld trwy'r ffenest gymylau du yn ymgasglu uwchben y tyrbinau gwynt; ac am bêl-droed wedyn. A oedd gan Cardiff City gân, tybed? Bu'n pendroni ynglŷn â'r mater hwn wrth orwedd yn y gwely neithiwr. Rhywbeth Cymraeg o bosibl? Doedd e ddim wedi clywed dim byd, hyd y cofiai, na, dim byd y gallai roi'i fys arno. 'You know ours, of course,' meddai. 'Everybody knows ours.' Ac fe ganodd Matt gorws 'Goodnight Irene', gan symud ei ben o ochr i ochr, i gyd-fynd â'r dôn. 'Not what you'd expect, is it? Not for a football team. Goodnight Irene. Eh? Not got anything like that yourself, I suppose? Shirley Bassey, maybe?'

Ac am yr ychydig funudau hynny, dros frecwast, roedd Sol yn ddigon diolchgar am y parablu brwd oherwydd, y tu ôl i Matt, ar hen fwrdd mahogani, roedd radio'n cyflwyno newyddion y dydd. Dim ond rhyw furmur tawel a geid ganddo. Darparu sŵn cefndirol oedd ei brif ddiben, siŵr o fod, er mwyn gwneud i westeion deimlo'n fwy cartrefol mewn lle mor ddiarffordd, lle mor anarferol o dawel. Er hynny, y tu hwnt i baldaruo Matt, gallai Sol glywed llais dwys dyn yn dweud rhywbeth am fabi a fflat a Chaerdydd a bod yr heddlu'n chwilio am ddyn yn ei dridegau. Ond os oedd e'n falch bod Matt yn mygu'r llais hwnnw a'i newyddion anghynnes, roedd hefyd yn grac. Collodd o leiaf hanner y stori, a'r hanner pwysicaf. Siawns nad oedd y llais ar y radio wedi enwi'r dyn oedd ar ffo. Siawns nad oedd e wedi dweud rhywbeth mwy penodol am y babi hefyd: ei enw yntau, a'i gyflwr. Rhaid ei fod yn ddigon gwael i haeddu'r fath sylw. Yn fwy na dim, roedd Sol yn poeni erbyn hyn bod yna radio arall ymlaen yn y gegin a bod Haval Reis a'i wraig wedi clywed y cyfan ac yn gwybod yn barod pwy oedd y gwestai newydd, ac ar ba berwyl yr oedd wedi ymddangos yn ddirybudd a heb gar a heb y dillad priodol.

Ac felly, tra oedd Matt yn disgwyl ateb i'w gwestiwn, plygodd Sol a datod lasys ei esgidiau a'u clymu drachefn, oherwydd roedd e'n gwybod bod ei wyneb eisoes wedi'i fradychu a byddai hyd yn oed Matt yn siŵr o sylwi ar yr euogrwydd a gelai yno.

'Dim ond yr Ayatollah,' meddai Sol, yn ei gwman o hyd.

'Y beth?'

A bu'n rhaid i Sol godi ar ei eistedd eto ac ymestyn ei freichiau am i fyny a bwrw'i ben â chledrau'i ddwy law a chanu'r geiriau, 'Do the Ayatollah, Do the Ayatollah'.

Ac er mai fersiwn talfyredig o'r gân a gyflwynodd, roedd yn ddigon, am y tro, i guddio'i fraw.

25 Lara

Safodd Lara o flaen y drych yn y pasej, fel y gwnâi bob tro cyn ymadael â'r tŷ. Roedd hi eisoes yn gwisgo hanner gwên. Yn reddfol, gwyrodd ei phen ychydig tua'r dde. Cododd ei haeliau er mwyn dangos cynhesrwydd ei llygaid brown. Gwenodd. Lliodd ei dannedd blaen â'i thafod. Gwenodd eto. Tystiai hyn i gyd i'w hawydd i fod yn gwmni da heno. Roedd hi'n barod i wrando ar gwynion Bethan am Dewi, y rheolwr newydd yn *Paediatrics*. Yna, efallai, ar ôl blino ar y siarad siop, byddai hi'n cael cyfle i sôn am y gwyliau yng Ngwlad Groeg roedd hi'n gobeithio eu trefnu. Neu Groatia, efallai. A dangos y lluniau iddynt. Corfu. Dubrovnik. Roedd y *brochures* yn y bag yn barod. A'r ardd, wrth gwrs. Byddai hi'n sôn am yr ardd am fod Mel â diddordeb mewn garddio. Ac erbyn meddwl, efallai mai'r ardd a ddylai ddod gyntaf. Holi barn Mel am dorri'r *Azalias* yn ôl. Crybwyll ei hamheuon, cyfaddef ei hanwybodaeth. A throi at y gwyliau wedyn. Dim ond cwestiwn bach, a dim byd rhy benodol. 'Beth amdanat ti, Mel? Wyt ti wedi trefnu …?' A dangos llun o'r Explorers' Club iddi. 'Lle i'r plant …'

Cafodd Lara gip ar y drych yn y pasej, felly, i gadarnhau bod hwnnw'n dweud yr un peth â'r drych yn ei meddwl. Roedd hi'n barod am noson allan. Ni fyddai byth yn defnyddio'r drych heb ei pharatoi ei hun ymlaen llaw. Ond roedd yn braf derbyn sêl ei fendith.

Cododd Lara arian o'r twll yn y wal ac ymuno â'i ffrindiau yn y Drovers' Arms. Gwrandawodd ar eu cwynion. Yn unol â'i bwriad, holodd farn Mel am yr *Azalias*. Soniodd am y blodau y bu'n eu plannu yn yr ardd heddiw, yr *Aubretia* a'r *Acanthus*, gan adrodd yr hanes gyda mesur o hunanwatwar, am ei bod hi braidd yn hwyr yn y flwyddyn i ddechrau ar y gwaith. Ac er nad oedd yn rhan o'i chynllun i fanylu gymaint ar y gwaith garddio, peth naturiol wedyn oedd symud ymlaen i grybwyll y *Dianthus* a'r *Campanula* a'r blodau eraill y byddai wedi hoffi'u plannu, ond iddi golli'r cyfle eleni. 'Eu gweld nhw pan fues i lan ar bwys Bwlch y Gwyddau,' meddai. Yna, wedi enwi'r lle, a gorfod ateb y cwestiwn – 'Ble wedest ti, Lara? Bwlch y beth?' – aeth i siarad am Haval Reis, am y tŷ ym mhen uchaf y cwm a'i ardd ryfeddol. Cam bach wedyn oedd symud ymlaen i grybwyll y cyngor roedd hi'n ei gael gan y dyn hwnnw ynglŷn â cholli pwysau, achos roedd hi wedi gwneud adduned i golli stôn erbyn iddi fynd ar ei gwyliau, neu fyddai'i dillad gwyliau ddim yn ei ffitio. Soniodd hefyd am y llyfr bach coch roedd hi wedi ei brynu i restru ei phechodau, ac egluro mai dyna pam roedd hi'n treulio cymaint o amser uwchben y fwydlen, am fod rhaid iddi nodi'r cyfan yn ei llyfr. Cafodd foddhad o weld yr olwg ar wynebau'i ffrindiau: eu hedmygedd o'i pharodrwydd i gyfaddef peth mor bersonol, a'i gyfaddef mewn ffordd mor agored a chwareus. Eu cenfigen, hyd yn oed. Gwyddai, o weld yr olwg honno, eu bod hwythau'n ystyried, Tybed beth galla *i*'i gyfaddef? Beth sydd gen *i* i'w gynnig i ennyn parch fy nghyfeillion?

Yn yr ysbryd hwnnw, dwedodd Mel ei bod hithau'n awyddus i fynd ar ddeiet hefyd, bod ganddi lawer mwy o achos i wneud hynny na Lara, a'i bod hi wedi 'magu pwysau'n ofnadw ers geni'r un dwetha', a tybed a oedd Bethan a Lara'n gwybod rhywbeth am *Acai berries*, achos roedd hi wedi darllen amdanyn nhw yn y papur ddydd Sul. 'Cewch chi *free colon cleanse* yn y fargen 'fyd. Yn ôl y papur.' A doedd hi ddim yn deall pam roedd angen i Lara fynd mor bell, a gwario cymaint o arian. 'Cwpwl bach o *berries* a *colon cleanse*. 'Na i gyd sy isie. Byddwn ni i gyd mor dene â rhaca.'

Gallen nhw i gyd chwerthin wedyn. Gallai Bethan raffu mwy o storïau am ei bòs newydd. A gallai Lara archebu'r salad Groegaidd fel prif gwrs a doedd dim angen iddi ddweud gair arall am golli pwysau na Haval Reis. A phan gynigiodd Bethan ail wydraid o win iddi a dweud, 'Dere 'mlaen, w, mae'n rhaid i ti gael rhywbeth i 'roi yn y llyfr 'na,' roedd yn hapus i dderbyn, gan wybod na fyddai gwydraid bach o Chardonnay yn amharu dim ar yr ysgafnder hyfryd oedd yn dechrau meddiannu ei chorff. Yna, ar ganol y gwydraid hwnnw, peth naturiol oedd tynnu *brochure* allan o'i bag a throi at y llun o Dubrovnik, y Sponza Palace, a dweud, 'Mae hwn yn disgwyl yn lle pert. Drychwch fan hyn …' Pwyntiodd at y gweithgareddau teuluol, y cyfleusterau i blant, y pwll nofio bach, y fframiau dringo. 'Ti'n gweld, Mel? Sun Gardens.'

A byddai'r gwyliau ychydig yn wahanol i'r tro diwethaf, wrth gwrs y bydden nhw, ond doedd dim ots am hynny. Yr haul a'r môr. Gwydraid o win. Yr olion hanesyddol. Gwydraid arall o win. Ychydig o ganu a dawnsio gyda'r nos wedyn, a dim eisiau becso am y plant achos roedd gwasanaeth ar gael, roedd y *brochure* yn rhoi'r manylion i gyd. 'Carco'r plant hyd ganol nos, os wyt ti moyn.' Roedd pen Lara'n dechrau troi erbyn hyn, ond doedd dim ots am hynny chwaith. Roedd y sgwrs yn mynd i'r cyfeiriad iawn eto, yn hedfan ar ei hadenydd ei hun. Ymgollodd Lara yn ei hysgafnder didaro. Ac am ychydig, nid oedd angen dim byd arall arni ond yr ysgafnder hyfryd hwnnw, ysgafnder nad oedd a wnelo ddim â'i chorff na'i deiet na Haval Reis na hyd yn oed absenoldeb ei chariad, a'r gwacter a adawyd ar ei ôl.

Gartref, ddwy awr yn ddiweddarach, treuliodd Lara ugain munud gyda'i mam o flaen ailddarllediad o *Grand Designs*. Cawsant gyfle i ryfeddu o'r newydd at yr hen bapur wal, yn cael ei ddinoethi, haenen wrth haenen: y blodau pinc, y cylchoedd oren, a rhyw batrwm arall wedyn a oedd yn rhy welw i'w adnabod yn iawn. 'Pam mae pobol yn mynd i shwt drafferth, gwed?'

Ar ôl i'w mam fynd i'r gwely, aeth Lara i'w stafell ei hun a sgrifennu, ar dudalen gyntaf y llyfr coch, o dan 'Swper':

Salad Groegaidd
Un dafell o fara (dim menyn)
4 gwydraid o win gwyn (bach)

Gwaith syml hefyd oedd crynhoi'i theimladau ynghylch y pryd hwnnw, am fod pob tamaid ohono ynghlwm wrth rywbeth arall, y pethau y bu hithau a'i ffrindiau'n siarad a chwerthin amdanynt. Y môr. Yr haul. Y Sponza Palace. Yr Explorer Kids Club. Ac roedd hynny'n gwneud y cwbl, hyd yn oed y dafell denau o fara, yn fwy blasus ac yn fwy sylweddol.

Yn falch bo fi wedi dweud wrth B a M. Haws bwyta llai, a nhwthe'n cadw llygad arna i!

Caeodd y llyfr a'i roi yn y cwpwrdd bach wrth y gwely gan feddwl, Wel, dyna fe, deuparth gwaith yw ei ddechrau, dyna'r dudalen gyntaf wedi'i llenwi. Na, nid wedi'i llenwi, wrth gwrs. Peth digon pitw oedd swper heno, felly peth pitw oedd y sgrifen hefyd. A bu'n rhaid iddi ei hatgoffa'i hun mai dyna'r pwynt: cadw'r dudalen mor wyn ag y gallai; cadw'r sgrifen yn fach, yn fain, yn gymen. Fel peidio â damsgen ar y llinellau pan oedd hi'n fach, a'r pafin hir, caled yn ymestyn o'i blaen.

Dewisodd Lara gadw ei dyddiadur yn y cwpwrdd hwn am mai'r gwely, yn ei thyb hi, oedd y lle gorau i gofnodi uchafbwyntiau'r dydd. Yma y cadwai'i dyddiadur pan oedd hi'n groten fach, ac yn dysgu sut i roi trefn ar bethau. Ond wrth ddodi'r llyfr ar y silff, a meddwl, Dyna fe, *job done* am heddiw, amser mynd i gysgu nawr, a datod clasb y freichled ar ei garddwrn, roedd y boddhad a deimlasai yng nghwmni Mel a Bethan eisoes wedi cilio. Lle bu'r ysgafnder hwnnw'n beth pleserus, yn rhoi adenydd iddi, nid oedd bellach yn ddim mwy na penchwibandod, sŵn gwaed yn rhuo yn ei chlustiau. *Vertigo* byddai mam Lara'n galw peth felly. 'Rwy wedi cael pwl o *vertigo*.' A cheisio clymu'r peth i lawr trwy roi enw arno. Rholio carreg fawr yn erbyn ceg yr ogof a dweud, dyna chi, ddowch chi ddim allan o f'yna. Ond allai Lara byth â chysgu fel hyn, yn hongian fry yn yr awyr, fel pluen, fel balŵn bach parti pen-blwydd. Roedd angen rhywbeth trymach na geiriau ar Lara heno. Heno, roedd angen balast arni.

Ac efallai mai dyna pam yr aeth Lara i lawr staer a thynnu lasagne o'r oergell a'i roi yn y meicrodon. Trwy fwyta'r lasagne, byddai hi'n cadw un cam ar y blaen i'r ysgafnder twyllodrus hwnnw. Achos trechaf treisied yn y byd hwn. Bwytewch, rhag i chi gael eich bwyta. Roedd mor syml â hynny. Ac efallai fod ei mam yn iawn, bod eisiau tipyn o floneg i fynd â chi trwy'r gaeaf. Tamaid wrth gefn, at y dyddiau dreng. Rhywbeth i gadw'r blaidd draw. A phwy ddwedodd bod rhaid iddi golli pwysau, ta p'un? Pwy ddwedodd wrthi am fynd i brynu llyfr bach coch? Ie, y blaidd oedd hwnnw.

26 Sol

Ar ôl brecwast, cerddodd Sol y tair milltir o Flaendeuddwr i bentref Llangerian. Roedd yn falch bod y cymylau bygythiol roedd Matt yn gofidio amdanynt yn dechrau bwrw peth o'u llwyth. Rhoddai hynny esgus iddo ddefnyddio'r ymbarél roedd wedi cael ei fenthyg gan Barbara Reis. Darparai guddfan bwrpasol a naturiol iddo pan ddeuai car heibio.

Yng ngarej Llangerian, a oedd hefyd yn siop, ni chymerai neb sylw ohono. Er, efallai, i'r perchennog, wrth dderbyn ei dâl am y *Western Mail*, wgu braidd o weld llawes y dieithryn yn diferu dros y cownter. A phan ddwedodd, 'Dim byd llai …?' wrth dderbyn y papur ugain punt, roedd yn amlwg nad oedd yn hoffi'r ffordd yr ysgydwodd Sol ei ben a dweud 'Sori' mewn llais swta a difater. Efallai iddo synnu wedyn o weld Sol yn mynd allan o'r siop a sefyll yng nghysgod y cyntedd bach i ddarllen ei bapur. Doedd hynny ddim yn beth arferol i'w wneud. Hyd yn oed mewn tywydd garw, troi am adref wnâi'r cwsmeriaid, bron yn ddi-ffael, neu ailgychwyn ar eu siwrnai. Anarferol, ac ychydig yn drafferthus hefyd, am mai lle mynd a dod oedd cyntedd i fod, nid lle i sefyllian a rhwystro'r ffordd i eraill.

Serch hynny, gwnaeth Sol yn siŵr na allai'r perchennog weld ei wyneb wrth iddo droi'r tudalennau. Ni wyddai hwnnw ddim am y braw a lenwai'i lygaid, felly, wrth adnabod llun ohono ef ei hun ar dop yr ail dudalen, a darllen ei enw oddi tano, a'r geiriau 'suspicious death', a'r sôn am y fam, a oedd bellach yng ngofal ei mam hithau, a'r un ohonynt yn dweud dim wrth neb am fod y sioc a'r galar wedi'u llorio a pharlysu'u tafodau.

Ac efallai, wrth brosesu cerdyn credyd i'r cwsmer nesaf, fod y perchennog wedi taflu golwg frysiog arall i gyfeiriad y cyntedd a gweld y dieithryn yn taflu'i ben yn ôl, fel petai wedi cael ei daro gan blwc sydyn o boen yn ei gefn. Dichon iddo amau bod rhywbeth yn bod arno – ei fod wedi cael ei daro'n wael, o bosibl, neu wedi cael gormod i'w yfed – oherwydd, erbyn hyn, ac er gwaethaf ei ymdrechion i fod yn anweladwy a disylw, roedd Sol yn dechrau colli rheolaeth dros ei gorff ei hun. Crynai ei goesau. Rhedai'r chwys i lawr ei war.

Aeth Sol allan i'r maes parcio. Edrychodd ar y llun eto. Hen lun oedd hwn. Llun di-wên ei hen basbort. Roedd y gwallt yn hirach, y bochau a'r gwddwg rywfaint yn dewach. Ac am ychydig gallai ei argyhoeddi'i hun na fyddai neb yn ei adnabod ar sail y llun hwn, bod lluniau pasbort yn gwneud i bawb edrych fel dieithriaid. Ond erbyn hyn, ac er iddo geisio'i orau i ddal yr ymbarél uwchben y papur, roedd y glaw wedi gwlychu'r cwbl. Dim ond staeniau llwyd oedd ei wyneb bellach, ac roedd sgrifen fras hysbyseb Arthur Llewellyn Jenkins yn dangos trwodd o'r ochr arall. Daeth ysfa drosto i weiddi, Na, all hynny ddim bod. All plentyn ddim marw mor rhwydd, mor sydyn. Rhaid bod rhywun arall, rhaid bod un o'r rheiny ...

Penderfynodd Sol anfon neges at Carol ar y cyfle cyntaf, i egluro, i ddweud taw *nhw* wnaeth, ddim fe. '*Nhw* wnaeth, Carol. Dyw e ddim byd i neud 'da fi. Wir i ti.' A gofyn wedyn, a oedd 'na ryw wendid ar y babi? Oedd hi'n dost? Oedd hi wedi bod yn achwyn o'r blaen? Ac os felly, pam na ddwedodd hi rywbeth wrtho, cyn iddi fynd o 'na? A bai Carol oedd e erbyn hyn, am fynd i 'mofyn ffags. Bai'r fam, am adael ei babi mewn lle mor ddansierus. A phetai'r babi ond wedi gwrando arno yn y fflat. Cadw'n dawel am ddwy funud, dyna i gyd. Bai'r fam, felly, ond bai'r babi hefyd. Am gael ei ffordd ei hun yn y diwedd. Am ei fradychu.

Plygodd Sol y papur a'i wthio i ganol bin sbwriel. Petai wedi edrych dros ei ysgwydd yr eiliad honno byddai wedi gweld perchennog y garej yn syllu arno trwy'r ffenest. Byddai wedi darllen y syndod yn ei wyneb, am fod hyn yn beth rhyfedd i'w wneud, cerdded trwy'r glaw er mwyn prynu papur, ac yna'i daflu'n syth i'r bin. Ac efallai y byddai rhywun mwy chwilfrydig, wrth ganfod rhyw batrwm yn yr ymddygiad anarferol hwn, wedi mynd ati i ddarllen y papur ei hun, i gael deall beth oedd wedi ysgogi'r fath ymateb. Ond roedd cwsmer arall yn disgwyl am wasanaeth ac ymhen deg eiliad roedd y dieithryn, ac efallai'r cof amdano hefyd, wedi cilio.

Yn ôl ym Mlaendeuddwr roedd Haval Reis yn siarad ar y ffôn. Wrth fynd i'w stafell i ymofyn ei fagiau, y cyfan a glywodd Sol oedd yr enw, 'Jorgi …' Ac eto, ar ôl saib, 'Ond Jorgi …' gyda thinc bach pigog yn y llais. Ac roedd Sol yn falch nad oedd angen tynnu sgwrs. Pan ddaeth allan o'i stafell roedd yr *holdall* mewn un llaw a'r bag twls yn y llall a'r can punt yn barod rhwng bys a bawd. Câi roi'r rheiny ar y bwrdd bach yn y pasej a derbyn y deg punt o newid. 'Diolch' bach wedyn a bant ag ef. Bant i ble? Doedd Sol ddim yn siŵr ond, yn gam neu'n gymwys, roedd pob greddf ynddo'n dweud bod symud yn saffach nag aros yn ei unfan. Ystyr aros yn eich unfan oedd bod gennych chi hanes a bod gan bobl yr hawl i dwrio yn yr hanes hwnnw. A doedd Sam Powell ddim wedi cael cyfle eto i greu hanes a allai wrthsefyll twrio o'r fath.

Ymhen deng munud, pan ddaeth ei sgwrs ffôn i ben, estynnodd Haval Reis ddeg punt o newid i Sol ac yna –

er mwyn gwneud iawn am ei esgeuluso cyhyd – ei holi am hynt y gwaith ar y tyrbinau gwynt. 'Wedi cwpla,' meddai Sol, a chydio yn ei fagiau. Yna, i leddfu'r geiriau swta: 'Wedi trwsio'r cloeon a'r cwbl. Y ffensys hefyd.' Aeth allan i'r clos. Erbyn hyn roedd Haval yn sefyll ar garreg y drws, yn edrych ar y sgubor, yn meddwl am y sgwrs ddi-fudd a rhwystredig roedd newydd ei chael gyda Jorgi, ac yn meddwl hefyd, bellach, am ddoniau ymarferol y dyn a safai o'i flaen. 'Trueni na allech chi aros am sbel i weithio ar yr hen sgubor 'ma.'

Ni wyddai Sol ai cellwair roedd Haval Reis ai peidio. Ond doedd ganddo fawr o ots, y naill ffordd na'r llall. Ni allai loetran yma ddim mwy. Nodiodd Sol ei ben i gyfeiriad yr heol. 'Gorffod cwrdd â'r lleill.' Yna, wrth fynd, 'Pob lwc.'

Cerddodd Sol i ben draw'r lôn a throi, am yr eildro heddiw, tua Llangerian. Rhaid cerdded yn ofalus wedyn am fod llawer mwy o geir ar yr heol erbyn hyn. Gwnaeth ei orau i ymddangos fel cerddwr penderfynol, unplyg, gan edrych ar ei draed ac anwybyddu pawb a phopeth arall. Ni chododd fawd. Er hynny, ofnai Sol y byddai rhywun, o weld y bagiau trwm, yn stopio a chynnig lifft iddo. A sut gallai ddweud 'Na'? Pa ddyn call fyddai'n gwrthod cynnig o'r fath? Cadwai ei lygaid ar ei draed. Ceisiai ymddangos yn gyfforddus, yn fodlon ei fyd. Ac roedd hynny'n anodd am fod strapiau'r bagiau, unwaith yn rhagor, yn torri rhychau yn ei ysgwyddau.

Daeth *campervan* o'r tu ôl iddo. Arafodd wrth fynd heibio: o ran diogelwch, mae'n debyg, ar heol mor gul, ond roedd Sol yn sicr iddo weld, yn y drych ar ochr y cerbyd, lygaid y gyrrwr yn syllu arno. Yn lle bwrw ymlaen am Langerian, felly, cymerodd dro i'r chwith a dilyn ffordd y mynydd tuag at y melinau gwynt, yn union fel petai am fynd yno ar berwyl gwaith. Ac wrth ystyried hynny a meddwl y gallai rhywun gynnig lifft iddo yma hefyd, hyd yn oed ar yr heol fach hon, aeth trwy'r hen sgript eto. 'Gorffod trwsio'r ffens ... Newid y cloeon ... Rhoi mwy o weiren bigog ar do'r *substation* ...' A'i ddweud yn uchel, gyda dwyster newydd, fel petai'n ceisio'i argyhoeddi'i hun. Syllodd y defaid arno.

Ymhen hanner milltir i fyny'r rhiw dododd Sol ei fagiau ar y gwair wrth ochr y ffordd a chael hoe. Clywodd sŵn tractor yn y pellter. Funud yn ddiweddarach, fe'i gwelodd yn ymlusgo'i ffordd i fyny'r rhiw. Doedd dim rheswm i feddwl mai hwn oedd yr un tractor a welsai'r diwrnod cynt; ond roedd pob tractor yn disgwyl yn debyg i Sol, a phob ffarmwr hefyd. Aeth munud arall heibio. Yna, wrth i'r tractor nesáu, dechreuodd amau efallai fod y ffarmwr hwn wedi'i weld e'n taflu'r garreg a bwrw'r ddafad, ac wedi bod yn cadw goruchwyliaeth byth oddi ar hynny. Cododd y ffarmwr ei law, yr un peth â'r ffarmwr arall. Cododd Sol ei law yntau. Gwenodd wedyn, wrth feddwl am y llun pasbort, yr wyneb sarrug, a'r angen i edrych yn wahanol.

Daeth car o'r cyfeiriad arall. Gan mai car gwyn oedd hwn trodd Sol ei gefn arno a mynd i dwrio yn ei fag tŵls. Gwyddai mai peth hurt oedd hynny: ni allai guddio rhag pob car gwyn a ddeuai heibio, hyd yn oed yn y plwyf bach dibwys hwn, a pha obaith wedyn pan fyddai'n cyrraedd

Trefelin neu'r draffordd neu ba ffordd bynnag arall y byddai'n dewis ei dilyn yr ochr draw i Fwlch y Gwyddau? Ond dyna sut roedd ofn yn gweithio. Cymerodd gam tuag at y clawdd. Plygodd i lawr a thwrio yn ei fag.

Ac yna, wedi i'r car gwyn fynd o'r golwg, ac wedi sylweddoli – yn groes i'r hyn a dybiodd – bod symud yn gallu bod yn llawer mwy peryglus nag aros yn ei unfan, trodd Sol ar ei sawdl a dychwelyd i Flaendeuddwr. Cymerodd y daith yn ôl dipyn llai o amser na'r daith oddi yno, nid yn unig am ei fod yn mynd ar y goriwaered ond hefyd am ei fod yn rhedeg. Rhyw hercian rhedeg oedd hynny, wrth reswm, o gofio bod ganddo fag trwm yn tynnu ar bob ysgwydd, a'r rheiny'n bwrw yn erbyn ei goesau. Baglodd ddwywaith. Trawodd ei bigwrn yn erbyn y dril yn y bag twls a gwingo mewn poen. Ond daliodd ati. A phetai rhywun wedi cynnig lifft iddo, petai ffarmwr wedi stopio'i dractor a dechrau busnesa, gallai ddatgan, yn gwbl ddiffuant, ei fod ar ei ffordd i Flaendeuddwr i atgyweirio tai mas Haval Reis. Bod Haval yn disgwyl amdano. Bod yr hen sgubor mewn stad druenus, a'r hen Jorgi 'na wedi'i adael i lawr.

27 Blaendeuddwr

Wythnos yn ddiweddarach, daeth Densil Hicks o'r *Trefelin Journal* i gael gair â Haval Reis ynglŷn â'i gynlluniau ar gyfer y ganolfan newydd. Wrth i'r gohebydd ddod allan o'i gar roedd Sol, a gâi ei adnabod bellach fel Sam, yn rhoi *expanding foam* ar fframyn un o'r ffenestri newydd.

Doedd e ddim yn poeni'n ormodol am yr ymwelydd hwn. Gan amlaf, peth hawdd oedd cadw o ffordd y bobl a ddeuai yma'n ddyddiol i weld Haval Reis neu i fwynhau ychydig ddyddiau o wyliau. Roeddent hwythau, yn eu tro, yn hapus i'w anwybyddu yntau, y gweithiwr cyffredin, a'i weld yn un â'r paent a'r ystyllod a'r llechi roedd e'n eu trafod. Dim ond gwestai arall oedd Densil Hicks, hyd y gwyddai Sol, neu glaf yn chwilio am driniaeth. Ac ar y dechrau doedd Sol ddim yn poeni, hyd yn oed wrth sylwi bod camera yn hongian am ei wddf.

Agorodd Haval Reis ddrws cefn y tŷ ac estyn llaw i groesawu'r gohebydd. Safodd y ddau yno am funud, i edmygu'r golygfeydd. Pwyntiodd Haval at dŵr eglwys Llangerian, i lawr yn y dyffryn. 'Gallwch chi weld y môr ar ddiwrnod clir,' meddai. 'Dim heddi, gwaetha'r modd. Gormod o darth heddi.' Trodd at Fwlch y Gwyddau wedyn ac adrodd y rhigwm bach roedd ei fam-gu wedi'i ddysgu iddo, flynyddoedd yn ôl, yn y llecyn hwn. 'Hen wraig yn pluo gwyddau, Daw yn fuan ddyddiau'r gwyliau.' Dwedodd wrth y gohebydd am ddod yn ôl ganol gaeaf pan oedd y mynydd dan ei gwrlid gwyn, a'r hen wraig wedi cwpla'i gwaith. Ac fe ailadroddodd y ddwy linell yn araf fel y gallai eu hysgrifennu'n gywir yn ei lyfr.

'A'r hen wraig 'ma,' meddai Densil Hicks. 'Pwy oedd hi? Oes rhywun yn gwybod?'

'Wel,' meddai Haval. 'Cwestiwn da.' Yna, yn bwyllog, ac yn amlwg yn cael blas ar y cyfle hwn i ledaenu chwedloniaeth gyfoethog ei fro a'i deulu: 'Mae rhai yn dweud taw Cerian ei hun oedd yn plufio'r gwyddau. Ond sa i'n credu 'ny. Croten fach ifanc oedd Cerian, yn ôl y rhai sy'n gwybod. I fi, mam-gu Cerian oedd yn gwneud y plufio draw ym Mwlch y Gwyddau. Yr un peth â phob man arall. Yr un peth â fan hyn, ym Mlaendeuddwr. Gwaith Mam-gu yw plufio, yntife?'

Eglurodd Haval taw dim ond stori oedd hon, wrth gwrs. Doedd neb yn cadw ffowls mewn lle mor anial. Eira oedd y plu. Ond roedd y gaeaf yn dechrau'n gynharach yn yr hen amser, a gallai rhywun sefyll fan hyn, ar y clos, ac edrych draw tua'r mynydd a gweld y plu yn disgyn a gwybod bod y Nadolig yn nesáu. 'Mae'r plu yn brinnach y dyddiau hyn, wrth gwrs,' meddai.

Trodd Densil at yr ardd. 'Mae hon yn dipyn o ryfeddod hefyd,' meddai. 'Lan fan hyn, yn y topiau.'

Eglurodd Haval mai Barbara, ei wraig, oedd yn haeddu'r clod am y planhigion. Cyfaddefodd, gyda chwerthiniad bach diymhongar, nad oedd ganddo yntau ddim dawn yn y cyfeiriad hwnnw, mai trin pobl oedd ei arbenigedd ef. Ond yr un oedd y nod, yn y bôn. 'Erwau mwyn,' meddai. 'Dyna beth roedd Dad-cu yn eu galw nhw. Erwau mwyn dan war mynydd.'

Ysgrifennodd Densil Hicks y llinell hon hefyd yn ei lyfr nodiadau.

Yna, yn y gegin, dros gwpanaid, crynhodd Haval ei hanes ei hun, yn Coventry ac Abertawe, a chyn hynny, am ychydig flynyddoedd dedwydd, yma ar aelwyd ei dad-cu a'i fam-gu ym Mlaendeuddwr. Dangosodd iddo Feibl y teulu a'r achau yn y tu blaen, yn yr ysgrifen orofalus a gedwid ar gyfer dogfennau o'r fath. Rhoddodd ei fys o dan y gwall, lle roedd rhywun wedi gadael 'a' allan o 'Isaac' a gorfod ei ychwanegu, uwchben yr enw, gyda ∧ oddi tano.

Ac er bod y cywiriad wedi cael ei wneud yn ddigon taclus, meddai Haval, roedd wedi teimlo rhyw chwithdod, pan oedd yn grwt bach, na allai'r gwall hwnnw byth â chael ei ddileu, na allai neb o'r teulu roi cynnig arall arni a dechrau o'r dechrau. Ac efallai fod hynny'n rhan o'r ysgogiad wedyn, mewn rhyw ffordd fach, i fynd i dorri ei gŵys ei hun. Achos all neb fyw yn y gorffennol.

'Dyma 'nhad-cu. Isaac Reis.'

Edrychodd Densil ar y ddau ffotograff ar y seld. Yn y naill, roedd tad-cu Haval yn eistedd gyda'i wraig, Mary, a'u plant bach, Wiliam, Elizabeth ac Enid, a phawb yn ymddangos fel petaen nhw'n dal eu hanadl, am fod eu dillad mor dynn, a'u coleri wedi'u startsio mor galed. Yn y llun arall, safai Isaac Reis o flaen Capel Moreia, Llangerian, gyda'i gyd-flaenoriaid a'r Parchedig J. Lodwig Thomas. Glynwyd stribed o bapur y tu mewn i'r ffrâm, yn dwyn y geiriau: 'Ar achlysur canmlwyddiant yr achos yn 1958'. Roedd mewn gwth o oedran erbyn hynny, ond edrychai'n sionc o hyd, heb ddim starts ar ei goler na'i wên.

'A dyma'r plac.'

Roedd y ddau wedi gadael y tŷ erbyn hyn er mwyn cael cip ar y sgubor. Ac efallai na fyddai'r gohebydd wedi gweld y plac oni bai bod Haval yn tynnu ei sylw ato, am fod blaen y tŷ yn wynebu'r gorllewin ac felly'n sefyll mewn cysgod trwm, hyd yn oed heddiw, a'r haul yn goleuo pob man arall.

''Nhad yw hwnna.'

Craffodd Densil ar y llechen fach hirsgwar uwchben y drws. 'Wel, wel. Wiliam Reis.' Ynganodd yr enw gyda dyledus barch. Darllenodd y deyrnged oddi tano. 'Un o fan hyn oedd e, felly.' Tynnodd ffotograffau. 'Dyn mawr, hefyd, on'd oedd e? Yn ei ddydd. Dyn o bwys.'

'Oedd,' meddai Haval. 'Yn ei ddydd. Fel ei dad yntau o'i flaen. Ond bod dydd fy nhad wedi dod i ben cyn iddo fe farw, gallech chi ddweud. A neb i gymryd yr awenau.'

Ac er nad oedd Densil yn ei lawn ddeall, ysgrifennodd y sylw tywyll hwnnw hefyd yn ei lyfr.

Aethant at y sgubor. Dangosodd Haval y stafelloedd cyfarfod iddo. 'Ystafell Isaac yw hon … Mae Ystafell Wiliam drws nesaf.' Disgrifiodd sut y byddai'r rhain yn cael eu dodrefnu, maes o law, at eu dibenion gwahanol. Wrth fynd lan staer wedyn, disgwyliai weld Sam wrth ei waith. Caent sefyll am funud wedyn a'i wylio'n gosod un o'r ffenestri, efallai, neu'n cysylltu piben. Câi'r gohebydd dynnu llun ohono, er mwyn profi i'r byd bod y gwaith yn tynnu at ei derfyn, bod y sgubor, fel yr hen ffenics, ar fin codi o'r lludw.

'Mae Sam yma rywle … Sam sy wedi bod yn gwneud y gwaith atgyweirio, chi'n gweld. Cewch chi dynnu llun.'

Ond doedd dim golwg o Sam yn unman.

28 Lara

'Traed lan, 'te.'

Roedd hi'n hanner awr wedi wyth y bore yn 22 Heol Hafren. Yn y stafell ffrynt roedd Lara eisoes wedi taenu tywel dros y pwff yr oedd ei mam yn ei ddefnyddio fel stôl droed.

'Mae'n ofnadw o gynnar,' meddai Carys Wyn. '*Ofnadw* o gynnar.'

Aeth Lara ar ei phengliniau ac agor y pot newydd o Weleda Foot Balm. 'Wedes i, on'd do fe?' Cododd droed chwith ei mam a rhwbio'r eli i'r sawdl â blaenau'i bysedd. 'Wedes i bo' fi'n gorffod gweithio'r prynhawn 'ma, on'd do fe?'

Saib.

'Dyw e ddim yn teimlo'n iawn.'

'Beth sy ddim yn teimlo'n iawn, Mam?'

'Dyw e ddim yn teimlo'r un peth.'

'Ond beth, Mam? Beth sy ddim yn teimlo'r un peth?'

Ysgydwodd Carys Wyn ei phen. 'Sa i'n gwbod. Dyw e ddim yr un peth, 'na i gyd, dyw e ddim …'

Rhwbiodd Lara'r eli i mewn i ochr ei throed, gan wneud cylchoedd bach chwim â'i bysedd er sicrhau bod y stwff gwyn yn mynd i bob crych a phant.

'Y croen,' meddai Carys. ''Na beth yw e. Mae'r croen yn fwy teit.'

'Yn fwy teit?'

'Yn y bore. Mae'n fwy teit yn y bore. Jyst f'yna. Lle rwyt ti'n rwto'r crîm miwn.'

'Shwt 'ny, Mam?' Rhoddodd Lara'r droed chwith yn ôl ar y pwff. 'Mm? Shwt mae e'n fwy teit yn y bore?'

'Smo'r croen wedi cael tsians i setlo, nag yw e? Ti'n rhoi crîm ar groen sy ddim wedi cael tsians i setlo. Sy'n rhy deit. A fydd e ddim yn para wedyn.'

Wedi codi'r droed arall ystyriodd Lara'r chwydd a oedd wedi ymddangos ar ochr y bawd. 'Ydy hwn yn gwneud dolur, Mam?'

''Bach.'

Pwysodd arno â'i bys. 'Dolur?'

'Mm.'

'Bydd rhaid i ni gadw llygad ar hwnna. Gallai hwnna droi'n fynion.'

Fel arfer, ar brynhawn dydd Mercher y byddai Lara'n rhoi eli ar sodlau ei mam ac yn torri'i hewinedd. Dyna fu'r drefn ers tair blynedd a mwy. Ond heddiw, yn wahanol i bob dydd Mercher blaenorol, roedd gan Lara ymrwymiadau eraill. Roedd wedi rhybuddio ei mam wythnos ynghynt. 'Gorffod gweithio brynhawn dydd Mercher nesaf, Mam …' A'i hatgoffa bob dydd wedyn, iddi gael cyfarwyddo â'r newid yn y drefn. 'Gweithio trwy'r prynhawn, a thrwy'r nos, hefyd.' Doedd hi ddim wedi mentro dweud eto mai dyma fyddai'r drefn am rai wythnosau i ddod. Digon i'r diwrnod, lle roedd ei mam yn y cwestiwn. Un peth ar y tro.

Ond roedd rheswm arall pam roedd Lara am drin traed ei mam yn anarferol o gynnar heddiw. Efallai nad oedd hi wedi cydnabod y rheswm hwnnw iddi hi ei hun, ond fe wyddai, rywle yn ei hisymwybod, mai ffordd o osgoi brecwast oedd y diwydrwydd plygeiniol. Roedd trafod traed ei mam yn llenwi'r bwlch a fyddai fel arall yn cael ei lenwi gyda thost a marmalêd, neu facwn ac wy. Hyd yn oed petai'r chwant yn codi wedyn, ar ôl cwpla gyda'i mam, byddai olion yr eli yn aros ar ei bysedd, ynghyd â thameidiau bach o groen sych y traed, a pheth gwrthun fyddai codi bwyd i'w cheg â dwylo mor halog. Ac roedd gohirio eu golchi yn beth digon hawdd i'w wneud. Byddai angen eu golchi maes o law, wrth gwrs, cyn iddi fynd i Flaendeuddwr, a'u golchi'n drylwyr hefyd, ond gallai adael hynny tan y funud olaf.

'Gweithio'r prynhawn 'ma, a heno hefyd. Chi'n cofio, Mam?'

Derbyniodd Carys Wyn y celwydd yn ddigwestiwn. A dyna un arall o rinweddau'r eli. Yn ogystal â helpu Lara i ymatal rhag bwyta, fe brynodd oddefgarwch ei mam am ychydig. Fel rhoi mwythau i gath. Ac erbyn hyn, wrth i Lara rwbio'r eli i groen garw'r sawdl dde, gwelodd fod ei mam, o'r diwedd, yn ymlacio ac ymdawelu.

Penderfynodd Lara ddatgelu'r cyfan heddiw. Byddai hi'n ymddiheuro i Mr Reis am wastraffu'i amser. 'Ddim y bwyd yw'r broblem. Problem arall sydd gen i, a dyw hi ddim byd i neud â bwyta. Dyna'r broblem rwy moyn ei thrafod gyda chi heddi. A'r broblem yw hyn … Rwy wedi colli rhywun.' Ac roedd hynny'n dipyn o naid, symud o golli pwysau i golli person, ond dyna fe, siarad plaen oedd ei angen bellach.

Roedd yn bosibl, wrth gwrs, y byddai Haval Reis yn camddeall y gair 'colli'. Byddai'n rhaid iddi egluro wedyn, 'Na, dim marw. Ddim fel y cyfryw.' A dim mynd ar goll chwaith, er bod hynny'n wir hefyd. Ac fe hoffai Lara fod wedi defnyddio gair arall – gair meddygol, o bosibl – ond roedd hi'n methu cael hyd i ddim byd. A byddai dweud, 'Mae e i mewn fan hyn, y tu mewn i mi,' yn waeth byth. Sut gallech chi golli rhywun y tu mewn i chi? 'Beth y'ch chi'n feddwl, Lara? Tu mewn i chi? Beth yw ystyr hynny?' Gwyddai'n barod na fyddai hi'n gallu ateb cwestiwn o'r fath. Cochi wnâi hi, a gwingo, wrth deimlo'r llais pwyllog, bythol amyneddgar yn twrio i'w pherfeddion.

A dyna'r prif reswm pam roedd Lara am fynd heb fwyd heddiw: ddim er mwyn colli pwysau, ddim hyd yn oed er mwyn plesio Haval Reis. Mynnai fynd heb fwyd am mai dyna'r unig ffordd y gallai wynebu siarad am Gruff. Heb fwyd yn ei bola, teimlai Lara'n ysgafnach, yn deneuach, fel petai Gruff heb ei meddiannu eto. Roedd Gruff ar y tu allan rywle a gallai Lara synio amdano fel dyn cyffredin, dyn ymhlith dynion, ac nid fel tyfiant yn ei chroth. 'Wedi dod i siarad am Gruff ydw i ...' Nid bod hynny'n deimlad dymunol, wrth gwrs. Os oedd Gruff ar y tu allan yr oedd felly'n rhydd i grwydro, i fynnu'i ffordd ei hun, i ddiflannu eto. A sut byddai hi'n llenwi'r gwacter wedyn?

Erbyn dau o'r gloch y prynhawn, a hithau heb fwyta dim ers deunaw awr, roedd gan Lara ben tost ac roedd blas chwerw yn ei cheg. Er hynny, dim ond cwpanaid arall o de a ganiataodd iddi hi ei hun, ynghyd â thabled Ibruprofen, cyn cychwyn ar ei thaith i Flaendeuddwr. Ni olchodd ei dwylo nes iddi roi ei chot amdani a dweud ffarwél wrth ei mam. Ac fe'u golchodd â'r hylif golchi llestri am fod arno aroglau lemwn cryf. Defnyddiodd frws bach caled i sgrwbio'r ewinedd.

Wedi cyrraedd y ffordd fynydd, dechreuodd Lara ymarfer ei llinellau. 'Mae'n flin gen i am y busnes bwyd. Dwi ddim moyn trafod bwyd heddi. Rwy moyn trafod rhywbeth arall.' Wrth wneud hynny, gwnaeth ei gorau i gadw Gruff yn y car gyda hi, wrth ei hochr, oherwydd roedd angen i'r ddau ohonynt weld Haval Reis heddiw. 'Mae'n flin gen i am y busnes bwyd. Mae 'na rywbeth … Mae 'na rywun arall mae'n rhaid i fi sôn amdano. Gruff yw ei enw.' A doedd hynny ddim yn beth hawdd i'w wneud. Ni ddymunai i Gruff sleifio i mewn iddi eto. Ond ni fynnai godi ofn arno chwaith a gadael iddo fynd o'i gafael. Dyna pam, ar ôl dwy funud, y rhoddodd y gorau i ymarfer ei llinellau a dechrau canu un o ganeuon Carole King. 'Tonight you're mine completely, You give your love so sweetly …' Wrth iddi ganu felly, roedd Gruff yn eistedd wrth ei hochr eto, yn gwrando arni, a'r gân yn dod â gwên i'w wyneb. Ni chafodd ganu gyda hi. Rhaid cadw rhyw bellter: fel arall, byddai hi'n methu siarad amdano. Dim ond gwrando a gwenu, felly. Dyna fyddai swm a sylwedd cyfraniad Gruff heddiw.

Trodd Lara oddi ar y ffordd a dilyn y lôn i Flaendeuddwr. Wedi parcio o flaen yr hen sgubor ac agor drws y car, clywodd sŵn peiriant – llif, o bosibl, neu ddril. Hoffai'r sŵn hwnnw. Sŵn dyn wrth ei waith. Sŵn y byd yn symud yn ei flaen. Ac roedd hi'n ffyddiog y byddai Gruff, oedd wedi eistedd yn ddiddig trwy gydol y daith, yn camu allan o'r car hefyd a'i dilyn i stafell Haval Reis i gael ei gyflwyno. Byddai hi'n dweud, 'Gruff. Rwy mewn cariad â Gruff. Dyw e ddim tu mewn i fi rhagor, mae e mas f'yna rywle, dwi ddim yn siŵr ble, ond galla i ddweud wrthoch chi bopeth rwy'n ei wybod amdano fe, bydd e jyst fel 'se fe'n eistedd yma yn y stafell gyda ni. A dyw e ddim byd i neud â bwyd. Na, dim ond esgus oedd y bwyd. Mae'n flin iawn 'da fi. Mae'n flin iawn, iawn …'

29 Dyddlyfr Haval Reis

5 Mai
3.30 y prynhawn
Lara W.
Ail sesiwn

Daeth LW â'i dyddiadur bwyta, gan gellwair am ei 'gwaith cartref' ac ymddiheuro am fod mor fanwl. Beiodd ei hyfforddiant fel nyrs – gorfod cadw llygad ar y manion. Cofnododd ei phrydau i gyd, hyd at bob tafell o Ryvita, pob deilen o letys, etc. Canmolais ei thrylwyredd, ei dyfalbarhad. Holais am y snacks hwyr y nos, ben bore, o weld nad oedd rheiny'n cael cymaint o sylw.

'Gwaith shifft,' meddai, yn golygu ei bod yn anodd bwyta'r un amser bob dydd. Rhaid iddi gael 'rhyw damed bach' ar ôl shifft galed, fore neu nos. Yn mynd yn benysgafn fel arall.

'Dim ond ar ôl shifft galed?' gofynnais.

'Mae'n dibynnu ...'

Tawelwch am sbel. Rhaid i mi dynnu'n ôl gam neu ddau. 'Ond dyna fe,' meddwn. 'Mae pob shifft yn galed, mae'n debyg, mewn ysbyty.'

Nodiodd ei phen.

'A'ch hwyliau yr adegau hyn?'

LW yn anwybyddu'r cwestiwn hwn am ei bod hi'n disgwyl cwestiwn arall, cwestiwn am fwyd. Atebodd y cwestiwn hwnnw, yr un nas gofynnwyd.

'Dim byd mawr, cofiwch. Dim ond *sandwich*. Neu 'bach o *cereal*. Cyn bo' fi'n mynd i'r gwely. I neud yn siŵr bo' fi'n cysgu'n iawn.'

'A'ch hwyliau yr adegau hynny?'

Yn hanner cydnabod y cwestiwn y tro hwn. Soniodd am y CDs y byddai'n gwrando arnynt yn hwyr y nos, ar ôl i'w mam fynd i'r gwely. Treuliodd gryn amser wrth enwi ei hoff gantorion a rhai o'u caneuon enwocaf. Carly Simon, Aretha Franklin, Nina Simone, Carole King, etc. Canodd linellau agoriadol 'Will You Love Me Tomorrow?' Dwedais fy mod i'n hoffi'r gân honno'n fawr a gofyn: 'Caneuon trist sydd orau 'da chi?' Doedd hi ddim yn siŵr.

Saib.

Canais innau ddechrau 'Respect' Aretha Franklin a gwneud sioe o'r 'Sock it to me'. Chwarddodd LW: y chwerthin naturiol cyntaf a glywais ganddi. 'Mae honna'n gân fwy gobeithiol, nag y'ch chi'n meddwl?' Ystyried sôn am y problemau gafodd AF gyda'i phwysau hithau ond barnu mai chwerthin LW oedd y nodyn gorau i gloi'r sesiwn. Cynigiodd ddod â CD Carole King gyda hi'r tro nesaf.

[DS Rhaid arwain ar brydiau. Gwybod pryd yw'r gamp. A pheidio â chamarwain. Rhoi arweiniad tuag at yr hyn sydd eisoes yn gweithio ei ffordd tua'r wyneb.]

30 Lara

'Chi'n cael hwyl arni.'

Am bump o'r gloch y prynhawn roedd Sol yn sefyll ar ben ysgol, yn paentio bondo'r sgubor. Ni chlywodd y llais; neu efallai iddo ei anwybyddu, gan hyderu y byddai ei berchennog, o beidio â chael ateb, yn cerdded heibio.

'Job newydd 'da chi?'

Roedd y llais yn uwch y tro hwn ac yn fwy penderfynol.

Edrychodd Sol i lawr ar yr wyneb hanner cyfarwydd, y siaced felen lachar, y sgyrt hir, bletiog.

'Chi wedi cwpla 'da'r tyrbeins?'

Cofiodd wedyn. Y fenyw gymwynasgar. Nodiodd ei ben. 'Am y tro,' meddai, ac ailgydio yn ei waith.

Synnodd Lara at y nodyn diamynedd – pigog, hyd yn oed – yn llais Sol, ac ymddiheurodd am dorri ar ei draws. Er hynny, roedd hi'n siŵr mai swildod oedd achos y prinder geiriau: y swildod roedd hi wedi'i synhwyro yn y car y diwrnod o'r blaen. Fel y gwyddai o'i phrofiad ei hun, anodd oedd tynnu rhai pobl o'u cregyn. Cymerai amser. Gofynnai ymdrech. Rhaid dal ati.

'Gobeithio cadwith hi'n sych i chi.'

Cafodd wên fach anfoddog yn ateb. Ac efallai wedyn nad oedd y wên mor fach ag yr ymddangosai ar yr olwg gyntaf, am fod Sol, fel y gallai Lara weld yn glir bellach, wedi tyfu barf a mwstás ac roedd y rhain yn cuddio'r gwefusau, gan ddangos dim ond dannedd o wên. Bid a fo am hynny, roedd hi'n falch o weld wyneb cyfarwydd. Pethau prin oedd cyfarfyddiadau o'r fath ac roedd hi'n gyndyn o ollwng ei gafael ar yr un ohonynt. Ac efallai fod hynny'n arbennig o wir y prynhawn yma, a hithau'n gorfod gyrru adref ar ei phen ei hun, a llais Haval Reis yn diasbedain yn ei phen o hyd, yn paldaruo am ganeuon a thristwch, a Gruff yn fwy ystyfnig nag erioed. 'Sam, yntife? Tybed …?'

31 Blaendeuddwr

Eisteddai Sol wrth fwrdd y gegin, a Matt yn ei wynebu. Roedd Matt yn disgrifio'r gwaith a'i cadwai'n brysur yn ôl ym Mryste: rhywbeth i'w wneud â chyfrifiaduron a chreu gwefannau i bobl. Busnesau bach oedd ei brif gwsmeriaid, meddai. Gofynnodd i Sol a oedd ganddo yntau wefan, a mynegi syndod pan ddaeth ateb negyddol. 'Not even a Facebook page?' Rhoddodd ei garden fusnes iddo. 'You'll see the difference in no time. Just give me a bell.' Nodiodd Sol ei ben. Tawodd y ddau.

Barbara fu'n gweini ar y ddau ddyn heddiw. Daeth â brecwast llawn i Sol, am fod gwely a brecwast yn rhan o'r fargen am wneud y gwaith ar y sgubor. Uwd gafodd Matt. 'Bydd eisiau nerth arnoch chi heddi, Matt,' meddai Barbara. Ac roedd y dyluniwr gwefannau o Fryste'n falch o gael ychydig eiliadau o'i chwmni oherwydd roedd y gwestai newydd wedi bod yn bur dawedog dros y diwrnodau diwethaf.

'Mae Matt yn cwpla'r Nuttalls heddi, Sam.'

Roedd Barbara, o sylwi nad oedd y ddau wedi cynhesu at ei gilydd, yn teimlo dyletswydd i roi proc i'r sgwrs bob hyn a hyn. Doedd y fath dawelwch dros y bwrdd brecwast ddim yn beth naturiol na dymunol ac roedd yn ofni y byddai'r ddau yn mynd oddi yno a dweud wrth eu ffrindiau am sut amser diflas, sut driniaeth ddi-serch gawson nhw yn yr hen Blaendeuddwr 'na, a rhoi sylwadau sbengllyd ar TripAdvisor, fel roedd amryw wedi'i wneud yn barod.

'The Hewitts,' meddai Matt.

'Sorry?' meddai Barbara.

'The Hewitts, not the Nuttalls.'

Er gwaethaf y naws anghynnes, roedd Sol yn ddigon bodlon ei fyd. Roedd wedi perswadio Haval i droi'r radio i sianel ysgafnach, gan ddadlau bod y newyddion – a'r rheiny'n newyddion drwg gan amlaf – yn anodd i'w treulio'r peth cyntaf yn y bore. Ar hyn o bryd roedd Bryan Ferry yn canu 'September Song'. Roedd Sol yn hapus hefyd, wrth bori yn *Western Mail* y Reises, o weld bod materion eraill yn hawlio sylw'r newyddiadurwyr. Cecru'r pleidiau gwleidyddol a lenwai'r dudalen gyntaf, yn sgil yr etholiad diweddar. Ar yr ail dudalen, lle bu hanes y babi, gwelodd adroddiad ar ddamwain rhwng Merthyr ac Aberhonddu. Darllenodd am ddyn a yrrodd i mewn i gefn lorri a cholli'i ben. Ystyriodd Sol y llun: y car wedi'i wasgu o dan y lorri. Darllenodd yr adroddiad – y pen ar y sêt gefn, y gyrrwr yn dala'r ffôn symudol yn ei law o hyd – a meddwl efallai y byddai stori waedlyd o'r fath yn ddigon i ddileu'r cof am yr anffawd yng Nghaerdydd. Yn wir, onid peth bach pitw oedd babi o'i gymharu â'r fath alanas waedlyd?

Daeth Haval Reis i mewn i glirio'r llestri. Ceisiodd yntau roi hwb i'r sgwrs. 'September Song?' meddai. Yna, o fethu cael ateb, trodd at Matt. 'Finishing the Nuttalls today, Matt?' Ac er ei fod wedi diflasu ar y mân siarad herciog lawn cymaint â'i wraig, roedd wedi dysgu dros y blynyddoedd mai o'i gwtsh ei hun roedd mynd â chi am dro.

'The Hewitts,' meddai Matt. 'The Hewitts, not the Nuttalls.' Ac fe enwodd y mynyddoedd y byddai'n eu dringo, gan nodi uchder pob un, fel petai'n gwneud cymwynas â Haval trwy oleuo'i anwybodaeth.

'Fan Frynych?' meddai Haval, gan gywiro ynganiad cloff y Sais. 'Well, you've got the weather on your side, anyway.' Trodd at Sol. 'A chithe, Sam? Beth sy o'ch blaen chi, ar ôl i chi gwpla fan hyn?'

'O, hyn a'r llall,' meddai Sol.

'Hyn a'r llall,' meddai Haval, a nodio'i ben, gan adael i'w wyneb fynegi rhyw fesur o chwilfrydedd, ond dim gormod chwaith, am na fyddai byth yn gorfodi rhywun i ddatgelu mwy o wybodaeth nag yr oedd yn barod, ac yn abl, i'w ddatgelu. Dyna oedd ei dechneg, ei grefft. Cael cydbwysedd rhwng yr holi a'r tewi. 'Hyn a'r llall, Sam? Beth yw hynny, yn hollol?'

'Gwaith,' meddai Sol. 'Dim ond gwaith.'

32 Lara

'Rwy'n meddwl rhoi mwy o silffoedd lan yn y gegin, Mam.'

'I beth?'

'I ddala'r cwpane. Yn lle gorffod mynd i whilo yn y cwpwrdd.'

Saib.

'Rwy'n meddwl cael dyn miwn i neud e.'

'Dyn?'

'I roi'r silffoedd lan. Rwy'n mynd i ga'l *odd job man*. Falle bydda i'n gofyn iddo fe roi *brackets* ar y wal tu fas hefyd. I hongan blode.'

Roedd Lara wedi penderfynu'n barod y byddai hi'n gofyn i'r *odd job man* gymryd golwg ar nenfwd y gegin yn ogystal, am nad oedd cwpl o silffoedd a *brackets* yn ddigon o waith i'w gynnig i ddyn, a byddai'n codi cywilydd arni i fentro gofyn.

'Pwy ddyn?'

Byddai'n wahanol, efallai, petai hi'n cael gafael ar rywun roedd hi'n ei adnabod, rhywun oedd eisoes wedi gwneud gwaith iddi. Gallai ddweud wrtho: 'Dim ond cwpl o silffoedd a *brackets*. Pan gei di gyfle.' Ond Gruff oedd y dyn hwnnw. Dyn cymwys hefyd. Dyn a allai droi'i law at bob math o orchwylion o gwmpas y tŷ, ac yn yr ardd hefyd. Ond doedd Gruff ddim ar gael.

'Pwy ddyn, wedes i. Ydw i'n nabod e?'

'Sa i'n credu 'ny, Mam. Mae e wedi neud gwaith i un o'r doctoriaid. Ac mae'r doctor yn gweud bo' fe'n dda. Bo' fe ddim yn neud *mess*.'

Ddoe edrychodd Lara trwy'r *Handy Guide to Local Trades and Services* a chael hyd i ddau ddyn o'r fath. Roedd y geiriau 'No job too small' o dan enw un ohonynt. Ffoniodd hwnnw'n gyntaf a chael gwybod na fyddai'n rhydd am bythefnos arall. Ffoniodd y llall. Cynigiodd hwnnw ddod ar unwaith. 'Do i draw nawr. Do i draw nawr.' Ond doedd nawr ddim yn gyfleus i Lara am nad oedd hi wedi cael sêl bendith ei mam eto. Dwedodd 'diolch' ac egluro ei bod hi'n gorfod mynd allan i siopa ac y byddai hi'n ffonio'n ôl fory i wneud trefniadau a na, doedd hi ddim yn siŵr pryd yn union, câi weld. Aeth i'r gwaith wedyn â llais y dyn yn ei phen. 'Do i draw nawr.' Ac fe barhâi'r llais hwnnw i seinio, hyd yn oed yn yr ysbyty, pan oedd Lara'n tynnu darnau bach o wydr allan o fraich merch, a hithau'n griddfan yn druenus. Cysgodd gyda'r llais hwnnw. Yn y bore penderfynodd Lara nad oedd hi'n hoffi brwdfrydedd dyn y 'Do i draw nawr'. Brwdfrydedd dyn segur oedd hynny, a rhaid bod rheswm am ei segurdod.

'Sam yw ei enw e.'

Doedd Lara ddim wedi gofyn i Sol eto, wrth gwrs. Rhaid siarad â'i mam yn gyntaf, nid dim ond er mwyn cael caniatâd ond hefyd i'w hargyhoeddi hi ei hun nad rhyw fympwy bach oedd y gwelliannau arfaethedig i'r tŷ. Trwy ei rannu â'i mam, trodd syniad digon annelwig yn fwriad pendant, unplyg.

'Ddim yn siŵr o'r ail enw. Sam. 'Na i gyd wedodd y doctor.'

Teimlai'n anniddig wrth sôn am y doctor. Ond ystyriodd wedyn mai celwydd bach oedd hynny. Roedd Haval Reis yn ddoctor o fath, wedi'r cyfan, ac roedd i'w weld yn ddigon bodlon ar y gwaith roedd Sam yn ei wneud. 'Enw anghyffredin y dyddie hyn, yntife, Mam? Samuel, siŵr o fod. Sam am Samuel. Fel yn y Beibl. Fel Sam Warburton.'

Ac yn y modd hwn, trwy ddweud ei enw drosodd a throsodd, fe ddaeth Sam yn llai dieithr iddi. Magodd Lara hyder, nes iddi deimlo nad peth cwbl wrthun fyddai mynd at Sam a dweud yr hyn yr oedd angen ei ddweud. 'Sam, yntife? Tybed …?' A'i ddweud e heb gochi, heb faglu dros ei geiriau.

A Haval Reis. Rhaid siarad â Haval Reis hefyd. Fe allai fynd yn syth at Sam ei hun, wrth gwrs, a gofyn beth arall oedd ganddo ar y gweill, at beth fyddai'n troi nesaf. Ond peth ewn fyddai hynny, o dan yr amgylchiadau. A byddai'n agored i gael ei gamddehongli. Byddai Sam yn meddwl ei bod hi'n rhoi pwysau arno i gwpla'r gwaith yn gynt. Byddai yntau'n mynd at Haval a dweud, 'Chi'n gwybod y fenyw 'na? Honna sy'n dod atoch chi brynhawn dydd Mercher? Wel, 'na hen greadures ewn yw hi. Mae'n rhoi lifft i fi a dishgwl i fi fod yn was bach iddi wedyn.' Rhaid siarad â Haval Reis yn gyntaf, felly. O ran cwrteisi.

'Mr Reis, y dyn sy'n gweithio ar y sgubor … Sam, ife? Mae e'n gwneud job go lew ohoni, on'd yw e? Isie gofyn o'n i …' Ac o gael atebion boddhaol, byddai'n troi at Sam ei hun. 'Sam, yntife? Fi sy 'ma 'to. Wedodd Mr Reis … Gobeithio nad oes 'da chi, Sam … Wedodd e …'

Siarad yn gwrtais ond yn benderfynol hefyd, heb betruso, heb fod yn chwit-chwat. Fel menyw oedd yn gwybod ei meddwl ei hun ac yn barod i ddweud ei barn.

33 Dyddlyfr Haval Reis

12 Mai
3.30 y prynhawn
Lara W
Trydedd sesiwn

LW i'w gweld ar bigau drain. Tynnu bysedd trwy ei gwallt. Cywiro coler ei chrys. Llawer o chwerthin nerfus. Heb ddod â CD Carole King. Wedi anghofio, meddai. Gormod ar ei meddwl. Sôn am ei mam a'i hiechyd bregus. Ond wedi cadw'r dyddiadur bwyd. Llai o *snacks* gyda'r nos, meddai, a dangos y tudalennau gweigion. Ac yn eu lle? Heb ddeall y cwestiwn. Gofyn eto. Beth fydd hi'n ei wneud ar yr adegau y byddai'n arfer bwyta'n hwyr y nos? Soniodd am y gwaith sydd i gael ei wneud i'r tŷ, gan fanylu ar y math o silffoedd mae hi wedi'u prynu, ble mae hi wedi'u prynu nhw, etc. Rhaid cynllunio'n drylwyr, meddai, a dyna sydd wedi mynd â'i bryd yr wythnos hon.

Gofynnais: 'Ers pryd ydych chi wedi bod yn meddwl am y gwaith hwn?'

'O, blynydde,' meddai, a chwerthin. Llaw dros y geg eto ac ymddiheuro.

'Mae chwerthin yn dda i chi,' meddwn.

Cytunodd. 'Bydda i'n chwerthin lot yn y gwaith,' meddai. Soniodd am ei ffrind a'i chyd-weithwraig, Bethan, sydd o hyd yn dweud storïau smala. A oeddwn i wedi clywed yr un am y letys? Ymddiheurodd am ddychwelyd at fwyd, ond jôc Bethan oedd hon, nid ei jôc hi. Ymsythodd yn ei chadair. Edrychodd i fyw fy llygaid. 'And the doctor said, Did you know that you have a lettuce hanging out of your bottom? Yes, said the patient. But that's just the tip of the iceberg.'

Hyn i gyd mewn llais hyderus. (Llais Bethan? Ynte llais Lara ar y ward?)

[DS Cydchwerthin ai peidio? Ymatal y tro hwn er mwyn peidio â mynd ar gyfeiliorn, ond hynny'n atal y llif.]

'Ydych chi'n ystyried eich bod chi'n berson sy'n chwerthin yn aml?' meddwn.

'Ydw,' meddai'n ddisymwth, yn anarferol o bendant.

Cytunwyd y byddai hi'n cadw dyddiadur newydd, gan nodi pa mor aml y bydd hi'n chwerthin bob dydd a'r rheswm am y chwerthin hwnnw.

Mynnodd sôn am y gwelliannau i'r tŷ eto. Mae hi'n meddwl cael dyn i mewn i wneud y gwaith. Edrychodd trwy'r ffenest ar y sgubor a holi pwy oedd yn gwneud y gwaith yno a thybed a fyddai'n rhydd i ddod ati hi ar ôl cwpla fan hyn. Gâi hi fynd ato a'i holi ar ddiwedd y sesiwn? Gofynnodd am ganiatâd hefyd i ddefnyddio'r dyddiadur bwyd ar gyfer y chwerthin. Byddai'n wastraff fel arall, meddai, ar ôl prynu'r llyfr, a chyn lleied wedi'i sgrifennu ynddo. Dangosodd i mi sut y byddai'n troi'r llyfr ben i waered a dechrau o'r cefn, er mwyn cadw'r bwyd a'r chwerthin ar wahân.

[DS Cul-de-sac yw'r gwaith tŷ, yr un peth â'r caneuon a'r jôcs. Rhaid peidio â gadael iddi ddilyn pob llwybr o'r fath.]

[DS Pwt digon sylweddol yn y Journal. Ond rhaid sgrifennu at y golygydd i gwyno am y sylwadau dilornus. Ai Hicks fu'n gyfrifol? Neu rywun yn y swyddfa oedd eisiau dangos ei glyfrwch?]

34 Sol a Lara

Darllenodd Sol y stori yn y *Trefelin Journal.* Astudiodd y llun o'r sgubor ar ei newydd wedd. Safai Barbara wrth ochr ei gŵr, y ddau yn gwenu eu balchder. Darllenodd y stori eto, yn fwy gofalus y tro hwn, er mwyn bod yn sicr nad oedd ei enw i'w weld yn unman. Nid ei enw iawn, wrth gwrs, ond doedd dim gwahaniaeth am hynny. Ym meddwl Sol, byddai unrhyw enw'n ei fradychu. Byddai pobl yn gofyn, 'Wel, pwy yw'r Sam Powell 'ma? Oes 'da fe ei fusnes ei hunan? Mae isie cael gafael ar hwnnw i roi siâp ar ein sgubor ni. Rhown ni ganiad i'r Haval Reis 'ma i gael gwbod.' Rhyddhad oedd darganfod mai enwau Isaac Reis a Wiliam Reis a Bertrand Russell a dieithriaid eraill gafodd y sylw i gyd. Peth buddiol hefyd, o bosibl, oedd yr isbennawd: 'Ho-ho-holistic Therapist Opens Laughter

Clinic.' Efallai na fyddai neb yn cymryd y fath le o ddifrif. Neb o bwys.

Edrychodd Sol ar y llun eto. Gwyddai mai i lawr yn y cae gwaelod roedd e, yn cwato rhwng y coed deri, pan dynnwyd hwn. Roedd wedi mynd o'r golwg cyn gynted ag y gwelodd y newyddiadurwr yn pwyntio'i gamera at y tŷ. Ac ni ddychwelodd nes iddo glywed ei gar yn tynnu allan o'r clos a mynd am yr heol. Er hynny, roedd gweld y sgubor mewn papur newydd yn codi ias arno. Roedd y llun a'r stori gyda'i gilydd yn datgan i'r byd nad lle diarffordd, dirgel oedd Blaendeuddwr wedi'r cyfan. Atyniad oedd y sgubor. 'A bold new initiative to promote health and well-being ...' Roedd hyd yn oed yr isbennawd gwawdlyd yn cadarnhau hynny. Ac os bu'n atyniad i un dyn bach o newyddiadurwr, fe ddeuai rhagor, yn bendifaddau. Heddiw neu fory byddai rhywun yn cerdded heibio ac yn dweud, 'Lle pert. Pert iawn. Ond pwy yw hwnnw? Mm? Pwy yw'r un tawel 'co? Yr un sy'n rhoi'r ffenest miwn. Beth yw ei hanes e, gwed? A pham bo' fe wedi colli'i dafod? *Cash-in-hand*, ife?'

A dyna pam, awr yn ddiweddarach, wrth iddo osod yr olaf o'r cerrig pafin, y cafodd Sol gymaint o ysgytwad o glywed y fenyw gymwynasgar a roddodd lifft iddo yn dweud, 'Sam ... Sori i'ch trwblu chi ...' Cafodd fwy o fraw wedyn wrth wrando arni'n crynhoi'r sgwrs roedd hi newydd ei chael gyda Haval Reis am y gwaith y bu'n ei wneud ar y sgubor: bod cystal graen arno, ac mor lwcus oedd Haval a Barbara i gael hyd iddo, dyn dethau, dyn y gallen nhw ddibynnu arno. Ac er mai canmol oedd y cyfan, yr oedd hynny'n waeth na dim, oherwydd doedd wybod â phwy y byddai'r fenyw hon yn siarad ar ôl mynd adref. Fel hysbyseb. Fel cael ei enw yn y papur wedi'r cyfan.

Yna: 'O'dd rhywun 'da fi o'r blaen …'

Ac fe soniodd y fenyw am waith a gafodd ei wneud i'w thŷ i lawr yn Nhrefelin bum mlynedd yn ôl a mwy, a gorfod cael dyn i mewn i'w wneud e, am fod ei thad wedi marw. Dwedodd air am y rheiny wedyn: am y tad, yn bennaf, ond rhywfaint am y dyn hefyd. Byddai wedi bod yn ddigon hapus i fynd at hwnnw eto, ond roedd wedi symud i Lundain. A beth bynnag, meddai, roedd hi wedi cadw llygad ar y sgubor yr wythnosau diwetha 'ma ac roedd yr hyn a welsai wedi'i phlesio'n fawr, y to, y ffenestri, y cerrig pafin. 'Mae graen ar eich gwaith chi, Sam. Oes, wir.'

'Diolch,' meddai Sol. 'Diolch yn fawr.' Siaradodd mewn llais digon serchog hefyd, oherwydd roedd wedi synhwyro rhyw bendantrwydd yn ymarweddiad y fenyw hon nad oedd wedi'i weld o'r blaen, ac er nad oedd e'n hoffi bod yn destun ei sylw a'i pharablu byrlymus, barnai mai annoeth fyddai ei chroesi.

Cafodd Lara ei phlesio'n fawr pan gytunodd Sol i wneud y gwaith yn ei thŷ. Cafodd bleser arbennig, a'i synnu braidd, o lwyddo i ddwyn perswâd ar ddyn o'i fath, a hynny heb anhawster. Siaradodd yn blaen. Siaradodd yn hyderus, heb fynd ar gyfeiliorn. Ac fe lwyddodd. A dichon fod a wnelo hynny â'r sgwrs roedd hi newydd ei chael gyda Haval Reis. Roedd Haval wedi'i holi am ei harferion chwerthin. Dwedodd fod plentyn yn chwerthin dros bum cant o weithiau bob dydd. A rhaid bod yn blentyn cyn y gellwch chi fod yn oedolyn. Neu rywbeth i'r perwyl hwnnw. A doedd Lara ddim eisiau bod yn blentyn eto. Doedd hi ddim yn hoffi'r ensyniad, chwaith, ei bod hi'n chwerthin yn llai aml na'r rhan fwyaf, dim ond achos ei bod hi'n methu cofio pryd a sawl gwaith. Doedd methu cofio ddim yr un peth â methu chwerthin.

Cytunodd Lara i gadw dyddiadur chwerthin – peth gwirion nad oedd hi wedi clywed ei debyg o'r blaen – yn bennaf am ei bod hi wedi talu ymlaen llaw ac yn casáu gwastraff. Ond efallai iddi ofni hefyd, petai hi'n troi'n groten fach benstiff, y byddai Haval Reis yn cael gair â Sam: yn pardduo'i henw, yn dweud mor ddi-ddal oedd hi. A doedd dim eisiau pechu Sam, ac yntau heb ddechrau ar ei waith. Ymddygiad amhroffesiynol fyddai hynny, wrth gwrs, i feddyg o'r iawn ryw: cario claps am eich cleifion, eu troi nhw'n destun sbort. Peth peryglus hefyd. Gallai rhywun yn Ysbyty Trefelin golli'i swydd am wneud shwt beth. Ond yma, ym mhellafoedd Blaendeuddwr? Yma, ym myd y therapi holistig a'r sgubor wag a'r plant bach anweledig oedd yn chwerthin bum cant o weithiau bob dydd? Doedd dim dal. A beth bynnag, ers pryd roedd ofn yn ufuddhau i reolau o'r fath?

35 Lara

Brackets i'r basgedi blodau   *Welsh Country Life*
Silffoedd   *Homes and Gardens*
Bara brith
Kiwi polish

Roedd Carys Wyn yn darllen y *Western Mail*, gan ddechrau yn y cefn gyda sylwadau crafog Gwyn Jones ar y gêm yn erbyn Iwerddon. Roedd Lara'n paratoi ei rhestr siopa. Gresynai iddi sôn wrth ei mam am y bracedi. Byddai prynu bracedi yn golygu taith arbennig i'r ganolfan arddio – taith awr, o leiaf – ac roedd amser yn brin heddiw. Ystyriodd eu hepgor. Ceisiodd feddwl am rywbeth i'w rhoi yn eu lle. Yn ei dychymyg aeth ati i ailbaentio'r gegin, i osod drws newydd rhwng yr ardd a'r lôn gefn, i drwsio'r hen wal gerrig. Byddai un o'r rhain yn ddigon, mae'n debyg, i wneud twrn go lew o waith i ddyn prysur fel Sam. Rhaid cofio'r gost, hefyd. A'r strach. Yr anghyfleuster o gael rhywun dieithr yn y tŷ. Ystyriodd bob gorchwyl eto: paentio'r gegin, gosod y drws, trwsio'r wal. Yn y diwedd, setlodd ar y bracedi. Doedd hwnnw ddim yn orchwyl mawr ond byddai angen dril i'w gyflawni, a morthwyl hefyd, fwy na thebyg. Gwaith bôn braich, felly. Gwaith dyn.

Darllenodd mam Lara'r newyddion rhyngwladol a gweld llun o Nicolas Sarkozy a synnu at y tebygrwydd rhwng Arlywydd Ffrainc a'i diweddar ŵr: y gwallt trwchus, y gwefusau tyn, a'r talcen yn grychau i gyd – arwydd sicr bod dyn ar fin dweud rhywbeth pwysig, rhywbeth mae'n rhaid i chi wrando arno'n ofalus. Yn ei dro, dygodd hynny i gof y gwyliau a gawsant gyda'i gilydd cyn i Lara gael ei geni.

'Yn Ffrainc buon ni.'

'Beth?'

'Yn Bénodet. Ar ein gwyliau. Pan gest ti …'

'Ie?'

'Dim.'

Edrychodd Carys ar y llun eto a phenderfynu bod talcen yr arlywydd yn rhy lydan a'r gwefusau'n rhy denau. Trodd y dudalen a gweld bod y dyn a laddodd y babi yng Nghaerdydd wedi mynd i Iwerddon a bod yr heddlu'n chwilio amdano yno. Craffodd ar y llun o'r dyn hwnnw hefyd a cheisio canfod nodweddion llofrudd ynddo: yn y gwallt hir, yn y trwyn main, yn yr hanner gwên a'r llygaid tywyll, blinedig. Cafodd ei siomi o fethu gweld dim o bwys, dim a fyddai'n ei osod ar wahân. Gwynt teg ar ei ôl e, meddyliodd, a gwaredu at y fath wlad, lle roedd llofruddion babis yn gallu teimlo'n saff.

'Bénodet. Lle diflas. Dim byd i'w wneud 'na. Tywydd ddim yn sbesial chwaith. I Tenby aethon ni wedyn. Pan o't ti'n fach.'

Trodd at y pos croeseiriau.

Aeth Lara i'r ganolfan arddio'n gyntaf gan wybod y byddai cael y bracedi – teimlo eu pwysau yn ei dwylo, eu dodi nhw yng nghist y car wedyn – yn rhoi hyder iddi ar gyfer y cam nesaf. Dewisodd y bracedi plaen yn hytrach na'r bracedi gyda'r *ornate fish hook style design*, gan farnu mai'r rhain oedd fwyaf cydnaws â'r tŷ a'r ardd fel ei gilydd: yn syml, yn gynnil. Yna, o ystyried bod ganddi bedwar braced erbyn hyn a dim ond dwy fasged i'w hongian arnynt, treuliodd bum munud ymhlith y blodau. Prynodd ddwy fasgedaid o *fuchsias*.

Prin hanner awr oedd gan Lara wedyn i fynd yn ôl i'r dre a phrynu'r silffoedd cyn i'r siopau gau. Ond roedd hynny'n iawn hefyd: roedd prinder amser yn golygu ei bod hi'n gorfod rhoi'i holl sylw i'r dasg honno, heb wamalu, heb hyd yn oed feddwl am y cwlwm oedd bellach yn tynhau yn ei stumog.

Yn Edwards Interiors safai Lara o flaen y silffoedd pren. Doedd dim un yn apelio ati. Roedd y Farmhouse Display Shelf yn arbennig o ddi-chwaeth, yn gopi *kitsch* o ran uchaf silff-ben-tân, a dim tân yn agos iddi. Treuliodd Lara funud gyfan yn ei harchwilio, dim ond er mwyn cael y pleser o'i ffieiddio ac o ddigalonni wedyn wrth ystyried gymaint roedd y siop wedi dirywio ers dyddiau Gruff. Ond rhwng y ffieiddio a'r digalonni, magodd ddigon o blwc i ddewis y Boston Plate Rack. Silff blatiau oedd hon, heb ddim ond bachau ar gyfer y cwpanau, ond roedd yn ddigon diaddurn, a rhoddai llyfnder y pren bleser i'w bysedd. Aeth Lara at y cownter a gofyn i Terwyn am ddau o'r Boston Plate Racks. 'Mam sy moyn nhw … I'r gegin.'

''Na fe, 'te. A shwt mae Carys Wyn y dyddie hyn?'

Roedd Terwyn yn lled-adnabod mam Lara trwy gyfrwng ei diweddar ŵr, a fuasai'n gwsmer yma hefyd, flynyddoedd ynghynt.

'Lan a lawr,' meddai Lara.

Cynigiodd Terwyn wên fach o gydymdeimlad. Yna trodd at ei gyd-weithiwr. 'Darren … Dau Boston Plate

Rack, plis …' Estynnodd y peiriant talu i Lara. 'Anodd dewis i bobl eraill weithie.'

'Anodd?'

'Dewis pethe sy'n siwto. Ch'mod …'

'Ydy, ydy.' Tynnodd Lara ei cherdyn o'i phwrs. 'Allwch chi helpu …?'

'Eu cario nhw?'

'I'r car.' Edrychodd dros ei hysgwydd a phwyntio bys. 'Yr un coch, yn groes i'r hewl.'

Dilynodd Terwyn ei bys. 'Yr Hyundai bach 'na, chi'n feddwl?'

'Yr Hyundai, ie. Y car coch.' A bu'n rhaid i Lara ffrwyno'i thafod. Un car coch y gellid ei weld ar ochr arall yr heol a doedd neb ar ei ennill o glywed Terwyn yn paredio'i wybodaeth.

'Glywest ti 'na, Darren? Y Boston Plate Racks i'r Hyundai coch. Yn groes i'r hewl.'

A thra oedd Darren yng nghefn y siop, yn chwilio am y ddau fflatpac, gwelodd Lara ei chyfle. 'Mae ffrind i fi … Mae e'n dod draw i'w rhoi nhw lan …'

''Na chi, 'te,' meddai Terwyn. 'Oes sgriws 'da fe? A plygs?'

Dwedodd Lara fod ganddi ddigonedd o'r ddau yn y tŷ'n barod, diolch yn fawr. A byddai wedi hoffi dweud mwy, am nad oedd hi'n cymeradwyo'r ensyniad yn y cwestiwn na allai menyw ymorol am bethau o'r fath. Ond ffrwynodd ei thafod: roedd ganddi faterion pwysicach i'w trafod yn y man ac nid oedd am fradu'i hamser na'i nerth ar ddwrdio dynion bach nawddoglyd.

Yna: 'Tries i gael gafael ar Gruff i weld alle fe neud e, ond ches i ddim ateb.' Er syndod iddi, daeth y geiriau i gyd allan yn gyfan, heb faglu, heb fynd ar goll. Dwedodd 'Gruff' heb gochi. Ac wrth daro ei rhif i mewn i'r peiriant cerdyn, doedd dim cryndod yn ei bysedd. 'Mae ffôn newydd 'da fe, siŵr o fod,' meddai. 'Y'ch chi ddim yn digwydd gwybod … Wedodd e ddim, naddo …?'

'Mm?'

'Gruff. Roiodd e ddim o'i rif ffôn i chi, naddo?'

'Naddo, wy'n flin.'

'Neu ei gyfeiriad, wrth gwrs. 'Nelai hwnna'r tro yn iawn. Geloch chi …?'

'Naddo. Dim. Sori. *No idea*. Ond y ffrind 'ma o'ch chi'n sôn amdano … Mae 'da chi rywun i neud y job i chi nawr, o's e?'

'O's, ond …'

'Wel, cyhyd â bod 'da chi rywun.'

'Ond meddwl o'n i …'

Ysgydwodd Terwyn ei ben. 'Sori … Galla i weud wrtho fe, os y'ch chi moyn. Os bydd e'n digwydd ffono, neu'n galw heibio. Galla i weud wrtho fe bo' chi moyn cael gair … Ffaelu addo dim byd, cofiwch.'

Daeth Darren o gefn y siop â'r fflatpacs dan ei fraich. Agorodd Terwyn y drws. 'Eith Darren â nhw draw i'r car. Da boch chi nawr.'

Daliodd Lara ei thir. Bu'n paratoi ar gyfer y munudau tyngedfennol hyn ers pythefnos ac efallai na châi gyfle gwell. Yn groes i'r disgwyl, roedd y cyfan wedi mynd yn weddol hwylus hyd yn hyn ac ni wnaethai atebion tila'r perchennog ddim i bylu ei phenderfyniad. Ac roedd Lara'n gyndyn o ollwng ei gafael ar y nerth anghyffredin a oedd bellach yn cwrso trwy'i gwythiennau.

'Alla i ddim credu 'ny.'

'Mae'n flin …?'

'Alla i ddim credu nag yw Gruff wedi gadael manylion gyda chi. Alla i ddim credu'r peth. Mae bownd o fod rhif ffôn 'da chi'n rhywle. Chi ddim wedi edrych, 'na i gyd. A fydd e ddim yn bles, ch'mod. Fydd e ddim yn bles pan geith e wbod, pan ffindith e mas bo' chi wedi pallu'i roi e i fi, achos mae 'da fi bethe i weud wrtho fe, mae 'da fi bethe i'w rhoi'n ôl iddo fe hefyd, pethe ges i fenthyg 'da fe, ac mae e'n dishgwl amdanyn nhw, ydy, a fydd e ddim yn bles, fydd e ddim yn bles o gwbl …'

Ond erbyn hyn roedd Darren yn sefyll ar bwys y car, yn disgwyl i Lara agor y gist. Roedd Terwyn wedi troi i ateb y ffôn. Ac fe aeth llais Lara ar goll rhwng synau'r traffig a bwrlwm pobl Trefelin yn mynd adref o'r gwaith.

Ac fe anghofiodd yn llwyr am fagasîns ei mam.

36 Lara a Carys a Sam

'Sam,' meddai Lara. 'Mae hwnna'n enw digon anghyffredin y dyddie hyn.'

Edrychodd Sol trwy ffenest y car, ar y caeau gwlyb, ar arwyddion ystad ddiwydiannol Trefelin, ar do coch y ffatri laeth yn y pellter. Pesychodd.

'Sa i'n credu bo' fi'n nabod yr un Sam arall,' meddai Lara. 'Ddim yn bersonol. Mae Sam Warburton, wrth gwrs.' Yna, ar ôl saib: 'Chi'n dilyn y rygbi?'

'Na 'dw.'

Aethant heibio'r ysgol uwchradd a siop Aldi. 'Mam sy'n dilyn y rygbi yn tŷ ni, ddim fi. Wyth deg un ym mis Awst a dyw hi byth yn colli gêm … Ar y teledu, rwy'n feddwl … Mae'n gwbod yr enwe i gyd, eu hanes nhw, popeth.'

'Warburton,' meddai Sol. 'Wedi clywed am hwnnw.' Pesychodd eto.

'A Sam Mendes.'

'Mendes?'

'Sy'n neud y ffilms. Sam Mendes. 'Na un arall. Fe 'naeth y ffilm 'na … Beth o'dd ei enw fe 'to? American rhywbeth neu'i gilydd. Chi'n cofio?'

'Na … Sa i'n …'

'Ond enw o bant yw hwnna, siŵr o fod. Mendes. Sbaen. Italy. Rhywle fel 'na.'

Bu mwy o dawelwch, wrth i Lara aros i'r goleuadau newid, a gorfod canolbwyntio am fod plant o'r ysgol yn croesi'r ffordd, ac yn rhedeg hefyd, heb gymryd sylw o'r dyn gwyrdd.

'A Sam Tân. O'dd Sam Tân i ga'l slawer dydd. I'r plant. Chi ddim yn gweld cymaint o hwnnw y dyddie hyn chwaith. Ddim fel o'dd e.' Yna, wrth ddod at y cylchfan mawr ar gyrion y dre: 'F'yna rwy'n gweitho.'

Edrychodd Sol ar yr adeilad mawr gwyn.

'Ysbyty Trefelin,' meddai Lara. 'A and E.'

Bu saib arall, wrth i Lara droi oddi ar y ffordd fawr a mynd trwy ystad fach o dai *semi-detached*. 'Smo chi'n dod o rownd ffor' hyn, 'te.'

'Na.'

'O'n i ddim yn meddwl 'ny. Ddim 'da'r acen 'na. O ble mae'r acen 'na'n dod, gwedwch?'

Cododd Sol ei ysgwyddau. 'Roedd Mam a Dad yn trafaelu lot.'

'O'n i'n meddwl taw fel 'na o'dd hi. Gyda'r gwaith, ife?'

'Ie, gyda'r gwaith.'

'Yr un peth â chithe.'

'Fi?'

'Gweitho ar y tyrbeins. Gweitho ar sgubor Haval Reis. Gweitho fan hyn a fan draw. Gwaith fel 'na o'dd 'da'ch tad?'

'Rhywbeth fel 'na, ie.'

Wedi mynd trwy'r ystad, daeth Lara a Sol at res o dai Fictoraidd. 'Dyma ni. Heol Hafren.' Parciodd Lara ei char o flaen rhif 22. Tynnodd allwedd o'i phwrs. 'Fan hyn fues i erioed.'

Roedd Carys Wyn yn eistedd yn ei chadair esmwyth yn y stafell ffrynt. Wrth weld y dyn dieithr o'i blaen, sythodd ei chefn a chynnig gwên denau.

'Prynhawn da i chi.'

Llais main, ffurfiol oedd gan fam Lara wrth siarad â Sol: llais rhywun nad oedd wedi symud ymhlith dynion ers amser.

'Shwd y'ch chi, Mrs ...'

'Wel ... dwi ddim yn ...'

Llais petrus hefyd, am nad oedd hi'n siŵr faint y dylai ei ddatgelu am ei hiechyd, yn enwedig wrth gwrdd â rhywun am y tro cyntaf, a hwnnw wedi bod yn gwneud gwaith i feddygon. Camodd Lara i'r bwlch. 'Mae Sam yn mynd i roi'r silffoedd lan heddi, Mam.'

Nodiodd Carys ei phen. Sŵn anadlu'r hen fenyw a

lenwai'r stafell wedyn. Rhyfeddai Sol fod creadur mor fregus yr olwg yn gallu bod yn fam i fenyw mor sylweddol â Lara.

'Wedi dod â'ch tŵls 'da chi,' meddai Carys, gan nodi'i phen i gyfeiriad y bag roedd Sol yn ei gario dros ei ysgwydd. 'Bag mawr 'da chi f'yna.' A dweud hynny mewn llais gwerthfawrogol, fel petai angen cynnig gair o groeso i'r tŵls hefyd.

Aeth Lara â Sol i'r gegin a dangos iddo ble'r oedd y silffoedd i fynd. Aethant i'r ardd wedyn ac edrych ar y marciau du roedd hi wedi'u gwneud: dau ar y wal gefn ac yna dau arall ar ochr y tŷ. Synnai Sol fod ei gyflogwr newydd am iddo roi basgedi yma. Pwy fyddai'n eu gweld nhw? Heblaw'r bobl drws nesaf, efallai, trwy ffenest eu cegin. Ond ni ddwedodd ddim. Ni phoenai chwaith fod y fenyw yma, a fu mor barablus gynt, wedi troi braidd yn surbwch. Roedd hithau hefyd, siŵr o fod, wedi sylweddoli mai blodau anweledig a fyddai'n tyfu yma, ar ochr y tŷ, ac yn ei dwrdio'i hun am wastraffu cymaint o arian. A beth bynnag, roedd bod yn surbwch yn golygu llai o holi a llai o gelwyddau.

'Dyma'r ysgol i chi.' Swmpodd Lara'r alwminiwm ysgafn â'i llaw. 'Mae hi 'bach yn sigledig. Bydd rhaid i chi fod yn garcus.'

''Na chi, 'te.'

'Hen ysgol Dad, 'chwel. Chi'n meddwl neith hi'r tro?'

'Neith, neith.'

Cydiodd Lara yn yr ysgol a'i symud ryw fodfedd i'r chwith, lle roedd y concrit i'w weld yn fwy gwastad. ''Na fe, 'te. Gadawa i lonydd i chi nawr.'

Aeth Sol yn ôl i'r gegin. Tynnodd y Boston Plate Racks o'u bocsys a'u rhoi nhw at ei gilydd. Câi gysur o ddilyn y cyfarwyddiadau manwl. Roedd trafod y pren yn ei atgoffa bod yna bethau ar ôl a oedd yn ddigon hapus i blygu i'w ewyllys. Doedd silffoedd ddim yn siarad na chyhuddo. Perthyn i fyd Sam yr oedd y darnau pren yma: byd heb elynion, heb Carol, heb fabis yn marw, heb leisiau'n gweiddi trwy'r blwch llythyrau. Am awr fer, wrth drafod y pren llyfn, didaro, llwyddodd Sol i fwynhau diniweidrwydd y byd hwnnw.

Safai Lara a Sol eto wrth ddrws agored y stafell ffrynt.

'Gorffod mynd i'r gwaith nawr, Mam. Mae Sam yn aros ymlaen am sbel.'

'Mm?' Roedd Carys Wyn wedi bod yn hepian cysgu ers hanner awr. Cododd facyn o'i chôl a sychu'i gwefusau.

'Wedes i bod Sam yn aros ymlaen, Mam. I gwpla'r gwaith mas y bac.'

'Mm.'

'Wela i chi nes ymlaen.'

Taflodd Carys gip ar Sol: 'Ti'n meddwl bo' fe'n saff 'da fi?' Yna, yn falch o ailddarganfod ei thafod-siarad-o-flaen-dynion, mentrodd eto: 'Bydd rhaid i chi neud eich te eich hunan, cofiwch. A thorri'ch bara brith.'

Roedd Lara'n falch o weld ei mam mewn cystal hwyliau. Gallai fynd i'r gwaith heb bryderu amdani. Bu bron iddi chwerthin, er mwyn rhoi mynegiant i'r rhyddhad hwnnw. Ond o chwerthin, byddai'n teimlo dyletswydd i gofnodi hynny yn ei llyfr, a'i achos hefyd, a dangos y cwbl i Haval Reis. Dim ond gwenu wnaeth hi, felly, a dweud, 'Mam, rhag eich cywilydd.'

Gadawodd Lara'r tŷ. Câi wneud ychydig o siopa ar y ffordd i'r ysbyty. Prynai drît i'w mam. Ac erbyn iddi gyrraedd yn ôl byddai Sol wedi cwpla a byddai bywyd yn mynd yn ei flaen a byddai hi'n gallu anghofio am Haval Reis ac Edwards Interiors a'r bracedi a'r silffoedd diangen a'r rwtsh yna i gyd.

Gwrandawodd Carys Wyn ar ddrws y car yn cau. Dilynodd rwndi cyfarwydd yr injan, y newid gêr, y symud araf i ben pellaf yr heol, y troi i mewn i'r ystad. Sŵn ei hanadlu llafurus a lenwai'r stafell ffrynt unwaith yn rhagor. Aeth ugain munud heibio. Ac efallai mai'r sŵn hwnnw – sŵn ei hunigedd, a sŵn mwy unig nag arfer, wedi'r siarad smala – a wnaeth iddi godi ar ei thraed ac yna, ar ôl sadio'i hun, ymlwybro tua'r gegin. Yno gwelodd Sol, yn pwyso yn erbyn sil y ffenest, yn ystyried sut y byddai'n dweud wrth Lara bod y jobyn hwn yn mynd i gymryd mwy o amser na'r disgwyl.

'Wedi cwpla?'

'Ddim eto … Mae isie neud 'bach mwy o waith ar y wal.'

'Y wal?'

'Tu fas.'

Pwyntiodd Sol trwy'r ffenest. Dilynodd Carys ei fys. 'Cwpwl o graciau yn y render. Mae isie edrych ar reina cyn bo' fi'n dodi'r *brackets* i mewn.'

Nodiodd Carys ei phen. ''Na fe, 'te … Mae Lara wedi rhoi'r ysgol i chi, 'te?'

'Do, do.'

'Popeth 'da chi, 'te?'

'Ydy, ydy.'

'Hen ysgol y gŵr yw honna.'

'Ie, roedd Lara'n dweud.'

Pesychodd Carys. Yna, wrth droi a gweld wyneb Sol o'r newydd, a hynny yng ngoleuni haul diwetydd: 'Dim Gruff y'ch chi, ife? Ddim yr un un ag o'r blaen?'

'Gruff?'

'Meddwl bo' fi'n nabod eich wyneb chi, 'na i gyd. Meddwl bod rhywbeth cyfarwydd ambwyti fe. Oedd barf 'da chi o'r blaen?'

'O'r blaen? Sa i wedi bod ...'

'Edrych yn gyfarwydd, 'na i gyd. Gallwn i dyngu ...'

Efallai i fam Lara sylwi ar anesmwythyd Sol wedyn a dod i'r casgliad, yn debyg i'w merch, fod yma ddyn swil, diymhongar. Efallai iddi ddifaru siarad fel hyn, ar ei chyfer braidd, a gwneud i'r dyn swil deimlo'n chwithig. Byddai'n rhaid iddi fod yn fwy carcus y tro nesaf. 'Fi sy'n drysu, siŵr o fod,' meddai, a chodi llaw o ymddiheuriad. 'Henaint ni ddaw ...'

37 Sol

Treuliodd Sol y noson honno mewn llety di-nod ar gyrion Trefelin. Ar gais y perchennog, torrodd ei enw yn y gofrestr, gan gofnodi hunaniaeth Sam Powell am y tro cyntaf yn ei wlad ei hun. Aeth ei sgrifen braidd yn flêr wrth nodi cyfeiriad dychmygol yng Nghasnewydd, ond ni phoenai'n ormodol: doedd neb byth yn dangos diddordeb yng Nghasnewydd na'i thrigolion. Yna, o fethu â nodi rhif car: 'Mae'r fan wedi torri i lawr. Mae'n cael ei thrwsio.'

Ochneidiodd y lletywr ei gydymdeimlad. 'Yn Cambrian Motors, ife?'

Ac roedd hwnnw i'w weld yn gwestiwn digon cwrtais a rhesymol. Neu efallai, ar y llaw arall, fod y dyn eisoes yn amau stori Sol ac yn hen gyfarwydd â chelwydd a thwyll yn y busnes gwely a brecwast. Un ffordd neu'r llall, roedd Sol wedi rhagweld cwestiwn o'r fath a dwedodd fod ffrind yn dod draw fory i gael golwg ar y fan. 'Y *clutch*, rwy'n credu. Wedi bod yn amau ers sbel.' Ac ychwanegu efallai y byddai angen sefyll noson arall – na, dwy, fwy na thebyg – oherwydd gofynion gwaith a chyflwr y fan a threfniadau'r ffrind, ac yn y blaen. '*Cash OK*? Tynnais i ddigon mas o'r banc, jyst rhag ofn.'

Aeth Sol i'w stafell. Roedd yr *holdall* yn rhy fawr i'w roi yn y wardrob. Ystyriodd ei roi o dan y gwely, am fod hwnnw'n wely o'r hen deip, gyda fframyn haearn a choesau hirion. Ond beth fyddai'r glanhawyr yn ei wneud wedyn? Ei dynnu allan? Ac o'i dynnu allan, rhyfeddu at ei bwysau a meddwl, Iesu, beth sy mewn fan hyn? Ac agor y zip, dim ond o ran chwilfrydedd. Yn y diwedd, fe'i rhoddodd ar ben y wardrob. Safodd yn ôl a cheisio'i argyhoeddi'i hun bod hwn yn lle naturiol i roi *holdall* i gadw. Fe'i gwthiodd yn ôl tuag at y wal a'i ystyried eto. Yna fe'i tynnodd ymlaen eto, gan ofni y byddai'r ymdrech i'w guddio yn codi mwy o amheuon na'r gwrthrych ei hun.

Tynnodd ei ddillad. Ac wrth droi'r gawod ymlaen, gwyddai fod y lletywr eisoes wedi dod yn ôl i edrych ar ei fanylion yn llyfr y gwesteion a meddwl, Does dim rhif ffôn fan hyn. A dyna sgrifen anniben sydd gan y dyn yma. Beth yw enw'r stryd 'na, gwedwch? Ac yn yr eiliad honno fe sylweddolodd Sol fod angen i Sam Powell fod yn llawer mwy na dyn silffoedd a ffenestri ac *expanding foam*. Ac nid oedd pawb mor hawdd i'w anwybyddu â Matt, neu Haval Reis, neu'r ffarmwr ar ei dractor.

Y bore wedyn, yng nghegin 22 Heol Hafren, agorodd Sol ei fag tŵls. Agorodd hanes Sam hefyd. '*Painter and decorator* oedd Dad,' meddai wrth Lara. A gorfod dweud yr un peth eto, am fod y geiriau wedi mynd ar goll yn sŵn y cwpanau a'r llwyau roedd Lara'n eu rhoi'n ôl yn y cwpwrdd.

'*Painter and decorator,*' meddai Lara, yn falch bod Sam, o'r diwedd, wrth gychwyn ar ei ail ddiwrnod o waith yn y tŷ, wedi cael hyd i'w dafod. 'Mae'n rhedeg yn y teulu, mae'n amlwg.'

Aeth Sol i ochr arall y gegin i archwilio gwaith y diwrnod cynt. Tynnodd glwtyn dros y braced. Aeth i'w gwrcwd a tharo'r wal â'i ddwrn.

'A'ch tad,' meddai Lara, gan ofni bod tafod Sam wedi cilio i'w guddfan eto. 'Mae e wedi cwpla nawr, ydy e? Wedi riteiro?'

Ysgydwodd Sol ei ben. 'Mae Dad wedi marw. Mam hefyd. Ers blynydde. Ers pan o'n i'n fach.'

Tynnodd Sol gledr ei law ar draws y wal. Rhoddodd glec arall iddi. Ac efallai ei fod yntau hefyd yn teimlo pwysau'r tawelwch ar ei dafod ac yn sylweddoli bod stori, ac yn enwedig stori garpiog a chelwyddog, yn magu'i choesau'i hun. 'Cael eu lladd mewn damwain.'

'Damwain? Y ddau ohonyn nhw?'

'Lorri wedi brêco'n rhy glou.' Symudodd yn nes at y ffenest. Rhoddodd glec i'r wal yno. Heb edrych ar Lara, gwyddai fod ei hwyneb yn mynnu gwybod mwy, bod ei gwefusau eisoes yn crynu'u cydymdeimlad. 'Dad yn ffaelu stopyd mewn pryd. Mewn â nhw i gefen y lorri.' Aeth Sol trwy'r drws cefn a gwneud mosiwns ar i Lara ei ddilyn.

'Ond mae hynny'n ofnadw, Sam. Mae hynny'n ... Alla i ddim ...'

'Whech oed o'n i,' meddai Sol. 'O'n i draw 'da Mam-gu a Dad-cu. Mam a Dad wedi mynd i'r dre i wneud y siopa.'

Roedd y ddau bellach yn sefyll o flaen y wal y tu allan. Ac mae'n bosibl, erbyn hyn, wrth weld y gofid a'r poen yn llygaid Lara, bod Sol yn dechrau magu ffydd yn Sam a'i lais. Mae'n bosibl, hyd yn oed, ei fod yn cael boddhad o'i lwyddiant fel storïwr ac o'r ffordd yr oedd Sam yn hawlio'i hanes ei hun.

'Mewn i gefen y lorri. Torri'i ben e bant.'

'Na,' meddai Lara. 'Ond mae ... Alla i ddim ... Mae hynny'n ofnadw, Sam. Mae'n ....' Ac yn niffyg geiriau digonol, cyffyrddodd â'i fraich â blaenau'i bysedd.

'Fan hyn,' meddai Sol, gan daro'i ddwrn yn erbyn y render. 'Y'ch chi'n clywed?'

'Mm?'

Gwnaeth Sol yr un peth eto. 'Hwn. Y'ch chi'n clywed?'

'Ydw, ydw.'

A deallodd Lara, wrth hynny, fod Sam wedi dweud digon ar y pwnc dirdynnol; mai ei bai hi oedd y chwithdod a ddaeth dros y ddau ohonyn nhw wedyn. Gresynai iddi agor hen friw a gwneud dolur o'r newydd. Ac eto, rhywsut, fe deimlai'n freintiedig. Peth annifyr oedd deffro atgofion mor atgas, wrth reswm, ond roedd hefyd yn gyfrwng i rannu rhywbeth dwfn. Yn wir, roedd y peth hwnnw'n ddyfnach o lawer na dim byd arall yr oedd Lara wedi'i brofi ers tro byd. Roedd hi'n edifar, ac eto'n falch, yn ddiolchgar ei bod hi wedi derbyn hyn o fendith.

'A fan hyn?' meddai Sol. 'Y'ch chi'n clywed y gwahaniaeth?' Safodd yn ôl a chroesi'i freichiau, ac egluro bod y render wedi dechrau dod yn rhydd o'r wal, ac roedd e'n amau a allai roi'r *brackets* lan heb ei ddifrodi. 'Dyw e ddim yn wael iawn, cofiwch. Ddim eto.' Yna: 'A hwn fan hyn …'

Aeth Sol i'w gwrcwd a thynnu bys ar hyd blewyn bach o grac ryw droedfedd o waelod y wal. Bu'n rhaid i Lara symud yn nes a phlygu i lawr hefyd er mwyn ei weld yn iawn. 'Fyddwch chi'n cael rhywfaint o damprwydd yn y gegin?'

Teimlodd Lara'r crac â'i bysedd ei hun ac ysgwyd ei phen. 'Sa i'n credu 'ny. Ddim bo' fi wedi gweld.'

'Mm,' meddai Sol. Dychwelodd y ddau i'r gegin. Aeth Sol ar ei bengliniau a thynnu'i law ar draws y wal.

'Oes rhywbeth 'na?' gofynnodd Lara.

'Anodd gweud,' meddai Sol, a chrychu'i dalcen. 'Anodd gweud heb dynnu'r sgertin.'

Aethant allan eto a sefyll o flaen y wal. 'Mae dewis 'da chi, Lara. Galla i roi'r *brackets* lan. Ond bydd isie sgriws hirach, i fynd miwn i'r brics. Plygs cryfach hefyd, i roi gwell gafael iddyn nhw. A rwy'n ofan, ta beth 'naf i, bydd y render yn craco. Dim ond tamed bach falle, ond digon i adael y damp miwn. A mynd o ddrwg i waeth wneith e wedyn. Sa i'n chwilio am waith, cofiwch. Dim ond i chi gael deall, 'na i gyd.'

Nodiodd Lara ei phen. Ffugiodd yr wyneb dwys disgwyliedig. 'Na, na. Rwy'n gwybod 'ny.'

'Neu, 'sech chi moyn, gallen i dynnu bach o'r render off, jyst fan hyn.' Rhoddodd Sol ei law lle bu'n taro o'r blaen. 'A fan hyn. Chi'n gweld? Ailrendro wedyn a rhoi'r *brackets* miwn ar ôl iddo fe sychu mas. Mae e lan i chi. Dyw e ddim yn jobyn mawr. Galla i roi pris i chi.'

Nodiodd Lara ei phen. Meddyliodd am y tad a'r fam a laddwyd. Ar ei gwaethaf, gwnaeth lun yn ei meddwl o ben y tad yn cael ei rwygo oddi ar ei ysgwyddau, a cheisio dychmygu ble y cwympodd, ai yn y car ynteu ar yr heol y tu allan. Dychmygodd ymateb gyrrwr y lorri. Dychmygodd y gwaed yn pistyllu o'r gwddf. Dychmygodd y syndod yn llygaid y pen di-gorff.

Bum awr yn ddiweddarach, a hithau'n gorwedd yn y gwely, caeodd Lara ei llygaid a dychmygu Sam ar y diwrnod erchyll hwnnw yn dod i'r stafell fach yn yr ysbyty a ddefnyddid ar gyfer torri newyddion drwg a chadw galar afreolus o olwg y cyhoedd. Fe'i dychmygodd hi ei hun yn chwilio am y geiriau priodol ac yn ymddiheuro am na allai Sam fynd i weld corff ei dad. 'Mae'n flin iawn gen i ...' Ac yntau'n gofyn pam. A hithau'n rhoi llaw ar ei fraich. 'Mae'n wir flin gen i, Sam ...'

38 Dyddlyfr Haval Reis

19 Mai
3.30 y prynhawn
Lara W
Pedwaredd sesiwn

LW yn edmygu'r sgubor, yna'n canmol gwaith Sam yn ei thŷ, siarad am silffoedd, etc. Sam yn cyd-dynnu'n dda â'i mam. Yn ystyried cynnig mwy o waith iddo. Dilyn y trywydd hwn am ychydig: trafod cartrefi, byw yn y tŷ lle cafodd ei magu, lle bu farw'r tad, etc.

Gofynnais: ble hoffech chi fod ymhen 5 mlynedd?

Atebodd: byw o ddydd i ddydd mae hi, heb roi sylw i ystyriaethau felly. Sôn am ŵr a gwraig a laddwyd mewn damwain car ddechrau'r wythnos a hithau'n gorfod cysuro'r teulu yn yr ysbyty. Dyna beth roedd ei gwaith wedi'i ddysgu iddi, bod rhaid byw yn y presennol.

Troi at ei dyddiadur chwerthin. Ymddiheuro ei fod mor denau. Y cof yn pallu erbyn diwedd y dydd/diwedd shifft. Sôn am raglen deledu Rhod Gilbert, lle mae'n rhoi cynnig ar fod yn ddyn casglu sbwriel. Ei mam yn hoff o'r rhaglen honno hefyd. Rhestrodd raglenni eraill mae hi a'i mam yn mwynhau eu gwylio gyda'i gilydd. Tynnais ei sylw at y ffaith mai dyna yw tri chwarter yr entries yn y dyddiadur: rhaglenni teledu.

Cam bach ymlaen.

39 Sol a Lara

Ar y pedwerydd diwrnod symudodd Sol i lety yr ochr arall i'r dre. Doedd dim wardrob yn ei stafell yno, dim ond reil a hangeri. Rhoddodd Sol sawl troedfedd o dâp lapio am y ffolders fel na ellid eu hagor heb ddefnyddio siswrn. Taenodd ddillad drostynt. Yn niffyg clo, tynnodd gortyn trwy garn y zip a'i glymu'n dynn. Gan ofni bod cwlwm o'r fath yn edrych yn rhyfedd, rhoddodd ei grys Cardiff City dros y cyfan.

Erbyn hyn, yn nhŷ Lara a'i mam, roedd Sol wedi tynnu'r render oddi ar y wal y tu allan, rhwng y ffenest a chornel y tŷ, hyd at uchder o bum troedfedd. Roedd hefyd wedi tynnu'r plaster ar hyd gwaelod wal fewnol y gegin. Ac am fod fan Sol bellach wedi cael ei chludo i garej fawr yng Nghasnewydd ('Mae hi dan warant, 'chwel ... Gorffod mynd â hi'n ôl i'r garej le brynes i hi.') bu'n rhaid i Lara roi lifft iddo i ymofyn y pethau angenrheidiol at wneud y gwaith atgyweirio ychwanegol yr oedd hi wedi rhoi sêl ei bendith arno. Safai'r tywod a'r sment ar y stribed fach o goncrid o dan y ffenest, yn barod i gael eu cymysgu. Ar lawr y gegin roedd y nwyddau eraill, gan gynnwys y Dryzone Damp Proofing Cream a'r dryll arbennig y bu'n rhaid i Sol ei brynu at chwistrellu'r deunydd hwn i berfeddion y wal. Drannoeth bydden nhw'n mynd i ymofyn y plaster a'r paent. Roedd Sol eisoes wedi rhybuddio Lara y gallai gymryd rhai dyddiau i'r wal sychu cyn y byddai modd ei phaentio.

Ar y pumed diwrnod, roedd Lara'n falch o gael ymadael â'r tŷ am fod aroglau'r hyn yr oedd Sol yn ei alw'n 'sealant' yn troi arni. Hyd yn oed yn y stafell ffrynt cwynai ei mam am y gwynt cas a losgai'i ffroenau bob tro y byddai'r drws yn agor. Doedd hi ddim wedi mentro i'r gegin ers tridiau.

Yn yr ysbyty, ymgollodd Lara yn ei gwaith. Am ddau o'r gloch y prynhawn, cymerodd bwysau gwaed menyw ifanc oedd ar fin mynd am lawdriniaeth. Roedd wedi dysgu pwysigrwydd dweud 'Mae hynny'n dishgwl yn iawn' gyda gwên ac mewn llais calonogol. Ar drothwy llawdriniaeth fawr, roedd y pethau bychain yn gallu gwneud gwahaniaeth. Yn y pen roedd adfer iechyd rhywun lawn cymaint ag yn y corff. Cymerodd ei thymheredd a gwenu eto. Roedd y fenyw mor welw â'r galchen a'i meddwl hi'n drysu dan ddylanwad y *premed*, ond roedd yr organau i gyd yn dal i weithio fel y dylen nhw ac felly doedd ganddi ddim byd i boeni amdano: dyna oedd byrdwn y profion hyn a'r wên gadarnhaol fel ei gilydd.

Yn ôl yn 22 Heol Hafren, y prynhawn hwnnw, roedd Sol ar berwyl newydd. O sylwi ar hen staen dŵr ar nenfwd y gegin, ceisiodd gael hyd i'w darddiad. Aeth lan lofft i'r ystafell ymolchi, gan ddisgwyl cael hyd i staen cyfatebol ar y llawr yno. Aeth ar ei liniau ac edrych o dan y sinc a'r bath. Tynnodd fys ar hyd y pibau. Roedd pob un yn sych. Yna, wrth godi, sylwodd Sol fod yno biben arall yn y gornel a redai, nid i'r sinc nac i'r bath, ond yn hytrach trwy'r wal fewnol. Aeth i'r stafell nesaf – stafell wely sbâr, yn ôl ei golwg foel – a gweld pen arall y biben honno draw yn y gornel. Nid âi i unman. Bu sinc yma unwaith, mae'n rhaid, ond cawsai ei datgysylltu. Aeth ar ei liniau ac archwilio'r caead plastig ar ben y biben. Roedd hwn yn sych hefyd. Cododd gwr y carped. Roedd yr *underlay* yn sych hefyd, ond roedd ei ymylon yn dywyll. Fan hyn y bu'r dŵr yn gollwng, rywbryd, doedd dim dwywaith. Gwthiodd fys yn erbyn gwaelod y sgertin. Ildiodd, dim ond mymryn, ond digon i brofi nad un digwyddiad oedd y gollwng hwnnw. Diferu araf a chyson fu'n gyfrifol am y pydredd bach anweledig, a hwnnw wedi hen ddarfod. Ond roedd hynny'n iawn: yn y man, byddai Sol yn gallu pwyntio at y staen ar nenfwd y gegin a gofyn i Lara, 'Ydych chi wedi sylwi ar rywbeth lan lofft? Yn y bathrwm, falle?' Yna, ar ôl mynd i'r stafell wely sbâr a chanfod y biben gaeedig, byddai'n dweud, 'Beth sy gyda ni fan hyn, 'te?' A gofyn iddi wthio â'i bysedd ei hun a theimlo'r pren pwdr.

Symudodd Sol y cwpwrdd-erchwyn-gwely er mwyn canfod pa mor bell yr oedd y pydredd yn ymestyn. Wrth iddo wneud hynny, agorodd drws y cwpwrdd dan ei bwysau ei hun a llithrodd dau lyfr allan, ynghyd â chloc larwm. Gan ofni bod sŵn eu cwympo wedi cyrraedd clustiau Carys Wyn, aeth at y drws a gwrando. Clywodd y radio. *The Archers.* Prepian Ambridge a lyncai bob sŵn arall. Aeth Sol yn ôl at y biben a'r cwpwrdd. Cododd y cloc at ei glust, gan wybod bod ei dician wedi hen dewi. Yna, wrth ei roi'n ôl, sylwodd ar amlen ar waelod y cwpwrdd. Cododd hon a gweld un arall oddi tani, a rhagor eto, nes bod pump ohonynt yn ei law. Roedd yr amlenni i gyd yr un maint: maint cardiau Nadolig, neu ryw gyfarchion cyffelyb. Teimlent yn debyg i gardiau hefyd, o'u swmpo rhwng bys a bawd. Yna, o edrych ar bob un yn ei thro, gwelodd Sol eu bod nhw i gyd yn dwyn yr un enw – Gruffydd Vernon

Wilkes – a hwnnw mewn llawysgrifen fân a manwl. Enw, ond dim cyfeiriad. Ac roedd Sol yn gweld hynny'n beth rhyfedd am fod stampiau dosbarth cyntaf eisoes wedi cael eu glynu wrthynt ac roedd yr amlenni wedi'u selio. Dyna wast, meddyliodd, a'u taflu'n ôl i waelod y cwpwrdd. Ar ôl pendroni ychydig, rhoddodd y cloc ar y silff uchaf a'r llyfrau ar y silff ganol a chau'r drws.

Teimlodd Sol y sgertin a phenderfynu bod y pydredd wedi'i gyfyngu i'r gornel. Symudodd y cwpwrdd yn ôl i'r lle bu'n sefyll o'r blaen: tasg ddigon hawdd am fod ei draed wedi creu pantiau bach yn y carped ar ôl blynyddoedd o sefyll yn yr un man. Yna tynnodd facyn ar hyd y top gwydr er mwyn cael gwared ag olion ei fysedd. Poenai wedyn fod y weithred honno, yn ogystal â dileu'r brif dystiolaeth o'i bresenoldeb yma, hefyd wedi dileu haenen o lwch, ac oni fyddai Lara'n sylwi ar hynny hefyd? Yn wir, onid dyna'r peth cyntaf a fyddai'n hawlio'i sylw, hyd yn oed cyn iddi agor y cwpwrdd a gweld bod y cloc a'r llyfrau wedi symud?

Ystyriodd Sol y sglein ar y gwydr. Tynnodd ei facyn allan, a hwnnw'n batsys bach llwyd i gyd. A doedd e ddim yn gwybod sut i adfer llwch.

40 Lara a'i mam

'Mae golwg wael arni.'

'Mm?'

'Fan hyn. Drycha.'

'Mae'n hen, 'na i gyd. Bydd golwg wael arnat ti pan wyt ti mor hen â'r tŷ hyn.'

Roedd Lara yn archwilio wal y gegin, lle roedd Sol wedi tynnu'r plaster, gan ddinoethi'r hen friciau Fictoraidd. Roedd ei mam yn eistedd y tu ôl iddi, yn torri llysiau.

'A wedes i wrtho fe,' meddai Carys. 'Wedes i, "Dim Gruff y'ch chi, ife?" Achos o'n i'n meddwl taw 'na pwy o'dd e i ddechre. Pan o'dd e'n sefyll fan 'co, ar bwys y ffenest. Meddwl bod rhywbeth cyfarwydd ambwyti fe.'

Ni ddwedodd Lara ddim. Efallai nad oedd hi wedi clywed yn iawn. Cawsai ei dychryn wrth weld ansawdd gwael y brics, yn fân dyllau i gyd, a'r ffordd anniben, ffwrdd-â-hi yr oedd y morter wedi cael ei daenu rhyngddynt, a deall wedyn mai dyna sut y cafodd y tŷ ei adeiladu. Doedd a wnelo ddim byd â henaint. Bu'n hen erioed.

'Wedi altro, wrth gwrs. Wedi teneuo. A'r farf 'na. O'dd dim barf 'da Gruff, nag o'dd?'

Aeth Lara i ben pellaf y gegin ac edrych ar y wal yno gan ofni, os oedd ochr y tŷ yn wael, siawns nad oedd y wal gefn yr un peth: yr un brics, yr un lleithder, yr un esgeulustod, a'r plaster yn cwato'r cwbl.

'A wedes i, "Dim Gruff y'ch chi, ife?" O'n i'n weddol siŵr taw dim Gruff oedd e erbyn 'ny, cofia, jyst bo' fe wedi hala fi i feddwl – t'mod, o'i weld e'n sefyll f'yna ar bwys y ffenest – o'dd e wedi hala fi i gofio'n ôl a 'ti byth yn gwbod, achos mae pobol yn altro. A dyma fe'n dod 'nôl ata i heddi a gweud, "Ddim Gruff Wilkes o'ch chi'n feddwl, ife? Ddim Gruff Wilkes o'ch chi'n feddwl ddoe, pan wedoch chi bo' fi'n edrych yn debyg iddo fe?" Sy'n beth od, on'd yw e? Finne'n meddwl taw Gruff oedd e, a fynte'n ei nabod e trwy'r amser.'

Teimlai Lara'n sâl. Roedd yn gas ganddi glywed enw Gruff yn cael ei daflu ati gyda'r fath ddihidrwydd. 'Yn ei nabod e? Be chi'n feddwl, yn ei nabod e?'

A bu'n rhaid i Carys ddweud yr un peth eto, a gyda mwy o bwyslais y tro hwn. '"Gruff Wilkes," wedodd e. "Ddim Gruff Wilkes y'ch chi'n feddwl?" Jyst fel 'na. Mae e'n ei *nabod* e, Lara. Mae Sam yn nabod Gruff.'

'Wedodd e 'na, Mam?'

'Mm?'

'Wedodd e ei enw fe? Y'ch chi'n siŵr taw dim chi wedodd 'ny gynta? "Chi'n dishgwl yn debyg i …" A gweud "Gruff" eich hunan wedyn.'

Rhoddodd Carys ei chyllell naill ochr. Ceisiodd ailchwarae'r sgwrs yn ei phen. A chan nad oedd ganddi gymaint â hynny o ffydd yn ei chof erbyn hyn, ni allai wadu awgrym ei merch. Oedd, roedd yn bosibl mai hi grybwyllodd enw Gruff yn gyntaf.

'Sdim ots am hynny, oes e? O'dd e'n ei nabod e. Sdim gwahaniaeth pwy wedodd e gynta, o'dd e'n cofio'r enw. "Gruff Wilkes?" wedodd e. "Gruff Wilkes?" Fel 'na. Fel 'se fe'n ei nabod e ers ache. Fel 'se'r ddou'n ffrindie penna.'

Brynhawn drannoeth, pan ddychwelodd Lara o'r ysbyty ar ôl y shifft fore, ni ddwedodd air wrth Sol. Ni ddwedodd ddim byd chwaith pan ddangosodd hwnnw'r staen yn y nenfwd iddi a mynd â hi lan lofft i geisio canfod ei achos, a dweud taw dim ond jobyn bach oedd e, wrth lwc, bod y pydredd heb fynd yn rhy bell eto. Torri mas, patsho lan, 'na i gyd oedd isie, cystal â newydd wedyn. Ni ddwedodd ddim oherwydd roedd hi'n sicr – os oedd coel ar yr hyn yr oedd ei mam wedi'i ddweud – y byddai Sam yn dod ati hi yn y man a dweud, 'Gruff Wilkes. Wedodd eich mam eich bod chi'n nabod eich gilydd. 'Na beth yw cyd-ddigwyddiad, yntife?'

Hefyd, ac efallai'n bwysicach, fe gadwai Lara'n dawel am nad oedd hi'n gyfarwydd ag ynganu enw Gruff o flaen pobl eraill, hyd yn oed ei mam, a byddai angen paratoi'n ofalus ac yn bwyllog er mwyn gwneud hynny heb gochi, heb fynd yn dafotrwm. Y gwir amdani oedd bod Lara wedi claddu'r enw mor ddwfn y tu mewn iddi nes bod ei dynnu allan yn debyg bellach i fynd dan y gyllell. O'r braidd y gallai ynganu'r enw yng nghlyw ei chlustiau hi ei hun.

41 Sol

Aeth dau ddiwrnod heibio. Roedd Sol bellach wedi symud i'r Talbot Hotel, ei drydydd llety yn Nhrefelin. Dim ond am ddwy noson yr oedd wedi trefnu aros yno. Er nad oedd y Talbot yn foethus yr oedd yn garcus o'i barchusrwydd. Teimlai Sol yn chwithig yno, yn ei oferôls, yn tynnu sylw at ei ddieithrwch. Ond roedd wardrob yn ei stafell, un helaeth, ac ynddi ddigon o le i'w *holdall*.

'Mae'r gwaith yn dod 'mlaen yn dda 'da chi, Sam.'

Roedd Sol yn gosod y sgertin newydd pan ddaeth Lara'n ôl o'r ysbyty.

'Ydy. Ddim yn ffôl.'

'Y'ch chi'n gweithio'n gynt na rhai rwy wedi'u nabod.'

'Ie?'

'Wedi cael y tywydd hefyd.'

'Mm?'

'Mae'r tywydd wedi bod o'ch plaid chi. I wneud y gwaith tu fas.'

Trodd Sol y sgriw gyntaf, dim ond mymryn, nes ei bod yn cydio yn y plỳg. Trodd y nesaf yr un modd, a'r nesaf, a thynnu bys ar hyd gwaelod y pren i sicrhau nad oedd gormod o fwlch rhyngddo a'r llawr. Pethau anwastad oedd lloriau yn yr hen dai 'ma, ym mhrofiad Sol, waeth pa mor fanwl oedd eich mesuriadau. Aeth yn ôl at y sgriw gyntaf a'i thynhau.

'Wedodd Mam … Wedodd hi bo' chi'n nabod y dyn fuodd yma o'r blaen, yn neud jobs i ni.'

'Sori?'

Tynhaodd Sol yr ail sgriw.

'Wedodd Mam …' Ceisiodd Lara siarad yn fwy eglur y tro hwn, yn llai brysiog. 'Wedodd Mam, falle bo' chi'n nabod y dyn fuodd yma o'r blaen.'

'Gruff y'ch chi'n feddwl?' meddai Sol, gan symud at y drydedd sgriw. 'Gruff Wilkes?'

''Na chi. O'ch chi'n ei nabod e?'

'O'n, o'n.'

Arhosodd Lara i Sol ddweud mwy. Ond erbyn hyn roedd e'n cymoni'i dŵls. Tafodau'r rheiny, metel yn erbyn metel, a seiniai trwy'r gegin.

''Na beth od, yntife?' meddai Lara, gan ofni bod Gruff yn llithro o'i gafael eto. 'Buodd e 'ma 'nôl yn … Pryd, gwedwch …? Mae cwpwl o flynydde oddi ar 'ny, bownd o fod.'

Clywodd Sol yr anesmwythyd yn ei llais, yn yr ymdrech i swnio'n ddi-hid. Gwelodd y lletchwithdod yn y ffordd yr aeth i dwrio yn un o'r cypyrddau wedyn, gan dynnu allan baced o rywbeth neu'i gilydd dim ond i'w roi yn ôl yn ddiymdroi.

'Ddim yn ei nabod e'n dda, cofiwch.' Aeth Sol at y sinc a golchi'i ddwylo. 'Fues i'n gweitho 'da fe am sbel, 'na i gyd. Os taw'r un un yw e.'

'Yn gweithio 'da fe?'

'Am sbel.'

Agorodd Lara ddrws yr oergell ac aildrefnu rhai o'r eitemau yno: gwthio'r betys ychydig tua'r chwith, codi'r caws o'r silff isaf i'r silff ganol, tynnu pedwar wy o'u bocs a'u symud i'r man priodol yn y drws. 'Yn Llundain fuoch chi?'

'Llundain?'

'Pan fuoch chi'n gweithio 'da'ch gilydd ... Yn Llundain oedd hynny?'

'Yn Llundain. Ie,' meddai Sol. A dwedodd hynny'n ddigon pendant am mai dyna oedd i'w ddisgwyl. Efallai na fyddai Sam wedi cofio pryd, ddim ar unwaith. Ond byddai wedi cofio ble. Ac erbyn meddwl, roedd Llundain cystal ag unman. Doedd dim cyfeiriad ar yr un o'r amlenni yn y cwpwrdd, felly doedd Lara ddim callach. A lle mawr oedd Llundain. 'Aethon ni mas i Dubai wedyn. Aeth lot o'r bois i Dubai yr adeg 'ny.'

A dwedodd hynny am fod Llundain, er ei bod hi'n fawr, hefyd yn agos, yn rhy agos i fod yn saff.

'Dubai?'

Gofidiai, am eiliad, wrth glywed y syndod yn llais Lara,

efallai fod Dubai'n rhy bell ac y byddai hi'n digalonni. Ond doedd dim angen poeni. Cydiodd yn y ddeusill hynny fel petai wedi darganfod trysor. A diau nad oedd dim gwahaniaeth ble cafodd Gruff ei leoli: dim ond trwy enwi'r lleoliad hwnnw, roedd fel petai Sam wedi dod ag e'n ôl adref.

'Wel, wel. Dubai.'

'Dim ond am whech mis, cofiwch. Nes bod y contract yn dod i ben.'

Gallai Sol weld yr awydd yn llygaid Lara i ofyn, Wel, OK, ond pa chwe mis yn union? Pryd daeth y chwe mis i ben? A ble yn Dubai? Ble yn gwmws? Pa gwmni? A beth wedyn? Plis, Sam, gwedwch wrtha i ... Ond erbyn hynny roedd Sol yn rhoi hwfrad i'r llawr, ac roedd gormod o sŵn i gynnal sgwrs. Yn y man byddai'n bryd iddo ddychwelyd i'w lety. Câi lonydd yno i feddwl ymhellach am y cwestiynau a oedd yn sicr o ddod ac am yr atebion y byddai'n gorfod eu cynnig. A byddai angen meddwl yn ddwys oherwydd, erbyn hyn, roedd gofyn iddo ddyfeisio hanes nid yn unig i Sam ond hefyd i Gruff. Cafodd rwydd hynt i lunio'r naill yn ôl ei ewyllys ei hun; tasg anos o lawer fyddai creu bywyd Gruff, am fod Gruff eisoes yn bod.

42 Lara

Yn ôl ei harfer ar nos Iau, aeth Lara i'r Drovers' Arms i gwrdd â Mel a Bethan. Ni ddwedodd Bethan pam mai dim ond sudd oren yr oedd hi'n ei yfed heno. Ni soniodd Mel am y peth chwaith, efallai am ei bod hi'n ofni na fyddai

Lara'n hoffi clywed yr eglurhad. Hwn fyddai babi cyntaf Bethan, a'r olaf hefyd, fwy na thebyg, a hithau eisoes wedi croesi'r deugain, yr un peth â Lara. Testun syndod i'r ddwy, felly, oedd clywed Lara'n gofyn, 'Oes gen ti newyddion i ni, felly?' A hynny mewn llais chwareus, gan bwyntio at y ddiod.

'Be ti'n feddwl, Lara?' meddai Bethan, rhag ofn ei bod hi wedi camddeall.

'Y sudd oren. Ti'n teimlo'n iawn?'

Rhoddodd Bethan law ar ei stumog. 'Ddim cant y cant, na.'

'Na, o'n i ddim yn meddwl 'ny.' Yna, gan blygu ymlaen a sibrwd, ond yn yr un llais ysgafala: 'Ti'n dishgwl, on'd wyt?'

Roedd Lara'n fodlon wedyn nid dim ond i longyfarch ei ffrind ond i roi cychwyn ar y sgwrs faldodus arferol am ddyddiadau a salwch bore ac enwau a beth roedd y tad yn ei feddwl a pha mor iach yr oedd y ddarpar fam yn edrych, er gwaetha'r bochau gwelw. Rhoddodd law ar law ei ffrind. 'Rwy mor falch.' A fyddai neb wedi amau didwylledd ei geiriau na'i gwên.

'Trueni am y gwylie,' meddai Bethan. Roedd ei llais hithau'n swnio'n ddigon diffuant hefyd, am fod ganddi esgus gadarn a dim rheswm i deimlo'n euog am chwalu gobeithion ei ffrind.

'Ie, trueni,' ameniodd Mel, gyda llai o arddeliad. 'Ond mae arian yn brin eleni.'

'Rhywbryd eto,' meddai Lara. 'Digon i'r diwrnod, yntife?' Aeth at y bar i archebu rownd arall. A phan ddaeth yn ôl ac ailymuno â'i ffrindiau buont wrthi am hanner awr arall, yn yfed iechyd y fam a'r babi, a thrafod trefniadau gwaith, a Bethan yn dweud efallai y byddai hi'n cymryd blwyddyn neu ddwy allan. Mwy, o bosibl. 'Mae'r oriau mor anodd, pan wyt ti'n trial magu teulu.' Ac ni ddwedwyd gair arall am y gwyliau a gollwyd.

Pan ddaeth y trafod babis i ben, dwedodd Lara fod dyn wedi dod ati i wneud gwaith atgyweirio ar y tŷ. Sam oedd enw'r dyn hwn, meddai. Sam Powell. 'Enw anghyffredin y dyddiau hyn.' Eglurodd sut y byddai Sam yn y tŷ tan saith weithiau, ac yn dechrau'n gynnar yn y bore hefyd, a'i fod yn gwmni i'w mam, yn enwedig pan fyddai Lara'n gweithio'r shifft hwyr yn yr ysbyty, a'r nosweithi'n llusgo. Yna, ar yr un gwynt, dwedodd Lara ei bod hi'n ystyried cynnig ystafell iddo, i arbed cost. 'Mae Mam yn lico cael dyn ambwyti'r lle,' meddai.

Nodiodd Bethan ei phen. 'Wrth gwrs 'bod hi,' meddai Mel.

'Dim ond am gwpwl o ddyddie, cofiwch,' meddai Lara. 'Nes bo' fe'n cwpla'r gwaith. Beth y'ch chi'n feddwl? Ydw i'n gall?'

Teimlodd Lara wefr fach wrth adrodd hanes ei chwrdd â'r dyn dirgel hwn, a sôn am y sgubor, a'r darn yn y papur newydd. 'Haval Reis. Chi'n cofio? Lan ar bwys Bwlch y Gwyddau.' Cafodd bleser o gydwenu â nhw wrth nodi, serch bod Sam yn gallu troi'i law at bopeth bron, ei fod hefyd ychydig yn swil a byth yn ei frolio'i hun. 'Very diffident.' Ac fe ddwedodd hynny yn Saesneg am fod 'swil' yn swnio'n blentynnaidd.

Gwenodd Bethan. 'Falle bod isie rhywun i dynnu fe mas o'i gragen.'

'Cyhyd â bo' fe'n dda 'da'i ddwylo,' meddai Mel. 'Sdim ots pwy mor swil yw e, os yw'n dda 'da'i ddwylo.'

Chwarddodd y tair. Yna aeth Mel i ymofyn diod arall i bawb. Aeth Bethan i'r tŷ bach am y trydydd tro. 'Bai'r babi yw e. Yn creu trwbwl yn barod.'

A thra oedd hi'n eistedd yno, yn disgwyl ei ffrindiau, ceisiodd Lara benderfynu p'un ai dwywaith neu dair yr oedd hi wedi chwerthin heno, a pham, a sut y byddai hi'n sgrifennu'r peth i lawr yn ei llyfr. 'Chwerthin am fod Bethan a Mel wedi sôn am ddwylo Sam.' Sut yn y byd y gallai hi roi hwnna i lawr a'i ddangos i Haval Reis?

43 Lara a Sol

'Meddwl o'n i ...'

Clymodd Lara fotymau'i chot. Cododd allwedd y car o'r silff yn y pasej. Yna, wrth fynd am y drws ffrynt, trodd yn ei hôl, â golwg ffrwcslyd ar ei hwyneb, gan geisio rhoi'r argraff ei bod hi wedi anghofio rhywbeth. 'Meddwl o'n i, achos bod tipyn o waith i'w wneud eto ... Faint, wedoch chi? Oes wythnos o waith ar ôl?'

Edrychodd Sol ar y welydd. 'Llai na 'ny, fel mae pethe'n mynd. Pump diwrnod, falle.'

'Meddwl o'n i, gan bo' chi'n hala arian ar y gwesty 'na, falle licech chi sefyll fan hyn?'

'Cysgu chi'n feddwl?'

'A bwyd. Gelech chi eich bwyd hefyd.'

'Wel ...' Ystyriodd Sol y welydd eto.

'Dim ond os y'ch chi moyn.'

'Alla i ddim talu lot.'

'Sdim rhaid i chi dalu dim. Ddim fel 'ny.'

'Torri 'bach off y pris, ife? Disgownt fach.'

'Bydden ni'n dou ar ein hennill wedyn.'

Edrychodd Sol ar y llawr. 'Wel … Os y'ch chi'n siŵr.'

'Bydd Mam yn bles hefyd … I gael dyn yn y tŷ eto.'

44 Sol a Gruff

Fore trannoeth daeth Sol â'i *holdall* i 22 Heol Hafren.

'Fi sy 'ma!'

Agorodd ddrws y ffrynt â'r allwedd roedd Lara wedi'i rhoi iddo. Yna: 'Shwd y'ch chi, Mrs Wyn?' A hynny gyda chwrteisi peiriannol braidd, am fod y cyfarchiad boreol bellach yn rhan o'r gwaith atgyweirio. Plastro'r gegin. Rendro'r tu fas. Torri'r pren pwdr. Cyfnewid ychydig eiriau gyda mam Lara. 'Chi'n go lew, Mrs Wyn?' Ond efallai iddo wneud tipyn bach mwy o ymdrech y tro hwn am fod heddiw'n wahanol.

'Carys. Galwch fi'n Carys.'

'Carys.'

'A chithe'n byw 'ma nawr.'

'Dim ond am …'

'Fel un o'r teulu nawr.'

Nodiodd Sol ei ben. Pwyntiodd at ei fag. 'Well i fi …'

'Mae'r rŵm yn barod i chi, Sam. Cynta ar y chwith ar ôl i chi ddod i dop y stâr.'

Ac roedd Carys yn falch o gymryd cymaint â hynny o gyfrifoldeb am yr *odd job man*, am ei fynd a'i ddod.

Aeth Sol i'r stafell wely sbâr. Edrychodd yn y cwpwrdd-erchwyn-gwely, gan wybod na fyddai'r amlenni yno mwyach. Roedd hyd yn oed y ddau lyfr wedi diflannu. Ar ben y cwpwrdd erbyn hyn roedd tri blodyn coch mewn jwg porslin. Ar y wal crogai calendr, ac arno lun o gastell. Clymwyd sbrigyn o rosmari wrth ddolen y wardrob. Bu'n rhaid iddo droi'r *holdall* ar ei ben er mwyn gwneud iddo ffitio, a doedd dim allwedd. Ond roedd hynny'n iawn. Byddai Sol yn y tŷ, ddydd a nos, yn cadw llygad arno. Am y tro cyntaf ers hydoedd, fe deimlai'n ddiogel.

Gwnaeth Sol awr o fesur a pharatoi yn y gegin. Yna aeth yn ôl i'r stafell ffrynt. 'Gorffod mynd i'r dre nawr. Isie prynu sgriws.'

''Na fe, 'te. Allwedd 'da chi?'

Dangosodd Sol yr allwedd i Carys. 'Rhywbeth y'ch chi moyn yn 'dre, Mrs ... sori, Carys. Oes 'na rywbeth galla i gael i chi yn 'dre, Carys?'

'Wel, dyna garedig y'ch chi, Sam ...' Ac er nad oedd gwir angen dim byd ar Carys, roedd hi'n gyndyn o adael i gynnig mor fonheddig fynd i'r gwellt. 'Gadewch i fi weld, nawr 'te ...' Ceisiodd feddwl am rywbeth a fyddai'n addas i ddyn ei brynu. 'O'n i'n gweld gynne fach 'bod ni bwyti rhedeg mas o Soda Crystals ... 'Ch'mod, y teip y'ch chi'n iwso i ynbloco'r sinc ... Dim ond os nag o's ots 'da chi ... Sa i'n gwbod ydy Lara wedi notiso, 'chwel.'

Daliodd Sol y bws i ganol Trefelin. Yn y caffi bach y tu ôl i'r llyfrgell prynodd cappuccino a bachu bwrdd yn ymyl y tŷ bach, gan droi'i gefn at y siopwyr canol-y-bore a eisteddai wrth y byrddau eraill, eu bagiau'n pwyso yn erbyn eu coesau. Bu'n rhaid iddo brynu cappuccino arall wedyn a darllen y papur am sbel am fod y ddau gyfrifiadur yn brysur. A byddai wedi bod yn well gan Sol greu Gruffydd Wilkes mewn lle tawelach, heb fod cymaint o dystion wrth law. Ond roedd amser yn brin. A doedd ganddo unman arall i droi.

Ymhen ugain munud, daeth un o'r cyfrifiaduron yn rhydd. Dechreuodd Sol trwy geisio agor cyfrif Yahoo gan mai dyna'r cyfrif oedd ganddo yntau a doedd e ddim am fentro i diroedd anghyfarwydd. Ond dileodd ei gais pan ofynnwyd am rif ffôn. Trodd at Hotmail a mynd mor bell â chofrestru'r cyfeiriad a'r cyfrinair. Ond bu'n disgwyl am ddeng munud am neges gadarnhau, ac ni ddaeth. Gofidiai wedyn fod yna Gruffydd Wilkes wedi hanner ei greu ac yn hawlio'i le yn y byd rhithiol ac efallai y byddai hynny'n ymyrryd â'r ymgais nesaf. Ond doedd dim dewis. Rhoddodd gynnig ar gmail a gweld, gyda rhyddhad, mai dim ond cod post oedd ei angen y tro hwn. Aeth Sol at y cownter a chymryd taflen yn hysbysebu gemau'r clwb rygbi lleol. Gwnâi cod post yr ysgrifennydd y tro. Fyddai hwnnw ddim callach. Pwysodd 'Sign In' a dyna fe. Roedd Gruffydd Vernon Wilkes wedi cael ei eni'n swyddogol. Daeth tair neges ato'n ddisymwth, yn ei groesawu i'w gymuned newydd, yn ceisio gwerthu aps a gwasanaethau iddo.

O gael y maen i'r wal, teimlai Sol fod pethau'n dechrau troi o'i blaid. Bu'n rhaid iddo frwydro wedyn yn erbyn y temtasiwn i agor ei gyfrif ei hun. Efallai, o fethu cael ateb ar ei ffôn, fod Daz wedi ceisio cysylltu ag e trwy e-bost, i roi gwybod iddo ble i fynd nesaf, i ddweud pwy allai gymryd yr arian. Yn fwy na dim, roedd am anfon neges at Carol. 'Carol, gwranda …' Doedd dim syniad ganddo beth fyddai'r neges honno'n ei ddweud. 'Carol, mae'n flin …' Na, ni fyddai'n ymddiheuro. Byddai ymddiheuro cystal â chyfaddef. Ond roedd angen dweud rhywbeth. 'Carol … Carol …'

Ond dim heddiw. Dim o'r fan hyn, a'r llygaid i gyd yn brathu ei gefn, a dim ond dwy funud ar ôl i gyfansoddi'r geiriau amhosibl hynny.

Y noswaith honno, o gwmpas y bwrdd swper, cyflwynodd Sol adroddiad i Lara a'i mam ar y gwaith roedd e wedi'i wneud. Ac efallai fod y ddwy fenyw'n synnu o weld eu hymwelydd swil yn troi'n eithaf siaradus, yn ôl ei safonau tawedog arferol. Canodd Sol glodydd tai o'r cyfnod hwn. Dwedodd fod y *purlins* yn ddigon cryf i gynnal to castell, yn ddigon tew i wneud mast llong, mast llong ryfel o'r oes o'r blaen. Doedd dim byd yn para am byth, wrth gwrs. Na, roedd rhaid derbyn hynny. Deuai popeth i ben yn y diwedd.

Arllwysodd Sol y cwrw roedd wedi'i brynu yn y dre, pan aeth i ymofyn y sgriws. Tawodd pawb nes bod yr ewyn yn setlo.

'Dyna'r cwrw rwyt ti'n lico, ife, Sam?' meddai Carys.

'Mae'n siwto fi.'

Darllenodd Lara'r label. 'Tomos Watkin, Mam. Yn Abertawe maen nhw'n neud hwn. Drychwch. Fforest-fach.' Rhoddodd Carys ei sbectol ar ei thrwyn ac edrych ar y label. 'Stowt o'dd dy dad yn lico.' Edrychodd ar Sol. 'Stowt o'dd ei thad hi'n lico.'

'Guinness,' eglurodd Lara. 'Dyn mawr am ei Guinness oedd Dad.' Yna: 'Rhagor o win, Mam?'

'Dim ond diferyn.' Edrychodd Carys ar ei merch. 'Prynodd Sam Soda Crystals i ni heddi … On'd do fe, Sam …?' Cynigiodd Sol wên swil. Dwedodd ei fod yn mynd i'r dre beth bynnag a'i fod yn falch o allu gwneud cymwynas '… Oedden ni bwyti rhedeg mas, 'twel,' meddai Carys. 'Tamed bach bach ar ôl yng ngwaelod y bag, 'na i gyd. O'n i'n meddwl falle bo' ti heb notiso …' Yna, ar ôl saib: 'Fi wedi'i dalu fe, cofia. On'd do fe, Sam?'

Ni fyddai Carys fel arfer yn yfed ail wydraid o win gyda'i swper. Mynnai ei fod e'n rhoi llosg cylla iddi, a byddai'n methu mynd i gysgu wedyn. Neu, o fynd i gysgu, byddai'n dihuno yn yr oriau mân a'i meddwl yn llawn fflwcs a thranglwns. Ond roedd Sam, trwy agor ei botel o gwrw, fel petai wedi rhoi caniatâd iddi fod yn fwy mentrus heno. Ac er mai cwrw o Abertawe roedd e'n ei yfed, nid stowt o Iwerddon, cafodd ei hatgoffa am ei diweddar ŵr. Soniodd wedyn am bwy oedd yng Nghlwb Cinio'r Hafod y diwrnod hwnnw. Dwedodd fod dynion yn brin yno, yn brinnach nag erioed. 'O'dd Morris yn pallu dod 'fyd. Morris o'dd enw 'i thad.' Aeth ymlaen i achwyn am y diffyg bisgedi yno, heblaw am yr hen fysedd siocled 'na, ac roedd rheiny'n rhy felys ac yn strywo blas y te.

A phan ddaeth y trafod bisgedi i ben, dwedodd Sol ei fod e'n gallu gweld bod tipyn o waith eisoes wedi cael ei wneud ar rai o'r tai eraill yn y stryd. Y ffenestri, er enghraifft. Roedd e wedi sylwi ar hynny. Y rhai yn y ffrynt yn enwedig, am mai'r rheiny oedd yn cael y gwaetha o'r tywydd, y gwynt a'r glaw a'r cwbl. Edrychodd Lara a'i mam trwy'r ffenest, fel petai rhaid atgoffa'u hunain o natur y pethau hyn. 'Yn dod trwy'r bondo hefyd,' meddai Sol. 'A'r pren yn pydru wedyn.' Yn hwyr neu'n hwyrach, meddai, roedd pren bob amser yn pydru.

45 Dyddlyfr Haval Reis

26 Mai
3.30 pm
Lara W
Pumed sesiwn

Ffoniodd LW am 10 y bore i ganslo. Dweud wrth B ei bod hi'n teimlo'n llawer gwell. *[DS Rhaid sicrhau bod B yn trosglwyddo galwadau o'r fath i mi, lle bo modd.]* Ffonio'n ôl a dweud mor falch oeddwn i fod ein sesiynau'n dwyn ffrwyth ond yn awgrymu ei bod yn dal ati am ychydig eto, er mwyn gwreiddio'r patrymau newydd o feddwl, etc. Ei hatgoffa ei bod hi wedi talu ymlaen llaw. A oeddwn i'n cynnig credit notes, gofynnodd, fel maen nhw'n ei wneud yn y siopau mawr? A chwerthin. Yn dal i gadw'i dyddiadur, meddai. Addo cysylltu eto yn ôl yr angen a dweud bod rhaid mynd at ei mam.

46 Lara a Gruff

Nos Fercher, wrth fwyta'i swper, roedd anadlu Carys yn waeth nag arfer. Poerodd i'w macyn bob rhyw bum munud. Yr eli traed newydd gafodd y bai. 'Galla i 'i wynto fe, mae'n codi …'

'Mam.'

Gair o gerydd oedd hwn gan Lara, i atgoffa ei mam bod ymwelydd wrth y bwrdd, ac na ddylid trafod pethau aflednais o'r fath o flaen dieithriaid.

Edrychodd Carys ar ei merch. 'Sam, ti'n feddwl?' Yna edrychodd ar Sol. 'Ond mae Sam yn rhan o'r teulu. On'd wyt ti, Sam?'

Ar ôl helpu Lara i glirio'r llestri tynnodd Sol ddarn o bapur o'i boced. 'Anghofies i ddweud … Ffindes i hwn heddi. Sori, mae e wedi bod yng ngwaelod y bag.'

Cymerodd Lara'r papur a gweld rhestr o enwau: deg ohonynt i gyd, ynghyd â'u rhifau ffôn a'u cyfeiriadau e-bost.

'Y *gang* yn Dubai,' meddai Sol. 'Fi oedd y *site foreman*. Gorffod cadw *tabs* ar bob un.'

Gwelodd Lara enw Gruff: yr ail o'r gwaelod. 'Gruffydd V. Wilkes.' A'r 'V' yn cwato'n sownd yn y canol, fel neges bersonol i Lara gan Gruff ei hun, yn tystio i ddilysrwydd y ddogfen. Y Gruff Wilkes hwnnw. Ei Gruff Wilkes hi.

'Mae'n hen, cofiwch,' meddai Sol. 'Mae 'da chi wybodaeth fwy diweddar, siŵr o fod. Jyst meddwl o'n i, peth od, 'na i gyd, ar ôl i ni fod yn siarad ambwyti fe, a dyma fi'n ffindo hwn wedyn, ar waelod y bag. Twlwch e i'r bin os y'ch chi moyn, dyw e ddim iws i fi.'

47 Lara

Y noson honno, a hithau yn ei gwely ers hanner awr, clywodd Lara sŵn y golau yn cael ei ddiffodd yn y stafell sbâr. Yna clywodd sŵn peswch, a meddwl mor wahanol oedd hwnnw i beswch tenau, llafurus ei mam. Peswch iach oedd peswch Sam. Peswch difater hefyd, yn null dynion erioed, heb ymddiheuriad yn ei gwt, fel a geid gyda merched. A doedd dim gwahaniaeth bod Sam wedi mynd allan am fwgyn cyn dod i'r gwely, ac mai'r mwgyn hwnnw, fwy na thebyg, oedd gwir achos y peswch, a bod Lara yn gwybod hynny'n iawn oherwydd peth gwrywaidd oedd y cwbl i gyd, y mwgyn yn yr ardd, y peswch wedyn, y golau'n cael ei ddiffodd, a hefyd, erbyn hyn, sbrings y gwely. Sŵn corff dyn yn troi a setlo. A bu Lara'n poeni am ychydig wedyn, o glywed yr hen fframyn metel yn gwichian dan y pwysau anghyfarwydd, a fyddai'r gwely'n rhy feddal iddo. Roedd esgyrn menyw mor ysgafn, mor ddisylwedd. Doedd ei mam yn pwyso dim. Ac er bod Lara'n gwybod bod eraill yn ei gweld hithau ychydig yn dew, twyll oedd hynny, bloneg ymddangosiadol yn unig. Roedd hithau hefyd mor ysgafn â phluen. Gwich arall. Pesychiad arall. Synau dyn yn symud i mewn, yn llenwi'r lle. Deuai'r chwyrnu yn y man. Deisyfai Lara sŵn ei chwyrnu.

Am bedwar o'r gloch y bore trodd Lara'r golau ymlaen wrth ochr ei gwely ac astudio'r rhestr enwau. Tynnodd fys o'r top i'r gwaelod er mwyn ailflasu'r cyffro o ddarganfod enw Gruff yn eu plith. Fletcher, Edwards, Wislocki, Kitchley, Bebb, Baines, Davies, Ellis, Wilkes, Crow. Gwnaeth yr un peth eto, gan oedi wrth bob un a meddwl, tybed a oedd Kevin Ellis yn nabod Gruff yn well na'r lleill? A oedd y ffaith bod y naill yn dod yn syth ar ôl y llall yn golygu eu bod nhw'n rhannu llety? Efallai eu bod nhw wedi cyrraedd ar yr un diwrnod. Efallai eu bod nhw'n hanu o'r un lle.

'Ellis.'

Sibrydodd yr enw.

'Kevin Ellis.'

Enw Cymreig. Ond enw Cymreig oedd Davies hefyd. Ac Edwards. A Bebb, efallai. Roedd hi'n nabod merch o'r enw Bebb yn yr ysgol. Ac onid cyd-ddigwyddiad rhyfedd oedd hynny, bod cymaint o Gymry wedi mynd i Dubai? Os Cymry, wrth gwrs. Dim ond enwau oedd y rhain, wedi'r cyfan. A beth am y Crow wedyn? Roedd Thomas Crow yn agos at Gruff hefyd, llawn mor agos â Kevin Ellis. Efallai fod y tri ohonyn nhw'n rhannu llety. Ond doedd hi ddim yn nabod yr un Crow.

Ceisiodd Lara wneud llun yn ei meddwl o'r dynion i gyd, y *gang* wrth eu gwaith, yn drilo a morthwylio a llifio, a Gruff yn eu canol, yn plygu dros ei fainc, yn tynnu pensil ar hyd ymyl y pren mesur, a'i fraich chwith yn noeth, yn galed, yn gwahodd ei bysedd. Symudodd y pren mesur draw ychydig bach. Aeth hithau'n nes, a chyffwrdd â'r blew tywyll, prin cyffwrdd â blaenau'i bysedd fel na theimlai Gruff ddim byd. Tynnodd yn ôl wedyn. Cofiodd mai lle i ddynion oedd hwn.

Aeth trwy'r rhestr eto: Fletcher, Edwards, Kitchley, Ellis, Wilkes.

Wilkes.

Gruffydd V. Wilkes.

Mor bendant ac mor drwm â'r dyn oedd yn gorwedd yn y stafell sbâr.

Edwards, Kitchley, Ellis, Wilkes.

Gruffydd V. Wilkes.

V. am Vernon.

Gruffydd Vernon Wilkes.

A byddai wedi bod yn well ganddi weld enw Sam yno hefyd, ar yr un darn o bapur. Edwards, Kitchley, Wilkes, Powell. Sam Powell. Byddai hynny wedi tynnu'r cwbl ynghyd. Wilkes a Powell gyda'i gilydd. Byddai'r cwlwm yn gyfan wedyn. Ond deallai'n iawn pam nad oedd hynny'n bosibl. Fforman oedd Sam, gweithwyr cyffredin oedd y lleill. Roedd siŵr o fod ddarn arall o bapur i'w gael, a rhif Sam arno, fel bod y gweithwyr yn gallu'i ffonio, i siarad am hyn a'r llall, am y gwaith, am y llety, am ble i fynd i gael peint, am ble i fynd i gael … Darn arall o bapur. Enw'r cwmni ar hwnnw hefyd, fwy na thebyg. Rhywbeth mwy swyddogol na'r sgrepyn hwn.

Dechreuodd y chwyrnu. Rhyw fath o chwyrnu. Ochenaid fach. Tawelwch wedyn. Llai na chwyrnu. Anadlu trwm. Ond digon.

48 Sol

Brynhawn dydd Iau aeth Sol i'r caffi y tu ôl i'r llyfrgell i weld pa neges roedd Lara wedi'i hanfon at Gruff. Doedd ganddo ddim prawf bod neges wedi cael ei hanfon, wrth gwrs, ond roedd Lara wedi treulio rhan helaeth o'r bore yn y stafell ganol, lle cadwai ei chyfrifiadur, a siaradodd yn annodweddiadol o gwta wrth ei mam pan aeth hithau i'r stafell a gofyn beth ar y ddaear roedd hi'n ei wneud, nag oedd hi'n sylweddoli ei bod hi'n amser cinio? Ac roedd yn hwyr arni'n mynd i'r ysbyty wedyn ar gyfer shifft y prynhawn, a dim bw na ba wrth neb, dim ond rhuthro allan trwy'r drws ffrynt a'i gwynt yn ei dwrn, a llais ei mam yn galw ar ei hôl, 'Lara …? Lara!'

Yn y caffi, bu'n rhaid aros am hanner awr cyn i gyfrifiadur ddod yn rhydd. Yna, er nad oedd yr un neges wedi cyrraedd, barnodd Sol mai doethaf fyddai aros am yr awr roedd wedi talu amdani, rhag codi amheuon. Cliciodd trwy wefan Cardiff City a synnu wrth ddarllen bod rhyw ddyn dieithr wedi prynu'r clwb ac addo clirio'i ddyledion. Porthodd y syndod hwnnw trwy ymweld â gwefannau eraill a drafodai'r un stori. A phan ddaeth yr awr i ben roedd e'n falch iddo benderfynu gwisgo ei grys glas heddiw, i gael dangos ei ochr, i bawb gael gweld ei fod yntau'n rhan o'r weledigaeth fawr.

Aeth Sol yn ôl i'r caffi amser te, gan feddwl efallai y byddai Lara wedi anfon gair o'r ysbyty, lle câi fwy o lonydd, lle nad oedd ei mam yn dwrdio a bigitan o hyd. Roedd wedi tynnu ei grys glas erbyn hynny a gwisgo'i oferôls, nid oherwydd gofynion gwaith – roedd y gwaith wedi dod i ben i bob pwrpas a dim ond rhyw esgus gweithio roedd Sol yn ei wneud erbyn hyn – ond am iddo sylweddoli mai cam gwag oedd gwisgo crys Cardiff City yng nghanol Trefelin. Hyd yn oed heb y newyddion am Vincent Tan, byddai crys yr Adar Gleision yn tynnu sylw – yn waeth na hynny, yn denu gwawd – yng nghanol y jacs a'r josgins. Ond yr un fu'r hanes. Roedd Inbox Gruffydd Wilkes yn wag o hyd.

Dychwelodd fore trannoeth. Cafodd groeso rhy gyfeillgar o lawer, fel petai'n un o'r *regulars,* a gorfod ateb cwestiynau'r perchennog am ei waith, am y staeniau paent ar ei ddillad, am weithio ar ei liwt ei hun. Aeth dau o'r cwsmeriaid eraill i'w holi wedyn, tybed a allai roi pris iddyn nhw, bod 'da nhw y job hyn a'r job arall i'w gwneud yn y tŷ, a phawb arall yn rhy fisi, a beth oedd ei enw fe 'to – Sam, wedoch chi? – a Sam beth fydde hwnna wedyn? O, Powell, ife? Ddim un o Powells Plas Derlwyn? Rheiny oedd yn berchen ar y *timber yard* slawer dydd, lan ar bwys y stesion?

Dim ond chwarter awr a dreuliodd Sol o flaen y sgrin y tro hwn oherwydd, o ganfod bod yr Inbox yn wag unwaith yn rhagor a dilyn linc wedyn i'r diweddaraf am Vincent Tan a'i gynlluniau, dim ond er mwyn lladd amser, fe welodd ei wyneb ei hun yn syllu'n ôl arno. Bawdlun digon disylw oedd hwn yng nghanol y pytiau eraill ar WalesOnline, ond roedd yn fwy diweddar na'r llun yn y papur. Roedd ei wallt yn fyrrach, ac roedd rhyw hanner gwên ar ei wyneb. Gwên gam. Fe gofiai'r llun hwnnw, a'r diwrnod ym Mhorthcawl pan gafodd ei dynnu. Roedd Carol wrth ei ochr, a hithau'n gwenu hefyd: gwên ddireidus eu hwythnosau cyntaf gyda'i gilydd. Roedd ei chorff a'i hwyneb wedi cael eu torri i ffwrdd yn y llun hwn, ond gellid gweld cysgod ei phen ar ei ysgwydd o hyd. O golli'i hwyneb hi, yr hyn a ddwedai'r llun bellach oedd: dyma lofrudd, ac mae'n gwenu. Mae dyn a laddodd fabi yn gallu eistedd yn yr haul a gwenu.

49 Lara a Gruff

Annwyl Gruff
Gair bach i ddweud Helo!

Daliodd Lara ei dwylo uwchben y bysellfwrdd fel petai'n disgwyl i Gruff ddweud 'Helô!' yn ôl, am mai dyna oedd y drefn wrth gychwyn sgwrs. Ond dim sgwrs oedd hon. Dim ond ei llais hi ei hun a glywai yn ei phen.

Annwyl Gruff
Shwd wyt ti ers llawer dydd? Dim ond gair bach i ddweud

I ddweud beth? I ddweud 'shw mae'? I ddweud bod Mam yn cofio ato?

Annwyl Gruff
Bues i draw yn siop Terwyn p'ddiwrnod. Roedd Terwyn yn holi amdanat. Mae gwas bach newydd 'da fe erbyn hyn. Darren. Sa i'n credu bod ti'n nabod e. Prynes i gwpl o silffoedd yno. Ta beth, eisiau holi dy farn ydw i am

Roedd hynny'n well. Terwyn. Silffoedd. Pethau caled, pendant. A dim malu awyr. Holi barn wedyn. Holi barn am beth? Am ffenestri, efallai. Sôn am y silffoedd yn gyntaf, yna symud ymlaen at y ffenestri. Dweud bod sawl tŷ yn y stryd wedi cael ffenestri newydd am fod y pren wedi pydru. Doedd dim byd yn para am byth, nag oedd? Holi barn cyn eu prynu, felly. Roedd y PVC yn rhatach. Haws eu cynnal a'u cadw hefyd. Dim angen eu paentio na dim. Gwell ganddi bren, wrth gwrs. Roedd golwg tsiêp, anghynnes ar y PVC. Oedd 'da fe farn ar y mater? Pren neu PVC, Gruff? Mm? Pren neu PVC?

Annwyl Gruff
Shwd wyt ti ers llawer dydd? Dim ond gair bach i ofyn

Ond ar ôl pum mlynedd? Dim byd am bum mlynedd, yna holi barn am ffenestri? Iesu gwyn.

Hiya Gruff.
Cael dy gyfeiriad 'da hen ffrind i ti wnes i. Sam yw ei enw fe. Sam Powell. Buoch chi draw yn Dubai 'da'ch gilydd, mae'n debyg. Boi ffein hefyd. Mae'n gwneud bach o waith yn y tŷ. Rhoi silffoedd lan. Pethach fel 'na. Cyd-ddigwyddiad, yntife? Ta beth, 'da fe ges i dy gyfeiriad di. A finne wedi bod yn hala negeseuon i'r lle rong yr holl flynydde 'ma!

Pathetig.

Hiya.
Fi sy 'ma, Gruff. Hales i neges atat ti sbel yn ôl, ond i'r cyfeiriad anghywir, siŵr o fod. Dim ond eisiau gofyn oeddwn i

Gofyn. Dim ond eisiau gofyn. Dim ond eisiau dweud. Dim. Dim. Dim.

50 Sol a Lara

Ddiwedd yr wythnos, bu'n rhaid i Sol gydnabod bod ei waith yn y tŷ ar ddirwyn i ben. Roedd newydd gymryd tri diwrnod i baentio welydd y gegin; dim ond y cypyrddau a'r sgertin oedd ar ôl. Synnai braidd nad oedd Lara wedi digio wrth ei arafwch. I'r gwrthwyneb, fe'i canmolai'n gyson am ei ofal a'i drylwyredd. Gwnâi frecwast mawr iddo bob bore, pan oedd ei gwaith yn caniatáu hynny, am fod 'rhaid i ddyn gadw ei nerth', a'i annog i'w helpu ei hun i beth bynnag oedd yn y cypyrddau a'r ffrij. Prynodd pizzas a phasteion yn unswydd iddo: y math o fwyd y gallai dyn ymorol amdano heb fod o dan oruchwyliaeth menyw. Hi hefyd a gynigiodd efallai y dylid paentio'r stafell sbâr i gyd, er mai dim ond un gornel fechan a effeithiwyd pan dorrodd allan y pren pwdr.

'Meddwl o'n i ...'

Ac fe'i synnwyd wedyn pan ddaeth Lara ato a sôn am ryw lawr newydd roedd ffrind iddi wedi'i gael yn ei chegin. Parablodd rywfaint am y ffrind yma – Bethan oedd ei henw, roedd hi'n gweithio yn *Paediatrics* ac yn disgwyl babi ac yn mynnu cael y tŷ i edrych yn iawn cyn i'r babi ddod – fel petai angen profi nad dim ond mympwy oedd hyn i gyd, bod y llawr newydd yma'n wrthrych y byddai unrhyw un call, cyfrifol yn ei chwennych. Yna, o synhwyro ei bod hi'n gorliwio braidd: 'Fel 'se ots 'da'r babi beth sydd ar lawr y gegin!' Ond ta waeth am hynny, meddai Lara, marmodoleum oedd enw'r deunydd newydd yma. Neu marmolodeum, doedd hi ddim cweit yn siŵr. 'Ydy hwnna'n golygu rhywbeth i chi?' Pan ysgydwodd Sol ei ben, dwedodd wrtho am ei dilyn i'r stafell ganol i gael gweld. 'Dyma chi ...' Ac yno roedd y wefan eisoes wedi'i hagor ar ei chyfrifiadur. 'Marmoleum. Dyna shwt mae ei ddweud e.' A'i ynganu'n araf wedyn, i fod yn hollol siŵr. 'Mar ... mol ... eum.' Sganiodd Lara trwy'r lluniau a darllen y broliant. 'Marmoleum is a composite of natural raw material: linseed oil, chalk, wood, flour and pine resins ... Natural. Naturiol. Ti'n gweld?'

Craffodd Sol ar y sgrin. Nodiodd ei ben.

Dychwelodd Lara at y lluniau: y lliwiau cynnes, yr wynebau llawen, gwerthfawrogol, mwy o liwiau cynnes. 'Meddwl o'n i. 'Se 'da ti'r amser. Ar ôl bennu'r paentio ...'

Cytunwyd y byddai Sol yn dechrau ar y gwaith cyn gynted ag y câi afael ar y defnyddiau. Wedi astudio llawr y gegin, eglurodd wrth Lara y byddai angen taenu sgrid drosto'n gyntaf, er mwyn sicrhau sylfaen gadarn a gwastad i'r marmoleum. Dangosodd iddi sut roedd corneli rhai o'r teils yno'n gwthio i fyny, dim ond mymryn, ond digon i achosi problemau maes o law. Aeth i ymofyn ei sbirit-lefel, a'i osod ar ben un o'r corneli hyn. 'Chi'n gweld?'

Astudiodd Lara'r swigen fach a nodio'i phen.

'Byddwch chi'n ffaelu cerdded arno fe am sbel,' meddai Sol.

'Wrth gwrs 'ny,' meddai Lara. Gwyddai fod anghyfleuster yn bris yr oedd yn rhaid ei dalu weithiau i newid pethau er gwell. Yn wir, bron na ellid dweud ei fod yn brawf o werth y newid hwnnw.

Byddai'n rhaid prynu *roller* pwrpasol hefyd, meddai Sol. Roedd ei hen *roller* wedi mynd yn ôl i Gasnewydd yn y fan. Gwnâi'n siŵr ei fod e'n cael y fargen orau, wrth gwrs. Am y marmoleum. Am yr *adhesive*. Am y cwbl i gyd. Ac fe âi ati'n ddiymdroi, os nad oedd gwahaniaeth ganddi, oherwydd gallai gymryd amser i ordro pethe, a disgwyl iddyn nhw ddod i mewn. 'Wythnos arall, falle. Deg diwrnod ar y mwya. Rhwng cael popeth at ei gilydd, rhoid y sgrid i lawr, gadael iddo fe sychu ...'

'Ti sy'n gwybod, Sam. Ti sy'n gwybod.'

'Alla i iwso ...?'

Ac os oedd Lara ychydig yn betrus wrth adael i Sam ddefnyddio'i chyfrifiadur at y diben hwn – i gael y prisiau gorau, i wneud yn siŵr ei fod e'n archebu'r lliwiau cywir – doedd a wnelo hynny ddim oll â'r dyn ei hun. Ymddiriedai'n llwyr yn ei *odd job man*. Ar yr un pryd, roedd hi'n ymwybodol bod yn y peiriant hwn, yn ei RAM, yn ei *hard-drive* anweledig, olion pum mlynedd o chwilio dyfal ac ofer am ei gwir gariad. Yn hynny o beth yr oedd yn bur debyg i'w chorff ei hun. *Fetus in fetu*. A byddai'n braf petai term cyfatebol i'w gael ar gyfer y rhith fach hon a gaethiwid yng nghroth ei Dell PC. Gallai wahaniaethu rhwng y Gruff hwnnw a'r ddau Gruff arall wedyn: yr un a drigai y tu mewn iddi a'r Gruff o gig a gwaed oedd yn byw mas f'yna rywle, y Gruff oedd mor real â Sam ei hun, mor real â'r oferôls a'r staeniau paent ar ei ddwylo a'r blew tywyll a welai yr eiliad hon ar ei freichiau wrth iddo bwyso ar y bwrdd o'i blaen.

'Cei, wrth gwrs. Dim problem'

Cytunodd Lara am na wyddai sut i wrthod. Ond roedd hi'n ddigon hirben i ddweud, yn y llais mwyaf serchog a chymwynasgar, y byddai'n creu proffeil newydd iddo, fel y câi wneud fel y mynnai. 'Bydd rhaid i ti ddewis dy *password* dy hunan.'

Ac o wneud hynny, câi ei ffetws bach cyfrifiadurol lonydd gan lygaid estron. Câi gwtsho'n ddiogel nes bod yr amser yn dod i ddangos ei wyneb eto, i ddod allan a siarad â'r byd.

51 Lara a Gruff

Y tro hwn, ysgrifennodd Lara'r neges yn ei llaw ei hun. Gobeithiai, trwy ddefnyddio beiro a phapur, y byddai'r geiriau'n dod yn rhwyddach, yn fwy naturiol.

> Shwd wyt ti, Gruff? Gobeithio nad oes ots 'da ti glywed llais o'r gorffennol pell mor gynnar yn y bore.

Ac fe weithiodd. Llifai'r geiriau'n ddidramgwydd. Ond roedd 'llais' yn anghywir. Byddai Gruff yn meddwl ei bod hi wedi gadael neges ar y ffôn. Rhoddodd gynnig arall arni.

> Shwd wyt ti, Gruff? Gobeithio nad oes ots 'da ti weld enw o'r gorffennol pell mor gynnar yn y bore. Bydda i'n mynd lan i'r ysbyty yn y funud a dyma'r unig gyfle gaf i i anfon gair atat.

Roedd hynny'n well. Ac eto doedd e ddim yn gwbl dderbyniol. Roedd tinc ymgreiniol yn yr ail frawddeg 'na. 'Gobeithio nad oes ots 'da ti …' Cwynfanllyd, hyd yn oed. Fel petai hi wedi cadw draw yr holl flynyddoedd hyn rhag codi'i wrychyn, ac yntau'n ddyn bach mor biwis, mor fyr ei dymer. A sut fyddai hi'n gwybod am ei dymer yr amser hyn o'r bore? Cwynfanllyd, a rhyfygus hefyd.

Shwd wyt ti, Gruff? Sori i fod yn boen. Bydda i'n mynd lan i'r ysbyty yn y funud a dyma'r unig gyfle gaf i i hala gair atat.
Mae eisiau dy gyngor arna i.

Roedd hynny'n nes ati. Yn gynnil. Yn ddiffwdan. Ond ddim yn rhy gwta chwaith. Fel dau gyfaill oedd yn nabod ei gilydd yn ddigon da i beidio â bradu geiriau. A dyna sut y lluniodd Lara ei neges, gan ei diwygio a'i mireinio bob yn gymal, a'i darllen allan yn uchel, a'i thwtio ymhellach wedyn a'i darllen eto, a'i thwtio drachefn, nes bod y cyfan yn swnio rywbeth yn debyg i'r llais y dylai rhywun, yn nhyb Lara, ei arddel wrth gyfarch cariad coll. Ac o led-fodloni ar y llais hwnnw, fe'i bwydodd i'r cyfrifiadur.

Shwd wyt ti, Gruff? Sori i fod yn boen. Bydda i'n mynd lan i'r ysbyty yn y funud a dyma'r unig gyfle gaf i i hala gair atat.

Mae eisiau dy gyngor arna i. Dwi wedi cael saer i mewn i wneud cwpwl o jobs yn y tŷ – dodi silffoedd lan, bach o baentio – ac mae'n dweud ei fod e'n dy nabod di. Sam Powell yw ei enw. Wedi gweithio gyda ti yn Llundain a Dubai, mae'n debyg. Does gen i ddim rheswm i amau hynny, cofia, ac mae e i'w weld yn foi ffein, wastad yn troi lan ar amser ac yn clirio lan ar ei ôl. Ond mae e bwyti cwpla fan hyn a dwi rhwng dau feddwl a ddylwn i gynnig jobs trymach iddo fe. Mae'n dweud bod eisiau gwneud gwaith ar y welydd tu fas, a sa i'n siŵr ydy saer yn gymwys i daclo job fel 'na. Mae e hefyd yn sôn am ddodi llawr newydd yn y gegin achos bod yr hen un wedi treulio. Wyt ti'n cofio'r teils coch? Mae rhai wedi craco. Ambell un yn stico lan hefyd. A finne heb notiso. Mae e'n dweud pethau mawr am ryw stwff newydd i roi yn eu lle nhw. Marmoleum. Rhywbeth fel 'na. Hwnna mae e moyn rhoi lawr yn lle'r teils.

Alla i ofyn i ti, Gruff, wyt ti'n gwybod digon am y boi 'ma i ddweud un ffordd neu'r llall? Licsen i gynnig y gwaith iddo fe ond dwi moyn bod yn siŵr cyn mentro'r arian 'na i gyd.

Gair o gyngor, plis, Gruff. Rhyngot ti a fi, wrth gwrs! A sori am fod yn boen. Ddim yn gwybod ble arall i droi.
Lara x

ON Roedd Terwyn yn holi amdanat ti p'ddiwrnod. Dyna le prynes i'r silffoedd. Mae boi newydd yn gweithio f'yna nawr.

52 Sol

Mesurodd Sol lawr y gegin. Yna ffoniodd H. D. Lewis & Sons Building Supplies ar ystad ddiwydiannol Trefelin ac archebu'r marmoleum a'r defnyddiau angenrheidiol eraill. Gofynnodd i un o'r meibion Lewis eu cludo i'r tŷ fore dydd Gwener, rhwng deg a deuddeg, os oedd modd. A phan gynigiodd Mr Lewis eu hanfon nhw draw ynghynt – y prynhawn hwnnw petai'n dymuno – dwedodd Sol yn ddiflewyn-ar-dafod na wnâi hynny mo'r tro o gwbl. Fyddai neb gartref, meddai, a doedd unman i'w gadael nhw, a ta beth, dydd Gwener roedd e'n bwriadu dechrau ar y gwaith ac roedd y tŷ yn ddigon anniben yn barod.

'Chi sy'n gwybod, Mr Powell.'

Trodd Sol at y cyfrifiadur. Pan ddarllenodd neges Lara at Gruff fe'i cythruddwyd, i ddechrau, gan yr ensyniadau ynglŷn â'i allu a'i ddidwylledd. O'i darllen eto roedd yn siŵr ei fod wedi colli rhywbeth: bod neges arall wedi dod o'i blaen a mynd ar goll rywsut; neu fod peth ohoni wedi diflannu, fel a ddigwyddai weithiau wrth gywiro a golygu a gwneud y cwbl ar ormod o hast. Doedd yn y neges hon ddim arlliw o deimlad na hiraeth. Gresynai Sol nad oedd wedi agor y cardiau digyfeiriad yn y cwpwrdd er mwyn gweld a oedd y rheiny hefyd mor ffwrdd-â-hi, mor amddifad o gynhesrwydd. Ac os felly, i beth roedd hi wedi'u cadw? I beth roedd hi wedi'u sgrifennu yn y lle cyntaf, a'u cuddio wedyn? A beth yn y byd roedd Sol yntau'n ei wneud, yn mynd i'r fath drafferth oherwydd dyn o wellt?

Treuliodd Sol weddill y dydd yn rhoi'r sgrid ar lawr y gegin. Pan ddaeth Lara adref o'r ysbyty, eglurodd wrthi na fyddai modd dechrau gosod y marmoleum tan ddydd Gwener, am fod angen ei archebu'n arbennig gan y cyfanwerthwyr. Cynigiodd fynd yn ôl i'w westy am ychydig nosweithiau gan na fynnai achub mantais. Wfftiodd Lara at hynny. Ymddiheurodd wedyn am fod rhaid iddi fynd ar fyrder i'w stydi. Fyddai hi ddim yn hir, meddai. Caent drafod yn y man. Gwnâi damaid o swper hefyd, a … Ac fe gollodd Sol y geiriau dilynol am fod Lara eisoes wedi cau'r drws.

A phan alwodd Carys ar ei merch, bu'n rhaid i Sol fynd i'w thendio a chwilio am y blwch tabledi a oedd wedi mynd ar goll, meddai, rywle rhwng y clustogau, neu dan y soffa, allai hi ddim dweud yn bendant, a doedd ei llygaid hi ddim cystal ag y buon nhw. Daeth Sol o hyd iddynt o dan ei chadair ei hun. 'Wel, wel,' meddai Carys, a diolch iddo'n frwd. Dwedodd mor falch oedd hi o gael dyn wrth law, dyn fforddus, i gadw llygad arni, i roi help llaw, a'i merch hi mor fisi 'da pethach eraill y dyddie hyn.

Ddeng munud yn ddiweddarach daeth Lara allan o'r stydi. Ni holodd am y llawr. Rhoddodd bryd o dafod i'w mam am golli'i thabledi. Beth wnelai hi, meddai, 'se hynny'n digwydd pan nag o'dd neb gartre i gadw llygad arni? A ble'r oedd y diwben fach roedd hi wedi'i phrynu iddi, i'w gwisgo am ei gwddwg, i gadw'r tabledi'n saff, i'w cadw nhw wrth law? Ac fe'i dwrdiodd hi eto pan ddwedodd ei mam fod clawr y diwben honno'n anodd ei hagor, a bod y plastig yn galed ac yn crafu ei chroen, oherwydd doedd a wnelo hynny ddim byd â cholli'r tabledi, a ddylai hi ddim trial taflu llwch i'w llygaid. Na ddylai, wir.

A dyma'r tro cyntaf i Sol gael cip ar y Gruff a drigai y tu mewn i Lara Wyn.

53 Dyddlyfr Haval Reis

13 Mehefin
3.30 pm
Lara Wyn
Chweched sesiwn

Y sesiwn wedi'i haildrefnu ddwywaith. Mam LW wedi bod yn sâl, meddai. Tynnodd ei dyddiadur chwerthin allan a'i agor ar y bwrdd o'i blaen. Treuliodd y deng munud cyntaf yn siarad am brinder amser ac anawsterau cyfuno'i gwaith yn yr ysbyty gyda gofalu am ei mam. Dyna pam mai dim ond yr wythnos diwethaf, meddai, y llwyddodd i gadw ei dyddiadur yn rheolaidd.

Dangosodd y tudalennau perthnasol i mi. Dwedodd (yn amddiffynnol?) ei bod hi'n dechrau chwerthin yn aml ond yn stopio wedyn am fod rhywbeth arall yn mynd â'i sylw. Er enghraifft, wrth wylio *Live at the Apollo* ar y teledu yn hwyr y nos – yn enwedig petai Sarah Millican yn ymddangos – byddai hi'n rholio chwerthin ac yna'n tewi'n ddisymwth, wrth gofio rhywbeth a ddigwyddodd yn yr ysbyty'r diwrnod hwnnw, neu efallai ryw anffawd roedd hi wedi clywed ei hanes ar y newyddion. A dyna ddiwedd ar y chwerthin.

Erbyn hyn, hyd yn oed os na fyddai'n gwylio'r newyddion, byddai'r chwerthin yn dechrau ac yn darfod ar yr un gwynt, am fod chwerthin fel y cyfryw, y weithred ei hun, *yn dwyn i gof* yr erchyllter cynt, fel bod y ddau beth yn mynd ynghlwm yn ei gilydd. Eglurodd ei bod hi bellach yn cofnodi'r chwerthin mor fuan ag y medrai, yn hytrach nag aros tan amser gwely, fel y gwnaethai ar y dechrau, rhag iddo fynd yn angof. Dyna pam roedd ei sgrifen mor flêr, meddai, a sawl cofnod yn ddim mwy na chwpl o eiriau. Yna: 'Ai dyma'r teip o beth sydd ei eisiau arnoch chi?' Atebais: 'Ai dyna'r teip o beth rydych chi eisiau'i ddweud wrtha i?' Ymddiheurodd eto am ei blerwch. Y cofnodi oedd yn bwysig, meddwn, nid ceinder ei llawysgrifen. Ymddangosai'n falch o glywed hynny.

Ceisiodd LW adrodd un o storïau ysmala Sarah Millican. Am fod hon yn stori hir a throfaus ac am na allai gofio pob un o'r llinellau doniol, bu wrthi am weddill y sesiwn.

54 Lara

Pysgod	Epsom salts
Tato	Cotton balls
Moron	
Bara	
Pasta	
Lemon Sherbets	

Brynhawn dydd Mercher, aeth Lara ar ei phengliniau a rhoi'r eli ar draed ei mam. Ceisiodd dynnu sgwrs am yr etholiad, ond roedd ei mam yn gwrando ar *Afternoon Drama* ar Radio 4 a doedd hi ddim eto'n barod i faddau i'w merch ei siarad brwnt pan gollodd y tabledi. Gwingodd. 'Mae bynion yn dod 'da fi f'yna nawr.' Taflodd y geiriau ati fel cyhuddiad.

Doedd dim dewis gan Lara wedyn ond gwrando ar *Afternoon Drama* hefyd a cheisio defnyddio helyntion ei chymeriadau i lenwi peth o'r gwacter a adawyd gan y diffyg ateb oddi wrth Gruff. Erbyn hyn roedd ei dwylo unwaith eto dan haenen o eli ac os oedd hynny'n ddigon, o'r blaen, i'w chadw rhag bwyta, fe wnâi'r tro hefyd, siawns, i'w chadw rhag trafod y cyfrifiadur. Er bod baeddu bwyd yn fwy gwrthun na baeddu bysellfwrdd, peth digon annymunol fyddai hynny hefyd, a pheth anghyfleus, yn golygu hanner awr o waith glanhau gyda chlwtyn ac *isopropyl alcohol*, a hanner awr arall o ffidlan gyda *cotton buds*, i lanhau'r cilfachau bach i gyd. Ac efallai na fyddai hynny'n ddigon ac y byddai angen tynnu'r cwbl yn ddarnau mân. Roedd yr un peth yn wir am ei iPhone. Roedd hwnnw wedi'i gladdu'n ddwfn yn ei bag, ac ni fynnai dwrio yno a chael saim dros y macynon a'r menig a'r sgarff a'r papurau a phopeth arall.

Trwy feddwl felly, llwyddodd Lara i oedi tan y funud olaf cyn golchi ei dwylo. Ond yr iPhone oedd y man gwan yn ei chynllun. Wrth fynd at ei char, cofiodd fod angen cydnabod tecst oddi wrth Mel ynglŷn â chwrdd drannoeth. Yn yr ystyr hwnnw, felly, nid hi dynnodd y ffôn o'i bag, ond gofynion cyfeillgarwch a chwrteisi. Gellid dadlau, hyd yn oed, mai Mel ei hun oedd ar fai, am mai hi anfonodd y tecst yn y lle cyntaf, a doedd neb yn anfon neges heb ddisgwyl ateb.

Hawdd wedyn, ar ôl cyfansoddi pwt byr o ateb a'i yrru ar ei ffordd, oedd beio ei bysedd am droi at ei negeseuon e-bost. Roedd y weithred honno wedi'i gwreiddio mor ddwfn yn ei hesgyrn fel y gellid tyngu nad oedd a wnelo ewyllys Lara ddim oll â'r peth. Ac efallai mai greddf hefyd a benderfynodd mai yma, nawr, yn yr eiliadau prin rhwng cau drws y car a chychwyn yr injan, y cyflawnai Lara'r weithred honno, fel petai'n weithred fach ddibwys na haeddai fwy o amser na sylw. A thrwy ei dibrisio, hefyd, gallai leddfu'r siom a ddeuai wedyn o weld bod yr Inbox yn wag unwaith eto. Cau drws y car. Gweld y gwacter. Cychwyn yr injan. A bant â hi.

Gymaint roedd meddwl Lara wedi'i fferru yn y cyflwr hwnnw o ddisgwyl diddisgwyl fel mai dyna'n union a wnaeth: cau'r drws, edrych ar ei iPhone, cychwyn yr injan a mynd ar ei ffordd. Ac fe wnaeth hynny er iddi weld, ar ôl dilyn ei bysedd a chymryd cip sydyn ar ei Inbox, bod neges wedi cyrraedd wedi'r cyfan. Neges gan Gruffydd V. Wilkes. Ac efallai iddi gychwyn yr injan a thynnu'r brêc am fod hynny'n ddigon am y tro: gweld bod ateb wedi dod, gweld ei enw *fe*, a gorfod gofidio nawr, nid am y gwacter a'r tawelwch llethol gynt, ond yn hytrach am gynnwys yr ateb cwbl annisgwyl hwnnw. Ac fe sylweddolodd Lara, wrth dynnu'r car allan o'r dreif, nad oedd hi wedi'i pharatoi'i hun am yr aduniad hwn. Yn ddwfn y tu mewn iddi: dyna lle roedd Gruff wedi ymgartrefu ers pum mlynedd, yn destun tristwch a hiraeth, ac eto'n eiddo iddi hi. Dieithryn oedd y Gruff newydd hwn. Gruff mas f'yna. Gruff oedd yn gallu anfon negeseuon ati, yn dweud Duw a ŵyr beth.

Ceisiodd Lara anwybyddu ei iPhone am weddill y noswaith honno. Ni ddarlennodd y ddau decst arall a ddaeth oddi wrth Mel, gan wybod bod ganddi esgus dda, pan ddeuai'r amser i egluro. Bu'n ofnadw o brysur oherwydd y ddamwain ar yr A40. Roedd nyrsys newydd ar y ward hefyd, yn gwneud eu hyfforddiant. A dyna'r bachgen bach ddaeth i mewn wedyn, â llosgiadau difrifol i'w ddwylo. Ac er na fyddai Lara byth yn cyfaddef hynny, yr oedd hi'n ddiolchgar am sgrechiadau'r crwt bach hwnnw, a ffwndro'r nyrsys newydd, a galar y dyn a dorrodd ei ddwy goes a cholli'i wraig hefyd, y noson brysur ac ofidus honno, oherwydd fe gadwent bellter rhyngddi hi a'r Gruff dieithr na wyddai Lara ddim amdano na sut i'w drin.

Am chwech o'r gloch y bore, a hithau wedi cwpla'i shifft, agorodd Lara ddrws y car unwaith yn rhagor ac eistedd o flaen y llyw. Yna, gan dybio bellach nad oedd ots am gynnwys y neges, oherwydd gallai ei chladdu'n dwt o dan erchyllterau'r nos, penderfynodd fwrw cip ar ei ffôn.

Hiya, Lara. Paid becso am Sam. Neith e job dda. Gofyn iddo fe am y job naeth e ar y Mall. Fyddwn i ddim yma heddi hebddo fe. Jobyn a hanner. Gobeithio bo ti'n cadw'n iawn.

Cychwynnodd Lara'r injan a gyrru ymlaen heibio'r tai cysglyd a'r siopau gweigion a gweld y wawr lwyd yn dechrau goleuo'r gefnen goediog yr ochr draw i'r cwm. Croesodd y bont dros yr afon. Stopiodd wrth yr arhosfan bysys a darllen y neges eto. Chwiliodd ynddi am Gruff – am sŵn ei lais, ei chwerthin nerfus, rhyw dwts bach o'i atal dweud. Fe'i darllenodd eto. Ceisiodd ddirnad, o dan ysgafnder y geiriau a'r cysur rhwydd a'r cyfarchion treuliedig, ryw arwydd bod mudandod y pum mlynedd diwethaf wedi magu pwysau yn ei galon yntau hefyd. Daeth lorri heibio a siglo'r heol oddi tani. Ar ei ffordd i ddala'r fferi, siŵr o fod, meddyliai Lara. Draw i Iwerddon i fwrw ei llwyth. Digiai wrthi am darfu ar eiriau Gruff. Cenfigennai wrthi wedyn oherwydd ei thrymder, ei sicrwydd difeddwl.

Darllenodd Lara'r neges yn uchel, bum gwaith i gyd, gan amrywio'r pwyslais bob tro er mwyn cael hyd i'r llais diafael; gan oedi hefyd uwchben y 'Gofyn iddo …' Ac oedi, nid am ei bod hi'n gweld unrhyw bwysigrwydd yn y geiriau hyn ond am mai dyna'r unig frawddeg a gynigiai ryw barhad i'r sgwrs. 'Gofyn iddo …' Ie, ac erbyn meddwl, efallai fod y geiriau hynny'n fwy arwyddocaol nag yr oedd hi wedi tybio. Roedd Gruff am iddi wneud rhywbeth. Efallai y deuai pethau'n gliriach wedyn. 'Cer di i holi Sam ac fe gei di weld.' Ac os mai peth plentynnaidd oedd ei hala hi draw at Sam i glywed ei gyfrinach, yn lle dweud hynny ei hunan, roedd plentyneiddiwch efallai'n rhywbeth i'w groesawu. Gruff y plentyn bach direidus oedd hwn. Gruff, yn chwarae gyda'i theimladau. Na, doedd chwarae felly ddim yn beth caredig i'w wneud, ond Gruff oedd hwnnw, heb ddim amheuaeth. Gofyn i Sam, a chei di ddysgu mwy amdana i wedyn, am fy hanes, am ble rwy wedi bod yr holl flynyddoedd 'ma a pham y bues i'n dawel cyhyd. Dyna fyrdwn y neges. Rhyw ffordd rowndabówt o ddweud 'Tan tro nesa. Diolch am gymryd y cam cynta. Dim ond tamed bach i aros pryd yw hwn.'

Ac roedd hynny'n ddigon. Erbyn meddwl, roedd yn llawer, llawer mwy na digon.

55 Sol a Lara

Bu Sol wrthi trwy'r dydd ddydd Gwener ac eto ddydd Sadwrn, yn torri'r marmoleum a'i osod ar y llawr. Yn ystod y ddeuddydd hynny, am nad oedd modd paratoi bwyd yn y gegin, bu'n rhaid i Lara ymofyn brechdanau a *takeaways* o'r dre. Eisteddai'r tri ohonynt gyda'i gilydd yn y stafell ffrynt wedyn, a phlât ar gôl pob un, a'r tegil a'r cwpanau a'r bagiau te yn y gornel, ar bwys y teledu.

Rhyw sgwrsio herciog a geid ar yr achlysuron hyn, yn bennaf am fod Lara'n ymbaratoi i holi Gruff am y Mall yn Dubai ac roedd pryderu am y cwestiwn hwnnw – am y pryd a'r sut – yn fferru ei thafod; a hefyd, wrth gwrs, am fod Sol yntau ar bigau drain, gan wybod bod y cwestiwn ar ddod. Teimlai Carys dan bwysau i lenwi'r distawrwydd. Buasai'n barod i wneud hynny hefyd, ond roedd hi eisoes wedi traethu, yn fanwl iawn, am flerwch y cyflwyniad yn y clwb cinio y diwrnod cynt gan ryw ddyn ifanc oedd yn ei ffansïo'i hun yn arbenigwr ar ei phlwyf genedigol. Tybiai hefyd, oherwydd iddi gael cerydd gan ei merch am grybwyll y Weleda Foot Balm, mai peth annoeth fyddai mentro i feysydd mwy personol. A beth oedd ar ôl i'w drafod? Dwedodd fod y bara yn y brechdanau braidd yn sych. Gofynnodd pam roedd llai o flas ar gaws Caerffili y dyddiau hyn. Yna, i wneud iawn am ei siarad cwynfanllyd, canmolodd waith Sam – hynny roedd hi wedi'i weld ohono – a dweud pa mor falch oedd hi nad oedd e'n chwarae *pop music* ar ei radio trwy'r dydd, fel y byddai llawer o filders eraill yn ei wneud. Tawodd wedyn.

Ni ddwedodd Lara ddim o bwys tan amser te ddydd Sadwrn. Hyd yn oed wedyn, braidd gyffwrdd â'r mater wnaeth hi, a hynny heb siarad â Sol. Neu, yn hytrach, fe siaradodd â Sol trwy gyfrwng ei mam. Taro'r post i'r pared glywed.

'Buodd Sam yn gweithio yn Dubai, Mam.'

'Dubai?'

Cafwyd pum munud o holi ac ateb ynglŷn â ble yn union roedd Dubai. Aeth Lara i ymofyn y *New Oxford*

School Atlas o'r stafell ganol a dangos y map perthnasol i'w mam.

'Roedd hi'n dwym f'yna, siŵr o fod,' meddai Carys.

Nodiodd Sol ei ben a dweud cymaint o ryddhad oedd bod 'nôl gartre. 'Lot yn marw ar y *building sites*,' meddai, roedd wedi gweld y peth â'i lygaid ei hun. Ie, hyd yn oed dynion oedd yn gyfarwydd â gwres mawr. A'u bod nhw'n arfer rhoi stop ar y gwaith erbyn canol dydd. 'Gorfod dechrau'n gynnar,' meddai. 'Gweithio'n hwyr y nos hefyd.'

Ac fe siaradai Sol fel petai newydd ddychwelyd o'r parthau hynny, a'r gwres i'w deimlo ar ei groen o hyd.

Prynhawn dydd Llun oedd hi, a Lara'n paratoi at fynd ar y shifft hwyr, a dim ond dwy funud ganddi i wneud yn siŵr bod ei mam yn gyffyrddus a bod y diwben dabledi yn ddiogel am ei gwddf, pan fentrodd ofyn i Sol: 'Ar y tŵr mawr 'na fuoch chi'n gweithio, ife? Maen nhw'n dweud taw hwnnw yw'r adeilad mwya yn y byd.' Siaradodd yn ddigon hyderus, er efallai fod y llais ychydig yn ffurfiol, fel plentyn yn darllen o lyfr, a doedd hynny ddim yn syndod o gofio ei bod hi wedi codi'r wybodaeth hon i gyd oddi ar y we.

'Y Burj, y'ch chi'n feddwl?' meddai Sol, oedd wedi gwneud ei waith cartref ei hun. 'Na, dim byd fel 'na. Ar y Mall fuon ni'n gweithio fwya. Sy'n atgoffa fi …'

Cafodd Lara wybod wedyn bod welydd rhyw adeilad yn ymyl y Mall wedi hanner cwympo oherwydd diffygion yn y sment. Soniodd Sol am sut roedd e wedi teimlo'r crynfeydd yn y trawstiau a gwybod bod yr adeilad ar fin dymchwel. 'Meddwl taw daeargryn oedd hi.' A disgrifiodd sut yr aeth â phawb i *basement* yr adeilad drws nesaf, a pheryglu'i fywyd ei hun wrth arwain y ffordd, a gorfod torri'r clo, a phob man yn dywyll bitsh am fod y trydan wedi mynd. 'Cael a chael oedd hi am sbel … Meddwl bod y cwbwl yn mynd i gwympo ar ein pennau ni.'

A doedd dim angen i Lara ofyn a fu Gruff yno gydag e, yn y chwalfa, oherwydd roedd Gruff ei hun eisoes wedi dweud wrthi. Ddim mewn cymaint o eiriau, ond yn ei ffordd ei hun. Yn gellweirus. Yn gwybod ei fod e'n chwarae gyda'i theimladau. Na, doedd hynny ddim yn beth caredig i'w wneud, ond doedd dim diben cwyno. Cellwair wnâi dynion erioed, wrth rannu stori gyda'u ffrindiau, wrth ddwyn anffawd i gof. A dyna roedd Gruff yn ei wneud yma. Trwy Sam, roedd e'n rhannu stori gyda hi. Daeth Lara eto'n rhan o stori Gruff.

'Chi'n dipyn o arwr, Sam,' meddai.

Ysgydwodd Sol ei ben. 'Gwybod beth i neud, 'na i gyd. A'i neud e'n ddigon clou wedyn. Yr un peth â'r hosbital 'co, yntife?'

'Wel …'

Edrychodd Lara ar ei watsh a synnu bod y ddwy funud roedd hi wedi'u caniatáu ar gyfer trafod Dubai a'r Burj a'r ddamwain a Gruff wedi troi'n chwarter awr. 'Sori, Sam,' meddai. 'Gorffod mynd.' Wrth gerdded heibio, gwasgodd ei fraich. Rhyw ystum fach ddifeddwl, ddiniwed oedd hon, ar ryw olwg, i ategu'r ymddiheuriad, i ddweud ei bod hi wedi mwynhau'r sgwrs, ond dyletswydd oedd dyletswydd, rhaid iddi hithau achub bywydau hefyd. Ond ystum oedd hi hefyd a ddwedai wrth y sawl a fynnai glywed, Diolch i ti, Sam. Diolch am achub Gruff. A diolch am ei roi yn ôl i mi.

56 Sol

Ar ôl i Carys fynd i'r gwely, agorodd Sol y cyfrifiadur a gweld bod Lara eisoes wedi anfon e-bost o'r ysbyty. Rhaid ei bod hi ar frys am fod y neges yn un fer ac yn frith o wallau. Rhwng triniaethau, efallai. Yn y tŷ bach, hyd yn oed.

> heia Gruff. Ges i haned Dubai gan Sam. Ofnadw! Ddin yn brolioi hun cofia Chi gyd yn falch o fod nol gatre siwr o fod. Nol yn llundain wyt ti? S ddin yn siwr.
> x L
> Mynd i ofyn i S roi ffenest newydd yn bedrwn Mam. maen achwyn am y draffr.

Doedd Sol ddim yn cofio clywed Carys yn achwyn am y drafft, ond pa ots am hynny? Os nad oedd mam Lara i fod i siarad o'i flaen am y croen sych ar ei sodlau, siawns nad oedd nodweddion ei stafell wely'n bethau gwaharddedig hefyd. Ffenest, felly. Rhagor o waith. Y tynnu mas a'r dodi i mewn. Y dewis hefyd. Pren neu PVC. Ac os pren, y paentio wedyn.

Eto i gyd, peth bach oedd un ffenest. Hyd yn oed o ailgalcio'r welydd, a chael fframyn arbennig, a gorfod aros sbel i hwnna gael ei fesur a'i wneud, byddai'n anodd treulio mwy na thridiau wrth y gwaith hwn. Pum diwrnod, efallai, petai'r ffenest yn un arbennig iawn: un ag argon ynddi, o bosibl, a dolenni pres. A phetai'r gwneuthurwr yn eithriadol o brysur. Wythnos ar y mwyaf.

A Gruff. Ble rwyt ti nawr, Gruff? Ble yffarn est ti ar ôl Dubai?

Dringodd Sol hen ysgol fach Morris Wyn ac archwilio'r ffenest yn y stafell ganol. Tynnodd damaid o bapur yn rhydd rhwng y fframyn a'r nenfwd. Teimlodd y plaster â blaenau'i fysedd. Roedd yn sych. Yn weddol sych. Efallai, gyda'r protimeter, y gallai berswadio Lara nad oedd tystiolaeth llygaid a bysedd yn ddigon. Ond roedd e wedi gadael ei brotimeter yn fflat Carol. Aeth i'r gegin a gwneud yr un peth yno. Gwthiodd sgriwdreifar i'r gornel rhwng y sil a'r fframyn. Roedd honno'n sych hefyd.

Eisteddodd Sol wrth y bwrdd a meddwl. Cododd eto a mynd at y cwpwrdd dan y sinc. Twriodd ymhlith y nwyddau glanhau a'r powdwr golchi a'r diheintyddion. Chwiliodd yn y cwtsh dan staer, ond doedd dim byd yno ond hen duniau paent ac offer garddio. Yn y diwedd, cafodd hyd i'r Kiwi Shoe Polish yn y seld, gyda'r peli lladd gwyfynod a'r hen rifynnau o *Woman & Home*. Aeth â'r polish i'r stafell ganol a dringo'r ysgol. Gan ddefnyddio blaen bys, taenodd y mymryn lleiaf o'r stwff du ar draws y wal uwchben y ffenest. Tynnodd ei facyn drosti wedyn nes mai dim ond rhyw gysgod o staen a welid. Aeth i'r stafell ffrynt a gwneud yr un peth yno, gan gyfyngu'r staen y tro hwn i un gornel o'r ffenest. Eisteddodd yng nghadair Carys Wyn ac edrych i fyny. Pwysodd ymlaen. Gwyrodd tua'r ochr. Bodlonodd ei hun y byddai'r hen fenyw, pan ddeuai i hawlio'i lle fore trannoeth, yn canfod o'r fan honno ryw newid bach yn lliw'r wal uwch ei phen. Ond roedd ei golwg hi'n wael a fyddai hi ddim yn sicr. Byddai hi'n codi a chraffu ar y patsyn llwyd. Ai staen oedd f'yna? Ai cysgod? A dyna'r cwestiwn a fyddai'n troi yn ei meddwl trwy'r bore. Cysgod neu staen? A phan ddeuai Lara adref byddai Carys yn dweud wrthi – braidd yn ddiamynedd erbyn hyn – 'Dere draw fan hyn, ferch. Dere draw i gael pip ar hwn. Yn y cornel 'co. Shwt na welest ti hwnna o'r blaen?'

57 Lara a'i mam

Â'i llaw chwith, trodd Lara'r tap dŵr poeth ymlaen, yna'r tap dŵr oer. Defnyddiodd y llaw arall i gymysgu'r dŵr ac i fesur ei dymheredd. Pan oedd y badell yn hanner llawn, ychwanegodd ddwy lwyaid de o Epsom Salts. Trodd y dŵr gyda'r llwy nes bod y grisialau bach gwyn i gyd wedi toddi. Mesurodd y tymheredd eto. Trodd y tap dŵr oer ymlaen, dim ond am eiliad, gwerth hanner cwpanaid, a chymysgu eto. Aeth â'r badell i'r stafell ffrynt.

Gofynnodd Lara i'w mam brofi'r dŵr gyda'i bysedd cyn iddi roi ei thraed ynddo. Cawsai drafferth o'r blaen wrth roi'r driniaeth hon iddi. Weithiau byddai'r dŵr yn rhy dwym; dro arall, byddai'n rhy oer. Daeth Lara i'r casgliad bod canfyddiad ei mam o dymheredd yn amrywio yn ôl yr amser o'r dydd a hefyd, o bosibl, y tymor, a'r tywydd a welid trwy'r ffenest. Erbyn hyn, byddai bob amser yn sicrhau bod y dŵr yn glaear ac yn dod â llond jwg o ddŵr poeth, fel y gallai ychwanegu hwnnw yn ôl yr angen.

'Digon twym, Mam?'

'Mm.'

'Ddim yn rhy oer?'

'Na.'

Rhoddodd Lara'r badell ar y llawr a'i symud mor agos ag y gallai at y gadair. Serch hynny bu'n rhaid i Carys wyro ymlaen rywfaint er mwyn rhoi'i throed dde yn y dŵr.

'Teimlo'n iawn?'

'Mm.'

Unwaith, rai misoedd ynghynt, mynnodd Carys fod yr Epsom Salts yn pigo'i chroen am nad oedden nhw wedi toddi'n iawn a bu Lara wrthi am sbel yn hidlo'r dŵr â'i bysedd er mwyn cael hyd i'r cerrig hallt, anweledig. Y tro hwn, dim ond dŵr llyfn a deimlai Carys.

Y droed chwith aeth i'r dŵr wedyn, y sawdl yn gyntaf, yna'r bysedd. Tynhaodd Carys ei gwefusau.

'Iawn?'

'Mm.'

'Dolur?'

''Bach.'

'Dal yn ddigon twym?'

'Mm.'

Rhoddodd Lara glustog y tu ôl i gefn ei mam.

'Bydda i'n ôl nawr.'

Ac er bod Lara wedi edrych ar ei negeseuon e-bost lai nag ugain munud ynghynt, cyn iddi ymofyn yr Epsom Salts a'r Germolene a'r Cotton Wool Double Faced Round Pads o'r gegin, fe wnaeth yr un peth eto. Roedd bellach wedi troi saith o'r gloch yr hwyr ac i Lara roedd hynny'n golygu, fwy na thebyg, bod diwrnod gwaith Gruff wedi dod i ben. Hyd yn oed os oedd rhaid iddo deithio'n bell – o ganol Llundain, dyweder, i un o'r maestrefi ar gyrion y ddinas – byddai wedi cyrraedd adref erbyn hyn. A hyd yn oed os nad oedd e wedi cyrraedd, siawns na fyddai'n tynnu ei ffôn o'i boced a gweld bod neges yn disgwyl amdano. Byddai'n anfon ateb wedyn, dim ond un bach cynnil: 'Ar y trên. Hala i neges yn nes ymlaen.'

Ymhen chwarter awr daeth Lara'n ôl i'r stafell ffrynt. 'Barod?'

Nodiodd Carys ei phen.

Eisteddodd Lara ar y pwff. Tynnodd droed dde ei mam o'r badell a'i rhoi ar y tywel yr oedd hi eisoes wedi'i blygu a'i osod ar y llawr. Yna cododd y droed i'w chôl a'i sychu.

'Iawn?'

'Iawn.'

Gwnaeth yr un peth gyda'r droed chwith. Wrth ei sychu, cymerodd ofal arbennig o gwmpas y bawd a rhoi dim ond dabiadau ysgafn iddo â chornel y tywel.

'Dolur?'

''Bach yn well, rwy'n credu.' Gwyrodd Carys ymlaen yn ei chadair. 'Ydy, mae'n teimlo'n well.' Rhoddodd bwysau ar ei throed i ddangos i'w merch bod y driniaeth wedi gweithio ac i awgrymu, efallai, yng ngoleuni'r llwyddiant hwnnw, y gellid hepgor y cam nesaf.

'Gadewch i fi weld, 'te.' Cododd y droed eto ac archwilio ewin y bawd. 'Ddim yn rhy wael.'

Torrodd Lara ddarn o wlân cotwm tua'r un maint â botwm crys â'i roi ar y bwrdd. Gwasgodd ychydig o Germolene ar flaen ei bys a'i rwbio'n ysgafn i'r croen.

'Dan y gewin nawr.'

Rhoddodd Lara fwy o Germolene ar ei bys. Cododd ymyl yr ewin gyda'i bawd a dabio'r eli ar y croen coch. Gwingodd Carys. Sugnodd wynt trwy ei gwefusau. 'Wff!'

Cododd Lara'r ewin eto, cydio yn y gwlân cotwm a'i wthio i'r bwlch.

'Wff!'

'Unwaith eto.'

'Wff!'

''Na fe. *Job done.*'

Rhoddodd Lara blaster dros yr ewin a hosan dros y cyfan. 'Ar eich tra'd nawr, Mam.'

Helpodd ei mam i godi. Cymerodd Carys ychydig o gamau herciog ar draws y stafell, gan ddefnyddio'r cadeiriau fel canllaw a gwingo bob tro y rhoddai ei phwysau ar ei throed chwith.

'Iawn?'

'Mae'n gwasgu.'

'Mm,' meddai Lara, yn y ffordd gysurlon ond proffesiynol y byddai'n ei harddel wrth drin cleifion yn yr ysbyty. 'Fe ddaw. Cewch chi weld. Amser hyn yr wythnos nesaf. Bydd e fel newydd.'

'Ffaelu rhoi pwysau …'

Herciodd Carys yn ôl i'w chadair ac eistedd i lawr. Ochneidiodd.

'Chi'n neud yn iawn, Mam. Mae'n dechre gwella.'

Rhoddodd Lara glustog y tu ôl i ben ei mam. A dyna pryd y sylwodd Carys ar y staen uwchben y ffenest.

58 Sol

Fore Llun, treuliodd Sol ddwy awr o flaen y cyfrifiadur, yn casglu gwybodaeth am ffenestri, rhai pren, rhai alwminiwm a rhai uPVC, rhai â nwy argon rhwng y ddau gwarel, rhai â gwydro triphlyg. Cafodd wybodaeth am ffenestri casment a ffenestri codi hen ffasiwn digon tebyg i'r rhai a geid yn barod, yn 22 Heol Hafren. Astudiodd y gwahaniaeth rhwng y ffenestri a ddefnyddiai *spiral balance* a'r rhai a ddibynnai ar *weights and pulleys*. Doedd Sol ddim yn arbenigwr ar yr amrywiadau hyn a bu'n rhaid darllen y disgrifiadau'n fanwl er mwyn teimlo'n hyderus y gallai gyflwyno manteision ac anfanteision pob un yn llawn ac yn gytbwys, ac mewn ffordd a fyddai'n annog trafod manwl pellach.

Ar ddarn o bapur A4, ysgrifennodd Sol bwt cryno am bymtheg o gwmnïau, gan roi sylw i arbenigedd pob un, ystyriaethau gwerth-am-arian, ansawdd y defnyddiau, ac yn y blaen. Cymerodd dacsi i'r ystad ddiwydiannol wedyn i ymofyn catalogau o H. D. Lewis & Sons Building Supplies. Tra oedd yno, cododd yn ogystal goflaid o daflenni o swyddfa Everest Double Glazing. Er mai Sol ei hun oedd i wneud y gwaith gosod, barnai nad drwg o beth fyddai dangos i Lara yr hyn a gynigid gan eraill, er mwyn profi i Lara gymaint o fargen roedd hi'n ei chael. Yna, wedi dala tacsi'n ôl i'r tŷ, aeth i'r siop Spar ar gornel y stryd a phrynu paced o McVitie's Digestives plaen.

Daeth Lara adref o'r gwaith. Cawsant de. 'Caredig iawn,' meddai Carys, wrth gymryd bisgïen. 'Rhai plaen.

Ddim yn rhy felys.' Rhoddodd Lara eli ar draed ei mam. Treuliodd y tri ohonynt awr a hanner wrth y cyfrifiadur.

'Chi'n gweld fan hyn?' meddai Sol. 'Y *spiral balance* yw hwnna. Mae hwnna'n neud e'n haws i agor y ffenest. Sdim o'r *weights and pulleys* gelech chi gyda'r hen *sash windows*. Os taw sash y'ch chi moyn, wrth gwrs.'

Ond dwedodd Carys fod syllu ar y sgrin yn rhoi'r meigryn iddi. Gohiriwyd y drafodaeth tan y noson ganlynol. A doedden nhw ddim hyd yn oed wedi dechrau ar y catalogau.

Dridiau'n ddiweddarach roedd Lara a'i mam yn dal i bwyso a mesur manteision y ffenestri uPVC o'u cymharu â'r rhai pren. (Roedden nhw eisoes wedi diystyru'r alwminiwn am nad oed hwnnw hyd yn oed yn gwneud ymdrech i ddynwared pren. Gwrthodwyd yr uPVC gwyn am yr un rheswm.) Cytunwyd y byddai uPVC, o gael yr un brown, yn fwy hwylus na'r pren. Petaen nhw'n cael y ffenestri pren, a'r rhai arbennig hefyd, y rhai ag argon ynddyn nhw, fel roedd Sam wedi awgrymu, bydden nhw'n gorfod eu trin â gofal arbennig. Eu paentio nhw'n gyson. Gwneud yn siŵr nad oedden nhw'n pydru, fel roedd yr hen rai wedi gwneud. Achos pren oedd pren, wedi'r cyfan. Na, fyddech chi ddim yn gallu anghofio ffenestri o'r fath. Fyddech chi ddim yn gallu jyst edrych trwyddyn nhw fel petaen nhw'n ffenestri cyffredin. Ac eto, ar y llaw arall, meddai Carys, doedd y ffenestri uPVC ddim hanner mor bert. 'Fel plastig,' meddai. 'Hyd yn oed y rhai brown. Y rhai sy'n trial edrych fel pren. Rhyw hen deimlad plastig hefyd, bownd o fod. Pan y'ch chi'n gwneud y dwsto. Teimlad plastig dan eich bysedd.'

Fe ddeuent i arfer, meddai Lara. Gydag amser. Gadael iddyn nhw wneud eu gwaith, dyna i gyd oedd ei angen. Cadw'r gwres i mewn a'r sŵn allan. A gweld trwyddyn nhw, wrth gwrs. Ac i beth arall oedd ffenest yn dda ond i weld trwyddi?

Dyna sut y bu Lara a'i mam yn trafod mater y ffenestri.

Nos Sul, roedd Sol yn ei stafell, yn yfed potelaid o gwrw ac yn gwylio un o'r gemau yn rownd gyntaf Cwpan y Byd ar y teledu. (Roedd Lara wedi rhoi benthyg ei hen *portable* iddo.) Er gwaethaf gweiddi'r dorf a thwrw'r vuvuzelas a chlebran y sylwebydd, gallai glywed lleisiau Lara a'i mam yn glir. Buon nhw'n siarad â'i gilydd ers amser. Erbyn hyn roedd y siarad wedi troi'n ffrae. Ni ddeallai'r geiriau ond fe wyddai mai'r ffenestri oedd asgwrn y gynnen.

Fore dydd Llun cadarnhaodd Lara mai pren roedden nhw wedi'i ddewis. A phan ddwedodd Lara, 'Byddwch chi'n gallu sefyll 'ma nawr, fyddwch chi? Fydd dim rhaid i chi fynd sha thre?', gwyddai Sol nad oedd a wnelo ffenestri nac amheuon Carys ynglŷn â'r uPVC ddim oll â'r dewis. Doedd Lara ddim wedi derbyn ateb gan Gruff eto. Rhaid cadw Sam wrth law, felly. Ac er mwyn cadw Sam wrth law, rhaid cael ffenestri pren. Erbyn hyn, roedd y ffenestri a Sam a Gruff i gyd wedi mynd yn un gawdel.

'Pren, felly,' meddai Sol.

'Gyda'r argon,' meddai Lara.

Ac roedd dewis pren yn arbennig o gyfleus oherwydd byddai'n rhaid i Lara a Carys drafod lliwiau paent wedyn, ac edrych ar *colour charts*, a phwyso a mesur, ac anghytuno, a ffraeo eto, a byddai wythnos arall wedi mynd cyn iddyn nhw ddod i benderfyniad.

59 Sol

Bu Sol yn brysur yr wythnos honno. Roedd rhaid iddo gael prisiau gan gyflenwyr a pharatoi'r welydd o gwmpas y ffenestri a phrynu rhagor o offer. Gwaith llafurus oedd y prynu. Gan fod angen talu gydag arian parod, penderfynodd beidio â mynd i H. D. Lewis & Sons Building Supplies, lle roedd ei wyneb eisoes yn rhy gyfarwydd. Aeth yn hytrach i'r B&Q ar yr stad fasnachu ar heol Abertawe. Defnyddiodd dacsis a bysys, a gwneud chwe thaith i gyd, am fod y ceffyl llifio newydd mor fawr a'r dryll pwyntio mor drwm. Treuliai fwy o amser hefyd yn rhoi help llaw i Carys Wyn tra oedd ei merch yn yr ysbyty. Aethai hithau'n fwy cloff yn ddiweddar ac roedd hi'n ddiolchgar i Sol am ei gymwynasau. Gwnaeth baneidiau boreol iddi. Paratôdd frechdanau i ginio. Aeth i'r siop gemist i ymofyn potel o Gaviscon pan gafodd Carys bwl o ddiffyg traul. Casglodd ei phresgripsiwn. A byddai bob amser yn holi wedyn, cyn mynd yn ôl at ei briod waith: 'Oes rhywbeth arall galla i neud i chi, Carys?'

Er mwyn cydnabod ei garedigrwydd, cynigiai Carys yr hyn a oedd ganddi i'w gynnig: ei hatgofion. Siaradai am ei gorffennol, ac am orffennol ei thylwyth a'i chydnabod. Doedd dim disgwyl i Sol ymateb i'w pharablu, heblaw trwy chwerthin bob hyn a hyn pan soniai am ryw droeon trwstan, a nodio'i gydymdeimlad pan gyfeiriai at ei diweddar ŵr a sut roedd hwnnw'n abl â'i ddwylo hefyd. ('Morris o'dd ei enw fe. Smo chi'n ca'l lot o Morrises heddi, ydych chi? Maen nhw'n brinnach na Sams, weden i.') Yna, ar ei gwaethaf, byddai'r cof hwnnw, neu un tebyg iddo, yn ei hatgoffa am gyflwr y tŷ, am staeniau'r lleithder, am y geiriau croes roedd hi wedi'u cael gyda'i merch. 'Do'dd hi ddim wedi notiso, 'chwel.' A byddai'n rhaid i Sol ei chysuro trwy ddisgrifio, eto fyth, y gwaith roedd e'n ei wneud ar y welydd a'r ffenestri, a dweud bod hwnnw'n dod ymlaen yn burion. 'Bydd e fel newydd ar ôl i fi gwpla. Yn well na newydd.'

Ar y dydd Iau, soniodd Carys wrtho am sut roedd ei gŵr wedi marw wrth wylio'r ceffylau ar y teledu, a hithau yn Abertawe, yn prynu sgidiau. 'Smart hefyd. Y shws. Wedi mynd i Abertawe'n sbesial. Dod 'nôl gartre a dyna fe, yn y gader 'co, le chi'n eistedd nawr, a'r ceffyle'n dal i redeg.' Ysgydwodd ei phen. 'Ffaelu gwisgo nhw nawr. Y shws. Morris yn cwmpo'n farw a finne'n ffaelu gwisgo'r shws yn y diwedd.' Pwyntiodd at ei thraed. 'Dyna'r gosb, siŵr o fod. Am ei adael e fan hyn, ar ben ei hunan. Ei adael e i farw o flaen y telefision.'

Ar y dydd Gwener, ymddiheurodd i Sol am ei brewlan ddoe, ac yn fwyaf arbennig ei brewlan am ei diweddar ŵr. O gael pleser annisgwyl o'r ymddiheuriad hwnnw, parhaodd yn yr un cywair ac ymddiheuro wedyn am gredu mai Gruff oedd e. Roedd Gruff yn fyrrach, a doedd dim barf 'dag e. Roedd llai o wallt 'da Gruff hefyd, ac roedd hynny o wallt oedd 'dag e yn goch. 'Na, ddim yn goch. *More of a ginger.* Chi'n gwbod beth sy 'da fi?' Ac er ei bod yn gas ganddi ddweud hynny, doedd Gruff ddim hanner cystal wrth ei waith. Nac oedd. 'Ond y'ch chi'n gwbod 'ny'n barod, on'd y'ch chi? A chithe wedi gweithio 'da fe.'

'Wel …'

'Sdim isie gweud dim,' meddai Carys. 'Rwy'n gwbod bo' chi'n ffrindie.' Cafodd bwl o beswch. Ac fe wisgodd y peswch hwnnw am ei hanesmwythyd. Yfodd ddracht o ddŵr. Edrychodd i fyny ar y wal uwchben y ffenest. 'Do'dd Lara ddim wedi notiso, 'chwel. Dim ond o fan hyn gallwch chi'i weld e'n iawn. Y staen 'na. Dim ond fi o'dd yn gallu'i weld e.' Ac yna: 'Cwrdd ar eu *holidays* naethon nhw, 'chwel. Yn Sbaen. Ddim wedi mynd 'da'i gilydd, cofiwch. Mynd 'da'i ffrindie na'th Lara. Bach o *holiday romance* o'dd e, 'na i gyd. Cwrdd â rhywun o Drefelin mas f'yna yn Sbaen a meddwl, *meant to be, meant to be* … Fuoch chi yn Sbaen erio'd, Sam?'

Ysgydwodd Sol ei ben. 'Erio'd.'

'Costa rhywbeth neu'i gilydd. *Holiday romance*. Da i ddim byd wedyn.'

Tawodd Carys yn sydyn ac edrych ar ei dwylo, wrth sylweddoli bod *romance* yn gallu golygu *sex*, a'i fod felly yn ymwneud â phethau dirgel y corff, yr un peth ag eli traed, a'i bod hi wedi siarad ar ei chyfer eto, wedi sôn am bethau nad oedd hi i fod i'w trafod o flaen pobl eraill. Edrychodd ar Sol. 'O'dd e'n lot byrrach na chi, Sam. O'dd. Yn cario mwy o bwysau hefyd. Chi'n cael hwyl arni heddi? Mas f'yna? Ydy e'n dod yn iawn 'da chi?'

Aeth Sol i'r gegin a thorri'r pren ar gyfer sil y ffenest yn y stafell ganol. Roedd wedi penderfynu dechrau gyda'r ffenest hawsaf. Byddai'r ffenestri newydd i gyd yn cyrraedd fel unedau cyfan, ond roedd rhai yn fwy na'i gilydd. Byddai rhan ganolog y ffenest fae yn y stafell ffrynt, yn enwedig, yn anodd i'w gosod heb gymorth. Torrodd y pren, gan ddilyn y marciau pensil yr oedd eisoes wedi'u gwneud. Aeth â'r darnau i'r stafell ganol a'u dodi yn y bwlch. Edrychodd ar y ffenest ac ysgwyd ei ben. Byddai tynnu hon allan, hyd yn oed y ffenest fach hon, yn waith trafferthus o'i wneud ar ei ben ei hun.

Dyma'r broblem roedd Sol yn ymrafael â hi pan glywodd beswch Carys Wyn yn y pasej a fflip-fflop ei sliperi ar y llawr. Rhoddodd ei phen heibio'r drws. 'Dim Costa oedd e. Santa. Santa Anna.' Ac fe deimlai'n ddigon cyffyrddus wrth ddweud hynny oherwydd dim ond enw lle oedd e. Doedd dim ôl *romance* arno, na *sex,* nac eli traed, na dim oedd yn anweddus. Yn fwy na hynny, fe deimlai'n falch. Bu'r enw hwn yn chwarae mig yn ei meddwl ers dwy awr ac roedd llwyddo i'w ddal yn destun llawenydd. Doedd dweud yr enw wrth Sam wedyn ond yn ffordd o'i llongyfarch ei hun am gofio'n gywir rywbeth a ddigwyddodd, nid yn y gorffennol pell – ni châi anhawster wrth gofio'r gorffennol hwnnw – ond mewn rhyw amser aneglur nad oedd, mewn gwirionedd, yn perthyn i'w bywyd hi o gwbl. Herciodd ei ffordd i'r tŷ bach, gan sibrwd dan ei hanadl, ''Na fe. Santa Anna.'

60 Lara a Gruff

Pasta	Macynon	12 cwrw
Passata	E45	(OSB)
Pesto	Crib	
Quorn mince	Country Life	
Spinach	Magnesium	
Wynwns	Prunes	
Garlleg		
Melon		
Low fat yoghurt		
Gwin		

Bu'n bwrw glaw trwy'r prynhawn. Roedd Lara'n gwthio'r troli yn ôl i'w char pan ddaeth y neges. Gwnaeth bwynt o'i hanwybyddu. Peth hawdd oedd hynny. Roedd y glaw yn glwychu'i gwallt, yn glwychu'r bagiau hefyd, a *Country Life* ei mam, a fyddai hwnna ddim yn ffit i'w ddarllen pe câi ei wlychu y tu mewn. Agorodd ddrws cefn y car a llwytho'r nwyddau i'r sedd. Er gwaethaf y glaw, safodd yno am ychydig eiliadau i ddarllen yr wybodaeth ar y paced o Quorn Mince, bwyd nad oedd hi wedi'i flasu o'r blaen. Hyderai na fyddai'i mam yn gweld y gwahaniaeth, rhwng yr holl gynhwysion eraill – y perlysiau, y garlleg, y tomato a'r pesto. A phetai hi'n sylwi, byddai Lara'n mynd i hôl y paced a darllen y manylion iddi: bod hwn yn *low-fat alternative to meat*, ei fod e'n *high in fibre* a'i fod yn dda at gadw'i cholesterol i lawr.

Eisteddodd Lara yn sedd y gyrrwr. Cymerodd glwtyn o'r boced yn y drws a sychu'i dwylo. Agorodd y ffenest a sychu'r drych. Sychodd ei dwylo eto. Trodd yr injan ymlaen, a'r weipars wedyn, i gael gwared â'r glaw ar y winsgrin. Yna tynnodd y ffôn o'i bag. Gwelodd enw Gruff. Caeodd y ffôn a'i daflu yn ôl i'r bag. Rhoddodd y bag ar y llawr wrth ei hochr a gyrru allan o'r maes parcio. Ymhen hanner milltir, o glywed sŵn tincial yn y cefn ac ofni y byddai un o'r poteli cwrw yn torri'r botel win, stopiodd mewn *lay-by* a'u haildrefnu. Yna trodd y radio ymlaen a gwrando ar y newyddion – lleisiau gwleidyddion yn seboni'i gilydd, siarad wast am bêl-droed, yr ennill a'r colli – a'r tywydd wedyn, y gwynt o'r gorllewin, y cawodydd ysgafn. Yn ei meddwl clywodd ei llais ei hun yn dweud, 'Gei dithe aros am sbel nawr, Gruff bach.'

Dim ond dwy fforcaid o basta fwytaodd Carys Wyn y noswaith honno. Byddai bwyta mwy'n rhoi diffyg traul iddi yn nes ymlaen, meddai, a byddai hi'n methu cysgu, ac roedd Clwb yr Hafod yn cwrdd fory a doedd hi ddim eisiau i bawb ei gweld hi'n pendwmpian ar ganol y siarad. Ddwedodd hi ddim byd am y Quorn Mince. Aeth Sol lan lofft i wylio Cwpan y Byd ar y teledu bach. Pan ddaeth Lara â'r badell a'r gwlân cotwm a'r Germolene roedd y vuvuzelas i'w clywed trwy'r llawr. Edrychodd y ddwy tua'r nenfwd.

'Vuvuzelas,' meddai Lara.

'Wy'n gwbod 'ny,' meddai Carys.

Clywsant draed Sol, yn mynd o un ochr y stafell i'r llall.

'Vuvuzelas,' meddai Carys. 'Wy'n gwbod 'ny'n iawn.'

Y tro hwn, tra oedd croen traed ei mam yn meddalu yn y dŵr, arhosodd Lara i gadw cwmni iddi. Roedd *Midsomer Murders* ar y teledu ac roedd hi'n ffyddiog y byddai troeon annhebygol ond difyr y rhaglen honno yn ddigon i lenwi'r awr a hanner nesaf. Byddai hi wedi blino wedyn ac yn barod am ei gwely. Roedd y gwin yn help hefyd. Efallai iddi yfed mwy nag a oedd yn arferol ar noson fel hyn, a hithau'n gorfod mynd i'r gwaith ben bore, ond roedd y Malbec Reserve a brynodd am bris gostyngol yn Aldi yn plesio. Dim ond diferyn oedd yng ngwydryn ei mam, rhag iddo roi ypset iddi, a hithau wedi bwyta cyn lleied. Ar ôl cydnabod ymyrraeth y vuvuzelas lan lofft, trodd y ddwy yn ôl at helyntion DCI Barnaby a thlysni pentref Fletcher's Cross.

Roedd hi'n tynnu am un o'r gloch pan ddiffoddodd Lara'r teledu. Roedd ei mam yn ei gwely ers awr a mwy. Doedd dim i'w glywed o stafell Sol, heblaw'r chwyrnu isel arferol. Wrth frwsio'i dannedd, atgoffai Lara hi'i hun na fyddai hi'n cysgu pe bai hi'n agor y neges. Byddai'r geiriau'n twrio i'w phen a'i hesgyrn a'i hymysgaroedd. Edrychodd yn y drych ac archwilio'r cylch bach coch oedd wedi ymddangos yn ddiweddar o dan ei gên. Chwiliodd am farciau tebyg ar ei gwddf a'i gwar a methu canfod dim. Penderfynodd, o edrych eto, ei bod hi wedi'i chrafu ei hun yn ei chwsg. Edrychodd ar ei hewinedd. Roedd angen eu torri. Bai'r ewinedd, felly. Dim byd arall.

Yna, wrth chwilio am y *clippers*, sylweddolodd Lara y byddai gadael y neges lle roedd hi, wedi'i chaethiwo ym mola'i chyfrifiadur, yn ei chadw ar ddi-hun hefyd. Yn wir, byddai gwingo a llefain a grwgnach y neges yn erbyn ei chaethiwed yn llawer mwy swnllyd, yn llawer mwy o boen, na'r neges ei hun. Er mwyn cysgu, rhaid ei hagor. Er mwyn mygu sŵn ei grwgnach, rhaid ei hagor a'i darllen.

Aeth Lara i'r stafell ganol a chau'r drws y tu ôl iddi. Trodd y cyfrifiadur ymlaen. Ystyriodd ei hewinedd. Byddai'n rhaid eu torri, a'u torri heno, rhag iddi'i chrafu'i hun eto. Teimlodd ei gên. Doedd y cylch bach coch ddim yn gwneud dolur. Daeth y neges i'r sgrin.

Hiya Lara
Sori am fod mor hir cyn ateb. Bywyd yn wyllt fan hyn rhwng popeth. Ond maen nhw'n gweud bo fi wedi colli pwysau. Mae gwaith caled yn dda at rywbeth! Nôl yn Sbaen ar y funud. Sa i'n gwbod ble wedyn. Ti'n cofio hwn? Teimlo'n od bod nôl f'yna eto, yn Santa Anna. Mae e jyst lawr yr hewl.

Roedd llun yng nghwt y neges: golygfa o draeth, yn bennaf, gydag eglwys a rhes o adeiladau gwynion yn y cefndir a bryndiroedd coediog y tu ôl iddynt. Gwelid y môr draw tua'r dde, a'r tonnau mân yn taro'r tywod. Plant yn chwarae. Eu rhieni'n eu gwylio, yn eistedd ar eu tywelion, yn gwisgo'u sbectols haul. Craffodd Lara ar yr eglwys a'r gwestai a'r siopau. Roedd y cwbl yn nodweddiadol Sbaenaidd, heblaw efallai am y ddau floc o fflatiau draw tua'r chwith: ond roedd hyd yn oed y rheiny'n nodweddiadol, nid o Sbaen fel y cyfryw, ond o leoedd glan môr heulog lle byddai twristiaid yn heidio. Ac er na chofiai Lara'r un o'r pethau hyn yn benodol, tenau oedd y ffin rhwng y nodweddiadol a'r cyfarwydd. Roedd Gruff yn cofio. Roedd wedi anfon llun, i dystio i'r cof hwnnw. 'Wyt ti'n cofio, Lara?' meddai. Cellwair. Dim ond cellwair. Wrth gwrs ei bod hi'n cofio. Santa Anna. Sut y gallai hi beidio â chofio?

Ystyriodd yr eglwys eto: y tŵr gwyn, y clochdy gwyn ar ben y tŵr, y to teils coch oddi tano, y muriau gwyn, diffenest. Siawns nad yma, yn yr eglwys, y peth hynaf a'r peth mwyaf neilltuol yn y pentref cyfan, yr oedd adnabod y lle a'i gofio. Coch a gwyn. Fe gofiai hynny. Lliwiau Sbaen yn yr haul. Ystyriodd y traeth, y parasols glas a gwyn, y cyrff gwelw'n sugno'r gwres. Safodd yno yn ei dychymyg. Gwyliodd y tonnau'n mynd a dod, a cheisio'u clywed hefyd. Edrychodd ar y bobl ar eu tywelion a cheisio'u didoli, yn gariadon, yn rhieni, yn ffrindiau a ddeuai'n gariadon maes o law. Doedd dim golwg o'r caban pren. Roedd hwnnw draw tua'r chwith, siŵr o fod, y tu hwnt i gyrraedd y camera.

Darllenodd Lara'r neges eto. Doedd hi ddim yn siŵr ynglŷn â'r 'teimlo'n od'. Gallai teimlo'n od fod yn beth annymunol. Teimlo'n dost. Teimlo'n annifyr. Teimlo'n euog. Ond teimlo'n hiraethus hefyd, o bosibl. Daeth i'r casgliad mai dyna oedd ystyr y teimlad hwnnw. Hiraeth. Fel arall, pam fyddai Gruff wedi tynnu sylw ato? Cof hiraethus, felly. Dyheu am y dyddiau a fu. Dim ond bod dynion yn ei chael hi'n anodd dweud pethau o'r fath. Ac roedd hwn yn fwy o ddweud nag yr oedd hi wedi'i ddisgwyl. Nid yr 'od' oedd yn bwysig, felly, ond y 'teimlo'. Yr awydd i rannu teimlad. Dyna oedd byrdwn y neges hon.

Trodd Lara ei sylw at y gair 'nhw'. Roedd hi wedi darllen y neges gyfan ddwywaith yn barod, ond gan ganolbwyntio ar ei diwedd, ar y 'f'yna', ac ar y llun wedyn, y traeth, yr eglwys a'r tonnau bach. Ond perthyn i'r gorffennol roedd y pethau hyn. Rhan o'r presennol oedd y 'nhw' dienw. Ac efallai nad oedd hynny o ryw bwys mawr. Roedd Gruff yn siarad amdanynt yn ei lais ffwrdd-â-hi. Pobl oedd yn *digwydd* bod yno oedd y rhain. Cyd-weithwyr, fwy na thebyg, pobl nad oedden nhw'n haeddu triniaeth fanylach. Ac eto, 'maen nhw'n gweud bo fi wedi colli pwysau'. Sut fydden nhw'n gwybod peth felly oni bai eu bod nhw wedi treulio wythnosau yn ei gwmni? Misoedd, efallai. Pam fyddai ganddyn nhw ddiddordeb? A pha hawl?

Cnodd Lara ei gwefusau. Doedd hi ddim yn fodlon bod Gruff yn siarad â hi yn ei lais smala, ffwrdd-â-hi, achos mater personol oedd colli pwysau. A dyna'r 'gwyllt' wedyn. 'Bywyd yn wyllt fan hyn.' Byddai'n bosibl dadlau, wrth gwrs, mai sôn am y gwaith yn unig roedd Gruff a bodloni ar hynny. Nid bod 'gwyllt' yn air arferol i'w ddefnyddio wrth drafod gwaith saer. Roedd e'n waith caled, yn sicr, gyda'r holl lifio a drilio a phlaenio. Gwaith dwys a manwl. Byddai modd dadlau nad at y gwaith fel y cyfryw roedd e'n cyfeirio, ond at yr amodau gwaith: y symud o fan i fan, er enghraifft. Fe ddwedodd gymaint â hynny yn ei neges. Gweithio fan hyn a fan draw. Methu setlo. Colli prydau bwyd. Colli pwysau o'r herwydd. Efallai mai dyna oedd ystyr y 'gwyllt'.

Ac eto, 'nhw'. Roedden 'nhw' gydag e trwy'r amser. A'r 'rhwng popeth' wedyn. Roedd bywyd yn wyllt 'rhwng popeth'. Byddai Lara wedi hoffi gwybod beth arall, heblaw'r gwaith a'r symud o fan i fan a'r colli pwysau a'r hiraethu am y traeth yn Sbaen, yr oedd y 'popeth' annelwig hwn yn ei gynnwys. A beth, o fewn y 'popeth' hwnnw, a allai fod mor wyllt?

Gwyllt. Nhw. Popeth.

Nhw. Popeth. Gwyllt.

Gwyllt. Gwyllt. Gwyllt.

Ond dyna lwcus oedd Gruff fod y traeth yna jyst lawr yr hewl. A phetai hi gydag e nawr, gallen nhw fynd yno, law yn llaw. Cerdded i lawr y rhipyn serth, yr un peth ag o'r blaen. Dim heno, wrth gwrs. Roedd hi'n llawer rhy hwyr i fynd i unman heno, hyd yn oed yn amser Sbaen. Ond fory. Ar ôl gwaith. Mynd i lawr yr hewl ac edrych yn ôl a gweld yr eglwys â'r tŵr gwyn a'r to teils coch a'r cwbl a dweud, 'Ie, Gruff. Wrth gwrs bo' fi'n cofio Santa Anna. Shwt allwn i beidio â chofio?' A gallen nhw eistedd ar y traeth a llogi un o'r parasols glas a gwyn, a gwylio'r tonnau bach. Gwylio'r pentir creigiog hefyd, i wneud iawn am ddiffygion y llun, am y ffaith bod hwnnw y tu hwnt i afael y camera, yr un peth â'r caban pren. A fydden nhw ddim yn teimlo'n od o gwbl, achos byddai popeth yn dod at ei gilydd unwaith yn rhagor. Fe a hi. Y traeth. A dechrau o'r newydd.

Trodd Lara'n ôl at y gair 'od' a phenderfynu, wedi'r cwbl, mai hwnnw oedd y gair gwaethaf, yn waeth, hyd yn oed, na'r 'gwyllt'. 'Teimlo'n od bod nôl f'yna eto.' Fel petai Gruff wedi bwyta rhywbeth oedd ddim yn cyd-fynd ag e. Mynd yn ôl i'r man cychwyn a theimlo'n od am fod rhywbeth yn bod ar y pysgod yn y *paella*, am ei fod e wedi yfed gormod o *sangria*.

Na, Gruff bach, doedd hwnna ddim digon da. Ddim hanner digon da.

61 Sol

Aeth tri diwrnod heibio. Cafodd y sgaffaldau eu gosod ar gyfer y gwaith ar flaen y tŷ. Ar y pedwerydd diwrnod cyrhaeddodd y ffenestri. Rhoddwyd y rhain yn yr ardd: y fframiau'n pwyso yn erbyn wal allanol y gegin, y cwareli'r ochr arall mewn blychau pwrpasol. Yn y prynhawn daeth Owen, mab Howard drws nesaf, i helpu Sol i dynnu allan yr hen ffenest o'r stafell ganol. Doedd Sol ddim yn gwbl fodlon ar y trefniant hwn. Roedd Owen yn rhy hoff o ofyn cwestiynau am ei hanes yn Dubai a'r drefn wleidyddol yno a materion eraill na wyddai Sol sut i'w hateb. Roedd e hefyd yn gwbl ddibrofiad: crwt o'r coleg, a chanddo freichiau merch. Ond roedd angen labrwr ar Sol ar gyfer y gwaith trwm. Ar ben hynny, Howard ei hun oedd wedi gofyn i Lara ar ran ei fab a doedd Sol ddim am gythruddo cymydog ei gyflogwr. Ac roedd Howard, meddai Lara, yn ddigon hapus bod y cyfan yn cael ei wneud 'ar y QT'. Roedd hi wedi tynnu arian o'r banc at y diben hwnnw, meddai, a gallai ei dalu'n uniongyrchol, petai hynny'n gwneud bywyd yn haws.

Ac efallai nad oedd gan Sol reswm dros boeni am ei labrwr newydd. Pan aeth Owen adref gyda'r hwyr, ar ôl helpu i osod y ffenest newydd yn y stafell ganol, a siarad â'i fam a'i dad am ei ddiwrnod cyntaf o waith, dewisodd ei eiriau'n ofalus wrth sôn am y dyn surbwch y bu'n gweithio gydag ef. Dichon iddo ddod i'r casgliad eisoes mai dyna sut roedd dynion o'r fath, dynion a weithiai â'u dwylo. Brics a phren a *sealant* âi â bryd pobl felly, nid geiriau. Ac ni fynnai dynnu sylw at ei anesmwythyd wrth ochr gweithiwr cyffredin. Efallai iddo droi ychydig yn surbwch ei hun, i brofi i'w rieni ei fod yn deilwng o'i statws newydd.

Gweithiodd Sol yn hwyr y prynhawn hwnnw er mwyn gosod y cwareli yn ffenest y stafell ganol. Clywai Lara'n cerdded yn ôl ac ymlaen rhwng y gegin, lle roedd hi'n paratoi te, a'r stafell ffrynt, lle roedd hi a'i mam yn cynnal dadl ysbeidiol na allai Sol mo'i chlywed yn iawn am fod y ddwy fenyw yn hisian siarad â'i gilydd. Am hanner awr wedi saith daeth Lara i ddweud wrtho bod te yn barod. Ymddiheurodd ei fod mor hwyr. Yna aeth at y ffenest a dweud ei bod hi'n gallu teimlo'r gwahaniaeth yn barod, bod y stafell gymaint yn dwymach, ac mor falch oedd hi, ac mor ddiolchgar. 'Diolch i ti, Sam. Alla i ddim gweud …'

'Dim probs,' meddai Sol. 'Neud 'ngore, 'na i gyd.'

'Ond mae cael dyn …' Rhoddodd law ar ei fraich, a'i gwasgu'n ysgafn. 'Mae cael dyn fi'n gallu'i drysto …'

A gwnaeth yntau'r un peth. Neu, a bod yn fanwl, nid ar ei braich y rhoddodd Sol ei law ond, yn hytrach, ar lawes ei chardigan. Ac nid rhoi, chwaith, ond ei tharo'n ysgafn â'i fysedd. Trwy wneud hynny roedd Sol am gydnabod ystum Lara mewn ffordd gyfeillgar, ond heb fod yn feiddgar nac awgrymog. Roedd llaw dyn yn cario llawer mwy o bwysau yn y cyfeiriad hwnnw na llaw menyw ac roedd angen bod yn garcus. Blaenau bysedd ar y llawes, felly. Yn ysgafn. Dim ond am eiliad.

Does dim dwywaith na fyddai Lara, o gael paratoi ar gyfer y funud hon, wedi dymuno gwisgo dilledyn amgenach, un mwy teilwng o fysedd Sol a'u hymweliad annisgwyl cyntaf â'i chorff. Roedd yr hen gardigan las, yn ei thyb hi, wedi mynd braidd yn ddi-siâp o gwmpas y canol. Di-raen oedd y llewys hefyd, yn enwedig wrth y garddyrnau. Ac efallai mai dyna pam y tynnodd ei llaw i ffwrdd a throi am y drws a dweud, unwaith yn rhagor, ac mewn llais didaro a hytrach yn ffurfiol, bod te yn barod ar y bwrdd.

Fore trannoeth, tynnodd Sol ac Owen yr hen ffenestri o'r ddwy stafell wely ym mlaen y tŷ. Yn y prynhawn, aethant ati i osod y rhai newydd. Erbyn hynny, roedd Sol wedi cael benthyg y radio bach o'r gegin ac roedd seiniau Classic Gold yn ddigon i leddfu'r diffyg geiriau rhwng y ddau. Ni siaradodd â Lara tan amser swper. Ac roedd hynny'n beth anghyffredin. Fel arfer, pan nad oedd hi'n gweithio, byddai Lara'n taro heibio bob rhyw awr i ofyn sut roedd y gweithwyr yn dod ymlaen, i weld a oedd eisiau te arnynt, ac weithiau i gynnig rhyw ddanteithion roedd hi wedi'u prynu yn y siop fara. Fflapjac, efallai. Gwyddai fod Sol yn hoff o fflapjacs. Pwdin bara hefyd. Ni chafodd Sol ddim danteithion heddiw, ac Owen wnaeth y te, fore a phrynhawn. Ac eto, doedd Sol ddim yn priodoli ystyr arbennig i'r pethau hyn. Roedd Lara'n brysur yn yr ardd: gallai ei gweld hi yno bob tro yr âi i nôl dŵr o'r gegin. Ac ar ôl trin y planhigion aeth i drin traed ei mam, a gorfod gwneud hynny'n gynnar, cyn mynd i'r gwaith. Rhwng popeth, felly, doedd dim syndod eu bod nhw wedi treulio cyn lleied o amser yng nghwmni'i gilydd y diwrnod arbennig hwnnw.

Ar ôl i Lara ymadael am yr ysbyty, aeth Sol i'r stafell ffrynt i gymryd mesuriadau. Roedd Carys ar ganol ei gwydraid cyntaf o win ac yn yr hwyl i gael sgwrs. Holodd am y gwaith roedd Sol newydd ei gwblhau yn y stafelloedd gwely. Tynnodd sgwrs am y tywydd, am newyddion y dydd, a hyd yn oed am y bêl-droed, a oedd yn cael cymaint o sylw'r dyddiau hyn. Gofynnodd i Sol a oedd e'n dilyn y rygbi hefyd, a dal y papur newydd i fyny, oherwydd dyna'r dudalen roedd hi'n ei darllen ar y pryd. Ysgydwodd Sol ei ben. 'Y'ch chi'n siŵr?' meddai Carys. 'Achos mae breichiau prop 'da chi.'

'Breichiau gwaith,' meddai Sol. ''Na beth yw'r rhain. Breichiau gwaith.'

Gadawodd Carys gyda'i gwydraid o win a'i theledu a mynd at y cyfrifiadur. Ac wrth ddarllen neges Lara at Gruff, fe glywodd ei llais, yn fwrlwm i gyd erbyn hyn, fel petai'n ceisio gwneud iawn am ei mudandod trwy'r dydd.

> Hiya, Gruff. Diolch am y llun. Mae hi bownd o fod yn boeth f'yna, amser hyn o'r flwyddyn. Rhy boeth i weithio, weden i! Mae'n ddigon twym fan hyn hefyd, ar y funud. Wedi hala trwy'r dydd yn yr ardd. Well 'da fi'r ardd na'r traeth, fel ti'n gwbod. Mae Sam yn dod i ben â'r gwaith. Tair rŵm wedi'u gwneud. Tair ar ôl. Mae'n cadw'r lle yn lân hefyd, yn hwfro bob nos ar ôl cwpla. Dim lle i gwyno. Wedi dod yn eitha ffrindie erbyn hyn. Mae e'n cofio atat ti.

Gollyngdod i Sol, i ddechrau, oedd canfod nad oedd yma yr un cyfeiriad at Santa Anna, na'i heglwys na'i thraeth. Do, fe soniodd Lara am 'y traeth' ond traethau'n gyffredinol oedd mewn golwg ganddi, nid traeth penodol. Roedd Sol wedi cael hyd i saith Santa Anna ar y we a doedd ganddo ddim rheswm dros ddewis un o flaen y lleill. Efallai, trwy lwc, iddo ddewis yn gywir. Ond os dewisodd yn anghywir, doedd Lara ddim wedi sylwi. Efallai nad oedd cymaint â hynny o wahaniaeth rhwng un Santa Anna a'r llall, yn enwedig ar ôl cymaint o amser, a'r cof yn pylu.

Ond o ddarllen y neges yr eilwaith a sylweddoli nad oedd Lara wedi manteisio ar y cyfle i hel ei hatgofion hithau, synhwyrodd fod rhywbeth o'i le. Wrth darllen y neges am y trydydd tro, fe glywodd nodyn bach o gerydd yn y ffordd roedd hi'n cymharu'r ardd a'r traeth, yn union fel pe na bai'n dymuno cofio eu gwyliau rhamantus draw yn Sbaen, ac yn ddigon hapus aros gartref, yn ei gardd ei hun, yn gwylio'r *odd-job man* wrth ei waith. Ac eto, yn y frawddeg glo. Dim cofion oddi wrth Lara: dim ond Sam a ddymunai'n dda iddo. A dim cusan chwaith.

Yn y funud honno, pan drodd ei ollyngdod yn ddryswch, a'i ddryswch yn flinder, hiraethodd Sol am Carol. Byddai Carol wedi deall mai bai Daz oedd y cawlach gyda'r arian a phetai hwnnw wedi cadw at ei air byddai popeth arall wedi dod i drefn, a phawb yn cael ei siâr. Efallai, wedyn, ymhen amser, byddai hi'n dod i dderbyn mai dyna laddodd y babi. Daz yn torri'i addewid. Un peth ar ôl y llall, felly, a'r llaw ar y babi y peth olaf un. Y peth gwaethaf hefyd, yn sicr, ond rhaid cofio na fyddai'r peth gwaethaf hwnnw wedi digwydd oni bai am bopeth arall, y pethau llai pwysig, un ar ôl y llall, fel y bydd mwd yn dilyn y glaw, a'r glaw oedd yn haeddu'r bai, nid y mwd ei hun.

A phetai Sol ond yn gallu dweud wrthi nawr, y funud hon, cyn iddi fynd yn rhy hwyr, byddai'r dod i ddeall yn dechrau ar unwaith a byddai'r dryswch yma, a'r blinder, a'r diflastod i gyd yn dechrau dod i ben.

62 Lara

Cash
Lentils
Cennin
Garlleg
Olive oil
Stock cubes
Caws

Agorodd Lara ddrysau ei wardrob. Edrychodd ar y crys a brynodd saith wythnos ynghynt. Edmygodd ei liw cynnes. Rhwbiodd y defnydd rhwng bys a bawd a mwynhau ei newydd-deb. Gwnaeth lun yn ei meddwl o Gruff yn ei wisgo: ei freichiau wedi'u croesi a'i wên yn dweud diolch wrthi am y rhodd, am ei charedigrwydd. Roedd y coler ar agor, am ei bod hi'n dwym yno yn Sbaen ac am mai dyna sut y byddai Gruff, yn y llun yn y meddwl, bob amser yn dewis ei wisgo. Crys gwyliau oedd hwn, wedi'r cyfan, nid crys gwaith. A doedd dim ots ei fod e, o bosibl, ychydig yn rhy fawr. Roedd rhy fawr yn well na rhy fach.

Tynnodd y crys i lawr o'i hanger ac edrych ar y labed. Gwelodd y geiriau 'Large' a 'Ralph Lauren' a 'Made in China'. Chwaraeodd â'r syniad nad oedd 'Large' efallai mor fawr yng Tsieina ag yr oedd yng Nghymru. Dynion bach oedd yn byw yn Tsieina. Rhaid bod eu dillad nhw'n fach hefyd. Ac eto, doedd Ralph Lauren ddim yn swnio fel dyn o Tsieina. Daliodd y crys o'i blaen. Lledodd y breichiau. Ac am eiliad yr oedd yn union fel petai Lara a'r crys am ddawnsio gyda'i gilydd.

Cofiodd wedyn. Os oedd e braidd yn fawr o'r blaen, oni fyddai'n fwy byth erbyn hyn, ar ôl i Gruff golli pwysau? Rhoddodd Lara'r crys yn ôl ar ei hanger ac ystyried y berthynas rhwng maint dyn a'i bwysau. Doedden nhw ddim yr un peth, roedd cymaint â hynny'n amlwg. Yr ysgwyddau, er enghraifft: siawns nad oedd ysgwyddau dyn yn para'r un mor llydan, ni waeth beth oedd ei bwysau. Byddai'r breichiau'r un hyd hefyd, boed dew neu denau. A doedd dim angen becso am y gwddwg. Fyddai'r botwm hwnnw byth yn cael ei gau, ddim yn y gwres 'na i gyd. Y bola oedd y broblem. Neu'r diffyg bola. Doedd neb eisiau gwisgo crys oedd yn fflapan o'i flaen fel sach wag, fel bod *rhaid* i chi groesi'ch breichiau wedyn, i gael peidio ag edrych yn ddwl.

Gorweddodd Lara ar ei gwely a thynnu'r crys drosti. Trodd ar ei hochr. Caeodd ei llygaid. Ac yn y llun yn ei meddwl, fe dynnodd ei bysedd ar hyd bola Gruff unwaith eto a theimlo'r cyhyrau'n tynhau. Eu tynnu nhw yn ôl ac ymlaen, ar hyd llyfnder y croen, trwy'r blew. Teimlodd y cyhyrau'n llacio wedyn. Tynhau a llacio. Gwnaeth gylchoedd bach ar ei groen nes iddo chwerthin. Gadawodd y llaw i orwedd yno am sbel. Trodd y chwerthin yn chwyrnu, chwyrnu bach trwynol, a hynny'n dod â gwên i'w hwyneb. Gorweddodd ar ei hochr ac edrych, yn y llun yn y meddwl, ar y gwefusau llonydd, y graith fach uwchben y llygad dde nad oedd hi wedi sylwi arni o'r blaen. Byddai'n rhaid holi am honno. Ond dim eto. Wedyn. Ar ôl iddynt godi. A doedd dim brys i godi. Gorwedd ar ei hochr, heb feddwl am ddim, heblaw'r gorwedd ei hun. A hynny cystal â'r gwthio cynt. Na, erbyn meddwl, yn well. Yn llawer gwell. Gorwedd heb ddim gofid yn agos iddi. Ei llaw ar ei fola. Y bola'n ymlacio. Gruff. Y graith fach ar ei dalcen.

Ac roedd y crys mor ysgafn, mor annioddefol o ysgafn.

Cododd Lara ac edrych trwy'r dillad yn y wardrob. Tri chrys arall, a'r rheiny hefyd yn 'Large'. Y siaced las tywyll Hugo Boss yr oedd hi wedi'i phrynu am fod Gruff yn arfer gwisgo un debyg iddi. A'r trwseri wedyn, dau ohonynt, a dyn a ŵyr a fyddai'r rheiny'n ei ffitio erbyn hyn, achos dyna lle roedd y colli pwysau i'w weld fwyaf, o gwmpas y canol, a doedd hi'n dda i ddim byd prynu trwser 38" i ddyn 34".

O gael dewis, byddai Lara wedi mynd â'r dillad yn ôl a'u newid am rai llai o faint. Ond doedd hynny ddim yn bosibl. Er bod y derbynebau yn y pocedi o hyd, roedd pob un yn ddi-werth. Roedd hyd yn oed y crys 'ryst', y dilledyn ifancaf o'r cyfan, wedi mynd ymhell y tu hwnt i'r 28 diwrnod a ganiateid ar gyfer cyfnewid dillad di-nam. Rhyfeddai Lara wedyn o ddarganfod bod mwy na thair blynedd ers iddi brynu'r siaced Hugo Boss. Nid edrychodd ar dderbynebau'r trwseri. Caeodd ddrysau'r wardrob. Byddai'n rhaid dechrau o'r dechrau.

63 Dyddlyfr Haval Reis

20 Mehefin
3.30 pm
Lara Wyn
Seithfed sesiwn

Cyrhaeddodd LW yn gynnar a dweud bod rhaid iddi ymadael am bump ar ei ben. Edrychai ar ei watsh yn gyson trwy gydol y sesiwn.

Dangosodd i mi'r llyfr nodiadau bach a gadwai yn ei phoced yn yr ysbyty er mwyn cofnodi ei chwerthiniadau yno, am fod hwnnw'n fwy hwylus i'w gario na'r *exercise book*. Er syndod iddi, meddai, cafodd ei bod hi'n chwerthin yn amlach yn yr ysbyty nag yn ei chartref, a byddai'r chwerthin yno'n para'n hirach hefyd, am ei bod hi'n ei rannu gydag eraill. Ofnai, serch hynny, nad oedd y chwerthin hwn yn gwbl ddilys bob tro, ac yn enwedig y chwerthin-gyda-chleifion, gan ei bod hi'n canolbwyntio ar gynnig cysur iddynt yn hytrach nag ar ddoniolwch yr hyn a ddywedwyd neu a wnaethpwyd. Ond os nad oedd y chwerthin mor ddilys, meddai, yr oedd eto'n llai tebygol o 'gael ei ddwyno' (gair LW) gan feddyliau annymunol, am fod peth annymunol o'i blaen hi'n barod, yn y fan a'r lle, sef yr anaf, neu'r salwch, a hwnnw weithiau'n salwch difrifol iawn, salwch angheuol o bosibl, a diben y chwerthin oedd cadw'r peth annymunol hwnnw hyd braich am sbel.

Am bump o'r gloch tynnais sylw LW at yr amser. Cododd, ar dipyn o frys, a pharatoi i fynd, ond cyn agor y drws dwedodd fod un peth arall ar ei meddwl ac efallai fod hynny hefyd wedi amharu ar ei hwyliau ('rhoi sbocen yn y whil'), sef bod hen gymar iddi wedi cysylltu'n ddiweddar a mynegi dymuniad i'w gweld, gydag awgrym cryf (meddai LW) ei fod am atgyfodi'r berthynas ac yn bur edifar ei fod wedi cefnu arni yn y lle cyntaf. 'Anodd,' meddwn innau, a chynnig ein bod ni'n trafod hyn y tro nesaf. Cytunodd, gan ychwanegu bod ganddi amheuon dwys iawn ynglŷn ag ailgydio yn y berthynas honno, ar ôl yr hyn a ddigwyddodd y tro diwethaf. A pheth anodd fyddai dweud wrth ei chymar presennol, yn enwedig am fod y berthynas yn gymharol newydd, ac yntau wedi'i glwyfo o'r blaen. (Colli'i rieni'n ifanc mewn damwain car.)

[DS A fydden ni ar ein hennill o osod agenda bras? Amserlen? Nodi blaenoriaethau, o leiaf? Anodd heb orymyrryd.]

64 Sol a Gruff a Carol

Annwyl Carol Gibbs

Yn gyntaf mae'n rhaid i fi ddweud pa mor drist oeddwn i i glywed am eich colled. Ces inne brofiad tebyg pan golles i fy mrawd bach, Aaron. Pump oed oedd e. Ddim yr un peth wrth gwrs ond dwi'n credu bod gen i syniad o beth rydych chi'n mynd drwyddo ar y funud. Blynydde nôl oedd hynny ond dwi'n gweld eisiau fe o hyd.

Ond y rheswm dwi'n sgrifennu atoch chi nawr yw achos bo fi'n digwydd nabod Sol ac mae e wedi gofyn i fi anfon neges atoch chi ar ei ran achos mae e'n ffaelu gwneud hynny ei hunan ar y funud. Eisiau dweud mae e bod y stori yn y papur yn gelwydd a taw dim ei fai e oedd beth ddigwyddodd. Bydd e'n dweud y cwbwl wrtho chi pan geith e gyfle ond mae e wedi gorffod mynd bant am sbel achos doedd e ddim yn saff le oedd e a doedd dim dewis. Mae'n saff nawr. Mae e moyn i chi wybod hynny.

Gruffydd yw fy enw i a dwi'n ffrindie da Sol ers pan oedden ni'n gweithio da'n gilydd. Bydda i'n ysgrifennu eto cyn hir. Bydda i'n hapus i baso neges ymlaen i Sol os ydych chi eisiau anfon un.

Gyda cydymdeimlad mawr
Gruffydd V. Wilkes

Darllenodd Sol trwy'r neges. Swniai'n blentynnaidd. Yn simpil. Ac roedd hynny'n iawn. Llais Gruff oedd hwn i fod a doedd gan Carol yr un llefeleth am y llais hwnnw. Gwasgodd 'Send'. Teimlai'n well ar unwaith o wybod y byddai Carol, yn y man, yn dechrau deall beth ddigwyddodd. Efallai ei bod hi'n darllen y neges nawr, y funud hon. Byddai ateb yn dod wedyn. Ac roedd rhan ohono'n ddiolchgar i Gruff am wneud hynny'n bosibl.

Cododd Sol o'i gadair a mynd at y ffenest. Gydag ewin ei fawd, crafodd delpyn bach o *sealant* oddi ar y gwydr. Cydiodd mewn clwtyn a glanhau ôl ei fawd. Gwelodd ragor o staeniau a'u glanhau hwythau. Ac fe wnaeth hyn i gyd er mwyn ei atgoffa'i hun mai Sam oedd yn gyfrifol am y gwaith hwn ac mai Sam a fyddai'n ailafael ynddo yn y bore. Nid Sol. Nid Gruff. Sam. Byddai Gruff yn galw heibio'n nes ymlaen, efallai, ar ôl i Lara fynd i weithio'r shifft hwyr. Ac roedd hynny'n iawn. Gallai Gruff eistedd yno, wrth y cyfrifiadur, a sgrifennu'i negeseuon fel y mynnai, oherwydd un lle oedd hwnnw, a lle bach cyfyng hefyd, sgwaryn bach o olau, a neb yn becso a neb yn ymyrryd. Gruff. Y dyn a'i galwai'i hun yn Gruff.

Gruff wrth ei gyfrifiadur.

Sam wrth ei ffenest.

A Sol? Ble roedd Sol wedi mynd? Doedd Sol ddim yno. Roedd Sol wedi diflannu. Doedd dim o'i ôl yn y paent na'r *sealant* na'r cyfrifiadur nac un man arall.

65 Lara

Stampiau
Papur lapio
Sellotape
Post-its

Arafodd amser y penwythnos hwnnw.

Ddydd Gwener, ar y shifft hwyr, bu Lara'n helpu i drin merch bymtheng mlwydd oed a gafodd ddamwain ar ei beic a rhwygo'i pherfeddyn bach. Bu farw chwe awr yn ddiweddarach am nad oedd hi na'i rhieni wedi deall difrifoldeb ei chyflwr. Roedd hi wedi cwyno am boen yn ei bola. Roedd y tad wedi'i chystwyo am ddifetha'i thrwser newydd. Erbyn iddi dderbyn llawdriniaeth roedd yn rhy hwyr. Roedd Lara'n eistedd gyda'r rhieni pan eglurodd y meddyg ystyr y gair 'sepsis' wrthynt. Llefodd y fam. 'Sepsis,' dwedodd y tad. Roedd wedi colli ei ferch. Cafodd air yn ei lle. 'Sepsis,' meddai eto. Y gair gafodd y bai.

A dyna'r peth cyntaf a arafodd amser y penwythnos hwnnw.

Doedd Lara ddim yn gweithio ddydd Sadwrn a fyddai hi ddim yn gweithio eto tan brynhawn dydd Llun. Yn syth ar ôl brecwast aeth â'i mam i'r dre i dorri'i gwallt. Tra roedd hithau'n cynghori'r ferch ynglŷn â'r *highlights* oedd hi wedi'u dewis, aeth Lara i'r siopau a swyddfa'r post. Yna, wrth gerdded yn ôl, fe'i cafodd ei hun yn sefyll o flaen Edwards Interiors. Doedd hi ddim wedi bwriadu mynd i'r siop honno heddiw: neu, o leiaf, doedd dim byd ar ei rhestr a awgrymai fod angen iddi wneud hynny. Yn sicr, doedd hi ddim am wynebu Terwyn eto, a gorfod ymddiheuro am ei byrbwylledd y tro diwethaf. Edrychodd ar y nwyddau yn y ffenest: y Clay Babies a'r QuicKutz Kit, fel o'r blaen, a hefyd, erbyn hyn, nifer o eitemau newydd, gan gynnwys y Vintage Collection Rose Curtain Hooks. Penderfynodd na fyddai'r rhain yn gydnaws â'r ffenestri newydd. Gwelodd Darren wrth y cownter, yn gweini ar gwsmer. Doedd dim golwg o Terwyn.

Edrychodd Lara ar ei watsh. Safodd yno am funud arall. Cyfarchodd gymydog a oedd yn digwydd cerdded heibio. Edrychodd i fyny'r stryd, ar y siopwyr, ar y ceir, ar y lorri sbwriel, yn union fel petai hi'n meddwl, 'Wel, tybed beth galla i'i wneud â'r amser gwag, dibwrpas hwn?' Dim ond wedyn, ac yn annisgwyl iddi hi ei hun, y penderfynodd daro i mewn am funud neu ddwy, i ladd yr amser di-fudd hwnnw.

Aeth Lara'n syth i ben pellaf y siop a chwilio ymhlith yr offer cegin. Cododd set o bedwar cwpan wy a mynd â nhw at y cownter. Doedd dim angen cwpanau wy arni, ond roedd hi'n hoffi'r pren: pren onnen, yr un peth â'r bowlen salad gartref. Wrth dynnu'i cherdyn o'i phwrs, dwedodd wrth Darren fod y *plate racks* wedi cael eu gosod yn y gegin erbyn hyn, a'r silffoedd hefyd, a'i bod hi wedi cael dyn arall i mewn i'w wneud e yn lle Gruff. Dwedodd Darren ei fod e'n falch o glywed hynny. Wrth roi'r cwpanau wy yn ei bag siopa, ychwanegodd Lara nad oedd eisiau becso am Gruff ddim mwy chwaith, na ble roedd e'n byw, na sut i gysylltu ag e, achos roedd hi wedi derbyn neges ganddo, a byddai hi'n ddiolchgar iawn i Darren petai'n rhoi gwybod i Terwyn.

Wrth ei phwysau wedyn, rhoddodd Lara'r dderbynneb yn ei phwrs, a throi am y drws, a sefyll yno am ychydig, gan astudio'r *mobiles*, yn enwedig y cocatîl oedd wedi tynnu'i sylw ar ei hymweliad blaenorol, a chan obeithio y byddai Darren – hyd yn oed Darren, y dyn ifanc, dibwys a di-glem hwnnw – yn dweud 'O? Ble …?' Neu 'Shwt mae e, 'te?' Fel y gallai Lara ddweud wrth rywun bod Gruff yn fyw ac yn iach a'u bod nhw'n anfon negeseuon at ei gilydd a'i bod hi wedi cael llun ganddo hefyd, llun o'r lle roedd e'n byw nawr, draw yn Sbaen.

Ond wnaeth e ddim.

Pan ddychwelodd i'r siop trin gwallt bu'n rhaid i Lara eistedd yno am ugain munud. Porodd trwy hen gylchgronau. Astudiodd y cwpanau wy diangen. Gwrandawodd ar ei mam yn dweud wrth y ferch oedd yn rhoi *highlights* iddi am gyflwr ei thraed. Ac ni allai Lara ddweud dim oherwydd doedd ganddi mo'r hawl, ddim fan hyn, ar dir estron.

A dyna'r ail beth a arafodd amser y penwythnos hwnnw.

Byddai Lara efallai wedi dewis mynd i'r ganolfan arddio wedyn, petai hi ar ei phen ei hun, ond roedd ei mam wedi blino 'ar ôl gwrando ar y groten 'na'n lapan trwy'r bore'.

Yn bwysicach na hynny – er na chyfaddefodd hyn wrth ei merch – roedd Carys yn gofidio bod ei *highlights* newydd yn rhy dywyll, bod ei gwallt yn rhy fyr a bod ei hwyneb, o'r herwydd, yn ymddangos yn annaturiol o fawr a chrwn, a doedd hi ddim am i neb ei gweld hi yn y fath gyflwr. Aethant adref, felly. Cawsant frechdanau caws a *chutney* i ginio. Yna cwympodd Carys i gysgu yn ei chadair freichiau ac aeth Lara i'r ardd i wneud ychydig o chwynnu. Pan ddechreuodd friwlan dychwelodd i'r tŷ a darllen y papur. Dewisodd eistedd yn y gegin er mwyn rhoi llonydd i'w mam; ond roedd hi'n gwybod hefyd y byddai Sam yn gorfod dod i lawr yn hwyr neu'n hwyrach ar ryw berwyl neu'i gilydd – er mwyn cael dŵr, i wneud tamaid i'w fwyta, i holi ei barn – a dymunai fod yno pan ddigwyddai hynny. Roedd Sam yn gweithio ar y ffenest olaf lan lofft, ffenest ei stafell wely hi ei hun. Y stafell ffrynt yn unig oedd ar ôl a byddai'r cwbl ar ben. Ond heddiw, er mai ei thŷ hi oedd hwn, ac er mai yn ei stafell hi roedd Sam wrth ei waith, ac am reswm nad oedd eto'n gwbl eglur iddi, ni fentrai fynd ato, yn ôl ei harfer, a gofyn 'Shwt mae'n mynd, Sam? Barod am ddishgled arall eto?' Y tro hwn, byddai'n rhaid i Sam ddod ati hi.

Eisteddodd Lara yn y gegin am awr a hanner, yn disgwyl. Cymhennodd y platiau yn y cwpwrdd. Glanhaodd olion saim oddi ar ochr y ffwrn. Gwrandawodd ar Sol yn gweithio uwchben, ychydig o daro i ddechrau, yna dim ond rhyw fân synau achlysurol wrth iddo roi cychwyn ar y paentio: sŵn traed yr ysgol yn crafu'r llawr, yna sŵn traed Sol ei hun, wrth iddo wneud ei gylchdaith araf o gwmpas fframyn y ffenest.

Rhyw hanner ffordd trwy'r egwyl honno agorodd Lara'r ffenest er mwyn newid yr aer. Gwyntodd aroglau bwyd yn coginio. Barnai, i ddechrau, mai o'r tŷ drws nesaf y deuai'r aroglau hyn. Ac eto, onid oedd awgrym o gyrri ynddynt? A doedd Howard, os cofiai'n iawn, ddim yn hoff o fwydydd poeth. Ceisiodd Lara benderfynu wedyn beth oedd tarddiad mwyaf tebygol yr aroglau, o ystyried bod y gwynt, hyd y gallai weld wrth edrych ar frig y goeden ym mhen draw'r ardd, yn chwythu o'r de. Treuliodd chwarter awr yn ystyried y cwestiwn hwnnw a dod i'r casgliad mai'r teulu'r ochr draw oedd yn gyfrifol oherwydd, erbyn hyn, gallai glywed y plant yn rhedeg yn ôl ac ymlaen rhwng eu tŷ a'r ardd ac ystyr hynny oedd bod drws y gegin ar agor a'r aroglau'n cael crwydro fel y mynnent.

Aros yn y gegin am awr a hanner. Dyna'r trydydd peth a arafodd amser y penwythnos hwnnw.

Am saith o'r gloch daeth Mel a Bethan heibio, yn unol â'r trefniant, i fynd i'r sinema i weld *The King's Speech*. Aethant i'r stafell ffrynt, dim ond i ddweud 'Helô' wrth Carys, gan ychwanegu wedyn, o sylwi ar ei gwallt, mor ffasiynol yr oedd hi'n edrych, a'i holi am bwy a'i gwnaeth, a ble, ac awgrymu efallai y byddent hwythau'n anelu am yr un man a'r un ferch, a hynny'n ddi-oed, er mwyn cadw lan 'da'r ffasiwn. Cawsant olwg ar y ffenestri newydd a chanmol Lara am ddewis pren yn hytrach na'r hen uPVC, ac edmygu lliw chwaethus y fframiau'r tu allan.

'Powder blue?'

'Florence blue, rwy'n credu.'

Roedden nhw yn ôl yn y pasej, ac ar fin ymadael, pan

agorodd drws y ffrynt a cherddodd Sol i mewn. Ac roedd yn anodd i Lara wasgu i'r cyfarfyddiad byr hwnnw y cyfan yr oedd hi wedi'i baratoi, er mwyn darparu cyflwyniad teilwng ac ystyriol. Fe'i cafodd ei hun yn ffwndro wrth ddweud ei enw, a chochi wedyn wrth sylweddoli bod dyn a adawai'i hun i mewn i dŷ menyw am chwarter wedi saith ar nos Sadwrn ymhell o fod yn *odd job man* cyffredin. Yna, ar ôl y 'Shw mae' mwyaf cwta, aeth Sol am y grisiau. A bron na fyddai rhywun yn taeru ei fod yn ceisio cuddio'i wyneb rhag i'r llond tŷ o fenywod cellweirus weld ei gochni yntau. Rhwng un peth a'r llall, roedd Bethan a Mel, wrth yrru i'r dre, yn ddigon pendant eu barn, ar sail yr ychydig a welsant, fod Sam yn coleddu teimladau rhamantus tuag ati. Ac os cochodd Lara eto, doedd dim gwahaniaeth ganddi. Doedden nhw ond yn cadarnhau'r hyn a dybiai yn barod.

Ar ôl gwylio'r ffilm, aeth y tair am ddiod yn y tafarn agosaf. Bu Mel a Bethan yn frwd eu gwerthfawrogiad o berfformiad Colin Firth, gan symud ymlaen i drafod rhai agweddau meddygol ar y stori. Ni chyfrannodd Lara at y sgwrs. Ni wyddai a hoffai *The King's Speech* ai peidio. Ni chofiai enw'r therapydd. Yn wir, prin y gallai wahaniaethu rhwng y cymeriadau oherwydd, trwy gydol y ddwy awr a gymerodd i wylio'r ffilm, bu'n ei phoenydio'i hun gyda chwestiwn nad oedd hi wedi'i ragweld ac na allai ei ateb. Gruff neu Sam? Sam neu Gruff? Roedd rhaid dewis. A byddai hynny'n anodd. Byddai dewis Sam yn gwneud y fath ddolur i Gruff a doedd Lara ddim yn siŵr a oedd yn rhan o'i natur i fod mor greulon. Ar y llaw arall, ac o geisio edrych ar y mater yn fwy gwrthrychol, onid dyna'r pris yr

oedd yn rhaid i ddyn ei dalu am fod mor … Am fod mor …
Treuliodd Lara ddeng munud arall o'r ffilm yn chwilio am
y gair priodol i ddisgrifio ymddygiad Gruff, o'i fudandod
hir a llwyr hyd at ei barabledd dihidans presennol. Ond
daeth y ffilm i'w therfyn. Bloeddiodd y torfeydd eu
teyrngarwch i'r brenin. Llenwyd y sgrin â rheffyn hir o
enwau diystyr. Cododd pawb ar eu traed i fynd adref. A
doedd hi ddim tamaid callach. Yn y diwedd, ar ôl i Bethan
a Mel ymadael, ac ar ôl iddi roi'r gorau i chwilio am y gair
cywir, daeth y cwestiwn yn ei ôl. Gruff neu Sam? Sam neu
Gruff?

A dyna'r pedwerydd peth a arafodd amser y penwythnos
disylw hwnnw.

66 Dyddlyfr Haval Reis

27 Mehefin
3.30 pm
Lara Wyn
Wythfed sesiwn

Ymddiheurodd LW am fethu cadw dyddiadur chwerthin
am yr wythnos a aeth heibio. Bu'n rhy brysur, yn edrych ar
ôl ei mam, yn goruchwylio'r gwaith ar y tŷ. Bu'n ofnadwy o
brysur yn yr ysbyty hefyd, gyda damweiniau niferus, gan
gynnwys bachgen bach oedd wedi'i losgi mewn tân, a
doedd dim modd chwerthin yn wyneb y fath drychineb, na
chynnig yr un cysur arall, yn enwedig am mai staff yr ysbyty
a gafodd y bai gan ei mam am fethu ei achub. Ond, meddai,
roedd hi wedi ailgydio yn y dyddiadur bwyta, am fod modd

diweddaru hwnnw unwaith y dydd, ar amser cyfleus, sef, wrth fynd i'r gwely. Dangosodd y llyfr i mi. Roedd yn daclus iawn, a chofnod llawn ar bob tudalen o'r wythnos a aeth heibio. Roedd yn hyderus y gallai'i disgyblu'i hun y tro hwn, meddai, am ei bod hi wedi dechrau ar Dr David Katz's Flavour-Full Diet. Rhoddodd y geiriau hyn rhwng dyfynodau gyda'i bysedd a chwerthin. 'Mae e wedi cael sêl bendith y meddygon.' Cefnu ar hen arferion oedd yr her fwyaf, meddai, nid ymwrthod â bwyd fel y cyfryw. Rhaid ymorol am ei mam hefyd, a doedd dim disgwyl iddi hithau fynd ar ddeiet yn ei hoedran hi.

Roedd arna i awydd dweud wrthi: 'Lara, rydych chi'n bwyta eich tristwch. Dyw peidio â bwyta, neu fwyta pethau gwahanol, ddim yn mynd i gael gwared â'r tristwch. Bydd e yno o hyd, yn y cwpwrdd, yn y ffrij, yn disgwyl i chi agor y drws.' Ond rhaid iddi ddysgu hynny drosti hi ei hun. Gall geiriau fod mor ddi-werth â snacs canol nos ar gyfer mynd at graidd y mater.

Soniodd am fynd gyda'i ffrindiau i weld ffilm am atal dweud (George VI?). Doedd gan hwnnw ddim hyder chwaith, yn pallu credu y gallai lwyddo, etc. Teimlodd LW hyn i'r byw, meddai, am fod atal dweud ar ei chariad. Fe'i cywirodd ei hun ar unwaith a dweud 'cyn-gariad'. Ond bu saib hir wedyn a chryn dipyn o syllu ar ddwylo. Nid oeddwn i'n awyddus i roi pwysau arni. Tybiwn y byddai'n cyrchu'r nod yn gynt trwy ddilyn ei llwybr ei hun.

Holais: a ddwedodd wrth ei chymar newydd am ei chyn-gariad? Naddo. Ymddangosai'n anfoddog i enwi'r cymar hwn: soniai am 'y dyn newydd yn fy mywyd' a 'fy sboner newydd', a chwerthin am ben y gair hwnnw, neu ei sefyllfa, neu'r ffaith ei bod hi'n gwyntyllu'r dirgelion hyn o flaen dyn dieithr – anodd dweud pa un. Ond chwerthin dilys. (Arwyddion cyntaf llawenydd o'r tu mewn?)

Manteisiais ar yr ysgafnder i wneud ugain munud o ymarferion chwerthin. Gwnes belen bapur a'i thaflu i'r awyr a gweiddi 'Daliwch!' Gwnes dair pelen arall a'u taflu hwythau, un ar ôl y llall, ac yn ddigon cyflym fel nad oedd gobaith ganddi ddala pob un. Gofynnais iddi hithau wneud yr un peth. Y tro cyntaf bu'n rhaid i mi ei hatgoffa i'w taflu'n gyflym, ac egluro mai herio a drysu'n gilydd oedd diben y gêm. Roedd hynny'n anodd, meddai. Roedd hi am i mi eu dala nhw, meddai, a gwneud hynny'n haws, nid yn fwy anodd. Ond dyfal donc. Treuliwyd pum munud yn chwarae'r gêm hon, nes ein bod ni'n dau yn chwerthin gyda'n gilydd. (Calondid oedd clywed, o'r diwedd, chwerthin mor naturiol a heintus.)

[DS Roedd arna i awydd dweud, 'Mae'n gwneud lles i fod yn silly weithiau' ond ni allwn i feddwl am air Cymraeg am 'silly'. Wnaiff 'gwirion' mo'r tro. Na 'hurt'. 'Ysmala'?]

67 Lara a Gruff

Fore dydd Llun am wyth o'r gloch daeth y dynion i symud y sgaffaldau. Yna dechreuodd Sol ac Owen dynnu allan ffenestri'r stafell ffrynt. Clywid sŵn eu taro trwy'r tŷ. Wrth sychu'r cownter yn y gegin, roedd Lara'n siŵr y gallai deimlo dirgryniadau'r taro hwn yn y pren o dan ei bysedd. Eisteddai ei mam y tu ôl iddi: roedd Sol eisoes wedi mynd â'i chadair esmwyth yno, ynghyd â bwrdd bach ar gyfer ei the a'i sbectol a'i manion eraill. Ar y llawr wrth ei hochr safai'r radio, gyda'r estyniad hir yn mynd draw at y soced yn y wal, fel bod rhaid i'w merch ei hatgoffa bob hyn a hyn i beidio â baglu drosto wrth godi i wneud cwpanaid neu i fynd i'r tŷ bach. Gwyrodd Carys dros fraich ei chadair a throi'r sain i fyny.

'Mae sŵn i gael 'da nhw,' meddai, a nodio'i phen i gyfeiriad y stafell ffrynt.

'Maen nhw bwyti cwpla,' meddai Lara.

Gwyrodd Carys tuag at y radio a chlustfeinio'n ddyfal, nid am fod ganddi ddiddordeb yn y rhaglen, ond am ei bod hi wedi danto ar y sŵn a'r anhrefn ac yn dyheu am gael ei chartref yn ôl fel y bu. *Woman's Hour* oedd ymlaen. Dwy fenyw'n siarad am IVF.

'Diwrnod arall,' meddai Lara. A dwedodd hynny nid dim ond i gysuro'i mam ond, erbyn hyn, oherwydd ei bod hithau'n dechrau blino hefyd, yn enwedig ar ôl noson o droi a throsi, o godi i fynd i'r tŷ bach, o geisio dal, yng nghof ei hanner breuddwydion, lais Gruff. Ac o'i ddal am eiliad, ei glywed yn diflannu eto rhwng bonllefau'r dorf, yr un peth â llais y brenin.

'Diwrnod arall?'

'Dau ar y mwya.'

Gyda hynny daeth sŵn y taro i ben ac yn ei le seiniai lleisiau'r menywod ar y radio, yn trafod eu *antral follicle counts* a'u *vaginal ultrasounds* ac roedd hynny'n waeth na'r taro. Peth swnllyd oedd taro yn ei hanfod, ond arswydai Lara wrth feddwl am y lleisiau aflafar hyn, a'r geiriau oedd i fod yn sibrydion tawel, yn goferu i'r stafell ffrynt.

'Rwy'n mynd i droi e lawr, Mam, OK?'

Aeth Lara i'r *outhouse* wedyn i dynnu'r dillad o'r peiriant golchi. Yna aeth i'r ardd a'u hongian ar y lein. Cymerodd ugain munud i wneud hynny, gan sicrhau bod pob dilledyn wedi'i begio'n gymen. Oedai'n achlysurol i

215

ystyried y wiwer ar y wal, yn bwyta'r briwsion roedd hi wedi'u gadael ar gyfer yr adar. Yna, ac er nad oedd eto'n un ar ddeg o'r gloch, aeth ati i baratoi cinio: brechdanau caws a *chutney* i'w mam; salad gwyrdd iddi hi ei hun. Rhoddodd y cwbl ar waelod y ffrij. Ac roedd hi'n falch bod tasg arall wedi'i chyflawni. Aeth i'w stafell wely wedyn a gwisgo'i dillad gwaith: y diwnig las tywyll, yr esgidiau du. Safodd o flaen ei drych a chlymu'i gwallt y tu ôl i'w phen. Piniodd ei bathodyn ar ochr dde y diwnig, o dan y coler. Dilynodd y drefn arferol. Yna aeth i'r stafell ganol a chau'r drws.

Ymhen awr, ailymunodd Lara â'i mam yn y gegin. Cawsant ginio gyda'i gilydd a gwrando ar y newyddion ar y radio. Yna rhoddodd Lara weddillion ei salad mewn blwch plastig. Byddai hi'n bwyta hwn yn nes ymlaen yn yr ysbyty. Taflodd ddyrnaid o gnau Ffrengig a llusi duon bach i gwdyn ar gyfer ei phwdin. Ystyriodd a fentrai roi banana i mewn hefyd, ond doedd hwnnw ddim ar fwydlen Dr David Katz's Flavour-Full Diet, ddim am heddiw.

Ychydig funudau ar ôl i Lara ymadael am yr ysbyty, daeth Sol i'r gegin a dweud wrth Carys ei fod ar fin dechrau'r gwaith paentio yn y stafell ffrynt. Ymddiheurodd am yr oedi, a'r sŵn hefyd, ond roedd e'n gobeithio gorffen y gôt gyntaf erbyn amser te, a gallai hi a'i merch symud yn ôl wedyn, pe baen nhw'n dymuno. Roedd Carys yn gwybod nad oedd hynny'n debygol, oherwydd byddai aroglau'r paent yn troi arni, ond diolchodd iddo beth bynnag, a gwenu, a dweud, 'Gawn ni weld, gawn ni weld.'

. Dwedodd Sol: 'Cyn i fi ddechre ar y paentio, rwy'n mynd

i brinto mas y bils i chi. I chi gael gweld faint mae popeth wedi costi.' Aeth i'r stafell ganol ac agor y cyfrifiadur.

Hiya, Gruff. Sori am fod yn boen. Jyst eisiau clirio'r aer. Dwedest ti dy fod ti'n teimlo'n od wrth fynd nôl eto ar ôl cymaint o amser. Rwy'n gwybod beth sy 'da ti. Sen i'n teimlo'r un peth yn hunan. Mae lot o ddŵr wedi mynd dan Bontargothi ers 'ny, on'd oes e! A 'na i gyd o'n i moyn gweud wrtho ti oedd hyn, nag wy ddim yn dal dig. Un bywyd sy gyda ni a rhaid i ni wneud y gorau ohono fe. Dim byd arall. Sa i'n grac. A mae'n flin 'da fi os wy wedi hala ti i deimlo'n chwith ambwyti'r peth.

Mae'r gwaith jyst â dod i ben. Smo Mam yn meddwl bod Sam yn gwneud cystal job â tithe. Wedes i wrthi nage'r un teip o job oedd hi. Dodi cegin miwn roeddet tithe'n neud, nage ffenestri. Ond sdim rhyfedd, wedodd hi. Mae hi wedi gweld Sam o'r blaen, a dim bilder oedd e bryd 'ny. Chwarae rygbi oedd e. Mae hi wedi gweld ei lun e yn y papur, sbel nôl. Pan oedd ei wallt e'n hirach. Bydd hi'n ei dynnu fe mas i fi gael gweld. Drysu mae hi, druan. Football mae Sam yn lico, dim rygbi.

A mae'n beth od dy fod ti mas f'yna nawr achos pan ges i dy neges di o'n i newydd fod yn siarad 'da Bethan a Mel ambwyti mynd ar wyliau. Ti'n cofio Bethan? Tipyn o gês. Ni'n meddwl mynd mas i Sbaen hefyd. Dim byd pendant eto. Byddai'n neis sen ni'n gallu cwrdd. Fyddi di'n gweithio yn Sbaen am sbel eto?

Cofion cynnes
Lara x

68 Lara a Lara

Cododd Lara am chwech o'r gloch er mwyn gwneud yr ymarferion roedd Haval Reis wedi'u gosod iddi. Doedd dim angen codi mor gynnar, mewn gwirionedd, ond gofidiai, petai ei mam hefyd yn codi'n gynharach nag arfer – fel a ddigwyddai weithiau, yn enwedig yr adeg yma o'r flwyddyn, a'r haul eisoes yn goleuo'i stafell wely – y byddai'n ei chlywed ac yn dod i fusnesa. A doedd ganddi ddim atebion i'r cwestiynau a fyddai'n sicr o ddilyn. Efallai y byddai Sam yn ei chlywed hefyd. Ni ddwedai hwnnw ddim byd, wrth gwrs, ond byddai'r cwestiynau i'w gweld yn ei wyneb wedyn. Y dirmyg, o bosibl. Ond yn bennaf oll, fe gododd yn afresymol o gynnar y bore hwnnw oherwydd bu ar ddi-hun ers pedwar o'r gloch a doedd dim diben iddi geisio mynd yn ôl i gysgu.

Byddai wedi bod yn well gan Lara ohirio'r ymarferion hyn tan ryw amser pan fyddai'r ddau arall allan o'r tŷ: ei mam yn y clwb cinio, er enghraifft, a Sam yn ymofyn paent neu ryw nwyddau eraill o'r dre. Byddai'r prynhawn hwnnw wedi cynnig cyfle, o bosibl, am hanner awr, pan ddeuai adref o'r ysbyty. Ond dwedodd Haval Reis mai ben bore oedd orau, er mwyn dechrau'r dydd gyda gwên. Gosod sail, meddai. Angori'r meddwl mewn llawenydd. Ac roedd yntau wedi cynnig gwên wedyn – gwên fawr, heulog, estynedig, gwên trwy'r llygaid, nid dim ond trwy'r gwefusau – i roi iddi gip o'r wobr a'i disgwyliai. Doedd dim amdani, felly. 'Peth cynta'n y bore. Fe ddewch chi i arfer.'

Safodd Lara o flaen y drych yn ei stafell wely. Rhoddodd gloc ar y *dressing table* fel y gallai amseru ei hun. Am bum munud, gwnaeth ymarferion ymestyn, gan ddechrau gyda'i breichiau a symud at yr ysgwyddau a gorffen gyda'r wyneb. Tynnodd ei cheg tua'r chwith, yna tua'r dde. Hwpodd ei thafod allan, mor bell ag y gallai, i'r dde, i'r chwith, ac eto, i'r dde, i'r chwith. Ceisiodd anadlu'n araf ac yn ddwfn, ond nid yn rhy ddwfn chwaith am fod hynny, meddai Haval Reis, yn gallu creu tensiwn hefyd. Anadlu'n naturiol, felly, i mewn trwy'r trwyn ac allan trwy'r geg. A heb chwerthin. 'Byddwch chi'n teimlo fel chwerthin,' meddai Haval Reis. 'Wrth dynnu wynebau. Wrth hwpo'ch tafod allan. Bydd yn anodd peidio â chwerthin, o weld yr wyneb doniol yna yn y drych ben bore. Ond peidiwch. Ddim eto. Daliwch y chwerthin yn ôl am sbel fach 'to.'

Ond doedd dim awydd chwerthin ar Lara. Arswydai wrth weld pa mor welw oedd ei bochau, pa mor flinedig a chrychlyd oedd y croen o gwmpas ei llygaid, a pha mor ddwfn oedd y pantiau bob ochr i'w gên pan hwpodd ei thafod allan.

Ar ddiwedd y pum munud safodd Lara'n llonydd a gadael i'w hwyneb ymlacio. Caeodd ei llygaid. Anadlai'n ddwfn, gan deimlo'r ymchwydd araf yn ei bola. Ond nid yn rhy ddwfn chwaith. I mewn ac allan. I mewn ac allan. Ac yna, o'r diwedd, gadawodd i'r chwerthin ei gyflwyno'i hun.

'Hy, hy, hy.'

Dim ond grwndi ysgafn a phetrus yn y geg oedd y chwerthin cychwynnol hwn. 'Agor cil y drws i ddechrau, 'na i gyd,' meddai Haval Reis. 'Modfedd fach ar y tro.' A phetai ei mam wedi cerdded heibio'r eiliad honno mae'n annhebygol y byddai wedi adnabod y sŵn hwnnw fel chwerthin. Byddai wedi synnu, efallai, o glywed ei merch yn chwyrnu, rhywbeth nad oedd hi wedi'i wneud erioed o'r blaen.

'Hy, hy, hy.'

Ond efallai, ar ôl sefyll am ychydig a gwrando'n fwy astud, y byddai wedi barnu bod y sŵn yn debycach i beswch.

'Hy, hy, hy.'

Yn wir, dyna sut y teimlai i Lara ei hun: fel petai'n ceisio clirio'i llwnc, ond yn methu gorffen y job yn iawn, fel bod rhaid iddi beswch o ddifri wedyn am fod y poer wedi casglu yn ei gwddf. Ond ni ofidiai. Roedd Haval Reis wedi'i rhybuddio mai dyna fyddai'n digwydd, ar y dechrau. 'Fake it until you make it,' meddai. Deuai'r chwerthin dilys yn y man. A beth bynnag, meddai, ni allai'r corff wahaniaethu rhwng y dilys a'r ffug lle roedd chwerthin yn y cwestiwn. Peth hawdd ei dwyllo oedd y corff.

Yna, 'Hi, hi, hi.'

Dringodd y chwerthin o'r geg i'r pen. 'Chwerthin mwnci' roedd Haval Reis wedi galw hwn, draw ym Mlaendeuddwr, a gwneud yr un peth ei hun, i Lara gael gweld. 'Fel hyn,' meddai, gan agor ei geg yn llydan. 'Rhaid i chi ddangos eich dannedd, yn gywir fel mae'r mwnci'n ei wneud.' Bu'r ddau wrthi wedyn. 'Dau fwnci'n chwerthin. Hi, Hi, Hi.' Ac er bod sŵn Lara, yn ôl yn 22 Heol Hafren, yn fwy o wich nag o chwerthin, fe ddaliodd ati. Agorodd ei cheg, yn unol â'r cyfarwyddiadau. Dangosodd ei dannedd.

'Ha, Ha, Ha.'

Dyfnhaodd y chwerthin wrth iddo symud i'r ysgyfaint. Roedd hyn yn haws, a'r sŵn yn debycach i chwerthin o'r iawn ryw. Roedd yn hapusach o ymgartrefu yma, yng nghanol y corff, yn hytrach na'r pen.

'Ha, Ha, Ha.'

Teimlai Lara'r cryndod yn ei hasennau. Ond rhaid bod yn ofalus. Roedd gan lais yr ysgyfaint dipyn mwy o sŵn na llais y geg, y math o sŵn, tybiai Lara, a allai ddihuno ei mam. Fel cyfarth ci bach. Doedd Haval Reis ddim wedi sôn am gŵn, dim ond mwncïod.

'Ha, Ha, Ha.'

Fel ci bach yn cyfarth. Eisiau mynd am wâc. Yn disgwyl ei ginio. Ei asgwrn. Neu'n waeth. Fel menyw'n gorwedd yn y gwely, yn cael ei phlesera.

Agorodd Lara ei llygaid ac edrych ar y cloc. Dim ond dwy funud i fynd. Edrychodd yn y drych. Y tro hwn, gan na fynnai weld ei hwyneb eto, dim ond ar ei gŵn nos yr edrychai: ei flodau bach glas a melyn wedi gwelwi, y rhuban wrth y gwddf yn gam i gyd. Caeodd ei llygaid.

'Ho, Ho, Ho.'

Rhoddodd Lara ei dwylo am ei bola a theimlo'r ymchwydd yno.

'Ho, Ho, Ho.'

Doedd y sŵn yma ddim byd tebyg i chwerthin, chwaith. Ond beth bynnag oedd e, roedd yn y bola, lle roedd e i fod.

'Ho, Ho, Ho.'

Bu'n rhaid iddi bwyso i lawr wedyn, i'w gadw yn ei le, ac arafu hefyd, am fod llais y bola fel petai'n ceisio codi o hyd, i ddianc trwy'r geg.

'Ho, Ho, Ho.'

Daeth yr amser pendodedig i ben. Safai Lara'n llonydd. Cadwai'i llygaid ar gau. Anadlai'n ddwfn. Ond nid yn rhy ddwfn. A phetasai'n gorwedd nawr mae'n sicr y byddai hi wedi mynd i gysgu am fod ei diffyg cwsg y noson cynt yn dechrau dweud arni. Ond roedd hi'n falch, serch hynny, ar ddiwedd y chwarter awr, ei bod hi wedi dyfalbarhau. Trwy hoelio'i sylw'n gyfan gwbl ar ei hanadlu a'i chwerthin, doedd yr un syniad na delwedd annymunol wedi tarfu ar ei llonyddwch. Heblaw pan edrychodd ar ei hwyneb, wrth gwrs. A'i gŵn nos wedyn. Ond doedd yr wyneb a'r gŵn nos ddim yn rhan o'r chwerthin, ddim fel y cyfryw. A pheth hawdd oedd prynu gŵn nos newydd.

69 Sol

Chwiliodd Sol am yr hen bapurau. Dechreuodd gyda'r seld, lle roedd wedi gweld ôl-rifynnau o *Woman & Home*. Gwyddai cyn dechrau mai lle i gylchgronau sgleiniog a llyfrau ryseitiau a phethau cyffelyb oedd seld, nid papurach a fyddai'n melynu mewn byr o dro, a'u cynnwys yn heneiddio'n gynt na hynny. Ond o ganfod bod amryw dudalennau wedi cael eu torri allan o bapurau newydd a'u dodi yng nghanol y cylchgronau a'r llyfrau hyn, bodiodd ei ffordd trwy'r rhain i gyd, am nad oedd yn deall rhesymeg y torri allan na'r dodi i mewn, a doedd ganddo ddim rheswm i feddwl na fyddai'i wyneb ei hun yn syllu arno yn y man, o blith y *Bourbon Chicken* a'r *Spinach Pasta* a'r *Spicy Salmon with Pak Choy and Rice*. Roedd yn dal i obeithio hefyd fod yna chwaraewr rygbi i'w gael a edrychai'n debyg iddo, ac mai llun o hwnnw a welsai Carys Wyn a bod ei chof am bethau felly – manion y gorffennol agos –

yn llawer gwell nag yr oedd wedi tybio. Edrychodd yn y cwtsh dan staer wedyn, am mai hwn oedd y lle mwyaf yn y tŷ ar gyfer rhoi pethau i gadw, a'r lle mwyaf tywyll hefyd: er na welodd ddim ond tuniau paent ac offer garddio y tro diwethaf, roedd yn bosibl bod pethau eraill yn cuddio o'r golwg. A byddai angen storfa go helaeth ar gyfer cymaint o bapurau, rhwng yr *Evening Post* a'r *Western Mail* a'r *Mail on Sunday*. Ac yn wir, pan aeth ar ei bedwar a chropian i ben draw'r cwtsh, gwelodd fod nifer o bapurau wedi cael eu taenu yma a thraw er mwyn cadw'r lle'n lân. Gwthiodd y tuniau o'r ffordd. Chwiliodd am ddyddiad cyhoeddi pob papur. Gwelodd lun o Terry Griffiths, yn wên i gyd, yn dala cwpan arian. Gwelodd yr enw Lynette White.

'Wedi colli rhywbeth?' Llais Carys, yn shwfflo'i ffordd tua'r gegin. 'Clywais i'r sŵn i gyd …'

70 Lara a Lara

Ddydd Mawrth, a hithau'n gweithio'r shifft hwyr, gohiriodd Lara ei hymarferion chwerthin tan ganol dydd. O ystyried na fyddai'i diwrnod gwaith yn dechrau am ddwy awr arall, barnai fod deuddeg o'r gloch, ar ryw ystyr, yn cyfateb i ben bore. Dim ond rhif oedd deuddeg, wedi'r cyfan. Confensiwn. Amser y corff oedd y gwir amser, nid oriau swyddfa. Dylai gofynion Haval Reis gymryd cymhlethdodau o'r fath i ystyriaeth. Câi air ag ef yn eu sesiwn nesaf. Hefyd, heddiw, roedd canol dydd yn digwydd bod yn amser mwy cyfleus. Roedd Sam wedi mynd i'r dre i brynu llafn newydd i'w lif ac roedd ei mam, yn ôl ei harfer, yn gwrando ar *You and Yours* ar Radio 4, a byddai'r rhaglen honno'n para am hanner awr arall. 'Rwy'n mynd i gael bath,' meddai Lara wrthi, gan hyderu y byddai sŵn y dŵr yn llifo, yn gymysg â'r lleisiau ar y radio, yn ddigon i foddi'r chwerthin oddi uchod.

Trodd Lara'r tapiau ymlaen, dim ond digon i greu'r sŵn pwrpasol heb lenwi'r bath yn rhy gyflym. Aeth trwy ei hymarferion, fel o'r blaen. Erbyn hyn, roedd yr ochneidiau petrus wedi troi'n synau mwy naturiol, synau y gallai Lara eu harddel fel rhywbeth a berthynai iddi hi ac nid dim ond i'r sesiynau wythnosol ym Mlaendeuddwr. Llifai'r 'Ha, Ha, Ha' yn fwy llyfn. Ymgartrefai'r 'Ho, Ho, Ho' yn glyd yn ei bola. Yn wir, ar ôl munud o chwerthin felly, gallai Lara dyngu mai ei bola, a'i bola'n unig, a oedd yn gyfrifol am y sŵn a'r tipyn gorfoledd a ddaeth yn ei sgil, ac nad oedd a wnelo'i llais na'i cheg ddim oll â'r peth. 'A belly dance of laughter' roedd Haval Reis wedi'i alw. Gallai deimlo sigladau llawen y ddawns honno yng nghryniadau rhythmig ei stumog, gan droi'r hyn a fu gynt yn floneg yn gyfaill hwyliog.

Am fod y chwerthin bellach yn weithred fwy naturiol, cafodd meddwl Lara rwydd hynt i grwydro lle y mynnai. Doedd dim rheswm dros boeni wedyn – yn wir, yr oedd yn gam pwysig, meddai Haval Reis, ac i'w groesawu – bod ei meddwl yn mynnu ymlwybro i gyfeiriadau trwblus. Y cyfan yr oedd gofyn iddi'i wneud, pan ddigwyddai hynny, oedd gyrru'r gofid i lawr i'r bola a lapio'i chwerthin amdano. A dyna a wnaeth. Crwydrodd ei meddwl tua'r stafell ganol, lle roedd glaw, yn ôl ei mam, wedi dod trwy fframyn un o'r ffenestri newydd. Chwarddodd am ben y diferion bach pitw. 'Ho, Ho, Ho.' Crwydrodd ymhlith gofidiau eraill ei mam: am ei thraed a'i pheswch a'i moddion. 'Ho, Ho, Ho.' Trodd y chwerthin yn eli i'w rwto i mewn i groen ei henaid ei hun. Crwydrodd trwy ei neges ddiweddaraf at Gruff, ac yna trwy'r gwacter a'i dilynodd. Crwydrodd trwy'r geiriau a'r diffyg geiriau, y deall a'r camddeall, a Santa Anna a'r pethau na fentrai'u crybwyll mewn cymaint o eiriau ond a oedd yno, ymhlyg yn y neges, yn ddŵr dan y bont. 'Ho, Ho, Ho.' A dyna beth dwl i'w ddweud, dŵr dan y bont, achos byddai'r dŵr yn llifo am byth, a pha ddyn yn ei iawn bwyll fyddai'n sgrifennu'n ôl at fenyw mor ddwl, mor bathetig?

A thrwy hynny i gyd nid oedd pall ar y chwerthin. Parhaodd hwnnw'n ddi-dor, yn gyfeiliant llawen, os ychydig yn wawdlyd, i'r meddwl gorddifrifol. Parhaodd felly am bum munud. Dim ond wedyn, wrth dewi, ac wrth i'r bola glywed y gwacter oddi mewn, y daeth y dagrau. Ac roedd hynny'n iawn hefyd, meddai Haval Reis, ac i'w ddisgwyl, gan mai chwaer chwerthin yw llefain.

71 Sol

Tra oedd Lara'n chwerthin, yna'n llefain, am y geiriau a'r diffyg geiriau, roedd Sol yn eistedd yn y caffi bach y tu ôl i'r llyfrgell, yn ymrafael â'r un broblem: yr un geiriau, yr un diffyg geiriau. Roedd sgrin y cyfrifiadur yn wag o hyd. Dwedai'r y cloc yn y gornel isaf fod ganddo saith munud ar ôl cyn y deuai'r sesiwn i ben. Aeth ati, eto fyth, i greu llais i Gruff: y llais a fyddai'n dweud wrth Lara ei fod e'n falch nad oedd hi'n teimlo'n ddig, ac am beidio â gwrando ar ei mam, achos taw dyn Cardiff City fuodd Sam erioed a doedd 'da fe'r un daten o ddiddordeb mewn rygbi, ac i beth fydden nhw'n rhoi ei lun yn y papur? Gallai ddweud bod ganddo frith gof o Bethan hefyd – dyna'r Bethan oedd yn gweithio gyda hi yn yr ysbyty, ife? – a doedd e ddim yn teimlo'n chwith o gwbl, na, doedd dim eisiau iddi fecso am hynny. Ond sut gallai Sol haeru nad oedd yn teimlo'n chwith heb wybod beth oedd achos y chwithdod tybiedig? Roddodd e gnuchad i fenyw arall? Annwyl Lara, roies i gnuchad i fenyw arall? A sut gallai baldaruo am y llun yn y papur a Cardiff City a rhyw *odd job man* ceiniog-a-dimai os na allai ddweud dim byd am y peth hwnnw, y peth mwyaf a'r peth gwaethaf o'r cwbl?

Chwiliodd Sol yn ei ben am ryw bwt o wybodaeth roedd Lara neu'i mam wedi'i ollwng yn ystod eu tameidiau bach o sgyrsiau. Yna, gan na fedrai ei ben oddef ei wacter ei hun, llenwyd y dim byd hwnnw gyda'r poen yn y bys a drawodd gyda'r morthwyl y diwrnod cynt. Fe'i llenwyd wedyn gan ddau wacter arall. Y gwacter yn ei stumog oedd y cyntaf o'r rhain, am nad oedd e wedi cael brecwast, a dim ond chwerwi'r gwacter hwnnw wnaeth y ddau gwpanaid o goffi yr oedd wedi eu hyfed. A dyna'r siarad wast wedyn. Oherwydd doedd geiriau ddim yn brin yn y caffi yr adeg yma o'r bore. Clywai Sol eu clecian uwchben y byrddau bach, a phob un yn gwatwar ei fudandod ei hun. Ymgollodd am ychydig yn ymson menyw ifanc a oedd, o'r hyn y gallai'i ddeall, yn lladd ar ryw gwmni archebu-trwy'r-post. Ailadroddai'r geiriau, 'I sent it back to them … I sent it back.' Yna, o fwrdd arall: 'Last chance, anyway …

He's had his last chance.' Ond llyncwyd y stori honno gan lais menyw arall wrth y cownter yn gofyn am *cheesecake*. A rhwng popeth – y prinder amser, y poen yn y bys, y blas chwerw ar y tafod, a geiriau strae y cwsmeriaid eraill – dwedodd rhyw nerf y tu ôl i lygaid Sol nad oedd diben rhaffu brawddegau hir, mai sŵn diystyr oedd y cwbl. Dim ond y *punchline* oedd yn cyfrif. Y *last chance*. Y *cheesecake*.

Munud o'r sesiwn oedd yn weddill.

Hiya Lara
Yma trwy'r haf. Gweithio dydd a nos nes bod ni'n cwpla'r gwaith. Dim llonydd!

Yna, ar ei waethaf, dwy gusan.

Dychwelodd Sol i 22 Heol Hafren ac fe'i synnwyd pan ddaeth Carys Wyn ato ac achwyn bod glaw wedi dod trwy ffenest y stafell ganol. Tynnodd fys ar draws y gwydr a'i ddangos i Sol. 'Chi'n gweld? Ffenest newydd. A dŵr yn dod drwyddi'n barod.' O edrych yn fanwl, sylweddolodd Sol nad glaw, ond dŵr anwedd, oedd achos y gwlybaniaeth. Nid o'r tu allan y tarddai, felly, ond o'r tu mewn. Byddai'n cael gair â Lara yn nes ymlaen a gofyn iddi sicrhau bod y llenni'n cael eu tynnu bob nos cyn i bawb fynd i'r gwely.

'Wel?'

'Doda i *drip mould* arni,' meddai Sol.

'*Drip mould*?'

'Yr un peth â'r lleill. Gwaith hanner awr. Chewch chi ddim problemau wedi 'ny.'

Ac roedd Carys i'w gweld yn fodlon, am y tro, ar y geiriau dieithr ond awdurdodol hynny o fyd adeiladwyr.

Hyd yn oed os nad oedd angen *drip mould* yma, ar ochr gysgodol y tŷ, byddai pren a sŵn llif a morthwyl yn debycach o fodloni'r hen fenyw na llenni a geiriau cysur.

72 Lara a'i thafod

Moisturiser   Prescription Mam
Foundation
Kleenex
C
L

Dwedodd Haval Reis mai cael y cyhyr chwerthin i weithio'n well oedd diben yr ymarferion cyntaf hyn. Yr un peth â'r tafod. Rhaid dysgu'r tafod sut i symud yn gywir. Fel arall, ni ddeuai'r geiriau byth. A doedd y tafod ddim yn bodoli er ei fwyn ei hun, nac oedd? Dyna siom a gaech chi petai'r tafod yn dawnsio'n berffaith, lan a lawr, i mewn ac allan, ac eto roedd y geiriau'n pallu dod. Dim ond cam cyntaf, felly, oedd yr ymarferion. Sesiwn hyfforddi cyn y gêm fawr. Gwneud yn siŵr bod y synau angenrheidiol ar gael. Rhaid creu geiriau, fesul llythyren, fesul sill, nes eu bod nhw'n clymu yn ei gilydd, yn gwneud brawddegau, a'r brawddegau'n gwneud stori. Felly hefyd bob chwerthin. Rhaid i'r chwerthin ddweud stori, yr un peth â'r tafod.

'Dewch â stori'r tro nesaf,' meddai Haval Reis. 'Dewch â stori sydd â chwerthin yn ei chwt. Ond eich stori chi, Lara. Cofiwch hynny. Eich stori chi'ch hunan, nid stori o'r teledu.'

A disgrifiodd Haval Reis sut y buasai yntau'n tristáu bob dydd wrth weld cyflwr yr hen sgubor ac yn anobeithio weithiau ynglŷn â thynged ei fenter newydd. Ond doedd e ddim elwach o deimlo felly, nac oedd? Wrth gwrs, gallai edrych yn ôl bellach a chwerthin am ben y cwbl. Ond nid dyna'r pwynt. Chwerthin ar y pryd oedd yn bwysig. Y chwerthin hwnnw a wnaeth y gwahaniaeth, nid y chwerthin wedyn. Gwelodd y tywyllwch ac fe chwarddodd yn ei wyneb nes iddo oleuo. Fel y gwnaeth Isaac Reis, ei dad-cu, slawer dydd, yma ym Mlaendeuddwr, wrth hau'r cnydau a'u medi wedyn. Fel y gwnaeth ei dad, yn ei dro, yn y mudiad heddwch. Chwerthin yn wyneb gwawd a sen, achos roedd e'n gwybod bod gan ei stori ddiweddglo hapus.

Aeth Lara ati i gael hyd i'r chwerthiniadau y gallai wneud stori ohonynt. Ar y dechrau roedd hi'n ffyddiog bod y dasg hon o fewn ei chyrraedd. Roedd hi wedi chwerthin am ben ei neges at Gruff, ac roedd y neges honno eisoes yn rhan o stori helaethach, stori a âi'n ôl dros y blynyddoedd. Roedd yna fwlch sylweddol yn ei chanol, wrth gwrs, a doedd y bennod ddiweddaraf prin wedi dechrau. Ond gallai ymfalchïo hyd yn oed yn y gamp honno: chwerthin er gwaethaf y bwlch, chwerthin fel pe na bai'r bwlch yn bod.

Pan gyrhaeddodd ateb Gruff, gobeithiai Lara y gallai lapio chwerthin am hwnnw hefyd, a'i gymathu i'r stori helaethach. Darllenodd y geiriau drosodd a throsodd. 'Gweithio dydd a nos … Gweithio dydd a nos …' Fe'u darllenodd nes eu bod nhw i gyd ar gof ganddi. 'Gweithio dydd a nos nes bod ni'n cwpla'r gwaith.' Yn ei gwely, y noswaith honno, fe'u gyrrodd i'w bola a cheisio'u cadw yno, gan wybod nad oedd modd lapio chwerthin am eiriau o'r fath heb eu dofi'n gyntaf. 'Gweithio dydd a nos ...' Geiriau mor foel a phigog a di-wardd.

Yna, rhywbryd rhwng pump a chwech y bore, a Lara'n gorwedd ar ei chefn, yn gwrando ar sŵn sgrytian o'r to uwch ei phen, fe chwarddodd. Chwerthin annisgwyl oedd hwn, heb ddim paratoi nac ymarfer ymlaen llaw. Y math o chwerthin y byddai Haval Reis wedi'i gymeradwyo am yr union reswm hwnnw: ei naturioldeb, y ffordd y codai'n reddfol o'r bola. Chwarddodd am ben y sgrytian rhyfedd oedd wedi meddiannu'r to. Chwarddodd am ben y 'nes bod ni'n cwpla'r gwaith' am fod hynny'n ffordd ofnadw o letchwith o ddweud, 'Cadw draw, Lara, 'nei di. Alli di ddim gweld bo' fi'n fisi fan hyn?' A'r ddwy gusan wedyn, yn ceisio gwneud iawn am y diffyg geiriau. Hwnna oedd y peth mwyaf chwerthinllyd o'r cyfan. Cwpwl o swsys i'r groten fach bathetig. Chwerthin iach, felly. Chwerthin ac ynddo damaid o wenwyn. Achos dyna i gyd roedd neges o'r fath yn ei haeddu.

Yna, wrth i'r wawr ymestyn ei bysedd hyd welydd ei stafell, ciliodd y sgrytian a'r swsys a daeth lluniau a geiriau gwahanol i feddiannu'i dychymyg a'i bola fel ei gilydd. Yn ei meddwl, roedd Lara draw yn Santa Anna eto, yn hebrwng Sam i lawr y tyle bach rhwng y gwesty a'r môr i gwrdd â Gruff. Roedd Gruff, unwaith yn rhagor, yn clebran yn hwyliog gyda'i ffrindiau. Ymddiheurodd Lara am dorri ar ei draws, 'A tithe'n ddyn mor fisi ... Mor fisi ers pum mlynedd ... Ond rwy am gyflwyno ...' A'r tro hwn, nid Bethan a Mel oedd wrth ei hochr ond Sam. 'Ond 'na fe, does dim angen ei gyflwyno fe i ti, nag oes e?'

Cafodd Lara bleser wedyn o weld y syndod yn llygaid Gruff wrth iddo sylweddoli mai ei hen gyfaill oedd yno, wrth ei hochr, wedi dwyn ei le.

'Sam?'

'Gruff. Wel, wel. Ers llawer dydd. Fan hyn ti'n ceibo, 'te?'

'Ond Sam ...'

A doedd dim rhaid i Lara ddweud mai cariadon oedden nhw, ddim mewn cymaint o eiriau, am fod eu hwynebau'n dweud y cyfan. Dwy wên gynnes, swil. Gwenu cariadon newydd. A'u dwylo hefyd. Lara a Sam, yn sefyll o'i flaen, law yn llaw.

Edrychodd Gruff arni hithau wedyn, a'i gweld hi o'r newydd. Ei gweld hi fel petai am y tro cyntaf a gwybod bod y cyfan drosodd rhyngddyn nhw. Y drws wedi cau. A bai pwy oedd hynny?

Chwerthin iach. Chwerthin o'r bola. Ei stori hi o'r diwedd.

Ar ei ffordd i'r gwaith, aeth Lara i'r siop gemist fach lle roedd Mel yn gweithio, er mwyn casglu presgripsiwn ei mam a phrynu'r Kleenex a'r *foundation* a'r *moisturiser*. Ond aeth i Boots yng nghanol y dref wedyn i gael y ddwy eitem oedd ar ôl ar ei rhestr, a'r rheiny wedi'u dynodi gan y llythrennau 'C' ac 'L' yn unig. Roedd rhaid crwydro rywfaint cyn dod o hyd i'r 'L' ond roedd hi'n falch, wedi'i roi yn y fasged, ei fod yn ymdebygu, o ran maint a siâp, i flwch past dannedd. Roedd yr 'C', ar y llaw arall, er ei fod yn gymharol fach, yn edrych yn amlwg iawn wrth ei ochr, a'r geiriau 'Extra Safe' yn boenus o awgrymog. Prynodd focsaid arall o Kleenex, felly, a chuddio'r naill o dan y llall. Ychwanegodd ddwy botel o siampŵ a bag mawr o *Cotton Wool Cleansing Pleats* a phacedaid o *mints* er mwyn rhoi'r argraff mai trwy ddamwain yn unig y cafodd yr 'C' ei guddio a bod y rhain i gyd yn eitemau diniwed a chyfartal, bod yr 'Extra Safe' yn perthyn i'r un byd ag 'Extra Large' ac 'Extra Strong' ac 'Extra Value' yr eitemau eraill.

'Special offer on these, you know.'

'Mm?'

'Buy one, get one half price.'

Wrth y cownter, pwyntiodd y ferch at y paced bach glas. 'Do you want me to …? I can get it for you if you like. No trouble.'

Ac os oedd hynny'n brawf bod y ferch, o leiaf, yn gweld y pethau hyn yn gyfartal, yn nwyddau i'w prynu a'u gwerthu, yn gyfle i chwilio am fargen, doedd Lara ddim yn barod i gydnabod y ffaith honno. Ysgydwodd ei phen. Dwedodd ei bod hi ar ormod o frys. 'Work,' meddai wedyn, rhag i'r ferch gysylltu'r brys â'r paced glas. 'Work. I've got to … I'm late already.'

73 Carys Wyn a Matt Cooper

Cynhelid cyfarfodydd Clwb Cinio'r Hafod yn neuadd Clwb Rygbi Trefelin, yr ochr draw i'r orsaf. Heddiw cafodd Carys Wyn lifft yno gyda'i ffrind, Hazel. Roeddent yn eu seddau erbyn chwarter i un: ychydig yn hwyrach nag arfer oherwydd y traffig trwm a'r gwaith oedd yn cael ei wneud i ledu'r ffordd rhwng y bont a'r archfarchnad newydd.

Dyna fu testun y trafod wrth y bwrdd wedyn: y gwaith ar y ffordd, y tagfeydd diddiwedd, ac i beth roedd angen agor siop newydd, a hanner siopau'r dref yn wag yn barod?

'Weles i hers f'yna ddoe,' meddai'r fenyw a eisteddai'r ochr draw i Carys. 'Bore ddoe, marce deg. Hers. Yn sownd rhwng y lorris a'r fans i gyd.'

'Pŵr dab,' meddai Carys. 'Yn hwyr idd 'i angladd ei hunan.'

'A'r lleill,' meddai Hazel. 'Peidiwch anghofio'r lleill.'

'Y lleill?'

'Draw yn y crem. Byddai pob un yn hwyr wedyn. Un ar ôl y llall. Mynd o ddrwg i waeth wedyn. Pobl yn cael eu hunain yn yr angladd rong. Colli dagrau dros y dyn rong a gorffod neud yr un peth 'to mewn hanner awr.'

Ystyriodd Carys yr olygfa honno, y galar wast, yr embaras. 'O'dd Morris fi ar y dot,' meddai. 'Byth yn hwyr i ddim byd.'

'Chwarae teg iddo fe,' meddai Hazel.

'Very considerate,' meddai'r fenyw arall.

Cafodd Carys felon i ddechrau ac yna, ar gyfer y prif gwrs, ddarn o benfras gyda thato newydd a brocoli. Rhoddodd fwy o sos ar y pysgodyn wedyn am ei fod braidd yn sych ond ni ddwedodd ddim byd. Roedd merch Hazel yn gweithio yn y gegin ac ni fynnai wneud loes i'r un ohonynt.

Dim ond pum dyn oedd yn y stafell, a phedwar o'r rheiny yng nghwmni eu gwragedd. Y gŵr gwadd, Matt Cooper, oedd y pumed. Dros bwdin – cacen driog a chwstard – trodd y sgwrs at hwnnw a thestun ei gyflwyniad heddiw: 'Nuttalls, Hewitts and Marilyns: Walking the

Hills of South Wales'. Edrychodd Hazel draw i le roedd Matt Cooper yn eistedd, yn cynnal sgwrs gyda Gaenor, ysgrifennydd y clwb. 'Mae'n lico'i halen,' meddai, o'i weld yn cydio yn y pot halen a'i ddal yn yr awyr o'i flaen.

'A'i bupur,' meddai Carys, ar ôl iddo godi'r pot hwnnw yn y llaw arall.

'A'r Marilyns 'ma?' meddai Hazel. 'Ble maen nhw, gwed?'

Ysgydwodd Carys ei phen. 'Gartre 'da'r Nuttalls a'r Hewitts, glei.'

Tra oedd Carys a'i ffrindiau'n bwyta'u pwdin, roedd Sol yn pwyso dros y ceffyl llifio yng ngardd 22 Heol Hafren, yn torri stribed fach o bren i'w gosod ar dransom ffenest y stafell ganol. Eisteddai Lara yn y gegin lle gallai gadw llygad ar ei symudiadau i gyd: y mesur, y llifio, a'r morthwylio wedyn, er mai dim ond clywed hwnna wnâi hi, am fod Sam bellach yn sefyll ar yr ysgol fach a'i ddwylo a'i gorff yn dynn wrth y ffenest.

Roedd Lara wedi ystyried manteisio ar y cyfle hwn i fynd i'w stafell wely, cau'r drws a gwneud ei hymarferion chwerthin. Ni fyddai'i mam yn dychwelyd o'r clwb cinio tan dri o'r gloch. Bu Sam yn gweithio y tu allan ers awr a mwy a byddai wrthi am sbel eto. Er hynny, penderfynodd aros yn y gegin. Bodlonodd ei hun ei bod hi wedi chwerthin hen ddigon yn y gwely neithiwr i bara trwy'r dydd. A dim neithiwr chwaith, ond y bore 'ma, yn ôl y cloc. Yn ôl yr haul hefyd. Ac nid dim ond chwerthin oherwydd fe lwyddodd i glymu'r chwerthin wrth stori hefyd, fel roedd Haval Reis wedi gofyn iddi'i wneud. Stori â chwerthin yn ei chwt.

Fel pinio cwt ar asyn. Cau'r llygaid a chwilio am yr asyn yn y cof. Twtsh bach tua'r chwith. Twtsh bach i lawr. A mynd amdani. Yr hen asyn, draw yn Sbaen, yn cwato o'r ffordd, a'i din yn brin o gwt.

Chwarddodd Lara wrth feddwl am yr asyn hwnnw, dim ond chwerthin bach ysmala i ddechrau, yna chwerthin mwy calonnog, a chwerthin diffuant hefyd, heb boeni am ymarferion na Haval Reis; heb feddwl, chwaith, bod angen iddi gilio i'w stafell wely er mwyn mygu'r sŵn. Ac roedd yn hawdd chwerthin erbyn hyn oherwydd roedd Lara eisoes wedi yfed dau wydraid o win. Peth naturiol hefyd, pan ddaeth Sam yn ôl i'r gegin ymhen chwarter awr a dweud ei fod wedi dodi'r *drip mould* ar y ffenest, oedd arllwys gwydraid iddo yntau, i ddathlu'r ffaith bod y gwaith ar fin dod i ben. 'Sori, rwy'n gwybod taw cwrw ti'n lico, ond …' Dwedodd wrtho am eistedd i lawr, a hynny mewn llais digon pendant, fel petai hi'n gweithio ar y ward o hyd, gan feddwl, os nad oedd Sam yn sâl, yr oedd e'n sicr yn swil ac roedd angen gair bach o anogaeth arno, hyd yn oed i eistedd i lawr am bum munud a rhannu gwydraid bach o win. Dyna fel y bu erioed, a doedd heddiw ddim yn wahanol. 'Ti'n haeddu bach o hoe, Sam. I ti gael bwrw dy flinder.' Swil a blinedig, felly. Yn haeddu cysur. Ychydig o faldod. 'Bydd Mam yn gweld d'eisiau di …'

Gwelodd Lara gyfle wedyn i holi Sam am ei deulu yntau, nid y tad a'r fam, wrth gwrs, ond y brodyr a'r chwiorydd, y modrybedd a'r ewythrod na fu hi'n ddigon dewr i holi amdanynt ynghynt, gan ofni agor rhagor o hen glwyfau. 'Wyt ti'n cadw mewn cysylltiad …? Byw yng Nghasnewydd maen nhwthe hefyd …?' A phan betrusodd

Sam wrth ateb, gwyddai Lara fod y galar yn cnoi o hyd. Dyna oedd natur galar: yn cilio dim ond i ddychwelyd, yn llymach nag erioed.

'Dwi ddim yn cael lot o gyfle, 'twel, rhwng y gwaith a ...' Edrychodd Sam ar ei ddwylo. 'Fuon ni ddim yn deulu clòs, ddim erioed ...'

'Na, na,' meddai Lara. 'Sneb yn cael dewis ei deulu, nag o's e?'

'Na.'

'Gwaetha'r modd, falle. Mm?'

'Ie, wel ...'

Ystyriodd Lara ei lygaid. Llygaid blinedig, trist. Clywodd, yng nghloffni ei dafod, apêl am gysur. 'Rhaid i ti gael rhywun i droi ato weithiau, on'd oes e, Sam? Rhywun i rannu gofid.'

Arllwysodd Lara ragor o win. Cynigiodd ei chysur. Cafodd hithau gysur o'r cynnig hwnnw.

Doedd gan Carys ddim diddordeb yn nheithiau cerdded Matt Cooper. Roedd ei luniau o fryniau de Cymru i gyd yn edrych yr un peth, yn enwedig o ganol y neuadd, lle roedd Carys yn eistedd: yn dalpau undonog o frown a llwyd. Diystyr hefyd oedd y rheffyn hir o enwau – Twyn Swnd, Waun Lefrith, Moel Feity – ac yn fwy dieithr byth oherwydd yr ynganiad gwallus, anghyfiaith. Ac eto, câi Carys ei swyno gan lais cynnes y siaradwr, ac yn arbennig gan ei acen: acen fwyn Gwlad yr Haf. Ymunai yn y chwerthin pan soniai Matt am ei droeon trwstan, gan gynnwys mynd ar goll yn y niwl ar Gefn Carn Fadog, camddarllen y map a dringo'r mynydd ddwywaith yn yr un prynhawn. Dangosodd lun o'r niwl hwnnw a dweud: 'Well, which way would *you* have gone?'

Gwrandawai Carys yn astud hefyd pan siaradai'r gŵr gwadd am rai o'r tai lle bu'n lletya yn ystod ei grwydriadau, gan feddwl y byddai rhai ohonynt yn gyfarwydd. Ond cafodd siom. Llefydd diarffordd a dieithr oedd Tyn y Wern a Waun Goch a Blaendeuddwr a'r lleill i gyd. Neu, fel arall, roedd eu henwau mor gyffredin, gallent fod yn unrhyw le. Ond roedd hi'n falch o gael nodio'i phen pan glywodd yr enw Wiliam Rice, am fod hwnnw'n canu cloch – doedd hi ddim yn siŵr pam: enw o'i phlentyndod, o bosibl. Ac roedd nodio'i phen yn profi i bawb yn y neuadd nad oedd hi'n dibynnu ar bobl o bant i roi gwybod iddi am hanes ei bro ei hun.

Ei pheswch oedd y drwg wedyn. Ar ôl deng munud, ni chlywodd Carys ddim a ddwedai'r siaradwr am ei bod hi'n canolbwyntio'n gyfan gwbl ar wastrodi'r ewinedd bach pigog yn ei brest. Cymerai ddracht o ddŵr bob hyn a hyn, ond roedd yn gas ganddi yfed yn syth o'r botel, fel petai hi'n groten gomon ar y stryd. Rhyddhad, felly, oedd clywed Matt Cooper yn dod â'i sgwrs i ben. Dan gochl y gymeradwyaeth, rhoddodd law dros ei cheg a pheswch lond ei hysgyfaint. Ond curodd ei dwylo wedyn, a'u curo'n frwd, i wneud iawn am gadw cymaint o sŵn. Rhyddhad hefyd oedd mynd at y bwrdd am y te defodol. Yfai'n araf. Teimlai'i llwnc yn cynhesu, yn ymlacio. Peswch bach arall wedyn, i glirio'r poer. Dim ond peswch bach erbyn hyn, am fod yr ewinedd wedi mynd yn ôl i'w cwtsh.

Wrth i Carys estyn am fisgïen a throi at Hazel a gofyn tybed a oedd hithau'n cofio Wiliam Rice, roedd Lara'n gorwedd yn y gwely. Gorweddai ar ei chefn fel na fyddai Sam yn gweld gormod o'i bola. Cododd Sam gwr y shiten a gorwedd wrth ei hochr.

'Sgen i ddim byd …'

'Mae'n iawn, Sam, mae 'da fi … Fan hyn …'

Ac yn yr eiliad honno, wrth drafod y paced o Durex Extra Safe, doedd Lara ddim yn gwybod ble'r oedd ei meddwdod wedi mynd, sut roedd yr holl win yna wedi troi'n ddŵr. Ond ceisiodd Sam dynnu'i bra wedyn a bu'n rhaid iddi godi ar ei phenelin a daeth peth o'r penchwibandod yn ei ôl. Cynigiodd chwerthiniad bach plentynnaidd wrth deimlo Sam yn ymbalfalu â'r clasbiau. 'Ti'n fysedd i gyd, Sam.' Ar ei hochr wedyn doedd dim angen iddi weld ei wyneb na dangos ei hwyneb ei hun. Yna, pan aeth i mewn iddi, a'r ddau fola'n mynd slap-slap yn erbyn ei gilydd, ac yntau'n cymryd dim sylw, dim ond hwpo a hwpo, sylweddolodd Lara efallai nad oedd gan Sam gymaint o ots am ei bola na'i hwyneb. Erbyn hyn roedd e wedi cau ei lygaid. Tuchan a rhochian wrth y wal roedd e, nid wrthi hi. Canolbwyntiodd Lara ar goglais ysgafn y farf ar ei gên. Daeth y slap-slap i ben yn ddigon sydyn. Roedd Sam i'w weld yn bles. Yn ddigon ples i droi ar ei ochr a mynd i gysgu.

Yng Nghlwb Rygbi Trefelin, dwedodd Hazel nad oedd hi'n gwybod llawer am Wiliam Rice. Ond roedd rhyw syniad ganddi ei fod e'n perthyn i Anneka Rice, achos roedd honna'n dod o rownd ffor' 'na rywle. Ie, Wiliam Rice. Ei thad hi, siŵr o fod.

'*Challenge Anneka*, ti'n feddwl?'

''Na fe. *Challenge Anneka*. Mae rhyw gof 'da fi bod nhw wedi ffilmo f'yna. Cwpwl o flynydde'n ôl. Codi arian i'r plant.'

Cymerodd Carys ddracht o'i the. Ceisiodd gofio'r rhaglen roedd Hazel wedi cyfeirio ati. Cymerodd ddracht arall. 'Nage Abertawe oedd hwnna? Y Patti Pavilion?'

Doedd Hazel ddim yn siŵr. Efallai mai rhaglen wahanol oedd honno. Dwedodd y byddai'n cael gair â Matt Cooper, ond roedd hwnnw'n siarad â Gaenor. 'Pan ddeith e'n rhydd ...' O edrych ar ei watsh wedyn, gwelodd Carys ei bod yn hen bryd iddi droi am adref. Byddai Lara'n mynd i'r ysbyty erbyn wyth. Ac roedd hi am gael pip ar y ffenest 'na, i wneud yn siŵr bod Sam wedi gwneud ei waith yn iawn, achos roedden nhw'n addo glaw heno. Ac roedd hi wedi blino'n lân.

Wrth i Carys fynd i hôl ei chot, roedd Sol a Lara'n dal i orwedd yn y gwely: hithau ar ei chefn, yn craffu, unwaith eto, ar y nenfwd; yntau ar ei ochr, yn hanner cysgu. Cyn bo hir, byddai Lara'n gorfod cael cawod a gwisgo ac edrych yn y drych er mwyn gwneud yn siŵr ei bod hi'n barod i groesawu'i mam yn ôl i'w thŷ. Ac ar ôl edrych yn y drych, a gweld bod ei bochau'n goch, efallai y byddai'n penderfynu bod angen iddi roi *foundation* ar ei hwyneb. Ond dim gormod, chwaith, oherwydd byddai hynny hefyd yn tynnu sylw. A beth arall? Y gwely, wrth gwrs. Taenu'r gwely. A'r gawod. 'Cawod amser hyn o'r dydd, Lara ...?' Rhaid sychu llawr y gawod. 'A beth yw'r gwynt 'na, Lara? Mm?' A oedd gwynt i'w gael? Agor y ffenest, rhag ofn.

'Well i ni …'

Ond Sam fyddai'n gorfod codi'n gyntaf. Peth bach, i Lara, oedd cael cawod a gwisgo dillad a chribo'i gwallt. Gorchwyl mwy o lawer fyddai troi Sam, ei chariad newydd, yn ôl i fod yn *odd job man* diniwed a allai siarad â'i mam am bethau dibwys fel papur wal a *drip moulds*.

'Bydd Mam yn ôl …'

Yn fwy na dim, byddai'n rhaid i Sam dynnu'r condom, a'i dynnu yma hefyd, yn y gwely, dan y shîts, rhag iddo faeddu'r llawr. Achos hyd yn oed petai hi'n cael gwared â staen ar y llawr, byddai olion ei glanhau i'w gweld am sbel eto, yn staen arall, yn dystiolaeth o'i hesgeulustod.

'Well i ti dynnu hwnnw gynta … T'mod …' Gan ofni wedyn bod Sam yn gallu clywed y gofid yn ei llais, a rhyw dinc edifeiriol hefyd, efallai, rhoddodd Lara law ar ei fraich a thynnu'i bysedd trwy'r blew. Gwnaeth hynny mor araf ac mor dyner ag y gallai hefyd, i brofi nad hi oedd yn gyfrifol am y brys, ond ei mam. 'Bydd hi'n ôl yn y funud, 'twel.' Plannodd gusan frysiog ar ei ysgwydd. Blasai'r chwys. Oedd e'n wahanol i flas Gruff? Allai hi ddim cofio. Efallai fod pob dyn yn blasu'r un peth. Cusan frysiog arall. A oedd e'n blasu ohoni hi bellach? A gwynto ohoni hefyd? Oedd hynny'n bosibl? 'Well i ti gael cawod, Sam.'

Ac a fyddai hynny'n codi mwy o amheuon? Bod y ddau ohonynt yn drewi o sebon a siampŵ?

I de, cafwyd un o'r caserolau roedd Lara wedi'u coginio dros y penwythnos a'u rhoi yn y rhewgell. Byddai ei mam yn tynnu'r lleill allan yn ôl yr angen, yn enwedig pan oedd Lara'n gweithio shifft prynhawn ac yn methu paratoi pryd hwyr. Ac efallai y byddai Lara wedi gwneud rhywbeth gwahanol heno, yn lle manteisio ar y cyfleuster hwnnw, ond roedd wedi treulio gormod o amser yn eistedd yn y gegin, yn yfed gwin, yn aros am Sam; a gormod o amser yn y gwely wedyn, gyda Sam a blas ei chwys; ac awr arall yn ceisio dad-wneud y cyfan, y gwin, y gwely, y chwys, y bochau coch, y condom, a'r paced hefyd, y Durex Extra Safe, a rhoi'r rheiny i gyd mewn cwdyn papur a chladdu'r cwbl yng ngwaelod y bin sbwriel. Y caserol amdani, felly.

Wrth y bwrdd bwyd, roedd Carys yn fwy tawedog nag arfer. Pan awgrymodd Sol fod y tŷ'n teimlo'n dipyn cynhesach erbyn hyn, yn enwedig yr amser yna o'r dydd, a'r tywydd wedi troi'n annhymhorol o oer, a'r gwynt i'w glywed yn taro'r ffenest, ni chymerodd sylw. Trodd at ei merch a gofyn iddi estyn y bara, am fod y sos yn arbennig o flasus a byddai'n drueni ei adael ar y plât.

'Glywoch chi, Mam?' meddai Lara. 'Mae Sam yn gweud bod y tŷ'n dwymach.'

Nid atebodd Carys. Roedd ei cheg yn llawn. Roedd rhaid iddi gnoi ei bwyd yn drwyadl neu fe gâi ddiffyg traul a byddai ar ddi-hun trwy'r nos. Fe wyddai'i merch hynny'n iawn. Siawns bod angen dweud hynny eto. A dichon mai dyna i gyd roedd mudandod Carys i fod i'w gyfleu. Ond roedd Lara bellach yn sicr bod ei mam wedi gweld y cochni yn ei hwyneb. Doedd dim staen ar y llawr. Roedd y gwely'n gymen eto. Ac roedd hi wedi sychu'i gwallt. Ond y funud honno, roedd hyd yn oed glendid ei gwallt yn beth amheus.

'Mynd mas, 'te?'

'Na 'dw, Mam.'

A gwallt Sam hefyd. Roedd gwallt Sam yn wlyb o hyd. Allai'i mam wynto'r siampŵ? A fyddai hi'n sylweddoli bod ei lendid heno'n wahanol i'r glendid arferol ar ddiwedd diwrnod o waith a'r gawod ddiniwed arferol?

74 Dyddlyfr Haval Reis

1 Gorffennaf
3.30 pm
Lara Wyn
Nawfed sesiwn

LW yn uchel ei chloch am y llawr newydd yn ei chegin. Yn canmol gwaith Sam. Ysgrifennodd enw'r defnydd ac argymell y dylwn ei ddefnyddio yn y Ganolfan. Mae'n hawdd ei lanhau, meddai. Cyfaddefodd yn syth wedyn, gyda rhyddhad, iddi ddweud wrth ei hen gymar am ei chariad newydd. Yntau wedi'i siomi'n arw, a braidd yn anfoddog i dderbyn y newyddion, holi a ydyn nhw o ddifri, ydy e'n ei nabod, beth yw ei enw, etc. L yn teimlo'n llawer gwell erbyn hyn. Yn ysgafnach. (Ei gair hi.) Yna troi'n ôl at y llawr newydd a'r ffenestri a'r gwaith atgyweirio arall y bu S yn ei wneud, a hynny'n dra effeithiol.

Cyflwynodd ei stori heb i mi bwyso arni. Un noson, wrth orwedd yn y gwely, clywodd sŵn yn y to. Darganfod bod aderyn yno. L yn chwerthin am hyn: bod cymaint o ymdrech wedi'i gwneud i atgyweirio'r tŷ a'i wella a'i ddiogelu rhag yr elfennau, a dyma anifail gwyllt yn meddiannu'r lle. Daeth Sam o hyd i dwll bach yn y bondo. Fi: A chwarddodd ar y pryd? LW: Do. Gorwedd yn y gwely a chwerthin ei hochr hi. Chwerthin o'r bola. Lapio'r aderyn yn y chwerthin, meddai.

242

Gall fynd ar ei gwyliau nawr heb bryderu am ei chyn-gymar nac am y tŷ. Eu gwyliau cyntaf gyda'i gilydd, hi a'i chariad newydd. (Dim enw o hyd.) 'Ddim yn rhy gynnar, gobeithio …?' Arhosodd am fy ymateb. 'Edrych ymlaen at gael yr hanes,' meddwn.

75 Lara

Doedd Lara ddim wedi gofyn i Sam eto. Penderfynodd mai Haval Reis ddylai gael gwybod gyntaf am ei gwyliau arfaethedig oherwydd byddai'n haws mynd at Sam wedyn, a'r mater eisoes wedi'i setlo, y stori'n belen fach dynn yn ei dwrn. A ddim yn stori mwyach, wrth gwrs, ar ôl ei dweud hi wrth ddyn fel Haval Reis, ond yn ffaith. Cystal â ffaith. Ffaith oedd yn disgwyl cael ei gwireddu. Yna troi at Sam: 'Ti'n ffansïo trip bach i Sbaen, Sam, jyst ti a fi? Dim ond am wythnos. Byr rybudd, rwy'n gwbod, ond mae ffleits tsiêp i ga'l, rwy wedi edrych yn barod.' A'i ddweud e yn ei llais cellweirus, llais bach ewn, fel petai hi'n ferch ifanc eto, yn mentro ar ei hantur gyntaf, yn sicr bod y byd yn ifanc hefyd, ac yn awchu am gael chwarae gyda hi.

Soniodd wrth Haval yn gyntaf hefyd oherwydd, pan ddeuai hi'n ôl o'i gwyliau, byddai hi'n gorfod dweud wrtho bod popeth yn iawn rhyngddi hi a'i chariad. Pa gariad? Yr hen un? Ynteu'r un newydd? Allai hi ddim dweud, ddim eto, ond un neu'r llall. 'Mae popeth wedi'i setlo nawr. Sdim isie becso dim mwy.' Mewn llais jacôs. A chwerthin wedyn. Stori â chwerthin yn ei chwt. A fyddai dim rhaid iddi fynd yn ôl i Flaendeuddwr byth eto, am fod y stori wedi'i chwpla.

Chwaraeodd Lara'r olygfa hon droeon yn ei meddwl y noswaith honno a'r bore wedyn, gan amrywio'r geiriau a goslef ei llais. 'Sam, nag wyt ti'n meddwl bydde'n neis 'sen ni'n gallu gwneud hyn mas f'yna? Dim becso am waith. Dim becso am Mam yn busnesa. Dim ond shiten amdanon ni. Glased o win wrth ochr y gwely ...' A gorfod stopio wedyn am mai geiriau gwely oedd y rhain. Ac ystyr hynny oedd y byddai'n rhaid iddyn nhw gysgu gyda'i gilydd eto. Mynd i dwrio yng ngwaelod y bin i gael hyd i'r Durex Extra Safe. Troi ar ei hochr eto a theimlo'r bysedd yn ymbalfalu, y blew yn coglais ei gên. 'Byr rybudd, rwy'n gwbod, Sam, ond wyt ti'n ffansi ...?' Yn y gwely roedd gofyn cwestiynau o'r fath, yn sicr. A fyddai dim angen defnyddio lot o eiriau. 'Der mas i Sbaen 'da fi, Sam.' A'i gadael hi fel 'na. Llaw ar y fraich. Cusan ar yr ysgwydd. Blas Gruff sydd 'na? 'Dere. Bydd hi'n sbort.' Fentrai hi wneud hwnna eto? Fentrai hi adael iddo fe wneud *hwnna* eto?

Neu, fel arall, gallai hi ddangos y catalog iddo. Trin Sam yr un peth â Bethan a Mel. 'Drycha, fan hyn ... Y Bella Vista ... Y pwll nofio ... Y traeth ... Ac mae 'na draeth arall, heb fod yn bell ... Santa Anna.' Agor neges Gruff wedyn a dangos y lluniau iddo. Y traeth arall. Yr eglwys. Y to coch. A sôn am y caffi bach ar y tywod. 'Jyst fan hyn, Sam ... Tamaid bach i'r dde fan hyn. Ti'n ffaelu'i weld e, ond mae e 'na.'

Roedd Sol yn rhoi ail got o baent ar y *drip mould* y tu allan i ffenest y stafell ganol. Pan ddaeth Lara trwy'r drws cefn a thynnu llun â'i iPhone cymerodd Sol yn ganiataol mai hwn – darn bach o bren digon dibwys, ond darn o bren a ddynodai ddiwedd y gwaith – oedd yn hawlio'i sylw. Ond na, gofynnodd Lara iddo droi rownd a rhoi gwên iddi. 'A'r brwsh hefyd, Sam. Dala'r brwsh lan i fi gael gweld dy fysls di … 'Na ti … Na, ddim mor uchel â 'na. Wy'n ffaelu gweld dy wyneb di nawr.'

Tynnodd Lara lun o Sam yn eistedd ar y fainc yn yr ardd wedyn, a mynnu tynnu llun arall yn yr un man, am fod golwg mor bwdlyd arno, meddai, a'i geg wedi'i chladdu'n ddwfn yn ei farf. 'Der â gwên i fi, Sam, 'nei di?'

Yna agorodd gât yr ardd a daeth Owen drws nesaf i ymuno â nhw. Ac efallai i Owen weld ychydig o syndod yn wyneb Sol oherwydd trodd at Lara a gofyn: 'Am bedwar wedoch chi? Am bedwar o'ch chi moyn i fi ddod draw?' Ie, meddai Lara. Diolchodd iddo. Dwedodd nad oedd dim eisiau becso, fyddai hi ddim yn ei gadw'n hir. Ac fe aeth ati i dynnu lluniau o'r ddau weithiwr gyda'i gilydd: un yma, yn yr ardd, ac un arall yn y gegin, gan sicrhau bod digon o'r marmoleum i'w weld i ddangos ei sglein, a'r plastro newydd y tu ôl iddo.

'Mas y ffrynt nawr.'

Y tro hwn, estynnodd Lara'r iPhone i Owen ac aeth i sefyll wrth ochr Sam. 'Gwna'n siŵr bo' ti'n cael y ffenest miwn.' Yna rhoddodd ei braich dde trwy fraich Sam. 'Un arall, Owen?'

Edrychodd Lara i fyny ar wyneb Sam a chynnig iddo wên fach wylaidd: gwên, er hynny, a fyddai'n cyfleu i'r anwybodus, o bosibl, gynhesrwydd swil dau gariad newydd. A rhyw gyffro bach yn y llygaid hefyd, y math o gyffro a welid yn llygaid y cariadon hynny ar ôl trefnu mynd ar eu gwyliau cyntaf gyda'i gilydd. Cafodd wên

gynnil, anfoddog yn ôl gan Sam, botwm bach o wyn trwy
gil ei farf.

'Un arall 'to?'

Yn y gwely y noson honno astudiodd Lara'r lluniau ohoni
hi a Sam. Doedden nhw ddim yn berffaith. Roedd Owen
wedi rhoi gormod o sylw i'r ffenest newydd, gan dorri
allan fraich a choes chwith Lara, a'i thraed hefyd. Roedd
dau o'r lluniau'n gam. Ond roedd hi'n falch bod twtsh
bach o wynder dannedd i'w weld rhwng y blew ar wyneb
Sam. Daeth i'r casgliad wedyn bod lletchwithdod Owen
wedi ategu naws anffurfiol y lluniau. Dyma sut roedd
bywyd yn 22 Heol Hafren y dyddiau hyn. Sglein newydd
ar bopeth. Pawb yn fodlon eu byd. Cymdogion yn galw
heibio i dynnu'u lluniau di-glem.

Ac fe wyddai Lara, wrth ddiffodd ei ffôn, nad oedd
angen mynd â'i chariad newydd i Sbaen wedi'r cyfan.
Ddim fel y cyfryw. Roedd hi wedi gwasgu digon ohono
i mewn i'w iPhone. Sam a'i frwsh. Sam a'i wên. Sam a
hithau, fraich ym mraich. Doedd braich ym mraich ddim
cystal â law yn llaw, ond fe wnâi'r tro. Llun bach i'w gadw
wrth gefn a'i dynnu allan yn ôl yr angen. Pinio'r cwt wrth
din yr asyn wedyn.

Llun bach i gwpla'r stori.

76 Lara a Sol

Ar ddiwedd swper, dwedodd Lara ei bod hi wedi penderfynu mynd am ychydig ddyddiau o wyliau. Dwedodd hynny mewn llais digynnwrf, yn union fel petai'n disgrifio'r tywydd neu'n rhestru'r rhaglenni teledu yr oedd hi'n dymuno eu gweld y noswaith honno. Roedd newydd drefnu'r ffleits, meddai, ac roedd hi'n lwcus iawn i gael rhywbeth munud olaf, o ystyried ei bod hi'n ganol haf. 'O Gaerdydd, hefyd. Amser te dydd Iau, o Gaerdydd. Pedwar o'r gloch. Rhaid i fi fod 'na awr ynghynt, wrth gwrs.' Yn union fel petai'n darllen o daflen wybodaeth. 'Wedi gadael caserols i chi yn y *freezer*,' meddai. 'Bara hefyd.' A byddai angen i'w mam dynnu torth mas y noson cynt, cyn mynd i'r gwely, iddi gael dadrewi. Byddai Nesta, ei chwaer, yn galw heibio ddydd Sadwrn i ofalu am ei thraed.

Synnodd Sol wrth glywed Lara, am y tro cyntaf, yn cyfeirio at draed ei mam yn ei bresenoldeb e. Ac efallai i Lara deimlo'n chwithig hefyd, wrth ynganu'r gair gwaharddedig hwnnw, oherwydd fe drodd yn ôl i siarad am fwyd wedyn. Ni fyddai angen i neb fynd i siopa, meddai. Byddai'n prynu'r pethau ffres i gyd brynhawn fory, y llaeth a'r cwbl, ar ei ffordd i'r gwaith. 'Dim ond am bedwar diwrnod,' meddai. 'Pedwar diwrnod bydda i bant, 'na i gyd.'

Ac am nad oedd Carys am gymryd rhan yn y sgwrs hon, bu'n rhaid i Sol ofyn y cwestiynau disgwyliedig ynglŷn â ble a phryd a gwneud ei orau i ymddangos fel petai'n clywed y ffeithiau hyn am y tro cyntaf. 'Sbaen,' meddai Sol. 'Wel, mae'n ddigon twym f'yna.'

Ac efallai nad Sbaen fyddai ei dewis cyntaf, meddai Lara, gan geisio swnio'n hamddenol, ond dyna i gyd oedd ar gael, ar fyr rybudd, a dyna lle roedd ei ffrindiau eisiau mynd. Doedd hi ddim hyd yn oed yn cofio enw'r lle y bydden nhw'n aros, nac yn malio chwaith, am mai brêc oedd ei angen arni, dim byd arall, brêc ar bwys y môr a digon o gyfle i hamddena. 'Dim ond pedwar diwrnod. A bydd Nesta'n dod draw ddydd Sadwrn.'

Aeth Lara a Sol â'r llestri i'r gegin. Cynigiodd Sol eu golchi, ond dwedodd Lara nad oedd angen, diolch yn fawr. Sychu? Na, doedd dim angen eu sychu chwaith, Caent sefyll yn y rac. Bydden nhw'n sych mewn dim o dro. Tynnodd Sol botel o gwrw allan o'r ffrij. Câi gilio i'w stafell ei hun a gwylio'r teledu. Ond cyn iddo wneud hynny dwedodd Lara, gyda difrifoldeb tawel, ei bod hi'n gobeithio nad oedd ots ganddo ond, o dan yr amgylchiadau – a hithau'n gorfod ymadael ymhen tridiau – tybed a fyddai cystal â gwneud trefniadau eraill. Ond dyna fe, meddai, roedd y gwaith wedi dod i ben i bob pwrpas. A throi i ffwrdd er mwyn dangos, mewn ffordd gynnil ond diamwys, mai ar delerau cwrteisi a chywirdeb proffesiynol yr oedd eu perthynas wedi'i seilio mwyach, a dim byd arall. Roedd Sam, y cariad newydd, yn saff yn ei ffôn. Ac yno y câi aros.

77 Lara a Gruff

Fore Mawrth, llenwodd Sol ychydig o fân dyllau rhwng y wal ac ymyl y ffenest yn stafell wely Lara. O ddarganfod dau dwll tebyg yn stafell Carys, rhoddodd yr un driniaeth i'r rheiny a chael esgus, yr un pryd, i chwilio am y papurau newydd yno: yn y wardrob, yn yr hen goffor, yn y dreirau. Cafodd hyd i fwy o gopïau o *Woman & Home* ynghyd â dau hen lyfr croeseiriau a chatalog esgidiau Moshulu. Digiodd at hynny: ddim yn gymaint o fethu gweld yr un papur newydd, ond oherwydd y diffyg trefn. Roedd y fenyw ddidoreth 'ma'n gwneud ei dasg yn filwaith gwaeth.

Aeth Sol i'r stafell ganol a theipio'i arwyddair i'r cyfrifiadur. Doedd dim neges gan Carol. Eisteddodd yn dawel am funud a cheisio meddwl am rywbeth arall i'w ddweud wrthi, rhywbeth a fyddai'n profi mai pobl eraill oedd ar fai, rhywbeth a allai dynnu ymateb. O golli ffydd mewn geiriau, penderfynodd anfon cyfran o'r arian yn eu lle. Dim ond rhyw fil neu ddwy, fel bod yr amlen yn ddigon bach i fynd trwy ddrws y fflat. Gallai dalu'r arian yn ôl cyn gynted ag y câi fwy o waith. A fyddai dim angen rhoi gwybod i Daz na neb arall.

Doedd Sol ddim ar frys i agor neges Lara oherwydd roedd eisoes yn gwybod beth fyddai ei chynnwys.

Hiya, Gruff. Rhaid hastu. Shifft yn dechrau am ddau. Jyst i weud bo fi a fy ffrind Bethan (ti'n cofio Bethan?) yn dod draw i Almunecar am brêc bach. Wedi cael cheap deal. Maen nhw'n hwpo ni mewn i'r Bella Vista. Wyt ti'n nabod y lle? Mae'n edrych yn fawr ar y website. Ond mae e ar bwys y môr. Traeth neis. Pwll hefyd wrth gwrs. Entertainment gyda'r nos. Anyway doedd dim dewis achos taw package deal yw e. Cyrraedd dydd Iau o Gaerdydd. Ie, dydd Iau hyn. Sori. Byr rybudd rwy'n gwybod. Ddim eisiau dod draw heb adael i ti wybod. Byddwn ni 'na marce saith os wyt ti moyn cwrdd. Tamaid o fwyd falle?

Gad i fi wybod os wyt ti'n rhydd. Paid becso os wyt ti ddim

x L

Dyma number y mobile 07951 442672

Doedd Sol ddim wedi penderfynu eto beth i'w wneud â Gruff a Lara yn ystod eu harhosiad byr yn Santa Anna. Byddai Lara'n gadael Sam amser te ac yn disgwyl cwrdd â'i chariad coll amser swper. Ni fyddai hynny'n digwydd, wrth reswm. Ni fyddai'r un cyfarfod yn digwydd trwy gydol eu gwyliau bach byrfyfyr. A byddai'n rhaid i Gruff ddyfeisio ffordd o ymddiheuro i Lara am y cymhlethdodau annisgwyl a fyddai, ysywaeth, yn tarfu ar eu trefniadau. Bu Sol yn dadlau â'r Gruff yn ei ben wedyn ynglŷn â faint o amser y gellid ei ddwyn oddi ar Lara cyn iddi ddanto. Byddai'n rhaid anfon ail neges wedyn, ar ôl iddi gyrraedd. A thrydedd hefyd, a rhagor, o bosibl, er mwyn ateb y negeseuon gofidus a ddeuai oddi wrth Lara, achos siawns na fyddai amser yn llusgo'n boenus o araf i rywun oedd wedi hedfan i Sbaen yn unswydd er mwyn cwrdd â'i chariad coll.

Mae hynny'n gret Lara. Edrych ymlaen. Ond bach o broblem gyda nos Iau. Gweithio'n hwyr yn rhoi electrics mewn.

Oriau dwl fan hyn. Dydd Gwener yn gret. Cwpla am 5. Galla
i fod draw erbyn 6. Dydd Sadwrn yn rhydd da fi wedyn.
x Gruff

78 Sol

Casglodd Sol ei offer at ei gilydd. Roedd y llwyth yn llawer
trymach nag o'r blaen. Erbyn hyn, yn ogystal â'i *holdall* a'i
fag tŵls, roedd ganddo lond sach blastig o'r offer newydd
– y dryll hoelion, yr *angle grinder* a nifer o bethau llai –
y bu'n rhaid eu prynu gogyfer â gosod y marmoleum a'r
ffenestri, a doedd hynny ddim yn cynnwys y ceffylau llifio.
Safai'r rhain yn yr ardd o hyd, a'r blawd llif yn dwmpathau
bach gwlyb oddi tanynt. Ni fentrai Sol eu gadael yno, ond
ni allai fynd â nhw chwaith. Fe'u llusgodd i'r lôn gefn, felly,
a'u gadael yno, yn pwyso yn erbyn y wal. Efallai na fyddai
neb yn sylwi am sbel. Efallai y byddai lladron yn gwneud
cymwynas ag e.

Ac roedd Sol Kussini wedi cael hen ddigon o fod yn
Sam Powell.

79 Lara a Carys

Lacura Sun Lotion SPF30	llaeth
Simple moisturiser	bananas
Ibuprofen 400	peaches
Gaviscon Advance Action tablets	pineapple (Del Monte)
Lemon Sherbets	hufen
Rough Guide to Andalucia	menyn
Black Hills (Nora Roberts?)	marmalêd
gwn nos	
briefs	

'Oes isie rhywbeth, Mam?'

'Mm?'

'O'r dre. Chi moyn rhywbeth o'r dre?'

'Na 'dw.'

'Beth am *peaches*? Galla i gael *peaches* i chi. Chi'n lico *peaches*.'

Tawelwch.

'Pryna i *peaches* 'te. Lan i chi wedyn.'

Ar ei ffordd i'r ysbyty, stopiodd Lara yn Nhrefelin i siopa am y tro olaf cyn mynd ar ei gwyliau. Yn Waterstones, prynodd y nofel gan Nora Roberts roedd Bethan wedi'i hargymell, ynghyd â'r *Rough Guide to Andalucia*. Aeth i Marks & Spencer wedyn. Rhoddodd ddau ŵn nos Maison de Senteurs a phedwar o'r Floral Lace High Rise Bandeau Knickers yn ei basged. Yna, o gael cystal hwyl arni, ac er nad oedd yr eitem ar ei rhestr, penderfynodd brynu'r Phoebe Pleated Camisole hefyd. Roedd hon yn fwy *risqué* na dim y byddai Lara'n arfer ei wisgo, ond heb fod yn ormodol felly. Fe'i cododd o'i blaen a'i harchwilio. Roedd y les am y bronnau'n chwaethus o bert. Felly hefyd y les o gwmpas y tin, ond bod honno rywfaint yn lletach, fel na fyddai'n dangos gormod o'i chluniau. Darllenodd y label. *For a flawless foundation, you'll feel your most confident in this gorgeous lingerie set from Limited Collection.* Tynnodd ei bysedd ar hyd y defnydd. Darllenodd y label eto. Hoffai'r gair 'confident'. A beth bynnag, meddyliai Lara, doedd prynu ddim yr un peth â gwisgo. Gallai brynu heb wisgo, ond allai hi byth â gwisgo heb brynu. Cadw'r dewis oedd yn bwysig. A doedd dim angen iddi benderfynu nes ei bod hi'n bell, bell o'r fan hyn.

Wrth ddychwelyd i'r maes parcio, cerddodd Lara heibio Dyer Outfitters. Stopiodd ac edrych ar y dillad yn y ffenest. Ar y chwith, roedd *mannequin* yn gwisgo siaced Barbour a *chinos*. Crysau-t a dillad hafaidd eraill a lenwai'r ffenest ar y dde. Doedd dim golwg o'r crys Ralph Lauren. Ac efallai mai dyna un rheswm pam y penderfynodd Lara fynd i chwilio amdano: am fod ei absenoldeb yn gwneud y cof amdano'n fwy byw, yn creu awydd yn y bysedd i'w deimlo eto. O ddeffro'r cof wedyn, siawns na chododd awydd yn y llygaid i fesur o'r newydd y gwahaniaeth rhwng 'Medium' a 'Large' ac yna, petai rhaid, i gywiro'i chamgymeriad cynt. Ond yn fwy na dim, erbyn hyn, ar ôl ei llwyddiant yn Marks & Spencer, roedd Lara yn yr hwyl i siopa. Ac onid peth hunanol oedd cael cymaint o drîts iddi hi ei hun heb ddangos yr un haelioni tuag at Gruff? Hyd yn oed y Gruff diddiolch. Ddim i'w roi ar unwaith, wrth gwrs, ond i'w gadw wrth law. Lluniau o'i chariad newydd ar ei ffôn.

A chrys ei chymodi â'i hen gariad yn ei bag. Câi ddewis y naill neu'r llall, yn ôl yr angen.

Aeth Lara i mewn i'r siop ac edrych trwy'r crysau ar y reils. Ni welodd y Ralph Lauren yno chwaith. Ac ar adeg arall efallai y byddai rhywbeth gwahanol wedi gwneud y tro. Roedd y Maine New England, er enghraifft, gyda'i gingham siec lliwgar, yn ddeniadol iawn. Ond heddiw, ar drothwy eu haduniad, y crys hwnnw'n unig a wnâi'r tro. Byddai'n rhaid iddi fynd at y dyn bach moel eto a holi. 'Oes gyda chi grys Ralph Lauren, plis? Yr un â'r *double pleat* yn y cefn. Yr un ryst? Rwy'n ffaelu gweld ...' Ac yna, '*Medium* sy isie.' Yn bendant. Heb betruso.

Cafodd Lara amser i droi'r cwestiwn hwn yn ei meddwl wedyn am fod cwsmer arall wrth y cownter, a hwnnw'n cael trafferth i dalu gyda'i gerdyn credyd. Dwedodd y dyn bach moel 'Helô' wrth Lara, ac ymddiheuro, ac addo na fyddai'n ei chadw'n hir. 'Sdim hast,' meddai Lara, a gwenu ar y ddau ddyn, yr un bach moel yn gyntaf, a'r cwmser wedyn. Trodd y cwestiwn yn ei phen eto. 'Y crys ryst 'na. Y Ralph Lauren. Yr un oedd yn arfer bod yn y ffenest.' A phwyntio. Ond doedd dim diben pwyntio at wacter. Yn lle hynny, byddai'n rhaid iddi gyfeirio'n ôl at y tro diwethaf, a byddai'r cwestiwn yn tyfu wedyn. 'Y crys ryst 'na brynes i ym mis Ebrill, oes rhai i ga'l 'da chi o hyd? Dyw e ddim f'yna nawr. Un *medium* sy isie.' A fyddai dim gwahaniaeth pa mor bendant oedd hi. Un ffordd neu'r llall, byddai'r dyn yn bwrw ymlaen i ofyn, '*Medium*? Y'ch chi'n siŵr? Y tro dwetha ...' Neu, fel arall: 'A shwt aeth y briodas, 'te? Yn Nhrefelin fuoch chi? A'r mis mêl? Ydych chi wedi cael eich mis mêl eto?'

Pan ddaeth ei thro, ni ofynnodd y dyn yr un o'r cwestiynau hyn. 'Y Ralph Lauren?' meddai, a siglo'i ben. 'Dim ar ôl, sori.' Ac os oedd hynny'n rhyddhad, roedd hefyd yn siom. Roedd Lara bellach wedi paratoi ateb i'r cwestiwn am y mis mêl ac roedd rhan ohoni'n edrych ymlaen at roi mynegiant iddo. 'Naddo, ddim eto,' byddai hi wedi'i ddweud, a sôn am ofynion gwaith: hithau yn yr ysbyty, ac yntau … Ond digwydd bod angen cyfeirio at waith ei gŵr. 'Ry'n ni'n mynd i Sbaen ddydd Iau.' Gallai ddweud hynny gyda hyder. 'Gobeithio na fydd hi'n rhy boeth i ni f'yna.'

Trueni na chafodd Lara gyfle i sôn am y mis mêl wrth rywun. Trueni na chafodd brynu crys i Gruff chwaith, a hithau'n teimlo'n neilltuol o gadarn y diwrnod hwnnw, am ychydig, ar ôl ei hymweliad llwyddiannus â Marks & Spencer.

80 Dyddlyfr Haval Reis

8 Gorffennaf
3.30 pm
Lara Wyn
Degfed sesiwn (Sesiwn olaf)

LW i'w gweld mewn hwyliau da, ond wedi'i chynhyrfu braidd. Dechrau gyda phum munud o dawelwch ac anadlu.

Cafodd fudd o'r ymarferion chwerthin, meddai. Bu'n gofidio am ei mam. Soniodd am y 'poen' yn ei bola a achoswyd gan y gofid hwn. Poen? Pwyntiodd at ei hystlys. Ond trwy chwerthin, meddai, daeth i ddeall mai'r gofid oedd y maen tramgwydd, nid ei mam. Roedd ei mam yn cymryd ei meddyginiaeth a doedd dim lle i ofidio. Trwy ofidio'n ormodol am ei mam, roedd ei mam yn sugno'r gofid hwnnw ac yn mynd yn ofidus ei hunan, a hynny wedyn &c &c. Cylch dieflig.

[DS Mae LW â'r gallu i fod yn dreiddgar ar brydiau, a hynny heb ymyrraeth gen i. Dim ond ysgogi sydd ei angen. Rhaid cofio hynny.]

'Laughter is higher than all pain,' meddwn.

[DS Mae dirfawr angen cyfieithu Hubbard i'r Gymraeg. Nid yw'n iawn fy mod i'n ei ddyfynnu yn Saesneg, fel petai'r gwirionedd hwnnw'n eiddo i bobl eraill yn unig. Oes dyfyniad cyfatebol?]

Es i ddim ar ôl busnes y cariadon. Dim ond awgrymu bod materion 'i'w trafod eto' a gofyn a hoffai drefnu cwrs arall o gyfarfodydd. Rhoddai wybod, meddai. Mae hi'n awyddus i ddod i'r agoriad.

'Trech chwerthin na dolur?' (Na phoen? Na gofid?)

81 Lara, Sol a Carys

'Wedi sgrifennu popeth i lawr i chi, Mam. Fan hyn. Chi'n gweld?'

Fore Iau, gadawodd Lara'r rhifau ffôn angenrheidiol ar y bwrdd yn y stafell ffrynt: rhif y gwesty, rhif Nesta, rhif ei ffôn symudol, a rhif y meddyg, rhag ofn. Gadawodd fanylion ei hediadau hefyd, gan danlinellu amser ei dychwelyd a rhybuddio'i mam bod ffleits weithiau'n hwyr ac y byddai'n rhoi caniad iddi cyn gynted ag y glaniai'n ôl yng Nghaerdydd. Ac roedd wedi rhoi'r wybodaeth hon i gyd mewn un nodyn, fel na fyddai'i mam yn drysu. Lluniodd restr hefyd o'r prydau parod a adawodd yn y rhewgell. Wedi peth pendroni, rhoddodd hon ar y cownter yn y gegin gan mai gwybodaeth i'w defnyddio yn y man hwnnw oedd hi ac yr oedd yn llai tebygol o fynd ar goll o gael ei chadw yno. Gwnaeth yn siŵr bod ei mam yn gwisgo'r diwben dabledi a bod ynddi gyflenwad digonol. Roedd eisoes wedi ffonio ei chwaer a gofyn iddi gyfrif y tabledi ddydd Sadwrn, pen ddeuai draw. Gadawodd baced arall ar y bwrdd, rhag ofn, a nodi hynny hefyd yn y nodyn.

'Tabledi, Mam. Fan hyn. Chi'n gweld?'

Am ddeg o'r gloch, cariodd Sol fagiau Lara i'r tacsi. Roedd ei fagiau yntau'n barod hefyd, ar lawr y pasej – y bag tŵls, y sach blastig a'r *holdall* – er mwyn dangos i Lara ei fod e hefyd ar fin ymadael. Byddai'i ffrindiau'n galw heibio cyn bo hir, meddai, a châi fynd adref i Gasnewydd wedyn, a chasglu'i gar a dechrau ar y job newydd oedd 'da fe, mewn lle nad oedd Lara'n adnabod ei enw. Clywsant Carys yn peswch yn y stafell ffrynt. Safodd y ddau yn dawel am eiliad, gan wybod mai peswch tynnu sylw oedd hwn. Edrychodd Lara yn ei bag i sicrhau bod ei phasbort yno, a'r tocynnau. Roedd eisoes wedi ffarwelio â'i mam, a sawl ffarwél oedd ei angen? Er hyn i gyd, cyn iddi fynd i'r tacsi, rhoddodd Lara ei phen heibio drws y stafell ffrynt a dweud, 'Wi off nawr, Mam,' a gadael bwlch ar gyfer yr ateb. Ac eto, 'Wy'n mynd nawr, Mam.' A saib arall. ''Na ti, 'te,' meddai Carys. Ac fe gododd hynny galon Lara, ddim yn gymaint oherwydd yr ateb ei hun, ond am nad oedd dim peswch wedi'i ddilyn. Roedd y diffyg peswch, yn ei thyb hi, yn fath o sêl bendith. Doedd ei mam yn dymuno dim drwg iddi.

Cynigiodd Lara ei llaw i Sol a diolchodd iddo am ei waith. 'Bydd hi'n gweld ei werth e wedyn,' meddai.

'Pan ddaw'r gaeaf,' meddai Sol.

'Ie, pan ddaw'r gaeaf.'

'Mae pobol yn cymryd amser ...'

'I gyfarwyddo.'

'I gyfarwyddo. Ddim yn lico newid.'

Ac roedd hynny hefyd yn fath o gadarnhad i Lara nad oedd hi'n gwneud dim o'i le. Byddai ei mam yn dod i arfer. Roedd hi eisoes wedi dechrau dod i arfer. A byddai popeth yn iawn ar ôl iddi ddychwelyd o'i gwyliau. Byddai'r cyfarwyddo yn parhau. Tynnodd Sol ati a rhoi cusan ar ei foch. 'Diolch i ti, Sam.' Caeodd Sol ddrws y tacsi a chodi'i law. Cododd Lara ei llaw hithau. Edrychodd i weld a oedd ei mam yn sefyll yn y ffenest ond roedd sglein yr haul ar y gwydr ac ni allai weld dim.

Dychwelodd Sol i'r tŷ. Roedd Carys yn darllen y tudalennau chwaraeon.

'Eich ffrindie chi ar y ffordd?'

Edrychodd Sol ar ei watsh. 'Mewn awr.'

'Awr. 'Na chi, 'te. Popeth yn barod 'da chi?'

'Ydy, ydy. Popeth yn barod.'

'A'ch twls?'

'Yn y pasej. Mae popeth yn y ...'

''Na fe, 'te. Awr, chi'n gweud?'

'Llai, falle.'

Digon o amser, felly, i Carys fynd i'w stafell wely ac esgus gwneud ychydig o waith cymoni yno, achos doedd arni ddim chwant aros fan hyn am hanner awr yn bradu amser gyda dyn na fyddai hi byth yn ei weld eto. A'r stafell wely oedd orau. Gallai agor y wardrob a thynnu rhai o'i dillad allan a'u rhoi nhw'n ôl fel bod Sam yn clywed sŵn ei phrysurdeb. Cwpl o ddreiriau hefyd. A dod i lawr wedyn, i ddweud ei ffarwél. Gwaith munud oedd ffarwelio ag *odd job man*. Câi droi at y croesair wedyn.

82 Lara

Twt-twtiodd Lara'n dawel pan edrychodd ar yr hysbysfwrdd electronig yn y maes awyr a gweld bod yr hediad i Malaga wedi'i ohirio am hanner awr. Ond o dan ei thwt-twtian roedd hi'n falch. Petai Gruff wedi cytuno i gwrdd â hi y noswaith honno byddai hi wedi bod yn hwyr. Byddai yntau wedi gorfod sefyllian yno, yn y gwesty dienaid hwnnw, yn disgwyl amdani, yn edrych ar ei watsh, yn tapio'i fysedd ar y bwrdd, ar y bar, ar ei benglin. Byddai hithau wedi gorfod anfon gair o eglurhad, o ymddiheuriad. Peth da, felly, o dan yr amgylchiadau, bod Gruff wedi cynnig nos Wener yn lle nos Iau. Ac erbyn hyn, yr oedd y siom a gawsai Lara o dderbyn ei neges wedi troi'n ollyngdod. Ni fyddai angen iddi gynnig esboniad, na phryderu am sut i eirio'r esboniad hwnnw, na sut y câi ei ddehongli wedyn. Yn wir, i Lara, am ychydig funudau, yr oedd yn union fel petai rhagluniaeth wedi ymyrryd ar ei rhan. Trodd y pedwar diwrnod yn dri, ond gwell hynny na difetha'r cyfan trwy wneud cawlach o'r noson gyntaf.

Pan eisteddodd yn yr ystafell aros, felly, roedd Lara'n teimlo'n ddigon bodlon ei byd. Oherwydd hynny, doedd hi ddim yn malio'n ormodol mai ffigwr unig prin oedd hi ymhlith y teithwyr eraill: y grwpiau o ffrindiau, y cyplau ifainc, y teuluoedd. Ac am ei bod hi'n chwerthin y tu mewn, fe lwyddodd i gyfranogi rywfaint o'u llawenydd hwythau. Tynnodd sgwrs â mam ifanc ar ôl codi un o ddoliau Moshi Monster ei phlentyn o'r llawr. Chwarter awr yn ddiweddarach, wrth sefyll yn y ciw am goffi, clywodd sgwrs rhwng dau ddyn y tu ôl iddi a darganfod bod un ohonynt wedi aros yn y Bella Vista o'r blaen. Soniodd hwnnw am sut y cafodd ei gloi allan o'i stafell yno yn oriau mân y bore, a'r strach a'r camddeall a ddaeth wedyn. Ymunodd Lara yn eu chwerthin.

Cafodd Lara fudd o'r siarad smala hwn â dieithriaid. Gan nad oedd Bethan yno, i gadw cwmni iddi, peth call – a pheth dymunol hefyd – fyddai gwneud ffrindiau eraill: nid ffrindiau fel y cyfryw, ond pobl y gallai godi llaw arnynt, neu wenu arnynt wrth gerdded heibio ar y traeth, i Gruff gael gweld mai menyw boblogaidd oedd Lara, y math o fenyw y byddai pobl yn dymuno treulio gwyliau glan môr gyda hi: menyw lawen, hwyliog, yr un peth â hwythau.

Wrth feddwl felly, fe ddaeth Lara'n ymwybodol eto, ar ei gwaethaf, mai dim ond fel menyw-ar-ei-gwyliau yr oedd Gruff wedi'i hadnabod hi erioed. Siarad tywod. Siarad haul. Siarad gwin. Ychydig o siarad gwely hefyd, ond siarad gwely-wedi'r-haul-a'r-gwin oedd hwnnw, ac fe wyddai Lara fod y math yna o siarad gwely ond yn perthyn i wyliau hefyd. Oedd, roedd e wedi gwerthu pethau iddi dros y cownter yn Edwards Interiors yn ôl yn Nhrefelin, ond nid adnabod oedd hynny. Iaith cypyrddau a silffoedd a goleuadau a siaradent yno. Ac am y siarad arall – y siarad annghynnes yn yr ardd wedyn – hwnna oedd y gwaethaf o'r cwbl am ei fod wedi cael ei dorri ar ei hanner. Fel atal dweud. Yn dad-wneud y siarad arall i gyd.

Clywodd Lara lais dros yr uchelseinydd yn dweud bod yr hediad i Malaga am ymadael o Gât 6. Cododd pawb a chydio yn eu bagiau. Rhoddodd y fam ifanc y Moshi Monsters yn ôl yn eu bocs. Dwedodd Lara wrthi hi ei hun mai damwain fach oedd busnes yr ardd, cam gwag, ac roedd hi eisoes wedi cael maddeuant amdano. Gallent ailgydio yn iaith gwyliau, felly, a dechrau o'r newydd. Ac os nad oedd iaith gwyliau'n ddigon, ar ei phen ei hun, i wireddu'r adnabod a ddeisyfai, roedd hi'n siŵr y byddai'n arwain ato maes o law, o fod yn amyneddgar, o garu'n well.

Trodd ei meddwl yn ôl at Bethan. Byddai'n rhaid dyfeisio esgus am ei habsenoldeb. 'Roedd hi'n rhy dost ... Gath hi bwl cas ...' Ac o chwarae gyda'r brawddegau hyn, penderfynodd nad oedd hynny'n rhy bell o'r gwir oherwydd roedd Bethan wedi cael salwch bore go wael, gyda'i beichiogrwydd, a dyna'n sicr y byddai wedi'i wneud petai wedi trefnu gwyliau o'r fath: eu canslo, ac ar y funud olaf hefyd, petai angen. Ie, dyna ddigwyddodd i Bethan druan. Mynd yn sâl ar y funud olaf, a hithau – fel Lara ei hun – eisoes wedi prynu'i thocyn.

Wrth gerdded i Gât 6, cafodd Lara gysur o'r manylyn bach hwnnw yn ei stori. Cafodd gysur hefyd o gofio bod Sam yn saff yn ei ffôn, yn dala'i braich, yn barod am yr aduniad â'i hen ffrind. Yn ôl yr angen, wrth gwrs. Lara, a Lara'n unig, a fyddai'n gwneud y penderfyniad hwnnw. Sam neu Gruff. Gruff neu Sam. Difarai eto nad oedd hi wedi cael y crys Ralph Lauren, yr un *medium*, fel y gallai ddweud wrtho, 'Dyma ti, Gruff. Anrheg fach.' Yn ôl yr angen. Fel bod ganddi ddewis.

83 Dyddlyfr Haval Reis

11 Gorffennaf

Pytiau byr am yr agoriad ar Radio Cymru a Radio Wales a Radio Carmarthenshire. Braidd gormod o siarad am Dad a Dad-cu a cholli'r pwynt. Un o'r gohebwyr yn drysu rhwng Wiliam ac Isaac! Gormod o bobl yn byw yn y gorffennol. Swansea Sound fory. Pwt arall i ddod yn y *Journal* ddiwrnod yr agoriad. Densil Hicks am gyfweld â rhai o'r defnyddwyr. Gwrthodais. Rhaid parchu preifatrwydd. Nag yw'n gwybod hynny? Angen ongl wahanol i'r tro diwethaf, meddai. Ond alla i ddim o'i drysto fe, ddim ar ôl y tro diwethaf. Gwneud sbort am ben pobl. Dilema.

Ffenest yn sticio yn y sgubor. Chwyddo yn y gwres, siŵr o fod. Ffôn Sam ddim yn gweithio. Jorgi ddim yn ateb.

'Silly.' Bruce G yn awgrymu 'chwarae bili-ffŵl'. Ha! Ac i fenyw?

84 Sol

Aeth Sol i swyddfa'r post yn Nhrefelin a rhoi'r amlen ar
y glorian. Synnai fod cyn lleied o bwysau mewn dwy fil o
bunnau. Ystyriodd ychwanegu mil arall. Dwy fil, hyd yn
oed. Ond byddai hynny wedi llyncu mwy o amser. Byddai
angen amlen fwy o faint hefyd, a thâp pwrpasol i'w selio,
a siawns na fyddai'n ysgafn o hyd. Ysgafn am bedair mil o
bunnau. A ble fyddai Sol yn cael hyd i bedair mil o bunnau
i dalu Daz yn ôl?

Prynodd stampiau a'u glynu wrth yr amlen. Dewisodd
stampiau ail ddosbarth. Byddai hynny'n rhoi dau ddiwrnod
o ras iddo. Diwrnod a hanner, o leiaf. Byddai wedi hoffi
gofyn i'r bostfeistres, 'Ydych chi'n siŵr y cymerith hi ddau
ddiwrnod? Allwch chi addo na fydd hi'n cyrraedd fory?'
Ond ni wyddai sut i eirio'r cwestiwn heb dynnu amheuaeth
am ei ben. Pwy yn ei iawn bwyll fyddai'n dymuno arafu
hynt ei becyn?

Doedd Sol ddim yn barod i bostio'r arian eto. Gwnâi
hynny o ryw fan arall, rhywle disylw lle na fyddai neb yn
ei adnabod nac yn ei gofio. Bryste, siŵr o fod. A dala'r bws
hefyd, am fod y bws yn rhatach na'r trên a'r arian parod
yn codi llai o amheuon. Ymhen deuddydd bydden nhw'n
edrych ar yr amlen ac yn dweud, 'O, ym Mryste mae e,
felly.' Ac erbyn meddwl roedd Bryste yn lle da ar gyfer
ei bostio. Fyddai neb yn gwybod i ba gyfeiriad yr oedd
Sol yn bwriadu mynd. Tua Llundain? Tua'r gogledd? Neu
aros yn ei unfan? Fydden nhw ddim callach. A ble wedyn?
Digon pell, yn bendant. ''Na le *fuodd* e, chi'n feddwl. Dau
ddiwrnod yn ôl o'dd e ym Mryste. Dyn a ŵyr ble mae e

nawr.' Doedd dim cyfeiriad ar yr amlen eto, dim ond enw Carol a'r geiriau *For Addressee Only.* Doedd Sol ddim wedi penderfynu eto at bwy y dylai'i hanfon. Byddai'r heddlu'n cadw llygad ar ei fflat, yn agor pob llythyr, o bosibl. Ei mam, efallai? Neu ei brawd? Roedd ganddo bedair awr i benderfynu. Câi sgrifennu'r cyfeiriad ym Mryste. Dros goffi. A neb yn edrych. Neb yn amau dim.

Taflodd ei fag twls a'r cwdyn mawr plastig i'r howld o dan y bws. Cadwodd yr *holdall* wrth ei ochr.

Teimlai Sol ryddhad pan dynnodd y bws allan o'r orsaf. Ac o deimlo felly mae'n bosibl iddo ddifaru rywfaint am guddio tabledi Carys Wyn cyn iddo ymadael â 22 Heol Hafren. Doedd e ddim yn siŵr bellach a oedd Carys o ddifrif ynglŷn â chwilio am y llun. Roedd yn fwy tebygol, efallai, mai siarad ar ei chyfer roedd hi, fel y gwnâi'n aml, ynglŷn â'i thraed a'i pheswch ac aroglau'r paent a'r dŵr ar y ffenestri a'i holl gasbethau eraill. Ond roedd cuddio'r tabledi i'w weld yn beth rhesymol i'w wneud ar y pryd. Petai Carys yn gorfod chwilio am ei moddion byddai ganddi lai o amser i boeni am y llun. Llai o awydd hefyd. Poeni am ei merch fyddai hi: am y pryd o dafod a gâi petai Lara'n cael gwybod ei bod hi wedi colli'r tabledi eto fyth, a hithau draw yn Sbaen, ac wedi mynd i'r fath drafferth i gael popeth yn barod iddi.

Tynnodd Sol y pasbort o'r boced yn ochr yr *holdall.* Edrychodd ar y llun o Phil Reynolds, dyn digon tebyg i Sol a Sam o ran pryd a gwedd, ond ei fod e'n gwisgo sbectol a doedd ganddo ddim barf. Roedd gwallt Phil Reynolds wedi'i dorri'n fyr iawn hefyd ac roedd dipyn yn oleuach nag eiddo'r ddau arall. Trodd Sol yr enw ar ei dafod. 'Phil Reynolds.' Roedd yn well ganddo'r enw hwnnw. Doedd e erioed wedi cymryd at Sam Powell. Ond gallai anghofio amdano nawr. Peth doeth fyddai anghofio am Gruff hefyd. Darn arall o dystiolaeth oedd hwnnw. Ac er na wyddai Sol sut yn union y byddai tystiolaeth o'r fath yn cael ei defnyddio yn ei erbyn, roedd yn siŵr bod yr heddlu wedi gweld neges Gruff at Carol. Pwysau diangen oedd Gruff bellach. Roedd ganddo hen ddigon o lwyth yn barod, rhwng popeth. Byddai'n dileu ei gyfrif e-bost hefyd, pan gâi gyfle. Pobl ddoe oedd Sam Powell a Gruff Wilkes fel ei gilydd.

Ymhen deg milltir, ymunodd y bws â llif chwim, amhersonol y draffordd. Edrychodd Sol trwy'r ffenest a gweld yr arwydd am Aberatwe. Cyn bo hir – wrth ddod i gyffiniau Caerdydd – byddai'n rhaid cuddio'i wyneb. Symud i'r cefn hefyd, efallai. Tynnodd y *Western Mail* o'i fag. Trodd i'r dudalen gefn a darllen am y cwynion ynglŷn â'r vuvuzelas yn Ne Affrica. Agorodd y papur i gadarnhau pa gêm oedd i gael ei darlledu'n nes ymlaen. Ie, Brasil, wrth gwrs. Doedd Brasil ddim cystal ag y buon nhw, ond roedd Sol yn benderfynol na fyddai'n colli Kaká a Fabiano a Robinho a'r lleill. Efallai na châi gyfle arall, ddim am sbel, ddim am bedair blynedd, o leiaf. A dyna Gilberto Silva wedyn. Roedd hwnnw'n tynnu ymlaen. Ei gwpan olaf, felly, fwy na thebyg.

A byddai'r papur yn ddigon i'w guddio am sbel, o'i ddal ar agor fel hyn a chraffu ar y tudalennau teledu. Nes iddo gyrraedd Bryste. A chael hyd i dafarn wedyn. I wylio'r gêm. I weld Robinho a'r lleill. I weld Gilberto Silva, efallai am y tro olaf.

85 Carys Wyn a Haval Reis

Am bump o'r gloch, yn unol â'r cyfarwyddiadau ysgrifenedig a adawodd Lara ar y bwrdd bach, mae Carys Wyn yn chwilio am ei thabledi. Nid yw'r diwben blastig – y diwben sy'n dal y bocs tabledi – am ei gwddwg ar hyn o bryd, ond does dim angen poeni am hynny. Cafodd napyn bach ar y soffa ar ôl cinio a bu'n rhaid ei thynnu. Fel arall, byddai'r plastig wedi pigo'i chroen. Ac mae hi'n cofio hyn i gyd. Y gorwedd i lawr. Tynnu'r diwben wedyn. Ei rhoi hi'r naill ochr. A mynd i gysgu.

Wrth ei phwysau, felly, mae Carys yn mynd i chwilio amdanynt. Yn gyntaf, mae hi'n edrych y tu ôl i'r clustogau ar y soffa, gan godi pob un yn ei thro a'i rhoi'n ôl drachefn, gan sicrhau ei bod hi'n cadw popeth yn gymen. Dyw hi ddim eisiau cymoni eto cyn i Nesta gyrraedd ddydd Sadwrn. A dyw hi ddim am roi'r argraff chwaith nad yw'n gallu cadw trefn yn ei thŷ ei hun. Yna mae hi'n codi clawr y pwff. Lle annhebygol yw hwn, mae'n wir, i ddod o hyd i foddion, ond dyma'r lle mae Carys yn cadw hen bapurau a bu'n edrych trwy'r rhain y prynhawn 'ma, wrth chwilio am y llun o'r chwaraewr rygbi sy'n edrych yn debyg i Sam. O fethu gweld dim byd yno chwaith, aiff ar ei phengliniau a gwthio'i bysedd o dan y soffa, gan wybod bod pobl yn gallu cicio pethau o'r golwg heb sylwi. Does dim byd yno heblaw top beiro a gwympodd, mae'n rhaid, tra oedd hi'n gwneud un o'i chroeseiriau. Edrycha yn y llefydd cydnabyddedig eraill lle mae gwahanol eitemau, ar ryw adeg neu'i gilydd, wedi cael eu rhoi i lawr trwy amryfusedd a'u hanghofio wedyn: ar ben y teledu, ar y seidbord, ar y pentan, ar sil y ffenest. Archwilia bob un, a hynny gyda mwy o ofal nag arfer, am mai hi yn unig sydd yma nawr a dyw hi ddim yn gallu galw ar ei merch i roi cymorth iddi.

'Ha!'

Mae Carys Wyn yn cofio wedyn iddi fynd i'r gegin, chwap ar ôl iddi gael ei hoe fach, er mwyn golchi'r llestri. Gyda hyder newydd, felly, ac ychydig o sioncrwydd yn ei cherddediad, aiff i'r gegin eto ac edrych yn y llefydd amlwg i gyd: ar y cownter, lle mae Lara wedi gadael y brocoli, y tato a'r wynwns; ar y seld, ymhlith y biliau a'r taflenni; mae hyd yn oed yn codi'r bananas a'r eirin gwlanog o'r bowlen ffrwythau. Yna, o gyrraedd pen pellaf y gegin mae Carys yn anghofio am ei thabledi oherwydd yno, ar y bwrdd, mae ei merch wedi gadael nodyn bach, yn rhestru'r prydau a roddodd yn yr oergell. Mae Lara wedi sôn wrthi am y nodyn hwn. Mae hi wedi cyfeirio ato hefyd yn y nodyn arall, y nodyn mawr, a adawodd ar y bwrdd yn y stafell ffrynt. Er hynny, mae Carys yn gofidio am yr ail nodyn hwn am nad yw hi wedi cael cyfle i'w astudio. A pha syndod, o'i adael fan hyn, ym mhen pellaf y gegin? A beth ddaeth dros ei merch i wneud shwt beth?

Wedi ystyried y rhestr o brydau, mae Lara'n penderfynu nad oes chwant lasagne arni heno, fel mae ei merch wedi argymell. Gwell ganddi rywbeth ysgafnach. Gyda hynny mewn golwg, mae'n tynnu paced o'r *smoked salmon* o'r oergell, ynghyd â dau wy, a'u rhoi nhw ar y cownter ar bwys y ffwrn. Mae'n pendroni am ychydig a ddylai hi gael tamaid o frocoli hefyd ond yn penderfynu peidio. Gwna dafell o dost y tro. Wrth daro cip arall ar y rhestr mae'n sylwi bod y pryd hwn – neu rywbeth tebyg iddo – ar restr

Lara hefyd, ond o dan 'Dydd Sul'. Mae Carys yn ceisio cofio a oes rheswm penodol pam mae samwn ac wyau yn fwy addas ar gyfer y diwrnod hwnnw na'r un arall o'r pedwar diwrnod y bydd Lara oddi cartref. Mae'n poeni wedyn efallai na fydd y lasagne yn cadw tan ddydd Sul ac mai dyna pam mae angen ei fwyta heno. Yna, gyda fflach o ddealltwriaeth, mae'n sylweddoli nad oes rhaid iddi gyfnewid y naill am y llall, bwyd heno am fwyd nos Sul. Gall fwyta'r lasagne yfory a gohirio bwyd yfory tan ryw noswaith arall. Edrycha eto ar y pedair eitem ar y rhestr.

Lasagne.

Ham, tato, brocoli.

Quiche a salad.

Samwn.

O feddwl am y salad, ac edrych yn yr oergell wedyn a chanfod dewis helaeth o ddail gwyrdd a thomatos a coleslaw, mae Carys yn newid ei meddwl eto a phenderfynu cael y quiche a salad i swper heno. Mae hwn hefyd yn weddol ysgafn ond mae'n addo mwy o flas na'r wyau wedi'u sgramblo. Caiff y pinafal i bwdin. Gwelodd hwnnw yn yr oergell hefyd: rhaid bod Lara wedi'i agor a'i arllwys i fowlen, gan wybod bod ei mam yn cael trafferth wrth agor tuniau. Rhyfedd, felly, nad oes dim sôn amdano yn yr un o'r ddau nodyn.

Mae Carys yn rhoi'r samwn a'r wyau yn ôl yn yr oergell. Yna aiff â'r salad at y cownter, ond nid y quiche. Bydd hi'n tynnu honno allan a'i thorri yn nes ymlaen. Yna mae'n dychwelyd i'r stafell ffrynt. Dim ond wrth eistedd i lawr a throi'r teledu ymlaen ar gyfer newyddion chwech a thynnu bys dros goler ei chrys, gan ddisgwyl teimlo'r diwben dabledi, a theimlo dim ond cotwm, yna croen a gwallt, y mae'n cofio pam yr aeth i'r gegin yn y lle cyntaf. 'Jiawl erio'd …' Ond mae'r newyddion eisoes wedi dechrau. Ac am bum munud mae Carys yn ceisio cyfarwyddo â'r ffaith bod wynebau newydd i'w gweld o flaen 10 Downing Street. Yna mae'n ymgolli mewn stori am fagu pandas. Ac mae'n siarad yn ddigon swta wedyn pan ffonia Lara ar ganol yr eitem honno i gadarnhau bod popeth yn iawn, ei bod hi wedi cyrraedd Malaga'n saff, a dim ond ychydig bach yn hwyr. Ydy, mae Carys yn dweud, mae Sam wedi mynd. A do, fe gymerodd ei thabledi, wrth gwrs 'ny. Yna, er mwyn newid y pwnc ac i ddangos i'w merch fod ganddi'r hawl a'r gallu i wneud ei phenderfyniadau ei hun, mae'n sôn am aildrefnu ei phrydau bwyd, a rhaid i Lara ei hesgusodi achos mae'r quiche yn y ffwrn a dyw hi ddim eisiau iddi losgi. 'Gw-bei, nawr 'te.'

Mae Carys yn cydio yn y nodyn mawr ac yn cael ei hatgoffa mai ar y bwrdd bach y mae'r tabledi sbâr i fod. Ond does dim byd yno, dim byd heblaw'r nodyn ei hun, yn dweud ei gelwydd noeth. Oni bai eu bod nhw wedi cwympo, wrth gwrs. A byddai hynny'n bosibl. Paced bach yw e, un ysgafn. Efallai iddo gwympo pan gododd Carys y nodyn. Ac felly, er gwybod na welodd hi ddim byd o werth pan chwiliodd am y diwben funudau ynghynt, aiff ar ei phedwar eto a theimlo o dan y soffa, oherwydd pethau tra gwahanol yw tiwben blastig a phaced cardfwrdd, ac ni fyddai'r llygad sy'n cwrso'r naill o reidrwydd yn canfod y llall. Y tro hwn mae'n cael hyd i Lemon Sherbet, a hwnnw heb ei dynnu o'i bapur. Eistedda'n ôl yn ei chadair a gwylio eitem ar *Wales Today* am meteors yn hedfan trwy'r gofod uwchben Cymru. Mae'n tynnu'r Lemon Sherbet o'i bapur a'i roi yn ei cheg.

Ac efallai, o gael y cyfle, mai dyna pryd y byddai Carys wedi ffonio Lara'n ôl, i ymddiheuro am ei siarad swta'n gynharach, i'w holi am y gwesty lle mae'n aros, ac i ofyn – wrth fynd heibio – a wnaiff hi ei hatgoffa, plis, ble mae'r tabledi sbâr eto. Ddim bod eu hangen nhw, wrth gwrs, achos mae'r diwben yn saff 'da hi, mae hi am ei gwddwg hi nawr. A dweud ei bod hi wedi darllen y nodyn, ei ddarllen fwy nag unwaith, a dyw e ddim yn iawn. A rhaid geirio hyn yn ofalus, er mwyn peidio â swnio'n biwis eto. 'Gofiaist ti'u rhoi nhw ar y ford wedyn, Lara? Achos rwy'n ffaelu gweld nhw nawr, ddim ar y ford. O'dd 'da ti lot ar dy feddwl, rwy'n gwybod. Ddim bod ots, cofia. Mae'r tiwb 'da fi fan hyn.'

A byddai Carys wedi sôn wedyn am ba mor anghofus mae hi wedi mynd. Ie, a chyfaddef iddi ddrysu'n llwyr ambwyti Sam a'r llun 'na yn y papur. Wedi hala dwy awr yn edrych ar hen bapurau a ffaelu gweld neb oedd yn debyg iddo fe. A sôn efallai am y Sam arall roedd hi wedi dod o hyd iddo. Ond Sam Hobbs oedd hwnnw, dim Powell. Bachan ifanc hefyd. Lot ifancach na'u Sam nhw. A ddim o Gasnewydd chwaith. 'Ti wedi clywed sôn am hwnna o'r blaen, Lara? Sam Hobbs. Yn whare i Gaerdydd.'

A dyna beth od, byddai Carys wedi dweud wrth Lara wedyn, petai hi wedi cael y cyfle, ond wrth fynd trwy'r papurau a dod at y llun o'r dyn 'na laddodd y babi a rhedeg bant i Iwerddon, roedd hi'n meddwl am sbel, Wel, nag yw hwnna'n dishgwl rywbeth yn debyg i Sam? Peth dwl, wrth gwrs. A dim ond yn y llygaid wedyn, yn y ffordd roedden nhw'n troi am i lawr, a hynny'n rhoi golwg flinedig iddo fe. Dyn sy ddim wedi cysgu'n iawn, fel bod y llygaid yn mynd yn drwm ac yn dywyll. A hynny i gyd yn profi pa mor ddidoreth mae hi wedi mynd. 'A finne'n meddwl bod dy dad yn edrych yn debyg i'r boi 'na yn Ffrainc. Beth yw ei enw fe 'to? Swnio'n debyg i *tea cosy*. Ti'n gweld? Cof fel hiddyl. Ond mae'r pisyn papur fan hyn 'da fi. Ydy. Yn gweud ambwyti'r tablets. Rwy wedi edrych rownd. Wedi edrych ym mhob man. Sdim isie becso, cofia. Mae'r lleill 'da fi o hyd. Ydyn. Yn y tiwb.'

Rhywbeth tebyg i hyn y byddai Carys Wyn wedi dymuno'i ddweud wrth Lara, mae'n debyg. Ond pan aeth i chwilio am rif ei merch yn y llyfr, dyma'r ffôn yn achub y blaen arni. Ac o'i godi, llenwyd ei chlustiau a'i meddwl am y deng munud nesaf gan lais main ei ffrind, Hazel. Dim ond i ddweud, meddai honno, iddi gael gair gyda Matt Cooper yn y diwedd – a gorfod aros sbel go lew hefyd, am fod Gaenor, yr ysgrifennydd, yn lapan gymaint. Dim ond i ddweud nad oedd Matt Cooper yn gwybod dim am Wiliam Rice, dim ond bod yna blac i'w gael ar y tŷ. Pa dŷ? Doedd Hazel ddim yn siŵr, ond rhywle'r ochr draw i Langerian. Lan ar y mynydd rywle. A'i fab e'n byw 'na nawr, glei. Bachan o'r enw Hywel. Ie, roedd hi'n weddol siŵr taw Hywel oedd e, dim ond bod Matt Cooper yn ffaelu weud e'n iawn. Ta beth, doctor oedd e, yr Hywel 'ma. Sy'n beth od, achos pwy fyddai'n mentro lan f'yna, i weld doctor? Na, sdim practis 'da fe'n dre. Lan f'yna mae e'n gweithio, glei. Lan ar ochor y mynydd.' Ac fe soniodd Hazel am ei meddyg hithau wedyn, yn Nhrefelin, oedd ar fin ymddeol. Cymeradwyodd Carys ei meddyg hithau, a dweud bod y tabledi gafodd hi ganddo at ei *chest* yn gweithio'n burion, a chynnig ei enw a'i rif ffôn. Soniodd hefyd am y ddau feddyg arall yn y practis. 'Os bydde'n well 'da ti fenyw …'

Mae'n tynnu am saith o'r gloch pan edrycha Carys ar y nodyn bach unwaith yn rhagor a chofio nad yw hi eto wedi rhoi'r quiche yn y ffwrn. Aiff yn ôl i'r gegin, ar dipyn o ruthr erbyn hyn, gan gario'r nodyn yn ei llaw rhag ofn iddi anghofio rhywbeth arall. Mae'n troi'r ffwrn ymlaen, yn torri darn o'r quiche a'i roi ar badell grasu. Yna mae'n tynnu'r tomatos a'r dail gwyrdd o'r oergell a'u golchi. Wrth aros i'r ffwrn gynhesu, mae'n cnoi un o'r dail ac yn penderfynu nad oes ganddi ddigon o amynedd i aros. Mae'n diffodd y ffwrn ac yn rhoi'r quiche ar ei phlât fel y mae, gyda'r salad. Ac mae'n barnu wedyn, wrth fynd â'r plât at y bwrdd, mai dyna sydd orau: dyw cymysgu'r oer a'r twym ddim yn beth dymunol, nac yn beth doeth. Mae'r hyn sydd i fod yn dwym yn mynd yn oer wedyn. Mae'r hyn sydd i fod yn oer yn cael ei dwymo. A fedrwch ddim cynhesu'r plât chwaith, ddim ar gyfer salad.

Wrth gnoi'r quiche a phenderfynu mai cam gwag oedd peidio â'i thwymo wedi'r cyfan, am fod wynwns ynddi, mae Carys yn gweld, ar waelod y nodyn, y geiriau moel: 'Ibuprofen, Gaviscon, moddion eraill yn y cwpwrdd uwchben y sinc.' Mae'n siglo'i phen. A phetai ei merch yno byddai hi'n rhoi pryd o dafod iddi am feiddio meddwl bod angen dweud shwt beth, a hithau wedi byw yn y tŷ hwn ers dros hanner canrif. Ond mae'n ystyried wedyn, tybed a allai'r 'moddion eraill' hyn gynnwys y tabledi sbâr. Mae'n troi'n ôl at y frawddeg, yn nes at dop y dudalen, sy'n dweud yn ddigon plaen bod y tabledi hyn ar y bwrdd bach yn y stafell ffrynt. Ond efallai fod Lara wedi newid ei meddwl. Byddai'r cwpwrdd yn y gegin yn saffach lle, does dim dwywaith. Efallai iddi grybwyll hynny hefyd, cyn iddi ymadael. 'Mam, rwy'n credu byddai'n saffach 'sen i'n …' A hithau wedi anghofio.

Mae Carys yn gadael ei swper ar ei hanner ac yn agor drws y cwpwrdd. Ar y silff isaf mae'n gweld yr Ibuprofen a'r Gaviscon, ynghyd â'r tabledi fitamin C, y Covonia Chesty Cough Mixture, y Glucosamine, y Strepsils a'r Weleda Foot Balm. Gwthia'r Strepsils a'r Foot Balm o'r ffordd, ond does dim byd i'w weld y tu ôl iddynt, am fod popeth wedi cael ei dynnu tua'r blaen, er ei chyfleuster hi. Ar y silff uchaf gwêl y canhwyllau persawrus brynodd Nesta iddi ryw Nadolig neu'i gilydd ac a wnaeth ei pheswch yn waeth. Wrth ochr y canhwyllau y mae bocs hirsgwar tenau, a hwnnw'n cynnwys, os nad yw'n camgymryd, fagiau hwfer. Bagiau'r hen hwfer yw'r rhain, mae'n debyg, ac yn dda i ddim byd erbyn hyn. Ac yna, yr ochr draw i'r rheiny, mae hi'n gweld paced bach melyn a gwyrdd. Yn anffodus y mae'r ysgrifen ar y paced hwn yn rhy fach i Carys ei darllen, ond mae'n lled-gofio fod ar y paced tabledi hefyd rywfaint o felyn ac am y rheswm hwnnw'n unig y mae'n haeddu sylw pellach.

Mae Carys yn estyn ei llaw dde. Teimla bwl sydyn o wynegon yn ei hysgwydd. 'W …' Rhydd gynnig arall arni. Ond mae'r poen yn waeth. 'Wff …' Yn araf wedyn, gan wybod bod y symud yn ôl yn gallu bod lawn mor boenus â'r symud ymlaen, mae hi'n gollwng ei braich nes ei bod hi'n hongian yn llipa wrth ei hochr. Saif yn llonydd a chasglu'i meddyliau. Ystyria ddefnyddio ffon i dynnu'r paced i lawr. Ond does dim ffon wrth law a byddai'n rhaid mynd allan i'r ardd i ymofyn cansen a byddai honno, siŵr o fod, yn drwch o faw, a byddai'r baw yn mynd ar y llawr, y llawr marmoleum newydd. Ac mae hi'n difaru na wnaeth hi'r pethau hyn cyn i Sam ymadael, fel y gallai fod wedi gofyn am help.

Ar ôl cael ei gwynt ati, mae Carys yn tynnu stôl at y cownter gan feddwl, Os sefa i ar honno, bydda i'n cyrraedd y silff yn rhwydd. Efallai ei bod hi'n cofio'r adeg – rai blynyddoedd yn ôl, mae'n rhaid – pan wnaeth rywbeth tebyg, ac yn gwrthod derbyn na all wneud yr un peth eto, gan mai dyma'r un cwpwrdd a'r un silff a'r un stôl, a hithau, Carys Wyn, yn Garys Wyn o hyd. Ac am ychydig, mae hi'n llwyddo. Stôl isel yw hon a pheth hawdd, wrth gydio yn ymyl y cownter, yw rhoi un pen-glin arni, yna'r llall. Ond dyw ei chorff hi ddim yn gwybod sut i symud ymhellach. Ac mae'r pren caled yn gwneud dolur i'w choesau.

Wrth glywed llais siriol Derek Brockway ar y teledu yn addo cawodydd ysgafn, mae Carys yn sylweddoli nad oes angen cymaint â hynny o uchder ychwanegol arni er mwyn cyrraedd y silff uchaf. Gan sefyll o flaen y cwpwrdd eto, mae'n codi'i llaw uwch ei phen ac yn ceisio amcangyfrif y pellter rhwng blaenau'i bysedd a'r silff lle mae'r pecyn bach melyn a gwyrdd. Byddai chwe modfedd yn ddigon. Naw modfedd ar y mwyaf, i gael ymestyn ychydig, i gael gafael yn sownd yn y pecyn. Roedd y stôl yn rhy uchel. Yn ddiangen o uchel. Gwnaiff y pwff y tro yn iawn.

Mae Carys yn mynd yn ôl i'r stafell ffrynt, yn cydio yn y tasel ar ochr y pwff ac yn ceisio ei lusgo. Mae'n rhy drwm. Wrth gwrs ei fod e'n rhy drwm. Rhaid iddi agor y clawr wedyn a thynnu allan yr hen bapurau i gyd. A chan mai gorchwyl ffwdanus yw hwn, a chan nad oes neb arall yma i'w chystwyo am ei hannibendod, mae Carys yn fodlon eu taflu, blith draphlith, ar y soffa. Caiff ddod yn ôl yn nes ymlaen i'w cymoni. Yna mae hi'n ailafael yn y tasel. A phwy fyddai'n meddwl bod cymaint o bwysau mewn cyn lleied o bapurau? Bob yn gam bach wedyn mae hi'n llwyddo i lusgo'r pwff i'r gegin.

Mae Carys yn sefyll o flaen y cwpwrdd am ychydig er mwyn cael ei gwynt ati ac i wneud llun yn ei meddwl o'r symudiadau anghyfarwydd y bydd angen eu cyflawni yn y man. Mae'n falch mai trwser y mae'n ei wisgo heddiw, a thrwser llaes hefyd: byddai sgert wedi tynnu am ei choesau. Gan bwyso ar ymyl y cownter â'i dwy law, mae'n rhoi ei throed chwith ar y pwff. Rhaid gwyro ymlaen rywfaint i godi'r droed arall, oherwydd codi holl bwysau ei chorff y mae hi bellach, nid dim ond un goes. Ar unwaith, mae'n teimlo'r defnydd meddal yn ildio dan ei phwysau. Doedd Carys ddim wedi rhagweld y meddalwch hwn pan wnaeth y llun yn ei meddwl. Peth digon trwm oedd y pwff o hyd, ac roedd disgwyl iddo fod yn fwy cadarn, yn fwy soled. Rhaid iddi symud ei thraed oddi wrth ei gilydd wedyn er mwyn cadw ei chydbwysedd. Mae ei phengliniau'n dechrau crynu. Hefyd, trwy roi straen anarferol ar ei thraed, daw'n ymwybodol o dynerwch y croen ar ei bys bawd, ac o'r ymchwydd bach sy'n gwasgu yn erbyn ochr ei sliper.

Yn y cefndir mae Carys yn clywed hwtian y vuvuzelas. Nid yw'n sylweddoli ar unwaith beth yw achos y sŵn, ond mae'n cofio clywed rhywbeth tebyg o lan lofft, pan oedd Sam yn cysgu yno. Dim ond pan mae'r sylwebydd yn enwi'r timau y mae Carys yn cysylltu'r synau â gêm bêl-droed. A phetai hi yn y stafell ffrynt y funud hon does dim dwywaith na fyddai hi'n cydio yn y remôt yn ddisymwth a newid y sianel. Ond mae ei llygaid gyfuwch â'r silff erbyn hyn a dim ond estyn un llaw sydd ei angen i dynnu'r paced oddi yno.

Efallai, o gael cystal llwyddiant, fod Carys yn mynd yn orhyderus. Neu efallai, oherwydd y cryndod yn ei choesau a'r poen yn ei throed, ei bod hi'n penderfynu bod rhaid disgyn ar frys. Neu, fel arall, wrth roi'i sylw i gyd i'r paced yn ei llaw, a barnu bod y job wedi'i gwneud, mai dringo oedd y cyfan, efallai iddi anghofio am ei thraed a'u hangorfa ansicr. Rhaid cofio hefyd nad oes llawer o afael yng ngwadnau ei hen sliperi nac yng ngorchudd sgleiniog y pwff. Ond beth bynnag fo'r achos, mae'r droed chwith yn llithro dros yr ochr. Gwna Carys ei gorau, yn yr hanner eiliad sydd ganddi, i sadio'r droed honno ar y llawr ond mae'n symud yn rhy chwim ac mae'r llawr yn rhy bell a does dim digon o gryfder yn ei choes. Mae'r pigwrn yn plygu ac mae Carys yn cwympo'n ôl.

Pont yr ysgwydd chwith sy'n taro'r llawr.

'Aa!'

Gwaedd syfrdandod yw hon, yn bennaf. Dim ond wrth orwedd am eiliad y daw Lara'n llwyr ymwybodol o'r poen yn ei phigwrn. A dim ond wedyn, wrth droi ar ei hochr a cheisio codi ar ei phenelin, y mae'n teimlo'r gwayw yn ei hysgwydd.

'Aa!'

Gorwedda Carys yn ôl drachefn. Mae'r vuvuzelas yn hwtian yn y cefndir o hyd. Er hynny, sŵn ei chalon, yn carlamu yn ei phen, sy'n llenwi'i chlustiau bellach. Wrth orwedd felly, ymhen ychydig eiliadau daw Carys yn ymwybodol o flas chwerw yn ei cheg. Mae'n tynnu bys dros ei gwefus ac yn sylweddoli bod ei thrwyn yn gwaedu. Ac mae hyn yn ei drysu, am ei bod hi'n methu gweld y cysylltiad rhwng y trwyn a'r ysgwydd, heb sôn am y pigwrn. A beth sydd i'w wneud â'i bys gwaedlyd? Beth bynnag wnaiff hi, rhaid peidio â chael gwaed ar ei chardigan oherwydd ddaw e byth allan, ddim yn llwyr, achos golchad oer mae cashmere i fod i'w gael, ddim un poeth. Mae'n sychu'r bys ar y llawr. Dwedodd Lara fod marmoleum yn hawdd i'w lanhau. Ac mae ynddo dipyn o goch yn barod. Oes, mwy o goch na'r un lliw arall. Sychu'r bys ar y llawr, felly. Dyna sydd orau.

Aiff munud arall heibio. Wrth blygu ei choes dde mae Carys yn darganfod bod y weithred hon rywsut yn lleihau'r pwysau ar y pigwrn clwyfedig. Gwna ymdrech arall i droi ar ei hochr, gan symud y ffordd arall y tro hwn. Ond er bod yr ysgwydd dde yn gwbl ddianaf, hyd y gŵyr Carys, y mae'r poen yn ei rhwystro eto, yn union fel petai'r ysgwydd arall wedi'i meddiannu. Yn wir, erbyn hyn, mae'r ysgwydd honno, yr un glwyfedig, wedi tyfu'n fwy na'i chorff cyfan. Does dim amdani felly ond gorwedd ar ei chefn a'i symud ei hun ymlaen trwy wthio yn erbyn y llawr â'i throed dde. Gwaith llafurus yw hwn. Rhaid iddi gymryd hoe ar ôl pob gwthiad er mwyn cael ei gwynt yn ôl. Yn waeth na dim, mae cardigan Carys yn gwrthod symud gyda'i chorff: mae'r godre'n crynhoi am ei thin ac mae'r top yn tynhau am ei gwddf. Rhaid codi ei chefn wedyn i'w ryddhau. A chael hoe arall.

Yn un o'r seibiannau hynny mae llaw Lara'n taro yn erbyn y paced roedd hi wedi'i dynnu o'r silff. Mae'n cydio ynddo, yn ei ddal o flaen ei llygaid, ac yn synnu wrth weld y gair 'Lemsip' ar ei ochr. Mae'n ystyried efallai mai paced gwahanol yw hwn, paced a drawodd â'i llaw wrth gwympo. Ac os felly, ble mae ei thabledi wedi mynd? Ond does dim amser i ofidio am dabledi na Lemsip. Rhaid mynd at y ffôn a chael help. Gwthio'r droed yn erbyn y llawr. Cymryd hoe fach. Codi'i chefn. Hoe fach arall.

Ac yn y dull hwn mae Carys Wyn yn crafu ei ffordd ymlaen, a phob hoe yn mynd yn hwy na'r un flaenorol am mai un droed sy'n gwthio pwysau'i chorff i gyd, a dyma weithred nad yw wedi'i chyflawni erioed o'r blaen, hyd yn oed ym mlodau'i dyddiau.

Mae Carys Wyn newydd wthio'i phen a'i hysgwyddau dros drothwy'r stafell ffrynt pan mae'r ffôn yn canu. Ar ôl y seithfed caniad, mae'n clywed y *clec clec* arferol, a llais Lara'n gofyn i'r sawl sy'n galw adael neges. Yna: 'Lara, mae'n flin gen i'ch poeni chi …'

Er nad yw'r llais hwn yn gyfarwydd mae Carys yn dechrau gwthio eto â'i throed, ac yn gynt nag o'r blaen hefyd, gan obeithio, o ddal ati, y bydd hi'n cyrraedd y ffôn cyn i'r dyn dieithr dewi oherwydd, er ei fod yn ddieithr, ac yn siarad yn fwy tawel na'r dyn ar y teledu, mae'r llais yn

perthyn i rywun sy'n nabod ei merch ac yn hynny o beth
y mae'n nes at Carys y funud hon na neb arall yn y byd.
Rhaid siarad â'r dyn hwn. Dweud wrtho beth sydd wedi
digwydd. Gofyn iddo fynd am help.

'Haval sy 'ma, Lara … Haval Reis, Blaendeuddwr …
Ambwyti'r agoriad yr wythnos nesa …'

Dyw Carys ddim yn adnabod y dyn hwn. Ond mae'n
cofio Blaendeuddwr. Soniodd rhywun am Flaendeuddwr
yn y clwb cinio. A bendith fyddai hynny, petai rhywun o'r
clwb cinio ar y ffôn nawr, achos gallai ddod draw a rhoi
help llaw iddi. Mae Carys yn gwneud ymdrech i gofio'r
dynion sy'n arfer mynd i'r clwb. Gwna lun yn ei meddwl
o bob un yn ei dro, a'u henwi wedyn. Bryn, Cyril, Huw,
ac un arall, dyw hi ddim yn cofio'r enw, ddim ar y funud,
ond gŵr Beryl, a hwnnw'n dod dim ond achos bod Beryl
yn ffaelu dreifo rhagor. Ac efallai nad oedd hi'n gwybod yr
enw erioed. Ond does dim ots beth yw ei enw achos does
dim o'r dynion hyn yn byw ym Mlaendeuddwr.

'Meddwl o'n i …'

Dyw Carys ddim yn clywed yr hyn sydd gan Haval Reis
i'w ddweud nesaf oherwydd, wrth iddi ddechrau gwthio
eto, mae twrw'r dorf yn cynyddu, ac mae'r sylwebydd yn
gweiddi, 'Robinho! So close!' Mae Carys yn codi'i chefn
eto i ryddhau ei chardigan, ond mae'r coler yn dynn am
ei gwddf o hyd am fod y carped yn llawer mwy anodd i
symud arno na marmoleum llyfn y gegin. Yna, yn sydyn,
fe'i llethir gan bwl o beswch. Gyda phob pesychiad, mae
pelen arall o boer yn cronni yn ei gwddf. Er gwaethaf y
poen yn ei hysgwydd, rhaid troi ar ei hochr er mwyn cael
y poer i symud. Yna, wedi troi, mae'n gweld y diferion

gwaed ar ei chardigan. Ac fe hoffai gael hyd i'w macyn, er mwyn sychu'i thrwyn a'i gwefusau a'i gên, achos mae popeth yn teimlo'n wlyb. Ond erbyn hyn dyw hi ddim yn siŵr ble mae ei llaw wedi mynd. Dyw hi ddim yn gallu teimlo ei bysedd mwyach. Dyw hi ddim hyd yn oed yn gallu teimlo'i hysgwydd.

'Meddwl o'n i, Lara ... Bydda i'n gwneud cyfweliad 'n hunan, wrth gwrs, ond byddai'r achlysur ar ei ennill yn fawr petai rhywun fel chi yn dod ymlaen i siarad o brofiad, fel rhywun sy wedi cael budd o'r gwasanaeth ...'

Mae'r peswch yn darfod. Mae coes dde Carys Wyn – y goes mae hi wedi bod yn ei defnyddio i'w gwthio ei hun ymlaen – yn gwegian, yna'n syrthio tua'r ochr. Dyw hi ddim yn teimlo'r carped mwyach, na gwynto'i lwch na chlywed y vuvuzelas na llais y dyn dieithr, er efallai, yn ei phen, ei bod hi'n cadw rhyw atgof o'r llais hwnnw'n fyw, dim ond am ychydig eiliadau, gan wybod nad oes gobaith yn unman arall. Daw'n ymwybodol wedyn o ryw wlybaniaeth sy'n ymestyn o dan ei chlun ac mae'n dod i'r casgliad ei bod hi wedi dymchwel rhywbeth arall wrth gwympo. Te, o bosibl. Neu'r pinafal. Sy'n rhyfedd, oherwydd dyw hi ddim yn cofio tynnu'r pinafal o'r ffrij. A fyddai sudd pinafal ddim mor gynnes. Te, felly. Dyna sydd fwyaf tebygol. Ond dyw hi ddim yn cofio gwneud cwpanaid chwaith, ddim ers sbel.

'A meddwl wedyn, am eich bod chi'n gallu siarad mor huawdl am y ffordd roeddech chi'n teimlo pan ddaethoch chi yma gynta, ac wedyn ... Ond ddim heb eich caniatâd, wrth gwrs. A does dim rhaid i chi roi eich enw os nag y'ch chi moyn. Maen nhw'n gallu cadw'r cwbl yn ddienw.'

Ie, te sydd wedi cwympo ar y llawr. Mae hi wedi gwneud cwpanaid ac anghofio amdano. Cof fel hiddyl. Wrth deimlo'r gwlybaniaeth dan ei chlun, yn sicr dyw Carys ddim yn amau am eiliad mai hi yw ffynhonnell y ffrwd gynnes honno.

86 Lara a Gruff

Mae Lara'n falch bod popeth dan reolaeth gartref. Roedd ei mam yn swnio braidd yn swta ar y ffôn, ond mae hynny, ar ryw ystyr, yn arwydd da. Mae hi'n dod i ben yn iawn. A does dim eisiau lot o ffŷs a ffwdan. 'Faint mae hyn yn ei gostio i ti?' meddai. 'Ti ddim yn meddwl ffono bob dydd, wyt ti?' A hynny'n golygu nad oes dim eisiau becso. Arwydd da, felly. Dyna sut mae dehongli'r llais swta.

Daw'r teithwyr trwy gyntedd y maes awyr ac allan i'r concrid a'r gwres. Mae Lara'n gwisgo het wen ac iddi gantel llydan er mwyn cysgodi'i llygaid rhag yr haul. Ond wrth ddilyn y tywysydd draw tua'r bysys, nid yr haul sy'n ei phoeni, ond y gwres. Roedd hi wedi anghofio hynny. Bod yr haul yn llachar ond yn bell i ffwrdd. Bod y gwres yn ei lapio'i hun amdanoch, fel bandejys, yn dynn am eich corff a'ch pen a'ch ceg, nes i chi bron â mogi. Teimla'r chwys yn cronni o dan ei cheseiliau, rhwng ei choesau. Gan bwyll, felly. Mae Lara'n stopio ac yn cymryd dracht o'i photel ddŵr. Wrth blygu'i phen yn ôl, mae'r chwys yn faneg wleb rhwng ei gwallt a'i gwar.

Mae'r daith i'r Bella Vista yn cymryd awr a chwarter, sef hanner awr yn fwy na'r hyn a ddwedodd y *brochure*. Bu damwain ar yr heol y tu allan i Torrox ac mae'r heddlu wedi cau un o'r lonydd. Wrth dynnu heibio'r ambiwlans, mae siarad byrlymus y teithwyr yn troi'n sibrwd isel. Ond am fod Lara'n eistedd ar ochr dde'r bws does dim rhaid iddi roi sylw i'r digwyddiadau hyn. Gall edrych draw tua'r môr, yn stribedi bach glas rhwng y fflatiau a'r siopau a'r tai bwyta. Gall wneud yr haul yn bell eto a mwynhau llif yr awyr ffres oddi uchod.

Ar gyrion tref Nerja, mae'r bws yn stopio er mwyn gadael i lorri fynd â'i llwyth o friciau i safle adeiladu. Fflatiau sy'n cael eu codi yma, yn ôl pob golwg, ac mae Lara'n meddwl tybed ai dyma lle mae Gruff yn gweithio. Ai yn y *minibus* hwnnw dan y palmwydd y gyrrodd i'r gwaith y bore 'ma? Ac ai dyna'i het felen a wêl yn diflannu trwy un o'r drysau? Ond mae hi'n penderfynu, Na, ddim fan hyn. Dim ond sgerbydau o dai sydd i'w cael fan hyn, heb na ffenest na tho, a fyddai hi ddim yn saff gweithio ar yr *electrics* heb do dros eich pen. Aiff fan heibio. *Matias Palomo Distribuciones Cárnicas.* Ac mae Lara'n meddwl, bydd Gruff yn siarad Sbaeneg erbyn hyn, siŵr o fod. Sbaeneg fydd ar ochr ei fan, fwy na thebyg. Bydd e'n gallu archebu bwyd yn Sbaeneg. Tybed a fydd ei atal dweud wedi mynd, wrth siarad iaith arall? Bydd e wedi cyfarwyddo â'r gwres hefyd.

Wedi cyrraedd y Bella Vista a mynd i'w stafell ar y trydydd llawr, mae Lara'n treulio munud wrth y ffenest, yn astudio'r olygfa, yn dychmygu bod Gruff wrth ei hochr, a'i fraich amdani. Gall weld glesni'r môr draw tua'r chwith. Pan ddaw'r amser, bydd hi'n dweud wrtho, 'Trueni na allwn ni weld y traeth hefyd.' A bydd Gruff yn dweud, 'Sdim ots am 'ny, mae'n ddigon agos. Awn ni lawr, ife? Cael *drink* bach?' Neu efallai bydd e'n cau'r llenni, a fydd dim ots am yr olygfa na'r traeth na dim. Mae Lara'n edrych eto. Trueni bod yr archfarchnad mor agos hefyd. A bloc o fflatiau'r ochr draw. A'r palmwydd yn brin.

Ar ôl hongian ei dillad yn y wardrob, mae Lara'n cael cawod. Ac mae rhan ohoni'n falch ei bod hi'n gwneud y pethau hyn ar ei phen ei hun heno: bydd hi'n teimlo'n fwy cartrefol wedyn pan ddaw Gruff i ymuno â hi. Hi fydd piau'r lle hwn. Ei dillad hi fydd wedi hawlio'r wardrob. Ei siampŵ hi fydd yn hongian yn y gawod. Er hynny, dyw Lara ddim yn golchi'i gwallt. Mae eisoes wedi troi naw o'r gloch a rhaid peidio â chael noson ry hwyr heno neu fydd hi wedi blino yn y bore. Caiff olchi'i gwallt yfory. Cawod arall a golchi'i gwallt. A digon o amser i'w sychu wedyn.

Mae Lara'n gwisgo'i siwt drwser lwyd ac yn mynd i'r lleiaf o'r tri bwyty yn y Bella Vista, lle darperir swper bwffe ar gyfer y newydd-ddyfodiaid. Rhydd dafell denau o'r Serrano ham ar ei phlât, ynghyd â salad gwyrdd. Yna, o weld Lara'n sefyll ar ei phen ei hun, mae cwpl oedrannus yn tynnu sgwrs â hi ac yna'n ei hannog i ymuno â nhw. Mae hi'n derbyn y gwahoddiad. 'Very kind of you …' Braidd yn erbyn ei hewyllys wedyn, er mwyn peidio â bod yn wahanol i'r lleill, mae Lara hefyd yn cymryd bowlennaid fach o'r Sorbete de Vino Rioja. Aiff y tri i eistedd wrth un o'r byrddau crwn.

'Suzanne.'

'Gerald.'

'Lara.'

'Lara?'

'Like in Dr Zhivago.'

'Ah, yes. Lara. Lovely.'

Mae Suzanne yn canmol y *fried calamari*. Dywed Gerald na ddylai fod wedi yfed y whisgi bach 'na ar yr awyren achos mae'r cava'n mynd i'w ben, ond 'na fe, mae e wedi talu amdano, felly beth sydd i'w wneud? A pha ots, achos does dim gwaith fory, oes e, diolch i'r drefn. Gan synhwyro bod hyn yn fath o wahoddiad i'w holi am y gwaith hwnnw, mae Lara'n dweud, 'So, what is it you do, Gerald?' Mae Gerald yn egluro ei fod wedi ymddeol bellach ond mai rheolwr fuodd e, slawer dydd, mewn cangen o Halfords, ymhlith y beics a'r tŵls a'r batris. 'Retired ten years since.'

'Really? Ten years?'

Gwna Lara ymdrech i gyfleu'r syndod priodol. Dywed Suzanne mai hi sy'n gwneud y gwaith i gyd bellach, a'i bod yn braf ar rai, y rhai sydd wedi ymddeol, ond dyw hithau ddim yn cael llawer o lonydd y dyddiau hyn, nag yw, ddim 'da pump o wyrion a wyresau'n byw jyst lan yr hewl. Yna, ar ôl sôn ychydig am y rhain, mae Suzanne yn gofyn: 'And yourself, Lara. What do you do?'

O ddarganfod mai nyrs yw Lara, mae Suzanne yn cynhyrfu. 'Ha! Don't get me started.' Mae Gerald yn ysgwyd ei ben ac yn tynnu wyneb. 'No, please, *please* don't get her started.' Mae Suzanne yn pwyso ymlaen dros y bwrdd a siapo'r gair 'hysterectomi' â'i gwefusau. Yna, ar ôl saib: 'Prolapse'. Mae Lara, sydd ar ganol ei thrydydd gwydraid o cava, yn nodio'i phen ac yn dweud, mewn llais dwys: 'Really takes it out of you, a hysterectomy, doesn't it?' A dyw ei ffrindiau newydd ddim yn gwybod, i ddechrau, a ddylen nhw chwerthin ai peidio. 'Ha!' medd Gerald wedyn. 'Caught us out there! Caught us out there, right enough! Didn't she, Suzie?!'

Ar ôl swper, mae Suzanne a Gerald yn pwyso ar Lara i ymuno â nhw yfory, ar eu taith i'r Alpujarras, i weld y mynyddoedd ac i fwynhau ychydig o awyr iach. Rhaid i Lara ffugio siom pan ddywed ei bod hi'n gorfod cwrdd â ffrind. Wrth weld y cwestiwn yn eu hwynebau, mae'n ychwanegu: 'He lives locally. Works here … In construction.' Ac mae hi'n mwynhau'r wefr fach a ddaw o ddweud hynny am y tro cyntaf yma, yng ngwesty'r Bella Vista, rhwng La Mezquita a Punta de la Mona, ym mwrdeistref Almuñécar, ym mhellafoedd Andalusia.

Yn ôl yn ei stafell mae Lara'n anfon neges at Gruff, yn cadarnhau ei bod hi wedi cyrraedd yn ddiogel ac yn awgrymu mai'r peth gorau i'w wneud fory yw cwrdd yn y cyntedd am chwech a mynd allan i fwyta am mai lle dienaid braidd yw bwyty'r Bella Vista. Mae'n sôn am y ddamwain ar y ffordd a arafodd ei thaith heddiw. 'Bydd wedi clirio erbyn hyn, fwy na thebyg.' Mae'n nodi lleoliad y gwesty unwaith eto, gan bwysleisio ei fod yn sefyll ychydig oddi ar y ffordd fawr, y tu ôl i Supermercado Dia, a dyw'r enw ddim i'w weld nes i chi fynd heibio'r siop honno ac yn dringo'r tyle bach y tu ôl iddi.

Er ei bod bellach yn tynnu am ganol nos, mae Lara'n eistedd ar y balconi am hanner awr, gan sugno tabled

Gaviscon a mwynhau'r tipyn awel sy'n codi o'r môr. Mae bwyta'n hwyr wedi rhoi diffyg traul iddi ac mae'n gwybod na fydd hi'n gallu cysgu eto. Dyna hefyd sydd wedi gwneud iddi gynhesu, siŵr o fod: er gwaethaf yr awel, rhaid iddi sychu ei thalcen bob rhyw ddwy funud.

Gorwedda ffôn Lara ar y bwrdd bach wrth ei hochr. Does dim ateb wedi dod eto ond dyw hynny ddim yn syndod. Mae Gruff yn gweithio'n hwyr. Efallai na ddaw'r un ateb heno, os yw'n gweithio'n hwyr iawn. A dyna maen nhw'n ei wneud, fwy na thebyg, yn Sbaen, yn Andalusia. Bwyta'n hwyr. Gweithio'n hwyr. Dyna'r drefn. Yn y bore, felly. Daw ateb yn y bore.

Ac erbyn hyn, ar ôl tynnu'r gŵn nos Maison de Senteurs yn dynnach amdani, am fod yr awel wedi cynyddu ac oeri rywfaint, mae Lara'n difaru na phrynodd hi'r crys Maine New England wedi'r cyfan, fel bod ganddi rywbeth i'w roi iddo. Anrheg fach, i ddathlu eu haduniad. Neu ryw grys arall, wrth gwrs, ond roedd hi'n siŵr y byddai Gruff wedi hoffi'r gingham. Ddim cystal â'r Ralph Lauren, ond ni wyddai Gruff ddim am hwnnw.

87 Sol a Phil

Yng nghyntedd cyfyng y Beverley Guesthouse, tŷ brics coch ryw filltir o Brifysgol Bryste, mae Sol yn egluro wrth y perchennog am y fan sydd wedi torri i lawr – 'up the top of Ashley Road' – ac yn ymddiheuro am y bagiau mawr ond ni feiddiai eu gadael yn y fan trwy'r nos. 'Work tools, see.' Mae'n sôn wrthi am y gwaith hwnnw, yn trwsio to

un o neuaddau preswyl y brifysgol. 'Flat roof problem ...
Leaking.'

O ddarllen cyfeiriad Phil Reynolds yn y llyfr gwesteion
mae'r fenyw'n mynegi syndod eu bod nhw wedi tynnu
rhywun o Lanelli i wneud jobyn o'r fath. Rhaid i Sol
ymhelaethu wedyn a siarad, yn wlanog braidd, ac eto
mewn llais digon awdurdodol, am y contract gyda'r
adeiladwyr gwreiddiol a'r polisi yswiriant a'r gofynion
arbenigol.

'That's how it's got to be. Out of our hands.'

Mae'r fenyw'n nodio'i phen. 'So that's a Llanelli accent,
is it?'

O glywed tinc o amheuaeth yn y cwestiwn mae Sol yn
dweud, 'Oh, a bit of this, a bit of that. Dad moved about a
lot. With his work.' Yna, gan deimlo nad yw Phil Reynolds
eto wedi bwrw gwreiddiau yn y byd real, mae'n ychwanegu
ei fod am fynd i weld hen gyfaill sy'n byw yn y cyffiniau.
Mae'n tynnu cerdyn Matt Cooper o'i waled. 'Over in
Alveston, see?' A chan fod ei waled bellach yn ei law, ac
i brofi mai dyn onest a didwyll yw Phil Reynolds, mae'n
cynnig talu ymlaen llaw. 'Cash OK?' Does dim angen,
medd y fenyw. Ond mae Sol yn teimlo'n well o gynnig.
Mae'n teimlo'n well hefyd o ddwyn Matt i'r sgwrs, fel petai
hwnnw'n dyst tawel i'w eirwiredd.

Y mae hefyd yn haws, wedyn, ar ôl gadael ei fagiau
yn ei stafell, iddo ofyn i'r perchennog am ganiatâd i
ddefnyddio'i gyfrifiadur. Tra mae'r gwesteion eraill yn
mynd ac yn dod, felly, mae Sol yn eistedd yn y swyddfa,
yn agor cyfrif Gruff ac yn darllen am y Supermercado Dia
ac am y ddamwain ar y ffordd i'r Bella Vista. Does dim

neges gan Carol. Mae'n pendroni wedyn ynglŷn â phryd yn union y dylai ddiddymu cyfrif Gruff. Mae'n ystyried anfon neges, yn ymddiheuro i Lara am yr oedi pellach sy'n mynd i fod, draw yn neheubarth Sbaen. Mae'n croesi'i feddwl, hyd yn oed, i ddweud iddo yntau gael ei anafu mewn damwain. Ddim yr un un, wrth reswm – rhywbeth i'w wneud â'i waith, siŵr o fod: cwympo a thorri braich, neu godi llif a straenio'i gefn. Ond siawns na fyddai Lara'n mynnu dod i'w weld. 'Pa ysbyty, Gruff? Do i draw nawr.' Yn y diwedd mae Sol yn gadael llonydd iddo. Dyn anwadal fu Gruff erioed, yn ôl pob tebyg. Ac yn gam neu'n gymwys, mae Sol yn barnu bod mudandod yn well na chelwydd noeth. Caiff Gruff fyw am sbel eto, felly, ond yn ddi-lais. Efallai daw neges gan Carol. Ac at bwy arall all Carol anfon neges erbyn hyn?

Yn ôl yn ei stafell mae Sol yn stwffio'i *holdall* i'r wardrob. Yna mae'n eistedd yn y gadair wrth y ffenest ac astudio bwydlenni'r tai bwyta cyfagos mae perchennog y Beverley wedi'u rhoi iddo. Mae'n cymharu prisiau Akbars a Chiquito a'r Casa Italia. Bwyd plaen sydd at ei ddant heno, rhywbeth soled i lenwi'r bola. Pasta amdani, felly. Casa Italia. Mae'n ceisio amcangyfrif wedyn am faint y bydd Phil Reynolds yn gorfod aros yma, yn y Beverley Guesthouse, am sawl noson y bydd yn bwyta yn y Casa Italia, neu Akbars neu Chiquito, a sut y bydd e'n llenwi'r dydd, yn ennill yr arian sydd ei angen arno i glirio'i ddyledion, i brynu bwyd, i dalu am gysgu yn y gwely hwn. A beth wedyn, ar ôl i'r amser amhenodol hwnnw ddod i ben?

Mae Sol yn tynnu cerdyn Matt o'i waled. Peth braf

fyddai codi'r ffôn, y funud yma, a dweud, 'How's it going, Matt? Sam here.' A sôn am y gwaith y mae'n ei wneud yma ym Mryste. Dweud ei fod e'n treulio ychydig ddyddiau yn y cyffiniau a thybed, os yw'n gyfleus, allai e alw draw rywbryd? Gallen nhw drafod busnes y wefan. A fyddai dim ots bod Matt yn mynd i glebran am y Nuttalls eto neu'n canu 'Goodnight, Irene', achos byddai hynny'n well na dim. Ond mae Sam wedi peidio â bod. A dyw Phil ddim yn nabod neb eto. Dyw e ddim hyd yn oed yn ei nabod ef ei hun.

Mae Sol yn astudio bwydlen Casa Italia, yn cymharu'r lluniau lliwgar, yn ceisio dewis rhwng y King Prawn Linguine a'r Casareccia Pollo Picante. Gwell ganddo'r Pollo. Does dim chwant pysgod arno. Bwyd plaen heno. Mae'n codi, yn mynd draw at y wardrob ac yn tynnu allan y tri phasbort. Mae'n edrych ar bob un yn ei dro: y Sam Powell barfog, y Phil Reynolds trwsiadus, y Sol Kussini pwdlyd. Mae llygaid blinedig y tri yn syllu'n ôl arno.

88 Lara

Fore trannoeth mae Lara'n cael brecwast gyda Suzanne a Gerald a chwpl arall y maen nhw wedi dod i'w hadnabod ers neithiwr. Am ugain munud mae hi'n mwynhau clywed eu hanes hwythau, ac yn enwedig hanes eu gwyliau glanmôr, dros y blynyddoedd, yn Llandudno a Dinbych-y-pysgod a'r adeg yna yn Blackpool, pan welsant Tom Jones ar y traeth a chael ei lofnod. 'Just a young lad then, of course ...'

O ymgolli yn y stori honno mae Lara'n anghofio, dros dro, am Gruff a'r diffyg neges y bore hwnnw. Gall fwynhau'r teimlad cysurlon o fod oddi cartref, heb gyfrifoldeb, heb ddim na neb i boeni amdano. Ac am ychydig funudau, bron nad yw'n teimlo mai rhyw atodiad bach i'w gwyliau fydd ymweliad Gruff heno, yn hytrach na'u *raison d'être*.

Mae'r pedwar yn codi.

'Enjoy your day.'

Dychwelant i'w stafelloedd. Mae mynyddoedd i'w gweld. Awyr iach i'w hanadlu. Ac mae'r bws yn ymadael am ddeg. Aiff Lara'n ôl i'w stafell hithau. Does dim neges wedi dod. Ond mae hynny i'w ddisgwyl. Maen nhw'n dechrau gwaith yn gynnar yn y parthau hyn. Gweithio'n hwyr a dechrau'n gynnar. Bydd yn edrych eto amser cinio. Amser *siesta*.

Am chwarter i bump y prynhawn mae Lara'n eistedd yn La Gaviota. Caffi agored yw hwn, ym mhen isaf Carretera de la Playa, rhwng y gwesty a'r môr. Dyma'i thrydydd ymweliad â'r caffi hwn heddiw. Mae'n lle cyfleus – a digon dymunol hefyd – i geisio cynefino â'r gwres. Ar bob ymweliad bydd Lara'n archebu gwydraid o sudd oren, ac yn ceisio darllen tair pennod o'i nofel. Rhyngddynt, mae'r ddiod a'r darllen yn llenwi tua hanner awr. Wrth ddarllen, hefyd, gall godi'i golygon bob hyn a hyn a gweld pa mor brysur yw Los Laureles, y bwyty bach ar draws y ffordd. Dyma'r bwyty y bydd Lara'n ei grybwyll wrth Gruff yn nes ymlaen. 'Lle bach pert. Ar waelod yr hewl. Golwg o'r môr hefyd.' Y mae Los Laureles i'w weld yn dawel o hyd. A fydd yn dawel erbyn saith, neu wyth? A ddylid cadw bwrdd ymlaen llaw? A fydd nos Wener yn fwy prysur na nosweithiau eraill, fel y mae yn ôl yn Nhrefelin? A fydd *yobs* swnllyd yn difetha'r lle?

Am chwarter wedi pump mae Lara'n rhoi'r llyfr yn ei bag ac yn cerdded yn ôl i'r gwesty. Cerdda'n gynt nag y dylai hefyd oherwydd mae ar dipyn o frys erbyn hyn. Mae hi newydd sylweddoli, er mai un cyntedd sydd yn y Bella Vista – sef y neuadd helaeth lle mae ymwelwyr yn cofrestru ac yn casglu eu hallweddi – nad dyma'r unig fynedfa. Y mae drws arall wrth ochr yr adeilad i'r sawl sydd am fynd i'r bwyty'n unig a hawdd i ddieithryn feddwl mai hwnnw yw'r brif fynedfa am fod arwydd 'Bella Vista' yno hefyd – un llai, mae'n wir, ond yr un ffunud â'r llall, a llun o balmwydden oddi tano.

Ac felly, erbyn iddi gyrraedd y drws hwn, mae Lara'n teimlo'r chwys yn cronni o dan ei cheseiliau unwaith yn rhagor. Rhyddhad wedyn yw cael sefyll am ychydig yn y lobi fach y tu allan i'r bwyty a manteisio ar y system awyru. A byddai'n dda ganddi ddychwelyd i'w stafell a chael cawod arall a chribo'i gwallt a newid ei dillad, ond mae'n ddeng munud i chwech a bydd Gruff yma yn y man a does dim byd i'w wneud.

Daw menyw ifanc allan o'r bwyty a gofyn i Lara, yn Saesneg, a hoffai gadw bwrdd ar gyfer heno. Aiff dwy funud arall heibio wrth iddi fynd i ymofyn bwydlen ac egluro bod prydau ychwanegol ar gael hefyd, a'r rheiny wedi'u sgrifennu ar y bwrdd du y tu mewn. Dywed Lara y bydd hi'n rhoi gwybod iddi yn y man, ar ôl cael gair gyda'i ffrind. Cerdda'n ôl i'r prif gyntedd ac eistedd yn ymyl y drws. Ac mae hi'n gynnar o hyd, o ddwy funud gyfan. Mae'n ddigon bodlon hefyd pan aiff deng munud heibio a does dim golwg o Gruff. Rhydd hynny gyfle iddi gael ei gwynt ati, i sychu'i thalcen a'i gwar, i ymlacio neu, o'r hyn lleiaf, i feithrin golwg ac ymarweddiad rhywun sy'n ymlacio. Peth anffodus yw'r ffaith bod carfan o deithwyr yn cyrraedd wedyn – rhyw ugain ohonynt, mae'n rhaid – ac yn treulio cryn amser wrth fustachu trwy'r drysau, gyda'u bagiau a'u cotiau diangen a'u mân siarad. Rhaid i Lara graffu'n fanwl ar bob un, rhag ofn bod Gruff wedi mynd ar goll yn eu plith. Ond daw cysur hyd yn oed o'r profiad hwnnw. Mae prysurdeb yn arafu popeth. Crafu'u ffordd ymlaen mae pawb yn y lle hwn. Nhw sydd ar fai, nid Gruff.

Am chwarter i saith mae Lara'n gwybod bod Gruff wedi cael damwain. Bu'n gweithio'n hwyr neithiwr. Yn llawer rhy hwyr. Dechrau'n rhy gynnar, a gweithio'n rhy hwyr. Hyd yr oriau mân, fwy na thebyg, er mwyn cwpla'r job, a chael damwain. A does dim syndod, oes e? Achos y blinder. A gweithio yn yr hanner tywyllwch hefyd, siŵr o fod.

Ac mae hynny'n egluro popeth, nid dim ond ei absenoldeb yma, nawr, yn y Bella Vista, ond y diffyg neges hefyd. Edrycha Lara ar ei ffôn gan feddwl efallai iddi golli rhywbeth. Mae wedi darllen y geiriau hyn dros gant o weithiau, ond pethau llithrig yw geiriau, ac yn fwy llithrig pan nad oes llais y tu ôl iddynt, nac wyneb.

Mae hynny'n gret Lara. Edrych ymlaen. Ond bach o broblem gyda nos Iau. Gweithio'n hwyr yn rhoi electrics mewn. Oriau dwl fan hyn. Dydd Gwener yn gret. Cwpla am

5. Galla i fod draw erbyn 6. Dydd Sadwrn yn rhydd da fi wedyn.

A does dim ffordd arall o egluro'r peth. Y fath fudandod ar ôl y fath sirioldeb. Y fath ddifaterwch ar ôl y fath gariad.

Neu efallai, fel arall, na lwyddodd Gruff i gwpla erbyn pump wedi'r cyfan. Mae Lara'n troi'n ôl at y neges. Oriau dwl fan hyn. Heb gael cyfle i roi gwybod. Ddim yn gadael tan chwech. Damwain ar y ffordd, yr un peth â ddoe. Ydy, mae hynny'n bosibl. Gadael am chwech. Damwain. Cyrraedd am ... Cyrraedd am ...

Ac am fod y ffôn eisoes yn ei llaw, hawdd wedyn yw troi at y lluniau ohoni hi a Sam. Sam Powell, yr *odd job man*, yn sefyll ar y marmoleum, yn rhannu ei sglein. Sam o flaen y ffenestri newydd. Mor swil, fel petai e ddim eisiau dangos ei wyneb. Sam ei chariad newydd, yn gwenu arni. Hanner gŵen. Dim ond botwm bach o wên, trwy'r farf. Gyda'i gilydd wedyn. Sam a hithau Yn yr ardd. Fraich ym mraich.

'Mae'n flin 'da fi, Lara,' bydd Gruff yn ei ddweud, pan ddaw. 'Mae'n flin iawn 'da fi. Gorffod gweithio oriau dwl fan hyn.'

'Ie, oriau dwl.' A bydd hithau'n cydymdeimlo. Bydd hi'n rhoi llaw ar ei fraich. 'Druan â ti, Gruff bach. Ti mor fisi.'

Byddan nhw'n mynd am fwyd wedyn. A bydd hi'n aros nes bod y bwyta drosodd, achos byddai'n drueni difetha pryd blasus, ar ôl dod mor bell, ar ôl aros mor hir. A does dim brys bellach, nac oes?

'Ti mor fisi, Gruff ...' Ac agor ei ffôn. 'Mor fisi ers pum mlynedd.' A throi at y lluniau. 'Drycha, Gruff.'

Ac ni fydd angen iddi egluro dim, am fod y lluniau'n dweud y cyfan. Lara a Sam, fraich ym mraich. Dwy wên gynnes, swil. Gwenu cariadon newydd. A bydd hi'n mwynhau'r syndod yn llygaid Gruff wrth iddo sylweddoli mai ei hen gyfaill sydd yno, wrth ei hochr, wedi dwyn ei le.

'Sam?'

'Ie, Sam. Mae barf 'dag e nawr. Mae e'n cofio atat ti.'

'Ond Sam ...?'

A bydd Gruff yn edrych arni hithau a'i gweld hi o'r newydd. Ei gweld hi fel petai am y tro cyntaf a gwybod bod y cyfan drosodd rhyngddyn nhw. Y drws wedi cau. A bai pwy fydd hynny?

Chwerthin wedyn. Chwerthin iach. Chwerthin o'r bola.

Mae Lara'n codi ei nofel. Bydd hi'n darllen tair pennod. Neges arall wedyn. A holi'r dyn tu ôl i'r cownter. Efallai fod hwnnw wedi clywed rhywbeth. 'Esgusodwch fi ...' Efallai y bydd e'n derbyn neges maes o law. Mae'n gwylio pêl-droed ar ei deledu bach. Dim sŵn ond gall Lara weld y llun, y rhedeg yn ôl ac ymlaen. 'Esgusodwch fi. Blin gen i dorri ar eich traws ...' Ond y nofel yn gyntaf. Tair pennod.

Ac os yw Gruff wedi cael damwain, pwy fydd yn rhoi gwybod iddi? Pwy fydd yn *cael* gwybod? Oriau dwl. Ond dydd Sadwrn yn rhydd. A fydd dydd Sadwrn yn rhydd o hyd? A'r lluniau wedyn. Pryd gaiff hi gyfle i ddangos y lluniau i Gruff, i ddangos iddo fod ganddi gariad newydd? Achos mae Sam yno hefyd, yn ei ffôn, yn aros amdano.

Lara a Sam gyda'i gilydd, fraich ym mraich, yn aros i ddweud wrtho bod y cyfan ar ben. A gweld yr olwg yn ei lygaid. Y siom. Y genfigen.

Bwyta'n gyntaf, felly.

Yna, 'Drycha, Gruff. Ti'n cofio'r wyneb hwn?' A dangos y lluniau o Sam iddo. 'Yn yr ardd, 'twel … A fan hyn, drycha … Yn y gegin …' A chwerthin. Gweld yr olwg yn ei lygaid. Y siom. Y genfigen. Y dolur. A chwerthin.

'Wel, wel, Lara. Sam Powell. Ti a Sam. Wel, wel. O'n i ddim yn disgwyl …'

Ond beth wedyn?

'Da iawn ti, Lara … Mae Sam yn hen foi ffein … Gest ti'r hanes am beth na'th e mas yn Dubai?'

Ac a fydd e'n tynnu allan ei ffôn ei hun wedyn? A fydd e'n troi at ei luniau yntau a dweud, 'Drycha fan hyn, Lara. Ti'n gweld …'? Efallai y bydd ychydig o atal dweud arno wrth ddweud hynny. 'D … D … Drycha …' Atal dweud, petruso, oedi, gwên fach swil, am ei fod ar fin dweud pethau mawr. 'Drycha, Lara. Ti'n gweld? Dyma …' Ac enwi'i gariad newydd. Pa enw? 'P …' A bydd e'n baglu dros hwnnw hefyd. 'P … P … P …' Neu 'T … T … T …' Baglu oherwydd yr atal dweud a hefyd am mai dyma'r tro cyntaf iddo ynganu'r enw yng ngŵydd ei hen gariad. 'T … T … T …' Ond yn chwerthin wedyn. 'Ha! 'Na beth od, yntife? Ti a Sam. Fi a T …T … T…' A chwerthin.

Ond pa fath o chwerthin? Chwerthin i guddio'r siom? Chwerthin i godi cenfigen arni hithau? Neu chwerthin achos bod y ddau ohonyn nhw wedi ffindio rhywun arall, rhywun gwell. Ha! Ar ôl cymaint o flynyddoedd! Yr holl flynyddoedd wast! Chwerthin mawr o'r bola. Gruff yn taflu'r belen fach bapur iddi. Lara'n ei thaflu'n ôl. Y belen yn mynd yn ôl ac ymlaen, trwy'r awyr, a Gruff yn gwneud ei orau glas i'w dala hi. A rhaid iddi ddweud wrtho am beidio â becso gymaint, mai herio a drysu'i gilydd yw diben y gêm fach hon. Taflu'r belen fach yn ôl ac ymlaen nes eu bod nhw'n chwerthin gyda'i gilydd a dyw hi ddim o bwys os yw'r belen bapur yn cwympo i'r llawr ambell waith achos gellwch chi'i chodi'n rhwydd, mae hi mor ysgafn â phluen. Yn ôl ac ymlaen. Cwympo a chodi a dechrau o'r newydd. A chwerthin trwy'r cwbl. Chwerthin mawr o'r bola.